布鲁克林有棵树

A Tree Grows in Brooklyn

[美] 贝蒂·史密斯 / 著

李鑫涛 / 译

民主与建设出版社
·北京·

©民主与建设出版社，2025

图书在版编目（CIP）数据

布鲁克林有棵树／（美）贝蒂·史密斯著；李鑫涛译. -- 北京：民主与建设出版社，2025.1. -- ISBN 978-7-5139-4856-2

Ⅰ.Ⅰ712.45

中国国家版本馆CIP数据核字第2025QG8284号

布鲁克林有棵树
BULUKELIN YOU KE SHU

著　者	［美］贝蒂·史密斯
译　者	李鑫涛
责任编辑	金　弦
特约策划	向春婷　任程民
封面设计	海　凝
出版发行	民主与建设出版社有限责任公司
电　话	（010）59417749　59419778
社　址	北京市朝阳区宏泰东街远洋万和南区伍号公馆4层
邮　编	100102
印　刷	三河市骏杰印刷有限公司
版　次	2025年1月第1版
印　次	2025年4月第1次印刷
开　本	880毫米×1230毫米　1/32
印　张	15.5
字　数	417千字
书　号	ISBN 978-7-5139-4856-2
定　价	68.00元

注：如有印、装质量问题，请与出版社联系。

译者序

《布鲁克林有棵树》初版于1943年，多年来常驻世界畅销书排行榜。作为这本书的译者，我深感荣幸，同时也感受到了巨大的责任。翻译《布鲁克林有棵树》不仅是一项语言转换工作，更是一场心灵的洗礼。

在翻译的过程中，我不断地被书中的故事和人物打动，诺兰一家即使在最艰难的时刻，也不放弃对美好生活的追求，这种在逆境中顽强生长的精神，如同书中的天堂树一般，深深地扎根于我的心中。

每个人的生活见闻和阅历不同，情感与认知就会不同，因此在读者开启阅读之旅前，我非常希望能为诸位提供一些阅读时的小建议。一是要放松身心阅读，重视自身的体验，跟随小说的指引，体会诺兰一家在布鲁克林的幸福与快乐，悲伤与痛苦。二是要充分发挥想象力。贝蒂·史密斯在书中非常细致地描绘了一些精彩的场景，这些细节描写像是一幅幅精彩纷呈的图画，拼凑起了一幅浪漫的布鲁克林全景图。这些场景需要读者去细细品味，在脑海中构建出作者描绘的多姿多彩的布鲁克林世界。

整部小说字里行间都洋溢着生命的活力与坚韧，在翻译的过程中，我在尊重原稿的基础上，尽可能地保留了这种意蕴。贝蒂·史密斯以细腻的笔触描绘了那个时代的社会现实，书中的每一个人物都血肉丰满，仿佛真实地存在于我们的世界。当然，一切都需要读者亲自去阅读和评判，如果这部译作能够给读者带来一些新的体会和想法，那就算是某种意义上的成功了。

　　读书，是一种自我沉淀。我们需要投入时间和精力去理解、去思考，最终获得对某一领域或某一主题全面而深入的理解。这种逻辑性的思维方式，能帮助我们更好地理解和掌握复杂的问题。

　　通过阅读，我们可以形成自己的判断。这种批判性思维能力，是我们在信息海洋中辨别真伪、去伪存真的必备技能。我们应当保持对阅读的热爱和坚持，让我们的认知更加全面和深入。

　　请拿起这本《布鲁克林有棵树》，从现在开始，去体会读书的乐趣吧。

于南开大学秀山堂

2024 年 6 月 20 日

目录

第一章 ……………… 001

第二章 ……………… 055

第三章 ……………… 123

第四章 ……………… 359

第五章 ……………… 471

第一章

它顽强地向上生长,无论种子落在何处,即使是废墟、垃圾堆,甚至冰冷的水泥地,都能扎根生长,独自成树。

1

"宁静"这个词用来形容布鲁克林真是再合适不过了,特别是在1912年的夏天。沉静或许更为贴切,但与威廉斯堡的气质却少了几分契合。大草原风景秀美,仙纳度水流叮咚,都不足以恰当地形容布鲁克林。尤其是在夏日的星期六午后,"宁静"才是唯一恰当的词汇。

午后,阳光斜斜地洒在弗兰西·诺兰家那座长满苔藓的庭院上,温暖的光芒轻柔地笼罩着那道陈旧的木篱笆。弗兰西凝视着金色的光束,心头涌起一阵莫名的愉悦,仿佛又回到了她在学校朗诵诗歌的那一刻:

原始森林的深处,
松杉交织低语,苔藓似须,翠意环绕;
黄昏中它们静默伫立,暮霭中若隐若现,
宛如古老的德鲁伊祭司。

然而,弗兰西家庭院中唯一的那棵树并非松树或铁杉,它拥有向四周伸展的绿枝,枝条上满覆尖叶,整棵树犹如由无数翠绿的伞盖交织成荫。人们称之为"天堂树",它顽强地向上生长,无论种子落在何处,即使是废墟、垃圾堆,甚至冰冷的水泥地,都能扎根生长,独自成树。这种树似乎对居民区情有独钟,枝繁叶茂,静默于人群之间。

当星期天下午漫步于高档居民区时，透过铁门瞥见这样一棵小树，便预示着这片区域即将出现更多的住宅。树似乎具有某种预知能力，总是先行一步。随后，贫穷的移民逐渐拥入，陈旧的沙石房变成了平房，羽毛垫被被悬挂晾晒在窗台上，天堂树也随之繁茂起来。就是这种树，它偏偏钟情于贫困居民居住的街巷。

弗兰西家的院子里便生长着这样一棵树。树上的绿叶簇拥成一把把小伞，环绕着三楼的防火梯生长。每当一个十一岁的小女孩坐在防火梯上时，她都会幻想自己身处于这棵大树的怀抱之中。这正是弗兰西在每个夏日星期六午后所向往的景象。

啊，布鲁克林的星期六，多么令人陶醉的时光！美好无处不在！人们在这一天领取薪水，享受闲暇的假日，不必像星期天那样恪守清规。他们挥洒金钱、品尝美食、畅饮美酒、享受爱情的甜蜜、尽情狂欢至深夜。他们唱歌、奏乐、舞动、嬉戏，因为第二天他们可以随心所欲地支配时间，直到晚场的弥撒钟声响起，才缓缓醒来。

而到了星期天，大多数人会准时参加十一点钟的弥撒。当然，也有少数人选择参加六点的早场。人们称赞他们的早到，但实际上他们并不值得这样的赞誉。因为他们前一晚彻夜狂欢，直到清晨才回家，然后直接赶到早场弥撒，草草应付后便回家补觉，心安理得地度过一天。

对于弗兰西而言，星期六的首要任务是前往废品回收站。她和布鲁克林的其他孩子一样，与弟弟尼利一同收集布片、废纸、金属、橡胶等废品，藏在地下室或床底下的箱子里。每天放学后，弗兰西都会悠闲地走回家，沿途仔细查看排水沟，希望能找到烟盒上的锡纸或口香糖包装纸。她会将这些东西放入小罐子的盖子里进行熔化。由于很多孩子会作弊，将铁垫圈混入其中以增加重量，所以废品站不收未熔化的锡纸小球。有时尼利会找到苏打水瓶，弗兰西会帮他取下瓶盖，熔化其中的铅。废品站也不敢收整个瓶盖，因为怕苏打水公司的人来找麻烦。其实瓶盖是个好东西，熔化之后能卖五分钱。

弗兰西和尼利每晚都会踏入地下室，将升降机架子上的当日收集品倾泻而出。由于他们的母亲是清洁工，两人得以享有这一特殊权利，能深入地下室进行探寻。他们会仔细收集架子上的纸张、布头和可回收的瓶子。其中，纸张的价值微薄，十磅仅能换得一分钱；布头则稍高，每磅价值两分；铁质物品每磅四分；而铜质物品尤为珍贵，一磅能换一毛钱。偶尔，弗兰西会有意外收获，比如发现废弃的洗涤用的锅炉的锅底，她会巧妙地使用开罐器将其撬下，反复折叠和捶打。

每逢星期六，九点刚过，孩子们便从四面八方赶来，会集于曼哈顿大道。他们沿着这条路，缓缓行至斯科尔斯街，有的怀抱破烂，有的拖着结实的木质肥皂包装盒，盒子下面装有稳当的木头轮子。还有几个推着童车，里面装得满满当当。

弗兰西和尼利则将破烂装入麻袋，两人各执一角，沿着曼哈顿大道行进，穿越茂吉街、滕艾克街、斯塔格街，直至抵达斯科尔斯街。这些街道名虽响亮，实则破败不堪。每条偏街陋巷里都会有衣衫褴褛的小孩子钻出来，加入破烂大军，共同前往卡尼的废品回收站。在前往回收站的路上，他们会遇到一些已经卖掉破烂、手中空无一物的孩子。这些孩子已然挥霍完所得，现在大摇大摆地返回，还嘲笑其他孩子。

"捡破烂的！捡破烂的！"

听到这个称呼，弗兰西立刻脸颊发烫，尽管她知道这些人也都是捡破烂的，但也无济于事，这并不能减轻她的羞愧感。稍后，她的弟弟尼利也会和伙伴们空手而归，同样嘲笑后来的孩子们，这同样无法给予她安慰，羞愧如影随形。

卡尼的废品回收站设在一座摇摇欲坠的马棚内。转过街角，弗兰西就看到那两扇大门被钩子钩住，友善地敞开着，似乎正在向她招手。磅秤的指针似乎微微晃动，仿佛在向她眨眼，热情地欢迎她的到来。卡尼，一位拥有铁锈色头发、胡须和眼睛的男子，正守候在磅秤旁。相较于男孩，卡尼更偏爱女孩，他会在捏女孩脸蛋时多给一分钱，只要对方不躲避。

因为能拿到额外的好处，尼利就闪到一边，让弗兰西把麻袋拖进去。卡尼走上前，将袋中物品倒在地上，然后轻捏弗兰西的脸颊，再将破烂放在磅秤上。弗兰西眨了眨眼，试图适应室内昏暗的光线，同时嗅到了空气中苔藓和湿布头的气味。卡尼瞥了一眼磅秤的指针，报出了一个价格。弗兰西明白卡尼不接受讨价还价，只好点头接受。卡尼迅速将破烂从磅秤上移开，叫她等着，开始将废纸、布头和金属分门别类。完成后，他从口袋中扯出一个用蜡线系着的旧皮袋，掏出一枚枚分币来，这些钱币泛着发霉似的绿光，本身就好像是破烂。弗兰西低声致谢，这时候卡尼生硬地看了她一眼，然后又伸手狠狠捏了下她的脸蛋。她忍住没有反应。他笑了，额外多给了一分钱。随后，他的举止陡然一变，嘴上咋咋呼呼，手脚却麻利。

"过来！"他向排队的下一个男孩喊道，"把铅拿出来！"他故意停顿，等着孩子们发笑。"我可不是说'破烂'啊！"孩子们纷纷配合地笑起来。笑声虽如迷失羔羊的哭诉，但卡尼似乎颇为满意。

弗兰西走出回收站，轻声告诉弟弟："他给了我一毛六分钱，还有捏脸时额外多给的一分钱。"

"那么这一分钱就是你的。"弟弟微笑着回应，仿佛重申了他们之间心照不宣的默契。

她轻轻地将那一分钱放入口袋，然后将其余的钱递给了弟弟。尽管尼利比弗兰西小一岁,但身为男孩,他负责掌管家中的财务。他小心翼翼地分配着这些来之不易的收入。

"八分钱放进储蓄罐。"这是家里的规矩,无论从哪里赚到钱,都必须将一半存入那个锡制的小罐子,它被固定在衣帽间最幽暗的角落里。"四分钱归你,四分钱归我。"

弗兰西小心翼翼地将准备存入存钱罐的钱款用一块手帕包好,并打了一个结。她手里握着的五分钱让她感到格外满足,满怀期待地想将其换成一枚崭新的五分硬币。

尼利则熟练地卷起麻袋,夹在臂弯中,急匆匆地走向查理便宜店,弗兰西紧随其后。查理便宜店是一家廉价糖果店,毗邻卡尼的废品回收站,专为来回收站的孩子们而设。每逢周六店铺打烊时,收银台上总是堆满了发绿的零碎纸币。该店有一项特殊规定,就是仅允许男孩入内,因此弗兰西只得站在门口,眼巴巴地望着里面。

店内聚集了一群年龄相仿的男孩,他们的年龄在八岁到十四岁之间,个个穿着松垮的灯笼裤,戴着鸭舌帽,帽檐都是破破烂烂的。他们到处站着,双手插兜,瘦削的肩膀微微前倾,他们长大后也会是这样的,也会在各样扎堆的地方这样站着。唯一不同的是,长大后的他们嘴边总叼着香烟,就像粘在嘴上一样,他们带着口音说起话来,嘴角的烟也跟着上下晃动。

孩子们在店内显得局促不安,他们瘦削的脸庞不时转向店主查理,或是与同伴对视,随后再次转向查理。弗兰西注意到,一些孩子因夏季炎热而剃去了头发,短发紧贴头皮,留下了推子推过的痕迹。这些孩子自信地将帽子揣入口袋或扣在后脑勺上,而尚未理发的孩子则因微卷的头发而显得孩子气十足,他们为此感到羞涩,总是将帽子戴得严严实实的,甚至盖过耳朵,看上去像女孩子一般,只不过他们嘴里常常会蹦出粗话来。

查理便宜店其实并不便宜，店主也不叫查理，但这个名字连同遮阳棚上的标志，让弗兰西深信不疑。店内有一项特色活动，即支付一分钱便可参与抽奖。柜台后面的木板上挂着五十个标有数字的钩子，每个钩子上都悬挂着不同的奖品。其中不乏一些诱人的奖品，如旱冰鞋、棒球手套和装有真发的布娃娃等。弗兰西在一旁观看，只见尼利从破旧的信封中抽出一张皱巴巴的卡片。"二十六号！"弗兰西怀着期待的心情望向奖品板，然而尼利抽到的却是一个一分钱的橡皮擦。

"你想要奖品还是糖果？"查理询问尼利。

"当然要糖果了，不然还能要什么？"他毫不犹豫地答道。

这样的结果似乎成了常态。弗兰西从未见过有人抽中超过一分钱的奖品。实际上，那些看似诱人的奖品，如旱冰鞋和布娃娃，其实早已显得陈旧不堪，仿佛在那里尘封了许久，像是蓝色小子[①]的玩具狗和小锡兵一样过时。弗兰西暗下决心，有朝一日她攒够了五毛钱，一定要将所有奖券买下，把所有的奖品一网打尽。

她确信这将是一笔划算的买卖：旱冰鞋、棒球手套、布娃娃等所有奖品，加起来只需五毛钱。而那双旱冰鞋，其实际价值就远超五毛钱了。等那一天到来，尼利也会一同前来参与，因为这家店铺里很少有女孩光顾。不过，周六也有一些大胆、急躁、早熟的女孩光临此地，她们大大咧咧的，毫无顾忌地与男孩们打成一片——邻居们都说这些女孩以后肯定不成器。

穿过马路后，弗兰西来到了吉姆培糖果店。吉姆培是个跛脚老头，以和善著称，对待孩子们更是格外和蔼——至少这是大家公认的，直到某个晴朗的下午，他哄骗了一个小女孩进入自己阴暗的房间后，一切才改变。

[①] 英国童谣 *Little Boy Blue* 里的人物。——本书注释均为译者注

弗兰西在犹豫是否要购买吉姆培家的特卖品——奖品袋。她的好友莫蒂·多纳万正打算购买一个。弗兰西紧挨着莫蒂，站在她身后，假装自己也考虑购买。当莫蒂犹豫不决半晌，终于指向橱窗里鼓鼓的奖品袋时，弗兰西不禁屏住了呼吸，是她的话，她宁愿挑选一个较小的袋子。越过朋友的肩膀，她看到莫蒂从中取出了几颗略显陈旧的糖果，然后紧盯着自己的奖品———一块亚麻手帕。弗兰西曾有一次抽到了一小瓶香水，这让她再次陷入了纠结。尽管糖果已不新鲜，但偶尔的惊喜总能带来快乐。然而她转念一想，与莫蒂一同分享这份快乐也同样美好。毕竟，莫蒂刚才购买奖品袋时，已经给了她一个惊喜。

弗兰西漫步在曼哈顿大道上，一路品味着那些悦耳动听的街名：斯科尔斯街、梅瑟罗尔街、蒙特罗斯大道以及约翰逊大道。后两条大道是意大利人居住的地方。而被称为犹太小镇的这一片街区，则是从西格大街起始，涵盖了摩尔街与麦吉本街，一直延伸至百老汇。弗兰西朝着百老汇进发。

布鲁克林区威廉斯堡的百老汇，究竟藏着哪些独特魅力？答案无外乎一处——那便是无与伦比的五分一毛商店！这家店铺宽敞明亮，商品琳琅满目，仿佛囊括了全球各地的奇珍异宝——至少对于一个年仅十一岁的小女孩而言，确实如此。弗兰西手中的零花钱赋予了她选择的权利，让她得以在此随心所欲地挑选那些心爱的物品！这恐怕是世界上唯一可以让她这么阔绰一把的地方了。

走进商店，弗兰西在各个过道间轻盈地穿梭，逐一探寻那些让她心仪的商品。她轻巧地拾起一件物品，细细地在手中摩挲，体会着它的形状与质感，随后又小心地将它放回原处，这番体验简直美妙至极。揣着钱包里那些零花钱，让她享受着这份独有的权利。若是有店员靠近询问是否需要帮助，她便微笑着回答："是的，我想买这个。"同时指向一两件商品。她心中不禁感叹，金钱的力量真是无可比拟。

经过一轮热情的触摸与挑选后,她终于决定买下那个长久以来梦寐以求的宝贝——一包五分钱的粉白相间的薄荷糖片。

她沿着贫民区的格雷厄姆大道回家,看到装满物品的小推车。每辆小推车仿佛都是一个移动的商店——周围是讨价还价的顾客、情绪激昂的犹太人以及邻里间特有的气息;烤箱中飘出的烤鱼香气、酸黑麦面包的味道,还有一股煮蜂蜜的甜香味。她好奇地打量着那些头戴羊驼头骨帽、身披丝网布大衣的大胡子男人,想知道为什么他们的眼睛虽小,却目露凶光。

弗兰西注视着街道上的"小商店",闻着杂乱无章地摆放在桌上的衣物散发的气息。她注意到窗外晾晒的羽毛床垫,防火梯上晾晒的色彩鲜艳的东方服饰以及排水沟里嬉戏的半裸的孩子们。

一个挺着大肚子的女人安静地坐在路边的硬木椅上,耐心地望着街上的喧嚣,守护着她腹中那神秘的小生命。

弗兰西想起了妈妈曾经告诉过她,耶稣其实是犹太人。这让她感到惊讶,因为她一直以为耶稣是天主教徒。妈妈告诉她,犹太人只是把耶稣看作一个讨嫌的犹太男孩,他既不愿继承木匠的手艺,也不愿结婚成家。妈妈还说,犹太人相信他们的弥赛亚尚未降临。看着那位怀孕的犹太女人,弗兰西不禁陷入了沉思。

"也许这就是犹太人多生孩子的原因吧。"弗兰西心中思忖,"这就是为什么他们能如此安静地端坐、耐心地等待,以及为何她们不以肥胖为耻。毕竟,每个人都可能在孕育真正的小耶稣。难怪她们怀孕时走起路来都神气十足。相比之下,爱尔兰女人总是显得羞愧,因为她们知道自己永远生不出一个小耶稣,只能再生出一个小爱尔兰人。等我将来怀孕了,即使我不是犹太人,我也要像她们一样,走得神气十足。"

回到家时,已是正午时分。不久后,妈妈提着扫帚和木桶回来,

"哐"的一声将它们丢在角落,这个动静意味着,下周一之前没人会再来碰它们了。

妈妈正值芳龄二十九,一头乌丝如瀑,眸色深棕,手脚麻利,身材匀称。作为一名清洁工,她负责打扫三套廉价公寓。尽管她看起来娇小漂亮、活力四射,总是充满激情和幽默,但谁能想到,她竟然要靠擦地板来维持一家四口的生计呢?她的手,因为长期浸泡在苏打水中而泛红皲裂,尽管如此,她还是将指甲修剪成了椭圆形,十分可爱。

大家都说,像凯蒂·诺兰这样的女人还得靠擦地板讨生活真是太可惜了。但他们也说,她摊上那样一个丈夫,还能怎么办呢?大家承认,不管怎么看,约翰尼·诺兰确实是个英俊可爱的男人,在邻里间也算得上是佼佼者,可他是个醉鬼。这也是事实。

弗兰西向妈妈展示了她新赚的八分钱,并将它们放入锡制的存钱罐中。母女俩开心地猜测着存钱罐里有多少钱。弗兰西认为里面肯定有将近一百块,而妈妈却估计只有八块钱左右。

妈妈吩咐弗兰西去买午餐所需的食材。"在破口杯子里拿八分钱买四分之一份新鲜出炉的犹太黑面包,再用五分钱去索尔温肉店买五分钱的舌根肉。"

"但是,你得事先和他们说一声,我才能买得到。"弗兰西向妈妈提出要求。

"告诉他,是你妈妈说的。"凯蒂坚持道,随后陷入了沉思,"我在想是再买五分钱的糖面包,还是把钱放进存钱罐里呢。"

"哦,妈妈,今天可是星期六呀。整个星期你都在说我们今天能吃糖面包。"

"好吧,那就去买些吧。"

小小的犹太熟食店里挤满了买犹太黑面包的基督徒。弗兰西看着店员将她的四分之一份面包小心翼翼地塞进纸袋里,她心中暗赞:这面包外皮酥脆,内里软糯香甜,新鲜出炉时定能成为世上最美味的面包。

然后,弗兰西不情不愿地踏进了索尔温肉店的大门。店主有时候愿意卖舌头肉,有时候又不愿意。那份每磅高达七毛五的切片舌头,只有富人才能经常享用。但弗兰西知道,如果和索尔温先生交情匪浅,在舌头肉即将售罄之时,就可以以五分钱的低价买到一小块舌根。舌根没什么像样的肉,多是软骨和小脆骨,只是有点肉味儿。

今天,索尔温先生恰巧愿意卖舌根肉。"舌头肉昨天就卖完了,"他告诉弗兰西,"但我把舌根肉给你留着的,因为我知道你妈妈喜欢吃这个,我喜欢你妈妈。记得回去告诉她,听到了吗?"

"好的,先生。"弗兰西低声回答,低头看着地板,感觉自己的脸越来越热。她其实对索尔温先生并无好感,也不愿把他说的话告诉妈妈。

在面包店,弗兰西精心挑选了四个糖最多的面包。踏出店门,她遇见了尼利。他往袋子里偷瞄,看到面包后立马兴高采烈起来。尽管早上他已经花了四分钱买糖果吃,但他还是饿得慌,催着弗兰西一路跑回家。

爸爸没有回家吃饭。他是一个自由唱歌服务员,工作并不稳定。通常,他会在周六早上去工会总部等着接活。

弗兰西、尼利和妈妈围坐一堂,共享了一顿丰盛的午餐。每人得到了一片厚厚的舌根肉、两片香甜的涂满黄油的黑面包、一块糖面包和一杯浓醇的热咖啡,桌上还有一匙甜炼乳。

诺兰家对咖啡有着独到的喝法。这是他们最大的奢侈。妈妈每天早上会煮一大壶咖啡,午餐和晚餐时再热一热,随着时间的流逝而沉淀,咖啡会变浓。虽然咖啡里兑了很多水,但妈妈会放一块菊苣,让咖啡变得浓郁与苦涩。每个人一天只能喝三杯加牛奶的咖啡，而黑咖啡则可以随时享用。有时候，下雨天无事可干，待在家里，如果有杯咖啡做伴，即使苦涩，也能带来一丝慰藉。

尼利和弗兰西虽喜欢咖啡，却总保持一份克制。今天和往常一样，尼利的黑咖啡还是没动，他吃掉了涂在面包上的炼乳，然后例行公事般抿了一口黑咖啡。妈妈把弗兰西的咖啡倒出来，加了点牛奶，尽管她知道这孩子不会喝。

弗兰西喜欢咖啡独特的香气和蒸腾的热气，她一边吃着面包和肉，一边握着咖啡杯，感受着它的温度。她不时地闻着咖啡苦中带甜的气息，这份感觉，对她而言，比喝咖啡本身更美妙。吃完饭后，咖啡就被倒进了水槽。

妈妈有两个姐妹——茜茜和艾薇，是公寓中的常客。每次看到咖啡被倒掉，她们就会对妈妈一通说教，让她别浪费东西。

妈妈解释道："弗兰西和其他人一样，每顿饭可以喝一杯咖啡。如果倒掉比喝掉能让她感觉更好，那也没什么。我觉得，像我们这样的人偶尔浪费一些东西也不错，体验一下富足无忧是什么感觉。"

妈妈对这个奇异的观点颇为自得，弗兰西的心中亦漾起了喜悦的涟漪。这一观念，犹如一座桥梁，巧妙地将底层的贫困者与挥霍无度的富人相连。在小女孩纯真的眼中，即便她比威廉斯堡的所有人都要贫穷，但在某种层面上，她却觉得自己比任何人都更加富足、更加自由，因为她还拥有一丝浪费的权利。她细细品味着那块糖面包，舍不得迅速消耗掉这份甜蜜，而一旁的咖啡早已冷却。她将冷却的咖啡倒入水槽，享受着这一瞬间的奢侈与放纵。随后，她踏上了前往洛舍面包店的路途，为家里采购接下来一周的口粮——那些略带霉斑的面包。妈妈叮嘱她，用五分钱可以换一个霉馅饼，只要它破损得不太严重。

洛舍面包厂负责为周边的店铺供应货品。因缺乏蜡纸包装，面包容易变质。对此，面包厂会从零售商那里回收这些发霉的面包，然后以半价之惠，售予贫困家庭。折扣店铺紧邻面包坊，店内一侧是狭长的柜台，另外两侧放着同样狭长的凳子。柜台后方有一扇宽大的双开门，专门用于卸面包。每当面包坊的货车倒车靠近，直接将面包卸至柜台上时，都会掀起一场小小的风暴。诱人的价格——五分钱两块面包，如同磁铁，吸引着人群蜂拥抢购，面包常常供不应求，有的人甚至需要等待三四辆货车卸完货才能买到。由于价格低廉，顾客需要自己准备包装纸。来购买的大多是孩子。一些孩子直接将面包抱在怀里，大步流星地走回家，仿佛在向全世界宣告他们家的贫困。而那些讲究面子的孩子，则会用旧报纸，或是用或干净或脏污的面粉袋来包裹面包。弗兰西，便是其中的一员，她手里握着一个大大的纸袋。

弗兰西并未急于加入抢购的行列。她坐在一张长椅上，静静地观察着。十几个孩子在柜台前你推我挤，大喊大叫。四位老人在对面的长椅上打着盹儿，他们都是家里领抚恤金的老人，被家里派来跑腿和看孩子，这是威廉斯堡这些年迈的老人唯一可干的事情。他们尽可能多地在这里待着，享受着洛舍面包店的香气与窗外的阳光落到他们脊背上的温暖。他们坐着打盹，感觉时间变得充实了，这种等待暂时性地赋予了他们一种生活的意义，他们几乎觉得自己又有了奔头。

弗兰西的目光落在了最年长的老人身上，玩起了她最喜欢的游戏——看人编故事。他那稀疏且打结的发丝，与脸颊上同样黯淡无光的胡楂一样，皆显露出一种灰蒙蒙的脏污。嘴角边，斑驳的唾沫痕迹清晰可见。他打了个哈欠，空荡荡的口腔暴露无遗——牙齿早已尽数脱落。随后，他合上嘴，双唇仿佛向内塌陷，使得面部轮廓异常奇特，下巴几乎贴近鼻尖，这一幕让她既感好奇又心生厌恶。她审视着他那件破旧的外套，注意到衬垫在撕裂的袖管边缘摇摇欲坠。他的双腿随意地伸展着，油腻腻的裤子上缺失了一枚纽扣。视线下移，她发现他的鞋子破旧不堪，其中两个脚趾赫然裸露在外。一只鞋用一根打结的鞋带勉强维系，另一只则胡乱绑着脏污的麻绳。她清晰地看见那两个厚实而污浊的脚趾，以及他那灰色的趾甲，思绪如潮水般汹涌而来：

"他老了，肯定有七十多岁了。他出生时，亚伯拉罕·林肯尚在人世，正筹备着竞选总统。那时的威廉斯堡或许仍沉浸于一片宁静祥和的田园风光之中，没准弗拉特布什的土地上还回响着印第安人的足音，一切都很久远了。"她一直盯着他的脚看，"他那时还是个婴儿。他一定白白净净，非常可爱，他的母亲会亲吻他那粉红色的小脚趾。也许夜晚打雷时，她会来到他的婴儿床旁，为他掖好被角，轻声安慰他别害怕，妈妈在这呢。然后她会将他紧紧拥入怀中，把脸颊贴在他的额头上，称他为自己的心头肉。他可能跟我弟弟一样，跑进跑出，把房门弄得砰砰作响。他的母亲教训他的时候，心中或许还藏着一份期许——没准哪天他会当上总统呢。那时，他长大成人，身体强壮，生活幸福。当他走在街上时，女孩们微笑着转身看他。他回以微笑，也许还会给最漂亮的那个抛个媚眼。他或许已经步入了婚姻的殿堂，拥有了自己的孩子，孩子们会觉得他是世界上最棒的爸爸。他努力工作，买玩具送给他们当圣诞节礼物。如今他的孩子们也和他一样步入中年，也有了自己的孩子，他似乎成了多余的存在，等待着生命终章的降临。但他可不想死，他还想活着，尽管他已经老态龙钟，生活已经索然无味。"

这地方很安静。夏日炽烈的阳光穿透窗户，径直洒落至地面，形成一道道斜长的光影，其间尘埃轻轻舞动。一只硕大的绿头苍蝇，在这被阳光沐浴的尘埃世界中穿梭往来，嗡嗡作响。这地方空旷无人，只有她和几个打盹的老人相伴。那些原本排队等候面包的孩子已嬉戏于门外，欢声笑语仿佛来自另一个遥远的世界。

突然，弗兰西猛地站起来，心跳如鼓，一股莫名的惶恐涌上心头。没来由地，她想到了一架手风琴，为了奏出一个饱满的音符而被拉满了。然后，她想到手风琴不断地收紧……收紧……收紧……她意识到世界上那么多可爱的刚出生的孩子，终有一天会变得这样老态龙钟，这让她陷入了一种巨大的恐慌中。她必须逃离这个地方，否则她也会变成那样。转瞬之间，她就会变成一个没牙的老太婆，一双臭脚令人恶心。

就在此时，柜台后面的双开门"砰"地打开了，一辆装着面包的卡车倒了进来。一个男人走进来，站在柜台后面。卡车司机开始卸面包，他再把面包堆在柜台上。听到动静的孩子们从街上冲了回来，围着柜台旁的弗兰西挤来挤去。

"我要买面包！"弗兰西大声叫道。一个身材高大的女生用力地推搡了她一下，想以这种方式宣告自己的领地。"这没什么！这没什么！"弗兰西说，"我要六块面包和一块别太碎的馅饼。"她尖叫道。

见她气势逼人，店员塞给她六块面包和保存最完整的一块回收馅饼，收了她手中的两枚硬币。在从人群中挤出来时，弗兰西不慎掉了一块面包，但她无法弯腰拾起，因为周围实在是太拥挤了。

终于，她挣脱了人群的束缚，坐在了马路边，把买到的面包和馅饼放进纸袋里。一个推着婴儿车的女人经过，婴儿的小脚丫在半空中乱蹬。弗兰西瞧了瞧，看见的不是婴儿的脚，而是穿在一只巨大的破鞋里的奇怪东西。又是一阵恐慌袭来，她匆匆起身，一路小跑回家。

家里冷冷清清的。妈妈穿戴整齐，跟茜茜姨妈一起去看白天场的戏剧演出了，她们花一毛钱买了个座位。弗兰西把面包和馅饼收起来，袋子折得整整齐齐，以备下次使用。她走进和尼利一起住的没窗户的昏暗小卧室，坐在自己的小床上，等待着恐慌的浪潮退去。

没过多久,尼利回家了,他钻到床底下,拿出一副破烂的接球手套。

"你要去哪儿?"她问道。

"空地里打球去。"

"我能一块儿吗?"

"不能。"

她跟着他来到街上。他的三个小伙伴在等着他。一个手持球棒,另一个紧握棒球,第三个只穿了条棒球裤。他们朝着绿点区,向空场地进发。尼利回头瞥了一眼,看见弗兰西跟着他,但没说什么。其中一个男孩推了推他说:

"嘿!你姐跟着我们呢。"

"对啊。"尼利回答。那个男孩转过头对着弗兰西喊道:

"走开,玩儿你自己的去!"

"这是一个自由的国家。"弗兰西理论道。

"这是一个自由的国家。"尼利对着那男孩重复了一遍。之后他们也对弗兰西没辙了。她继续紧随其后。反正她正闲着,只能等到十二点时街区的图书馆重新开放。

孩子们步履缓慢,嬉笑打闹着前行。男孩们驻足在排水沟里搜寻锡箔纸和烟蒂,他们计划着,若遇上下雨天,便能在地下室里享受一番抽烟的乐趣。此外,他们还抽出一段时间戏弄了一个前往神殿的犹太小男孩。他们将他拦下,围在一起讨论对他的处置方式。而小男孩则静静地等待,脸上带着谦卑的微笑。最终,这群基督徒孩子决定释放他,并向他详细阐述了接下来一周他应遵守的行为规范。

"别叫我们在德沃街上看见你,臭小子!"他被要求道。

"我绝对不会。"他保证。男孩们有点失望,他们原以为他会反抗一下。其中一个男孩从兜里掏出一小截粉笔,在人行道上画出一道弯

弯曲曲的分界线。他命令道:

"连这条线也不许跨过来。"

这个小男孩明白了,他太轻易地缴械投降,反而惹毛了他们,他决定配合他们的游戏。

"伙计们,我就连往阴沟里伸只脚也不行吗?"

"吐口痰都不行。"他被告知。

"行吧。"他假装听天由命地叹了口气。

一个大点的孩子灵机一动。"还有,离基督徒女孩们远远的。听到没?"他们转头离去,留下这个男孩在背后瞪着他们。

"我的天!"他转了转自己大大的棕色眼珠,低声说道。这帮非犹太的伙计竟然觉得他已经足够有男人味,可以去泡妞了。这简直让他受宠若惊,一边走还一边感慨个不停。

孩子们慢悠悠地走着,狡黠地看着那个聊着女孩子的大男孩,不知道他会不会讲一个荤段子。不过,还没来得及,弗兰西就听到她弟弟说:

"我认识那小子,他是个犹太族的白人。"尼利曾听爸爸这样称呼过一个他喜欢的犹太酒保。

"哪有什么犹太族的白人。"大男孩说。

"好吧,如果有的话,"尼利换了个说法,他既肯定别人,又不放弃自己的看法,这使他显得温和有礼,"那他就是我说的这种人。"

"根本不可能有犹太族的白人,"大男孩反驳道,"就是假设也不可能。"

"我们的主就是犹太人。"尼利把妈妈的话搬出来。

"可惜其他犹太人反过头来后杀了他。"大男孩立马顶回去。

正当他们沉浸在之前的争论中,对神学奥秘的探讨尚未来得及深入展开时,视线便被另一个小男孩吸引。他正从洪堡街拐入安斯利街,手上挎着一个篮子。篮子表面覆盖着一块略显破旧的干净布,一根木棍插在篮子的边缘,上面挂着六块椒盐卷饼,它们像旗帜一样无力地垂下。尼利帮派中的一名大男孩见状,迅速发号施令,其他孩子立刻行动,将这个小男孩团团围住。面对突如其来的包围,小男孩惊恐地站在原地,张口大声呼喊:"妈妈!"

二楼的窗户猛然打开,一个女人用皱巴巴的裹胸遮住她硕大下垂的胸部,吼道:

"别碰他,滚出这条街,你们这些小杂种!"

弗兰西连忙用手捂住耳朵,这样她就不必在祷告的时候,向神父坦白她听了一堆污言秽语。

"我们又没干吗,夫人。"尼利讨好地笑了笑,这总能赢得他母亲的宽恕。

"你敢发誓吗?我不在这儿的时候也没有?"她依然语气不善,对儿子喊道,"你给我上来。以后我打盹的时候再敢吵醒我、给我惹麻烦,看我怎么教训你。"那个椒盐卷饼男孩上楼去了,孩子们继续往前走。

"这女的真难对付。"大男孩把头一仰。

"确实。"其他人都表示同意。

"我家的老头也很难对付。"一个小男孩接话。

"谁在意这个?"大男孩懒懒散散地回答。

"我就是说说而已。"小男孩马上道歉。

"我家的老头倒是不难对付。"尼利说道。男孩们哈哈大笑。

他们慢悠悠地走着,不时地停一下,深吸一口纽敦小河的气味,这条小河沿着格兰德街的几个街区,在狭窄的河道里蜿蜒流过。

"天哪,好臭。"大男孩评论道。

"确实。"尼利非常赞同。

"我敢说这是世界臭味之王了。"另一个男孩夸张地说。

"是的。"

弗兰西轻声应和,尽管她闻到了那股刺鼻的气味,她却为这种气味感到自豪。这气味让她意识到附近有一条虽然肮脏却能汇入大海的河流,对她而言,这种令人不悦的气味反而是远航和未知冒险的序曲,她欣然接受这种独特的气味。

当孩子们来到一块由脚印踩出的近似菱形的空场地时,一只黄色小蝴蝶在杂草间翩翩起舞,轻盈而自由。几乎出于孩童的本能,他们渴望捕捉一切奔跑于地面、翱翔于蓝天、游弋于碧水,或是匍匐于草丛的小小生命。未及靠近,尼利便对准蝴蝶一把将帽子飞了出去,将蝴蝶收入囊中。然而,这份捕捉的乐趣转瞬即逝,孩子们很快便对它失去了兴趣,转而投身于他们自己设计的四人棒球赛的激烈对决中。

孩子们疯狂地玩耍,他们激烈地竞争,大声地叫骂,汗水浸湿了衣衫,你推我搡。每当有路人经过,他们便如同台上的小丑,尽情展示自己的球技,仿佛在向世界宣告他们的存在与实力。据说,每逢星期六下午,布鲁克林的街道上都会有一百名球探在暗中观察,寻找那些潜力无限的球员。对于布鲁克林区的男孩们而言,能被选中加入布鲁克林球队打球是他们心中最大的梦想,即便是成为美国总统也无法与之相提并论。

过了一会儿,弗兰西就看累了。她知道,这些孩子会一直这样玩耍、争斗、炫耀,直到晚饭时间才会各自回家。看了看时间,已经两点了,图书管理员现在应该已经吃完午饭回到了图书馆。于是,弗兰西怀着愉快的心情,向图书馆所在的方向走去。

2

这座图书馆虽然略显陈旧,但在弗兰西眼中却蕴藏着别样的美丽。这种感觉与在教堂的体验不相上下。她把门推开,走了进去。图书馆里这种混合着旧书皮、胶水糨糊和新印油墨的独特味道,让她沉醉其中,比做弥撒时线香的味道更令人着迷。

弗兰西坚信,全世界的书籍都汇集在这座图书馆里,她立志要将每一本书籍的精髓都纳入心田。她按照字母排列的顺序,日复一日地看书,即使是那些枯燥乏味的书籍也从不遗漏。她记得,她读的第一本书是一个名叫阿伯特(Abbott)的作者写的。她这么坚持不懈、每日一本地读了很长一段时间,但依然还停留在字母 B 的区域。截至目前,从蜜蜂(bee)到水牛(buffalo),从百慕大的度假胜地(Bermuda vacation)到拜占庭的宏伟建筑(Byzantine architecture),她已经读了很多相关的书。尽管乐在其中,她也不得不承认有些书籍读起来颇为艰难。但弗兰西这位天生的读者,却从不挑剔,无论是垃圾废话还是经典名著,无论是时间表还是杂货铺的价格表,她都照单全收。有些书的阅读体验非常精彩,路易莎·奥尔科特的作品就尤其让她着迷。她决计在读完 Z 区域的书之后,把所有的书从头再重新读一遍。

星期六是个特例。这一天,弗兰西会打破常规,请图书管理员为她挑选一本不按字母顺序排列的书。

弗兰西走进图书馆,轻手轻脚地关上门——就像你在图书馆的动作一样——目光不由自主地迅速被图书管理员桌子末端的那个金棕色小陶碗吸引。那是一个季节指示标，秋来插白英，圣诞种冬青。即使积雪未融，只要看到碗里放着褪色柳，弗兰西就能感受到春天的气息。今天，这个 1912 年夏日的星期六，碗里盛放的是什么呢？她的视线顺着陶碗向上，扫过绿色的细茎和圆圆的叶子，她看到了——金莲花！红色、黄色、金色和象牙白色交织在一起，形成了一幅美丽的画面。这一幕让弗兰西震撼到额头发疼，将会成为她一生中最难忘的记忆之一，永远镌刻在她的心田。

"我长大以后，"她在心中默默许下愿望，"也要有一个这样的小碗，在炎热的八月里放上金莲花。"

她把手放在光滑的桌子边上，陶醉于这种感觉。她目光延伸，看到削得尖尖的铅笔整齐地排列着，还有干净的绿色方形笔记本，雪白的奶油糊，规规矩矩摆着的卡片和等待放回书架上的书籍。那支笔尖上贴着日期的铅笔格外显眼，孤零零地靠在笔记本的边缘。

"没错，等我长大了，有了自己的家，我不要毛绒椅子和蕾丝窗帘，也不要塑料做的植物。每周六晚上，我的客厅里都要摆一张这样的桌子，雪白的墙壁作为背景，一本干净的绿色笔记本放在中央，一排削好备用的金光闪闪的铅笔整齐地排列着。那个金棕色的碗里要放上一些花、叶子或者浆果作为装饰。当然，还有书……书……书……"

她精心挑选了一本星期天要读的书，作者是布朗（Brown）。惊讶之余，她已经连续数月都在阅读布朗的作品了。她本以为自己快要读完他的所有作品了，但又注意到下一个书架上摆放着布朗尼（Browne）和布朗宁（Browning）的作品。她叹了口气，心中有些焦急地期待着能够尽快读到 C 区的书籍。那里有一本玛丽·科雷利的书让她非常期待，她曾偷偷瞥了一眼书中的内容，觉得非常刺激。她还能读到那本书吗?也许她应该尝试一天读两本书?或者……

弗兰西在桌边站了很久,图书管理员终于注意到了她。

"你要哪本书?"这位女士语气不悦。

"这本,我想要这本。"弗兰西打开书的最后一页,取出夹着的信封里的小卡片,把书往前推了推。这是图书管理员教给孩子们借书的正确方法,既能节省时间,又能避免每天重复打开几百本书、抽出信封、取出卡片的烦琐过程。

图书管理员接过卡片,在上面盖了戳,然后把它放进桌子上的一个插槽里。接着她在弗兰西的借书卡上也盖了戳并递给她。弗兰西接过卡片,并没有立刻离开。

"还要干吗?"图书管理员头也没抬。

"您能推荐一本适合给女孩看的好书吗?"

"多大?"

"她十一岁了。"

每周,弗兰西都会重复同样的请求,而图书管理员也总会问同样的问题。那张借书卡上的名字对图书管理员来说什么也不是,她从不抬头去看孩子们的脸,因此她也不认识这个平日每天来借一本书、周六借两本书的小女孩。哪怕只是一个微笑或一句友好的问候,弗兰西都会感到欣喜。她热爱图书馆,也渴望得到那位管理图书馆的女士的认可。然而,图书管理员的心思似乎并不在孩子们身上。无论如何,她对孩子们总是有些冷淡。

当图书管理员在桌子下找到给弗兰西所选的书时,她满怀期待地颤抖着。她看到了书名《如果我是国王》,作者是麦卡锡。太棒了!上周她借的是《格劳斯塔克的贝多芬》,上上周也是。她其实只读过两次麦卡锡的书,因为图书管理员似乎特别喜欢推荐这两本。也许这是图书管理员自己读过的作品,也许它们在图书馆的推荐读物榜上,也许图书管理员觉得这两本书对一个十一岁的女孩来说正合适。

弗兰西紧握着书本，步伐轻快地行走在回家的路上，她几乎迫不及待地想要坐在门前的防火梯上开始阅读了。

终于回到了家，这是她每周都期待的时刻：防火梯阅读时间。她在防火梯上铺了一条小地毯，从床上拿来一个枕头，靠在铁栏杆上。幸运的是，冰箱里还有冰块。她切下一小块碎冰，放入一杯水中。那天早上买的粉白相间的薄荷糖片，被放在一个虽旧但漂亮的蓝色小碗里。她把杯子、小碗和书放在窗台上，然后往防火梯上爬。一到那里，她就仿佛置身于自己的小天地中。楼上楼下以及马路对面的人都看不见她，她却可以通过树叶的缝隙看到外面的一切。

那个下午阳光格外温柔，海风轻拂，带着几分咸香与自由。树叶在白色枕套上投下变幻莫测的影子，院子里也恰好没有人。平日里，这个院子会被一个小男孩霸占，他爸爸在一楼租了一间店铺。那个男孩喜欢玩墓地游戏，他会挖一些小坟堆，把捉到的毛毛虫放进小火柴盒里，然后用不太正式的仪式将它们埋葬，并在小坟堆上竖上一小块鹅卵石作为墓碑。整个过程都伴随着他假装的抽泣和起伏的呼吸声。但今天，那个喜欢装模作样的小男孩要去本森赫斯特拜访他的姑妈。留给了弗兰西一个宁静的下午，这份意外的礼物，让她心中充满了如同收到生日礼物般的喜悦。

弗兰西尽情享受着温暖的气息，欣赏着树影的舞动，品尝着糖果的甜美，在读书的间隙里抿一小口冰爽的水。

亲爱的，如果我是国王，
哦，如果我是国王的话……

每一次翻开弗朗索瓦·维隆的故事书页，她都会被其深深吸引。

她的心中偶尔会掠过一丝忧虑,生怕这本珍宝在图书馆的某个角落悄然消失,从此让她失去了与这些精彩故事相遇的机会。她曾经想过在一个两分钱的笔记本上抄下这本书的内容,希望能拥有一本属于自己的书。但是用铅笔抄写的书,无论是看起来还是闻起来,都无法与图书馆的书相提并论。于是她打消了这个念头,安慰似的告诉自己,等她长大后,她会努力工作攒钱,买下每一本她喜欢的书。

在阅读的过程中,弗兰西感到世界变得宁静而美好。只有她一个人,一本好书,一小碗零食,独自待在家中,享受着树影的摇曳和午后的时光。差不多四点钟的时候,弗兰西家院子对面的出租公寓开始热闹起来。透过树叶的缝隙,她可以看到那些没有拉上窗帘的窗户里,人们纷纷拥出,带着清凉的泡沫啤酒回来。孩子们在肉店、杂货铺和面包坊之间穿梭,女人们则带着沉甸甸的大包,满载而归,取回了男子们星期天要穿的西装。不过到了周一,这些西装又会回到当铺里待上一个星期。当铺靠每周的利息赚钱,同时也会将衣服打理好,抹上樟脑以防虫蛀。周一归还、周六借出的西装,一毛钱的利息就落入了蒂米叔叔的手中。这样的生活就这样周而复始地进行着。

弗兰西还看到年轻的女孩们正准备和她们的小男朋友外出约会。公寓里没有配备独立的浴室,女孩们只好站在厨房的水槽前,穿着背心和衬裙洗漱。当她们高高举起手臂,清洗腋下时,那优雅的曲线在窗棂间若隐若现,看起来就像是一场安详而充满期待的仪式。

当弗拉伯家的马车缓缓驶入隔壁的院子时,弗兰西的视线从书上移开,因为她发现欣赏这匹漂亮的马儿几乎和读书一样令人心旷神怡。隔壁的院子里铺了鹅卵石,尽头矗立着一间典雅的马厩。一扇由熟铁煅烧而成的双层门将院子和街道巧妙地隔开。鹅卵石小径旁,一方精心打理的土地上,生长着一丛鲜艳的玫瑰和一排鲜红的天竺葵。这马厩比周围所有的房子都要精致,无疑是威廉斯堡最漂亮的院子。

弗兰西听到大门咔嗒一声关上了，紧接着映入眼帘的是那匹耀眼的棕色公马。它的鬃毛和尾巴油亮亮的，牵引着一辆栗色的小马车，车身上闪耀着"弗拉伯医生"几个金色大字及地址。这辆马车并非用于运送货物，而是整日悠闲地在街道上行驶，成了一个移动的、梦幻般的广告牌。

弗兰克是一位脸颊红润、英俊潇洒的年轻人，仿佛从儿歌中走出。每日清晨，他驾驶着马车出去，下午再悠闲地返回。他的生活无忧无虑，引得无数少女倾心。他的职责，就是驾驶着马车在街道上缓缓行驶，让每一个行人都能清晰地看到车身上的名字和地址。当需要安装假牙或拔牙时，人们会想起马车上的地址，然后去找弗拉伯医生。

弗兰克有条不紊地脱下外套，换上皮围裙，而马儿鲍勃则耐心地晃悠着蹄子。接着，他解开了鲍勃的马具，细心地擦拭着皮革，然后将马具挂在马厩里。之后，他用一块浸湿的黄色海绵给马洗澡。鲍勃似乎很享受这个过程，它站在那里，任由阳光洒在身上，时不时用蹄子在石头上摩擦出火花。弗兰克一边挤水擦洗马背，一边轻声地对它说：

"站好了，鲍勃。真是个好孩子。过来过来，这儿！"

弗兰西的生活里不是只有鲍勃一匹马，因为艾薇姨妈的丈夫威利·弗利特曼叔叔也有一匹马，名叫德鲁默，它拉着一辆牛奶车。然而，威利和德鲁默之间的关系并不和谐，不像弗兰克和鲍勃那样亲密无间。他俩总是想着怎么算计对方。威利叔叔总是对德鲁默大吼大叫，仿佛这匹马整夜未眠，只为想出新的法子来整蛊它的主人。

弗兰西钟爱一个有趣的游戏，她会想象人们和他们的宠物互换角色。譬如，白色的小贵宾犬是布鲁克林最受欢迎的宠物，而养贵宾犬的女人通常个子矮小、白白胖胖、有些邋遢，眼睛湿漉漉的就像贵宾犬一样。泰莫尔小姐，那个给妈妈上音乐课的身材瘦小、头脑机灵、叽叽喳喳的老处女，则像挂在厨房里的金丝雀。如果弗兰克能变成一匹马，弗兰西觉得他肯定和鲍勃如出一辙。至于威利叔叔的马，尽管她未曾亲眼看见，但她心中已勾勒出其模样——德鲁默，定是与威利叔叔一般，黝黑瘦小，眼白较多，神情紧张。它也会像艾薇姨妈的丈夫一样古怪而忧郁。想到这里，弗兰西决定不再去想弗利特曼叔叔和他的马了。

此时，大街上传来了阵阵喧闹声。十几个小男孩紧紧簇拥在铁门旁，围观着附近唯一的马洗澡的场景。弗兰西虽然看不见他们，但能听到他们兴奋的交谈声。他们围绕着这只温驯的小动物，编造着各种离奇的故事。

"它看起来安静又温驯是吧，"一个男孩说道，"但那都是它装的。它在等弗兰克不注意的时候，一口咬住他，把他踢死。"

"没错，"另一个男孩应和，"我昨天还看见它撵一个小男孩来着。"

又一个小男孩突然想到，"我还看见它冲着一个老太太撒尿，那老太太就坐在排水沟边上卖苹果。撒得苹果上全是尿。"他又补充了一句。

"人们给它戴上了眼罩，所以它看不见人有多弱不禁风。如果它能看到，它就会把这些人都杀了。"

"戴马眼罩还会让它们觉得人很弱小吗？"

"小得就像一泡尿。"

"咦！"

每个男孩都知道自己在睁眼说瞎话，却对其他男孩的话深信不疑。最后，男孩们厌倦了看着温驯的鲍勃只是杵在那里。其中一个男孩捡起一块石头朝马儿扔去。鲍勃身上被砸到的地方晃动了一下，孩子们瑟瑟发抖，害怕它会发狂。弗兰克抬起头来，用布鲁克林式的温

和声音对他们说道:

"你们在这赖着不想走,就来欺负一匹马。这马儿可没得罪过你们。"

"怎么没有?"一个男孩气冲冲地叫道。

"就是没有。"弗兰克回答。

"哼,你给我滚远点。"最小的男孩蹦出一句最恶狠狠的话。

弗兰克一边洗着马背,一边仍然温和地说:"你自己走,还是非得要我把你屁股打开花?"

"你以为你是谁啊?"

"我让你看看我是谁!"弗兰克突然扑过来,捡起一块松动的鹅卵石,摆好位置,作势要扔出去。男孩们连忙后退了几步,大声反击道:

"这里是自由的。"

"没错,这条街又不是你买的。"

"我要去给我叔叔告状,他可是警察。"

"赶紧滚蛋。"弗兰克冷冷地说。他小心翼翼地把鹅卵石放了回去。

那些大男孩厌倦了这个游戏,渐渐散开了。但是小男孩们又溜了回来。他们想看弗兰克给鲍勃吃燕麦。

弗兰克洗完马,让它站在树荫下。马脖子上挂了一个满满当当的饲料袋,然后他吹着口哨去洗马车:"让我唤你小甜心。"这口哨像一个信号似的,住在诺兰家下面的弗洛西·加迪斯马上把头伸出了窗外。

"嘿,你好呀。"她兴奋地喊道。

弗兰克知道谁在叫他。过了好一会儿,他才头也不抬地应了句"你好"。他绕到马车的背面,弗洛西看不见他,但她还是执着地说着话：

"今天忙完了吗？"她高兴地问道。

"快了。"

"我猜你要出去锻炼了，因为今天是星期六。"没有回应。

"别告诉我，你这号帅哥没有女朋友。"还是没有回应。

"他们今天要在沙姆洛克俱乐部打球。"

"是吗？"他听起来并不感兴趣。

"对。我有一张双人票。"

"不好意思，我太忙了。"

"待在家里陪你妈妈吗？"

"应该是。"

"啊，去你的！"她"砰"的一声关上窗户，弗兰克松了口气——可算结束了。

弗兰西很同情弗洛西的遭遇。无论她被弗兰克拒绝多少次，她都从不放弃。弗洛西总是在追求男人，男人总是躲着她。弗兰西的姨妈茜茜也在追求男人。但不知怎的，男人们总反过头来追求她。

差别就在于，弗洛西·加迪斯对男人饥渴万分、来者不拒，而茜茜总是恰到好处，两者的结局因此也截然不同。

3

五点钟,爸爸准时回到了家,此时,马车和马儿都已经安稳地锁在了弗拉伯家的马厩里。弗兰西已经读完了书,糖果的甜蜜滋味也已细细品味完毕。她抬起头,注意到傍晚的阳光洒在院子那破旧不堪的篱笆上,那光线显得苍白而单薄,却足以温暖她的小枕头。弗兰西不禁抱着枕头把脸在上面贴了一会儿,静静享受这份温馨,再放回小床上。爸爸回来时,正唱着他最喜欢的民谣《茉莉·马龙》。每当他上楼时,总是会哼唱起这首歌,这样的话,大家就都知道他回家了。

在那如梦似幻的都柏林,
少女们宛若仙子般美丽,
在这里,我第一次邂逅了……

还没等他唱出下一句,弗兰西就开心地打开了房门。
"你妈妈去哪儿了?"每次进门他都会这样问。
"妈妈和茜茜姨妈出去看演出了。"
"哦!"他的声音听起来很失望,家里缺了凯蒂,他总是会感觉到失望。"今天晚上,我准备去克洛默,那里有场盛大的婚礼。"他捏住外套袖子,把圆顶礼帽擦干净,并挂了起来。
"要去当服务员还是去唱歌?"弗兰西问。

"两个都要,我的服务员围裙洗干净了吗?弗兰西。"

"有一条是干净的,但是还没有熨,我帮你熨一下。"

弗兰西用两把椅子架起熨衣板,并加热熨斗。她拿了一块有点皱的方形厚布料,布料上有宽宽的亚麻带子,她把水洒在上面。她一边等着熨斗变热,一边热咖啡,将咖啡倒满爸爸的杯子,他喝完之后,又吃了他们给他留的糖面包。他很高兴,因为今天晚上他有活干,真是美好的一天。

"多么美好的一天,就像有人送了份礼物一样。"他说。

"的确如此,爸爸。"

"热咖啡真是个好东西!在没有热咖啡之前,人们到底如何度日?"

"我爱闻它的味道。"

"这些糖面包在哪儿买的?"

"在温克勒家买的,怎么了?"

"他们家做得越来越好了。"

"还有一些犹太面包,但只有一小块。"

"好的!"他拿起那块面包,翻转过来看。面包的底部有工会的标签,"好面包,工会里的面包师的技术一向不错。"他撕下标签,突然说道:"我围裙上的工会标签呢!"

"标签缩进衣缝里了,我马上把它熨出来。"

"那枚服务员工会的徽章,"他解释着,"对我来说,就如同装饰品一般,就像你佩戴的玫瑰。"那枚徽章颜色暗淡,绿白相间,紧紧地扣在他的衣领上。他用袖子擦了擦徽章,"在我未加入工会前,老板付给我的薪水总是看心情,有时甚至分文不给,他总觉得顾客给的小费足以支撑我的生活。但更令我难以接受的是,有些地方的工作竟然还要付费,老板声称我所得的小费已足够多,甚至还想出售服务员的特许权。正因如此,我才坚定地加入了工会。你妈妈不应该舍不得这点会费,因为工会不仅为我寻找工作机会,更确保了无论我得的小费有多少,我都能获得应得的工资。我认为,每个行业都应该有工会作为后盾。"

"爸爸,你说得对。"弗兰西动手熨起衣服来,她很喜欢听爸爸说这些事情。

弗兰西想到了工会总部。那次她去为父亲送围裙和车票钱,在那里,她目睹了父亲与几位男士围坐交谈的场景。他身着一件无尾燕尾服,那是他唯一一件正式的西装。当她走进房间时,父亲正抽着雪茄,头上戴着一顶黑色的礼帽。见到弗兰西,他立刻摘下帽子,将雪茄丢在一旁。

"这是我女儿。"他的话语中充满了骄傲,向在场的每一个人介绍着她。服务员们纷纷打量着这个衣衫破旧、略显瘦弱的女孩,互相对视了一眼。不同于约翰尼·诺兰,他们每周定期做服务员的工作,周六晚上出来挣点外快。而约翰尼·诺兰没有固定的工作,他东奔西走地在夜店找活干。

"伙计们,告诉你们,"他说道,"我家里有两个非常优秀的孩子和一个漂亮的妻子。而且我还想说,我现在这个样子配不上这么好的家人。"

"千万别这样说。"他的朋友说着拍了拍他的肩膀。

弗兰西不经意间听到有两个男人在人群旁边说话,矮个子的男人嘲讽道:"你得听听这个男人怎么评价他的妻儿,简直是笑话一桩。他就像个滑稽的小丑,把工资如数上交给妻子,而小费却拿去换酒喝。他在麦克加里蒂酒吧有个奇特的规矩,就是所有小费都换酒,也不知是他欠酒吧的还是酒吧欠他的。他这副德行,倒是挺配他那醉鬼形象的。"两人说罢便走开了。

弗兰西心中泛起一阵酸楚，但看到父亲身旁的人都对他抱有好感，无论是听了父亲的话而微笑，还是大笑，他们都在听他讲话，于是她的心情稍微平复了些。她暗自告诉自己，那两个男人只是少数，大家都很喜欢她的父亲。

的确，约翰尼·诺兰深受大家的喜爱。他作为情歌王子，以动人的歌声赢得了无数人的心。在爱尔兰人心中，会唱歌的人总是特别受欢迎。他的同事们、老板以及家人都对他赞不绝口。他性格温和，年轻英俊，妻子对他从无恶言，孩子们也不会为有这样的父亲而感到不好意思。

弗兰西从繁杂的思绪中抽离，不再去纠结那天在工会总部发生的事情。她继续听着父亲的回忆："我不过是个普通人罢了。"他平静地点燃了一支五分钱的雪茄，"那年土豆歉收，我的父母从爱尔兰来到这里。一家轮船公司的老板说能带我父亲去美国，说那边有工作机会。他答应从工资中扣除船费，于是我的父母就来到了这里。"

"我的父亲和我一样，很难一直做同一份工作。"他默默抽了一会儿烟。

弗兰西静静地熨烫着围裙。她知道爸爸只是在自言自语，他不指望她能明白这一切。他只是希望有人能听他的倾诉。周六之外的其他时间，假设爸爸喝酒了，他会走进家门，不怎么说话。但是今天是周六，是他敞开心扉、畅谈往事的日子。

"我父母都是文盲，我自己也只读到六年级，父亲去世后我就辍学了。但我的孩子们，你们是幸运的，我一定会让你们完成学业。"

"是的，爸爸。"

"十二岁那年，我就在酒吧为那些醉汉唱歌，他们朝我扔硬币。后来我就去酒吧和餐厅打工了，服侍客人……"他陷入了沉思。

"我一直梦想着成为一名真正的歌手，身着盛装站在舞台上。但我没经过专业训练，不知道如何迈出那一步。我妈妈总是说，'先把眼前的工作做好，你不知道有份工作是多么幸运。'我听从了她的建议，走上了唱歌服务员这条路。但这份工作并不稳定，也许如果我只是个普通的服务员，生活会更容易些。这就是我为什么会喝酒。"他略带醉意地结束了这番话。

弗兰西抬头看着他，似乎有问题要问，最终却选择了沉默。

"我醉酒，是因为我知道自己前途渺茫。我无法成为卡车司机，也做不了警察。每当我想唱歌时，酒便成了我的伙伴。我喝酒，是因为我觉得自己无法承担起家庭的责任。"他沉默了许久，然后低声说，"我从未真正感受到快乐。我有妻子，有孩子，但我不是一个勤劳的人。我也从没想过拥有一个家庭。"

这番话再次让弗兰西如寒风刺骨，难道爸爸不想要她或是不想要尼利？

"像我这样的男人要家庭来干吗？但当我遇到凯蒂·罗姆利时，一切都变了。我并不是在怪你妈妈，"他加快语速，"如果我没有和她结婚，我可能会和希尔迪·奥戴尔在一起。你明白吗？你妈妈现在还会吃她的醋。但当我遇见凯蒂时，我就对希尔迪说，'我们从此各走各路。'我选择了与你妈妈携手，共建这个家庭，有了你们。你妈妈是一个好女人，弗兰西，你要永远记住这一点。"

弗兰西当然知道妈妈的好，她心里明白，并且爸爸也这样说。但为什么她更偏爱爸爸呢？为什么会这样？爸爸不如妈妈好，他也承认自己不好，可她对他的爱依旧不减。

"是的，你妈妈很努力，我也很爱我的家人。"听到这里，弗兰西的心中涌起一丝暖意，"然而，作为一个男人，我不应该拥有更好的生活吗？或许有一天，工会能为每个人提供更好的工作和更多的自由。但我恐怕已无缘享有。如今，我要么努力工作，要么流浪街头……别无选择。我要是死了，没有人会永远记得我。没人会说，'那个人热爱家庭并且信任工会。'他们只会说，'太糟糕了，不管怎么看，他都一无是处，只是个酒鬼。'对，他们肯定会这样说。"

房间内，一片死寂。约翰尼·诺兰把只抽了一半的雪茄掷出那扇未装纱窗的窗户，他仿佛能觉察到生命在迅速消逝。他注视着女儿低垂着头，在熨衣板上静静地熨烫衣物，那张清瘦的脸庞上显露出一抹淡淡的哀愁。这一幕深深地刺痛了他。

"听我说，弗兰西。"他走到女儿身边，轻轻搂住她瘦弱的肩膀，"如果今晚工作顺利，赚到不少小费，我打算去赌一把，选一匹周一参赛的好马，我赌两元的赌注，赢回十元钱。再把这十元投到另一匹马上，然后赢一百元。我再想想办法，加上运气，就能赢五百元。"

白日做梦，他暗自思量，他在讲述赌钱过程的时候就知道这是白日做梦。然而他心中不禁遐想，如果这是真的话，那该多好呀！他又开始做梦了。

"倘若真能实现，你猜我会做些什么呢，我的小歌后？"弗兰西因爸爸唤她儿时的昵称而开心地笑了。他笃定地说，她哭泣时的嗓音变化多端，音质动人，堪比歌剧舞台上的艺术家，音域之广，令人叹为观止。

"不知道。您要去干吗？"

"我要带上你一起去旅行。只有我们俩，我的小歌后。我们将一路向南，去追寻那盛开的棉花田。"他对他所说的这句话非常满意。突然，他意识到这句话是他熟知的一首歌的歌词。于是他手插口袋，吹着口哨，模仿着帕特·鲁尼的舞姿，轻盈地跳起了华尔兹。然后他哼唱起了那熟悉的旋律：

……于银装素裹的田野间，

聆听黑人歌手的柔美吟唱。

那正是我魂牵梦绕之地，伊人静候，

在绚烂的棉花海洋中，绽放温柔的芬芳。

弗兰西在爸爸的脸颊上轻轻吻了一下。"哦，爸爸，我太爱你了！"她轻声说道。

他紧紧抱着她，那种心痛的感觉又涌了上来。"哦，上帝！哦，老天！"他一遍遍自言自语，心痛难忍，"我到底是个什么混账爸爸。"但是，他再次对她说话时，语气已经平静下来了。

"时间不早了，我的围裙怎么样了？"

"已经好了，爸爸。"她把围裙折成一个工工整整的正方形。

"家里还有钱吗，宝贝？"

她看了眼放在架子上的裂口杯子。"有一个五分钱和几个一分钱。"

"你能拿七分钱去帮我买个假衬衣和纸衣领吗？"

弗兰西特意去了纺织品店，精心为父亲挑选了周六夜晚的装扮。她带回了一件假衬衣，那是以浆过的细布制成的，仅凭领扣轻挂颈间，并用马甲固定。尽管是一次性的，但它能暂时替代衬衫。她还带回了纸衣领，这并非真正由纸制成，而是细面纱过浆后制成的，同样是一次性用品，但比穷人穿的纤维素衣领更易清洁，只需用湿抹布擦拭即可。

弗兰西回家时，爸爸已经准备好了一切——剃须净面，发丝润泽，皮鞋锃亮，还穿上了干净的背心。尽管背心背后有一个大洞，却整洁如新，散发着清香。他踩着椅子，从橱柜顶上取下一个盒子，里面是他视若珍宝的珍珠纽扣。这枚纽扣是凯蒂送给他的结婚礼物，花费了她一个月的薪水。尽管家境拮据，约翰尼也从未有过变卖之念。

弗兰西小心地将珍珠纽扣镶嵌于假衬衫上，然后用一枚金色的纽扣扣好领子。这枚金色纽扣是希尔迪·奥戴尔在他与凯蒂订婚前的赠礼，他亦珍藏至今。他还用深黑色的丝绸领带打了一个专业的蝴蝶结，这与其他服务员佩戴的有弹力的现成蝴蝶结形成鲜明对比。其他服务员都穿着或肮脏或干净的白衬衫，配着赛璐珞衣领。但约翰尼不会这样做。哪怕是临时穿着，他也要做到完美。

约翰尼整装待发，他看起来焕然一新，金发熠熠，体带清香。他穿上外套，满意地扣上扣子。尽管燕尾服的缎子翻领已经有些破旧，却合体有致，裤线笔直，有些许瑕疵，又何足挂齿？弗兰西看着他脚上锃亮的黑色鞋子，直筒裤完美地垂到脚后跟，在脚背上形成完美的折痕。别人的父亲是穿不出这种效果的。弗兰西为她的爸爸感到骄傲。她用一张干净的包装纸将熨好的围裙小心包好。

弗兰西和父亲一起走到无轨电车旁。女人们纷纷向父亲投来微笑，但当她们看到紧紧抓着他手的小女孩时，笑容便收敛起来。约翰尼看起来像一个英俊洒脱的爱尔兰男孩，完全不像一个清洁女工的丈夫和两个经常挨饿的孩子的父亲。

途经加百利的五金店，他们停下脚步欣赏橱窗里的溜冰鞋。妈妈从来没有时间陪她逛街。听爸爸的口气，好像总有一天，他一定会给弗兰西买一双似的。街角处，一辆格雷厄姆大道的电车缓缓驶来。约翰尼快速跳上候车台，配合着汽车减速的节奏。当汽车重新启动时，他站在车子的后部，抓住护栏，身子往外靠，向弗兰西挥手。她相信，在这个世界上，这世上的男子，无人能及父亲那般英俊潇洒。

4

送别父亲后,弗兰西便去看弗洛西·加迪斯为晚会准备的服装。

为了供养妈妈和弟弟,弗洛西在一家儿童手套厂工作。工人们有时候会粗心大意,缝制手套时会弄错正反,弗洛西的工作就是把缝反了的手套改正过来。她时常把这些带回家晚上做。他们很需要钱,因为弟弟得了肺结核,不能工作。

弗兰西得知亨尼·加迪斯时日不长了,但她并不相信这点。他面色并无死气,相反,他看起来很不错。他的皮肤状态很好,脸颊红润。他的眼睛又大又黑,像防风避雨的明灯,稳稳地亮着。但他自己心里清楚。他十九岁,渴望活着,他不明白为什么自己要遭受这些。见到弗兰西,加迪斯太太很高兴。因为有人来陪亨尼,他就不会胡思乱想了。

"亨尼,弗兰西来啦。"她高兴地叫道。

"你好,弗兰西。"

"你好,亨尼。"

"你不觉得亨尼的气色看起来很好吗,弗兰西?你跟他说,他看起来还不错。"

"你气色看起来真不错,亨尼。"

亨尼对她视而不见。"她对一个快要死的人说,他看起来很不错。"

"我是真心这样觉得的。"

"不,你其实并不是这样想的,你只是故意这样说而已。"

"你怎么能这样说呢,亨尼。看看我,我这么瘦,但我从来没有想过要死。"

"你不会死的,弗兰西,你生来就能战胜苦难的日子。"

"不过,我是真心希望能有你这样的好气色。"

"不,你不会想要的,如果你知道我的气色为什么这么红润的话。"

"亨尼,你应该多去楼顶坐坐。"他母亲说道。

"她对一个快死的人说,他应该多去楼顶坐坐。"亨尼对着看不见的朋友说。

"你需要新鲜的空气和温暖的阳光。"

"妈妈,你别管我。"

"我都是为了你好。"

"妈妈,妈妈,你别烦我!别烦我!"

突然,亨尼把头靠在胳膊上,发出一阵痛苦的咳嗽声。弗洛西和他的母亲面面相觑,决定不去打扰他,留他在厨房里一边咳嗽一边哭。而她们则走进前厅,给弗兰西展示服装。

弗洛西每周都有三件重要事项:研究手套、服装和弗兰克。每周六晚上,她都会参加化装舞会,每次都以不同的装扮惊艳亮相。这些服装专门用来遮住她残疾的右臂。在她年幼时,家人的一次疏忽导致她掉进了装满开水的锅炉,右臂被严重烫伤。随着时间的推移,她右臂的皮肤变得干枯发紫,因此,她总是穿着长袖的衣服来掩饰伤痕。

然而,化装舞会要求舞者露出背部,所以她发明了一种露背服装。通过她的精心裁剪,这种服装既能展示她过于丰满的胸部,同时又以一只长袖巧妙地遮住了她的右臂。评委们都觉得,那条下垂的长袖充满了深意。不出意外,弗洛西每次都能获得一等奖。

弗洛西穿上了她那天晚上要穿的服装。它由紫色的绸缎和一层透明的塔尔顿衬裙制成，采用了紫色的缎子作为主材料，有点像克朗代克舞厅舞女的穿着。她的左胸口最高处，别着一只黑色的亮片蝴蝶。其中一只袖子是由豆绿色的雪纺制成的。弗兰西非常喜欢这套服装。弗洛西母亲打开了衣柜，弗兰西看到了一排排色彩鲜艳的衣服。

弗洛西拥有六套不同颜色的紧身外衣、六件平布衬裙和至少二十条不同颜色的雪纺袖子，只要你想得到的颜色她都有。每周，她都会精心挑选不同的组合来搭配出一套新的服装。也许下周她会选择蓝色的紧身服，搭配樱桃色的衬裙和黑色的雪纺袖子。就是这样。她的衣橱里还有二十把裹好的从没用过的丝绸雨伞，都是她赢得的奖品。弗洛西收集这些东西用来展示，就像运动员收集奖杯一样。弗兰西看到这些雨伞会感到很高兴。穷人总喜欢越多越好。

然而，在欣赏这些服装的同时，弗兰西心中渐渐涌起一种不安。她注视着这些鲜艳的颜色——樱桃色、橙色、亮蓝色、绯红和黄色——总感觉这些美丽的背后隐藏着某种不祥的预兆。她仿佛看到了一个狞笑的骷髅头、几根手指残骨绑在一起，躲在长长的黑斗篷里，静静等待着亨尼前来。

5

妈妈六点准时和茜茜姨妈一起回到了家。弗兰西一见到姨妈就非常高兴,她最喜欢茜茜姨妈了。她深深地爱着并崇拜着这位姨妈。茜茜姨妈的生活总是充满了刺激和变化,她三十五岁了,已经结过三次婚,虽然生了十个孩子,但他们都在出生后不久就夭折了。茜茜姨妈常常说,弗兰西是她十个孩子的结合。

茜茜姨妈在一家橡胶厂工作,她的性格张狂而野性,尤其是在男人面前。她那双黑眼睛闪烁着智慧的光芒,一头黑发卷曲如波浪,她喜欢在头发上别上一个鲜艳的樱桃色蝴蝶结。而妈妈,则戴着她那顶翠绿色的帽子,衬得肤色很白,如同瓶子里掉出的奶油。她粗糙的手被一双白色的棉手套温柔地包裹着。两人边走边聊,笑声如银铃般清脆,她们分享着表演中的趣事。

茜茜姨妈给弗兰西带了一个特别的礼物——一个由玉米芯制成的烟斗,里面藏着一只橡胶母鸡,轻轻一吹,母鸡便弹出,鼓胀着身体,逗趣无比。这其实是茜茜姨妈工厂生产的橡胶玩具,这些玩具通常被用作掩人耳目,因为工厂实际生产的是其他的橡胶制品,这些橡胶制品在私下交易中大受欢迎,能带来不小的利润。

弗兰西非常希望茜茜姨妈能留下来共享晚餐,因为每当姨妈在身边时,家里总是充满欢声笑语。她觉得姨妈特别能理解小女生的心情,不像其他人那样把孩子当作可爱、淘气的调皮蛋,而是把她们当作成年人一样看待。尽管妈妈一再挽留，茜茜姨妈还是决定要回家，她说她得回去看看她的丈夫是否还爱着她。这句话把妈妈逗得哈哈大笑，弗兰西也跟着笑了起来，虽然她并不完全明白姨妈的意思。

临别前，茜茜姨妈许下承诺，下个月会给她带一些杂志过来。茜茜的现任丈夫在一家通俗杂志社工作，每个月都会收到他们所有出版物的样刊，包括爱情故事、西部荒野故事、侦探故事和超自然故事，等等。这些杂志都有着漂亮的彩色封面，收到库房的时候，用一根新的黄麻绳捆着。每当杂志一到，茜茜姨妈就会把它们带给弗兰西。弗兰西总是如饥似渴地阅读这些杂志，然后再以半价出售给周围的文具店，赚来的钱就放进妈妈锡制的存钱罐里。

茜茜姨妈离开后，弗兰西和妈妈聊起了自己去洛舍家买面包时看到的那个老头和他的脏脚。

"胡说。"妈妈反驳道，"晚年生活并不凄凉。如果他是世间唯一的老人，那才是真正的悲哀。但幸运的是，他还有其他老人相伴。老年人并非不幸福，只是他们的兴趣与我们不同，他们更渴望穿着暖和，品尝柔软的食物，共同回忆往昔。别胡思乱想了。若真要说什么，那便是我们总有一天都要变老。因此，你必须正视这一事实。"

弗兰西知道妈妈说的话是对的，但她还是很高兴能够和妈妈聊起其他的话题。她和妈妈一起计划了未来一周要用那些霉面包做什么饭菜。

诺兰一家其实经常需要依靠这种霉面包来维持生计，但妈妈总能想出各种方法来让它们变得美味可口。她会把霉面包切成片，然后用沸水冲成糊状，加入盐、胡椒粉、百里香、洋葱碎和鸡蛋（如果不贵的话）来调味，之后放进烤箱里烤。当面包烤得焦黄时，她就会用番茄酱、沸水、调味料、少许浓咖啡来做调味汁，加面粉增稠后抹在烤好的面包上。这样做出来的面包既香甜又可口，热气腾腾的，而且还不容易坏。剩下的面包第二天就可以切成薄片,用煎培根的热油煎着吃。

妈妈用霉面包、糖、肉桂和便宜的苹果片做出的面包布丁,烤至焦黄后浇上熔化的糖,味道真是好极了。有时她心血来潮,还会做一种叫作"Weg Geschnissen"的特色小吃。这个词不好解释,其实就是用废面包片做的一种吃食。废面包片裹上由面粉、水、盐和鸡蛋制成的面糊,然后油炸。炸面包的这点时间,弗兰西总是迫不及待地跑到糖果店买上一分钱的棕色冰糖,这些糖被她压碎后撒在油炸面包片上,半熔化的糖让口感更加美妙。

到了星期六晚上,诺兰一家会享用一顿特别的大餐——炸肉。妈妈用热水将霉面包调成糊状,然后拌入洋葱丁、一毛钱的碎肉,再撒上盐和一分钱的欧芹碎调味。她将这些混合物搓成小肉丸油炸,蘸着热番茄酱吃。这些小肉丸还有个有趣的名字——"弗兰卡德利",这是结合了弗兰西和尼利的名字,组成的一个搞笑的新名词。

在这个家里,霉面包、炼乳、咖啡、洋葱、土豆以及售罄前卖一分钱的调味品,是他们日常的主要食材。偶尔,他们也能享受到吃根香蕉的奢侈。但是弗兰西一直想吃橘子和菠萝,尤其是圣诞节才能吃得到的那种橘子。

有时,当手头有些余钱时,弗兰西会去买些碎饼干。杂货铺的老板会用废纸裹成一个小喇叭,给她装满盒子里的碎饼干。但妈妈总是教导她,如果有一分钱,不要去买糖果或蛋糕,而是去买苹果。但是苹果有什么好吃的呢?弗兰西总觉得苹果的味道和生土豆差不多,而生土豆根本不需要花钱买。

不过在寒冷阴暗的冬季即将结束时,弗兰西常常会感到食欲不振。这时,她会带上一分钱,去摩尔街的一家商店,那里只卖一种特色食品——浸在盐水里加了香料的犹太泡菜,非常诱人。店主人是一位留着长白胡子的犹太老人,头戴黑色的圆顶犹太帽,牙齿虽已尽数脱落,但仍坚守着他的木桶。弗兰西和其他孩子一样,会挑选自己喜欢的泡菜。

"我要一分钱的老犹太泡菜。"

那个犹太人用凶巴巴的眼神望着这个爱尔兰孩子,他的眼睛小而红通通的。

"外邦小鬼!外邦小鬼!"他讨厌"老犹太"这个称呼,所以向她吐了口痰。

弗兰西并无恶意,她对这个称呼的含义一无所知,仅将其视为一个专业用语,用来描述那些可爱而又陌生的物品。那位犹太商人自然对此毫不知情。弗兰西听闻,他拥有一个巨大的泡菜坛子,专供外邦人购买。有传言说,他每天都会往那坛子里吐痰,甚至可能还有更不堪的行为,以此作为对非犹太人的某种报复。然而,这样的行为从未在这位老犹太商人身上得到证实,弗兰西也坚信他绝非流言中那般不堪。

犹太老人一边用棍子在泡菜桶里搅来搅去,一边骂骂咧咧。弗兰西说想要桶底的泡菜时,他火冒三丈,吹胡子瞪眼。最后,一颗翠黄色的泡菜被捞出来,摆在一张棕色的纸上。他继续骂骂咧咧,收了弗兰西一分钱后,便回到店里坐着打盹消气。他的头一点一点的,胡子翘着,梦回故乡里的美好岁月。

一颗泡菜能吃一天。这一天,弗兰西都会慢慢地吃着泡菜,细细地品味着它的味道。与其说她在吃泡菜,倒不如说她是"占有"泡菜。当家里天天啃着面包和土豆时,弗兰西就会想吃酸爽的泡菜。她也不知道为什么,吃了一天的泡菜后,那些面包和土豆似乎又变得美味起来了。是的,有泡菜的日子总是值得期待的。

6

尼利一回到家,就和弗兰西被派去买周末吃的肉。这是一件大事,必须严格听从妈妈的吩咐。

"用五分钱从哈斯勒肉铺里买根骨头来熬汤。但是不要买他家的碎肉,要去沃纳家买。买一毛钱的牛后腿肉,切碎,不要买放在盘子里卖的肉。再带上一颗洋葱。"

弗兰西和弟弟在柜台前站了一段时间后,屠夫才发现他们。

"你们要什么肉呢?"他问他们。

弗兰西开口说道:"要牛后腿肉,一毛钱的。"

"碎肉要不要?"

"不要。"

"刚刚有位女士买了两毛五分钱的牛后腿肉,我剁得太多了,然后放在盘子里。这些刚好一毛钱,我没骗你们。"

这就是弗兰西妈妈说过的陷阱。不管屠夫怎么说,都不要买放在盘子里的肉。

"不要,我妈妈说过要一分钱的牛后腿肉。"

屠夫气冲冲地砍下肉,称好之后,摔在纸上。他正要打包,弗兰西声音颤抖地说:

"不好意思,我给忘了,我妈妈想要碎肉。"

"去他妈的!"他把肉一顿乱剁,扔进绞肉机里。又被耍了,他气愤地想。鲜红的肉旋打出来了。屠夫用手攒到一堆,正准备砸到纸上,突然……

"我妈妈说把这颗洋葱也切到里面。"她羞愧地把从家里带出来的洋葱片放在柜台上。尼利站在旁边一句话也没说,他的作用就是给予精神支持。

"我的天!"屠夫咆哮着,怒火中烧。然而,他仍旧挥舞着双刀,将洋葱切碎混入肉末之中。弗兰西在一旁默默注视着,她喜欢听剁肉时发出的有节奏的声音。

屠夫再次将肉聚在一起,狠狠地摔在案板上,怒视着弗兰西。她深吸一口气,准备说出妈妈最后的请求,她知道这将是个艰难的任务。屠夫早已预见到即将发生的事情,他站在那里,气得浑身发抖。弗兰西鼓起勇气,说道:

"请再给我一块板油,和肉末一起炒。"

"杂种!"屠夫愤怒地低吼,他狠狠地砍下一块白色的板油,带着报复的心理将其甩在地上,随后又捡起,粗暴地扔在肉上。他愤怒地将其包裹起来,抓起那一毛钱,转身交给老板结账,同时咒骂着这该死的命运,为何他偏偏要做一个倒霉的屠夫。

买完肉后,他们前往哈斯勒家选购熬汤的骨头。哈斯勒家的骨头虽好,但肉质却不尽如人意,因为他们家总是闭门绞肉,让人无法窥见其真正的品质。尼利只能提着刚买的肉在外等候,因为如果哈斯勒知道你在别处买了肉,他就会傲慢地告诉你,在哪买的肉,就在哪买骨头。

弗兰西用五分钱购买了一根带有些许肉的骨头,打算在周日用来熬汤。哈斯勒让她稍等片刻,然后开始讲述一个古老的笑话:一个男人为家中的狗购买了两分钱的肉。哈斯勒问她,是要打包带走还是就在这里享用?弗兰西害羞地笑了笑。屠夫欢快地走向冰箱,不一会儿

便回来,手中握着一根白得发亮的骨头,里面满是奶油般的骨髓,末端还挂着几片诱人的红肉。他得意地向弗兰西展示:

"等你妈妈煮完汤后,"他说道,"让她把骨髓挖出来,撒点胡椒粉和盐,抹在面包上,给你做一个绝妙的三明治。"

"我会告诉妈妈的。"弗兰西回应道。

"你要多吃点肉,你太瘦了,哈哈哈!"

骨头被妥善包装并付了钱后,屠夫又切下一块厚实的肝泥香肠送给她。弗兰西感到有些内疚,她在别处买了肉,欺骗了这位好心人。但妈妈对他家的肉质实在是不太放心。

天色尚早,路灯还未亮起。然而,售卖调味辣根的女士已经坐在哈斯勒肉铺的门口,开始摆放辣根。弗兰西拿出从家中带来的杯子,那位老人为她倒了一些辣根,并收取了两分钱。弗兰西感到满足,完成了肉类的采购,接着前往蔬菜店购买了两分钱的绿色蔬菜用于熬汤。她选购了一根稍显枯萎的胡萝卜和一颗芹菜,一个软塌塌的番茄,以及一根新鲜的欧芹。这些食材与骨头一同熬煮,可以制成一碗浓郁的汤,上面还漂浮着肉末。妈妈还会煮些自制的面条。这些汤再加上撒了调味骨髓的面包,足以构成一顿丰盛的周日晚餐了。

享用完"弗兰卡德利"、土豆、碎饼和咖啡后,尼利便走上街头,与朋友们一起玩耍。孩子们总是不约而同地会聚于角落,双手插兜,肩膀弓着,嬉笑打闹,偶尔还会随着口哨声摇摆起舞。

莫蒂·多纳万过来找弗兰西一同前往教堂忏悔。莫蒂是个孤儿,与两位在家工作的未嫁的姨妈相依为命。她们以给棺材公司缝制裹尸布为生。

她们用缎子做裹尸布,白色的裹尸布给处女,淡紫色的裹尸布给新婚的年轻死者,而黑色的裹尸布则给老年人。莫蒂带来了一些碎布,她认为弗兰西可能会用它们来缝制些什么。弗兰西假装欣然接受,但当她收起那些闪闪发光的碎布时，心中不由自主地泛起一丝寒意。

步入教堂，一股由熏香与蜡烛交织而成的神圣气息扑面而来。修女们精心布置了祭坛，尤其是圣母的祭坛，其上鲜花簇拥，绚烂夺目，显然她比耶稣和约瑟夫更受姐妹们的青睐。忏悔室外，人们排起了长队，年轻的男女怀揣对宽恕的渴望，急于完成心灵的洗礼，以便能出去享受约会时光。奥弗林神父的忏悔队伍最长，他年轻且仁慈，许多人认为向他忏悔会更加轻松。

当轮到弗兰西时，她拉开沉重的窗帘，虔诚地跪在忏悔室内。当神父打开那扇隔开他与罪人的小门，并在格子窗前画下十字架的瞬间，整个忏悔室仿佛被一种古老的神秘感所笼罩。神父闭目凝神，以单调的拉丁语轻声而快速地说着话。弗兰西沉浸在这一切之中，鼻腔萦绕着熏香、蜡油、鲜花、神父衣袍以及剃须液混合而成的气味。

"保佑我，神父，我有罪……"

弗兰西以坦诚之心，迅速承认了自己的罪行，随后也迅速得到了神父的赦免。她缓缓起身，低垂头颅，双手紧握，走出忏悔室。在圣坛前，她再次跪下，一边数着念珠，一边低声祈祷。莫蒂的生活比较单调，要忏悔的罪过也很少，所以她早早地离开了。她正坐在外面的台阶上等着，弗兰西走了出来。

两人漫步于大街小巷，如同布鲁克林的其他女孩一样亲密无间，相依为伴。莫蒂有一分钱，她买了一个冰激凌三明治，并与弗兰西分享。不久后，莫蒂便得回家，她的姨妈不允许她晚于八点还在外面。在分别前，两个女孩约定下周六再次一同前往教堂忏悔。

"别忘了，"莫蒂边倒退着走边说，"这次是我找的你，下次就该你来找我了。"

"我不会忘记的。"弗兰西保证道。

回到家时，弗兰西发现前厅里来了几位客人。艾薇姨妈和她的丈夫威利·弗利特曼正在与母亲交谈。弗兰西很喜欢艾薇姨妈,她长得很像妈妈。艾薇姨妈总是那么风趣幽默,一言一行间,总能逗得众人开怀。她还擅长模仿世间百态。

弗利特曼叔叔带着他的吉他。他在演奏,大家给他伴唱。他是个身形瘦削、皮肤黝黑的人,头发乌黑油亮,胡子也梳理得十分顺滑。他的右手缺了中指,能把吉他弹成这样已经很好了。每当需要用到中指时,他就会轻敲吉他来填补节奏,这使得他的歌曲听起来有点古怪。

弗兰西恰好在这美妙的旋律即将落幕之际踏入门槛,捕捉到了弗利特曼叔叔最后一曲的悠扬尾音。

演奏结束后,弗利特曼叔叔出去拿了一罐啤酒。艾薇姨妈带了一块糙面包,还有一块一毛钱的林堡奶酪,众人围坐一圈,品尝三明治和啤酒。在酒精的作用下,弗利特曼叔叔开始畅所欲言:

"看看我,凯蒂,"他对弗兰西的母亲说,"你面前是一个失败的男人。"艾薇姨妈翻了个白眼,轻轻叹口气,抿了下嘴唇。"我的孩子们不尊重我,我的妻子也说我一无是处,就连我那匹拉送牛奶车的马——德鲁默,也不把我放在眼里。你知道前几天它是怎么对我的吗?"

他身体微微前倾,弗兰西注意到他眼中闪烁着泪光,但他努力不让它们滑落。

"那天我在马厩里给那匹马洗澡,当我洗到它肚子下面时,它居然敢在我身上撒尿。"

凯蒂和艾薇对视一眼,眼里带着笑意。凯蒂的目光转向弗兰西,发现她的眼睛里也带着笑意,嘴角却紧绷着。弗兰西低下头,看着地板,眉头紧锁,但心里其实已经乐开了花。

"你们看看它干的好事!每个马夫都笑我,所有人都笑我。"他又灌下一口啤酒。

"别这么说,威尔①。"艾薇姨妈轻声劝慰道。

"艾薇不爱我了。"他突然对凯蒂说。

"我爱你,威尔。"艾薇姨妈用温柔的声音向他保证,这柔声细语本身就能安抚人心。

"你嫁给我的时候还爱我,但你现在不爱我了,对不对?"他急切地等待着回应。艾薇姨妈沉默不语。"你看,她不再爱我了。"他沮丧地对凯蒂说。

"不早了,是时候回家了。"艾薇姨妈起身说。

在睡觉前,弗兰西和尼利必须遵循家规,需要读一页《圣经》和一页《莎士比亚》。这是妈妈过去每天晚上都会为他们做的事情,直到他们长大,可以自己阅读为止。为了节省时间,尼利负责读《圣经》,而弗兰西则读《莎士比亚》。他们已经这样读了六年,现在《圣经》已翻阅过半,而《莎士比亚》则读到了《麦克白》。他们迅速读完了各自的页数,到了十一点,除了还在工作的约翰尼以外,诺兰家的人都已经躺在了床上。

周六晚上,妈妈特许弗兰西在前厅睡觉。她搬来两把椅子放在窗前,拼凑成了一张简易的床。在那里,弗兰西能将街上的人间百态尽收眼底。她躺在床上,还能听到整栋楼在深夜里的各种噪音。人们陆续回到公寓,有的脚步沉重,疲惫不堪;有的脚步轻快,轻松地爬上楼梯。有人不小心被绊了一下,对着大厅的旧油毡破口大骂。婴儿的哭声断断续续,而一个住在楼下公寓的醉汉则大声骂着自己的妻子,说她的生活充满了污秽与邪恶。

凌晨两点,弗兰西听到爸爸上楼了,还轻轻地哼着歌:

---

① 威利·弗利特曼的昵称。

……甜蜜的茉莉·马龙。

推着她的独轮，

穿街过巷，

叫卖声从不停歇……

妈妈在爸爸唱到最后一句的时候准时把门打开了。这是他们之间玩的一个小游戏——如果家人们在爸爸唱完歌之前就把门打开了，他们就获胜了；反之，则爸爸获胜。

弗兰西和尼利从床上起来，几人坐在桌子旁享用夜宵。爸爸把三块钱放在桌子上，每个孩子分到了五分钱。妈妈告诉他们要把这些钱放进存钱罐里，并解释说，孩子们已经得了卖废品的钱。爸爸带回了一纸袋婚礼上没有吃完的食物，因为有些客人没来，新娘就把剩下的食物分给了服务员们。

袋子里有半只已经冷掉的烤龙虾，五只冷的炸牡蛎，一小盒鱼子酱和一块羊乳奶酪。尽管孩子们不太喜欢龙虾和冷的牡蛎，觉得鱼子酱太咸，但饥饿感使他们把桌上的食物一扫而光。仿佛连指甲都能成为他们口中的美食。

餐后，弗兰西发现了一个严重的问题：从午夜起直至次日弥撒结束，整个斋戒期间是禁止饮食的。遗憾的是，她已经违反了斋戒的规定，因此无法领受圣餐[①]。面对这一确凿的过错，她下定决心，在下周的忏悔中，要向神父坦白自己的过错。

尼利吃完饭后回到了床上继续睡觉，而弗兰西则往黑暗的前厅走去，靠在窗边，她困意全无。妈妈和爸爸坐在厨房里聊天，他们的谈话声一直持续到天亮。爸爸谈论着今晚的工作，他遇到了哪些人，他

[①] 领圣餐是天主教的圣事之一，圣餐指的是做弥撒时经祝圣的面饼。

们有什么样的外貌和言谈举止。诺兰一家总是对生活充满好奇，他们自顾自地过着自己的生活。但是这还不够，他们还得观察着周围的世界，品味着人生的百态。

在漆黑一片中，约翰尼与凯蒂交谈甚欢，他们的语调起伏有致，给黑夜带来一丝宁静与慰藉。时至凌晨三点，街道已是一片寂静。弗兰西注意到，街对面的一对情侣在舞会结束后归来，他们在门廊里紧紧相拥。

他们站在那里，就这样拥抱着，女孩背靠着墙壁，不小心按响了门铃。她的父亲被这突如其来的声响惊醒，穿着睡裤匆匆下楼，满口脏话地将小伙子骂得狗血淋头，勒令他滚出家门。女孩则匆匆上楼，留下一串清脆的笑声。小伙子则双手抱头，狼狈地向街边逃窜，嘴里还吹着口哨，吹的曲调是《今夜，你只属于我》。

在纽约这座繁华的城市挥霍一通之后，当铺老板托莫尼先生坐着一辆双人出租马车回家了。他从未走进自家当铺的大门，因为他继承了这家店，并聘请了一名精明能干的经理打理。他既然这么有钱，没人知道他为什么还要住在店铺上面的房子里。他在肮脏的威廉斯堡过着纽约贵族一般的生活。据一个去过他房间的泥瓦匠说，他的家里摆满了雕像、油画和白色的毛皮地毯。托莫尼先生还是未婚，一周之中难觅其踪，甚至周六晚上也无人知其去向。唯有弗兰西以及巡逻的警察，目睹过他归家的身影。弗兰西望着他，感觉自己就像是剧院包厢里的观众。

托莫尼先生高高的丝绸帽子掩住了一只耳朵，手杖紧紧夹在胳膊下，路灯的柔光映在手杖的银色杖头上，闪烁着耀眼的光芒。他潇洒地将缎子斗篷往后一甩，从口袋里掏出钱来结账。车夫接过钱，用鞭子轻轻碰了碰帽檐，然后挥动马缰绳，马车缓缓驶离。托莫尼先生目送马车远去，仿佛这一切是他奢华生活中的最后一个环节。随后，他踏上楼梯，回到了他那豪华的公寓。

托莫尼先生一定经常出入莱森韦伯和华尔道夫那样的高级场所。弗兰西心想，总有一天，她也要去那些地方看看。总有一天，她会走过威康斯堡大桥，徒步穿梭在纽约的大街小巷，去见识那些名胜古迹，更加深入地了解托莫尼先生那样的生活方式。

清爽的海风袭来，轻轻拂过布鲁克林的上空。北边是意大利人的居住区，他们的院子里养着鸡，一只公鸡开始打鸣。远处的一只狗听到后也随之吠叫，连原本在马厩里酣睡的马儿鲍勃也被惊扰，发出嘶鸣声。

星期六最令人喜爱，不应该在床上赖太久。然而，对未来一周的担忧和不安让她心情有些沉重。但她决定，要将这个周六的每一刻美好都镌刻在心间，除了那个总是等着买面包的老头，这个周六几乎完美无缺。

在其他时候，弗兰西就得躺回自己的床上去，听着通风管道里传来的其他公寓里一家人模糊细微的声音。那家的新娘像个小孩，而她的丈夫——一个卡车司机——则长得像个猴子。新娘的声音温柔而谦卑，她丈夫的声音粗犷又严苛。他们的对话之间穿插着短暂的寂静。随后，鼾声和新娘的抽泣交织在一起，久久不息，直至晨曦初现。

每当那些声音浮现脑海，弗兰西总会不由自主地颤抖，双手不由自主地捂住双耳。

但此刻，她恍然醒悟，今天她正安睡在前厅，远离了通风管那扰人的嘈杂。是的，星期六让一切显得如此宁静美好。距离下个星期一尚有时间，她还有一个悠长的星期天可以憧憬。她可以借此机会，细细品味那棕色碗中绽放的金莲花，想象那匹马在阳光下、树荫里悠然沐浴的情景。不久，困倦渐渐笼罩了她。恍惚间，她隐约听见凯蒂与约翰尼的对话声，他们正沉浸在对往昔的回忆之中。

"初遇你时,我刚满十七岁,"凯蒂说,"在卡斯尔编织厂工作。"

"我才十九岁,"约翰尼接着说,"当时正在和你的好姐妹——希尔迪·奥戴尔热恋呢。"

"哎呀,别提她了。"凯蒂嗤之以鼻。

香甜温暖的晚风拂过弗兰西的头发。她用胳膊垫着脸颊,枕在窗台上。一抬头,她就能看到屋顶上的群星。不一会儿,她就进入了梦乡。

第二章

这些就是罗姆利家的女人：母亲玛丽，女儿艾薇、茜茜、凯蒂，还有弗兰西，她长大后也会成为一个罗姆利家的女人，尽管她的姓是诺兰。

7

那是十二年前布鲁克林的一个夏天,也就是1900年,约翰尼·诺兰与凯蒂·罗姆利初次相遇。那年他十九岁,她十七岁。凯蒂当时在卡斯尔编织厂上班,她的闺密希尔迪·奥戴尔也在这上班。尽管希尔迪是爱尔兰人,而凯蒂的父母都出生在奥地利,但她们相处得很愉快。凯蒂更漂亮,希尔迪则更大胆。希尔迪有一头黄铜色的金发,颈上戴着石榴色的雪纺制成的蝴蝶结,嚼着森森牌口香糖,她了解所有最时兴的歌曲,还擅长舞蹈。

希尔迪的男朋友是个爱玩乐的人,每个星期六都带她去跳舞,他就是约翰尼·诺兰。有时候,他会带着一帮兄弟,和他一起在工厂外等希尔迪。他们在拐角处等待着,嘻嘻哈哈地开玩笑。

一天,希尔迪跟约翰尼说,下次他们去跳舞的时候,给她闺密凯蒂也带个舞伴来,约翰尼应下了。他们四个乘电车去了卡纳西。男孩们戴着草帽,以一根细绳,一头系于帽檐,另一头系于衣领。猛烈的海风时不时刮掉帽子,男孩们扯着绳子把草帽拉回来,大家笑得更欢了。

约翰尼和他女朋友希尔迪共舞。但凯蒂拒绝和给她配的舞伴跳舞,他是个愚蠢粗俗的家伙,凯蒂上厕所回来时他居然说:"我还以为你掉坑里了。"但是,她让他给买了瓶啤酒。她坐在桌子边上,目光落在与希尔迪共舞的约翰尼身上,心想这世界上,再也没有像约翰尼这般优秀的青年了。

约翰尼有着一双修长的腿，鞋子擦得锃亮。他脚尖点地，翩然起舞，从脚跟到脚趾都踏着美妙的节拍。跳得热了，他就把外套搭在椅背上。他的裤子臀部服服帖帖的，雪白的衬衫下摆搭在腰带上方。他的衣领笔挺，一条圆点领带与草帽上的带子相得益彰。他戴着淡蓝色的袖子缎带，缎带绑在松紧带上，凯蒂醋意大发地想着这多半是希尔迪给他做的。她太嫉妒了，所以后来的日子都讨厌那种颜色。

凯蒂情不自禁地看向他。他年轻，身材颀长，一头金黄色的卷发下面是深蓝色的眼眸，那眼眸在闪闪发亮。他的鼻子高挺，双肩宽阔。她听到邻桌的女孩们说他衣品很好，她们的舞伴也说他是个绝佳的舞者。尽管他并非她的所属，但凯蒂也为他感到骄傲。

出于礼貌，当乐队奏响《甜美的罗西·奥格雷迪》的旋律时，约翰尼请她共舞一曲。在他的双臂环绕之下，凯蒂本能地调整自己以迎合他的节奏，她深知，他就是自己的理想情人。她别无所求，只想余生都能这么望着他、听他说话。那一瞬间她暗下决心，为了获得这些特权，就算让她辛苦一辈子也值得。

也许她的这个决定大错特错。她应该等待着愿意为自己付出一切的真命天子降临。那样她的孩子就不会饿肚子，她也不用为了谋生去擦地板，她对他的记忆将永远温柔缱绻、闪耀灿烂。但她那时就是想要他，别人都不行，于是，她踏上了追求约翰尼·诺兰的道路。

她的行动从第二周的星期一开始。下班的哨声一响，她就冲出工厂，抢在希尔迪之前跑到拐角处，婉转动听地喊道：

"你好呀，约翰尼·诺兰。"

"你好，亲爱的凯蒂。"他回应道。

那之后，她每天都会设法和他搭上几句话。慢慢地，约翰尼发现自己等在那里，就盼着和她说上这几句话。

一天，凯蒂使了一个女人惯用的借口，告诉她的女管事，说她例假来了，身体不舒服。她在下班前一刻钟溜出了工厂。约翰尼和他的朋友们在老地方等着，口哨吹着《安妮·鲁尼》来打发时间。约翰尼用草帽斜斜地盖住一只眼睛，两手插兜，在人行道上跳了一段华尔兹，引得路人们驻足欣赏。执勤的警察高声说道：

"你在浪费时间，大舞蹈家。你应该站在舞台上。"

约翰尼一见到凯蒂走近，便暂停了表演，嘴角扬起微笑。她穿着修身的灰色套装，边缘饰有工厂制成的黑色流苏，显得格外迷人。流苏随风轻扬，巧妙的设计引人关注她大小适中的胸部，套装前的两排褶边正好起到了凸显效果。搭配灰色套装的是一顶樱桃色的帽子，脚上是一双维奇小羊皮的高纽扣马蹄跟高跟鞋。当她想到自己为了追他而把自己打扮得光彩照人时，棕色的眼睛顿时闪亮，脸上洋溢着抑制不住的兴奋与几分羞涩。

约翰尼向她打了个招呼。其他男孩渐渐散开了。凯蒂和约翰尼在那个特殊的日子里互相说了些什么，他们已经不记得了。但不知为何，在这场漫无目的但意义重大的谈话中，每一个抑扬顿挫、情感起伏都是那么激动人心、令人回味无穷，他们渐渐意识到，他们都热烈地爱着对方。

工厂的下班哨声响了，女孩们纷纷从卡斯尔·布里德工厂出来。希尔迪穿一身泥棕色的套装，黄铜色的头发随意地梳在后面，头上一顶黑色水手帽痞里痞气地用帽针别住。她见到约翰尼时，故作宣示般地微笑了一下。然而，当她瞧见他与凯蒂站在一起时，笑容瞬间僵住，转而变成受伤、惊恐，最终化作满脸的怨恨。她从水手帽上扯下长帽针，朝他们冲过去。

"他是我男朋友！凯蒂·罗姆利，"希尔迪尖声叫道，"你不能把他抢走！"

"希尔迪，冷静，冷静。"约翰尼柔声劝阻。

"这是个自由的国度。"凯蒂淡然地摇了摇头。

"自由不代表你可以抢男人！"希尔迪怒吼着，举起帽针猛然刺向凯蒂。

约翰尼迅速挡在两人之间，帽针划过他的脸颊，鲜血瞬间渗出。此时，编织厂的女孩们纷纷围了过来，一边看热闹一边嘲笑着。约翰尼一把抓住两个女孩的胳膊，将她们拉到街角的门廊里，他用力拥住她们，同时耐心地说道：

"希尔迪，"他低声说道，"我从未是个值得托付的人。我不该让你误会，现在我明白了，我无法娶你。"

"都是她的错。"希尔迪哽咽着，泪流满面。

"是我的错。"约翰尼坦诚道，"直到遇见凯蒂，我才明白什么是真正的爱。"

"可她是我最好的朋友啊！"希尔迪哽咽着，仿佛约翰尼的背叛是最无法饶恕的罪行。

"她现在是我最爱的女孩，其他的没什么好说的。"

希尔迪泪流满面地哭诉着。最后约翰尼安抚了她，并解释了他和凯蒂是怎么一回事。他最终对希尔迪说，他们以后各走各的路。他喜欢自己说这话的声音。他又重复了一遍，享受着这戏剧性的一幕。

"所以，我们各走各的路吧。"约翰尼轻声说道。

"你是想说，我走我的路，而你走她的路吧？"希尔迪痛苦地反驳。

最终，希尔迪还是转身离开了。她垂着肩膀，满脸落寞，缓缓走在街道上。约翰尼追了上去，在街上搂住她，温柔地与她吻别。

"我真的希望我们的结局不是这样。"他伤感地说道。

"你根本不这么想。"希尔迪突然厉声责备他，"如果你真心这么想，你会把她拒之门外，然后回到我身边。"话音未落，泪水再次涌上她的眼眶。

凯蒂也忍不住泪流满面。毕竟，希尔迪·奥戴尔曾是她最好的朋友。她也走上前亲吻了希尔迪，但当她看到希尔迪那充满仇恨的泪眼时，她不禁慌乱地移开了视线。

就这样，希尔迪走上了自己的路，而约翰尼和凯蒂则踏上了他们共同的未来之路。

几个月后，他们订婚了，并于1901年元旦在凯蒂选择的教堂举行了婚礼。那时，他们彼此相识还不到四个月。

托马斯·罗姆利永不原谅他的女儿。事实上他从未原谅过他任何一个结了婚的女儿。他的育儿哲学简单明了且自私自利：一个男人应该从养育孩子的过程中享受到好处，花尽量少的钱和精力去养育他们，一旦他们有十来岁了，就尽早送去打工赚钱，孝敬老爹。而凯蒂才十七岁就结婚了，只打了四年工，他觉得她欠他的。

罗姆利厌恶所有的人和事，没人知道为什么。他高大帅气，狮子似的脑袋上顶着一头铁灰色的卷发。因为不想被征召入伍，他和他的新娘一起逃离了奥地利。他憎恶他的故国，但也固执地拒绝喜欢这个新家园。只要他想，他听得懂也说得了英语。但如果有人用英语跟他说话，他就不搭理，同时也禁止在家里讲英语。他的女儿们只懂一点点德语。她们的母亲坚持让孩子们在家只说英语，理由是，孩子们对德语懂得越少，才越不会发现父亲的残忍。结果就是，四个女儿成长过程中很少和父亲交流。除了张嘴咒骂她们，他从不跟她们说话。他用德语咒骂"该死的"，就跟问候"你好"和"再见"一样司空见惯。每当他怒不可遏时，便会将怒火发泄到某个倒霉的人身上，用德语咒骂他们为"你这俄国佬"，在他心里，这是最下流的侮辱。他憎恨奥地利，讨厌美国，但他最深恶痛绝的还是俄国。他从未踏足过俄国，甚至连一个俄国人都没有见过。没有人能理解，他为何会对一个自己几乎一无所知的国家和民族怀有如此强烈的仇恨。这就是弗兰西的外祖父。她厌恶他，就像他的女儿们对他满怀憎恨一样。

他的妻子玛丽·罗姆利，也就是弗兰西的外祖母，是一个圣徒。她没有接受过教育，连自己的名字都不会认、不会写，可她心里却装着不止一千个奇幻故事和神话传说。其中有些是她自己编来逗她的孩子们的，有些则是她的母亲和祖母代代相传的民间故事。很多古老的乡村歌曲她都会唱，所有充满智慧的谚语她都能懂。

她极度虔诚，了解每一个天主教圣徒的人生故事。她相信魔鬼和仙子等所有超自然的事物。她精通草药，不论是药物还是符咒她都可以给你做——邪恶的符咒除外。在故国，她因为她的睿智而备受尊敬，常常被人征求建议。她是一个清清白白、没有罪责的女性，但她也知道该如何与有罪的人相处。她对自己很严格，对他人很宽容。她信仰上帝、爱戴耶稣，但她也理解为何人们经常背离这两位神的意旨。

她结婚时还是个纯洁的少女，羞怯地顺从了丈夫那充满残酷的爱。他的冷酷早早地抹杀了她内心所有的欲望。然而，对于那些被称为"误入歧途"的女孩，她却能深刻理解她们心中燃烧的爱欲。即便是那些因强暴而遭人驱逐的男孩，她也相信他们内心依然存有善良。她理解人们为什么会选择撒谎、偷窃，甚至互相伤害。她看透了人类所有的脆弱与残忍。

然而，她自始至终一字不识。

她的眼睛是柔和的棕色，清澈透亮，棕色的秀发间整齐地分出中缝，顺着耳际自然垂下。她的肌肤洁白无瑕，嘴唇纤薄，声音低沉热切，柔和悦耳，总是带有安抚人心的力量。她的女儿和外孙女们都继承了她的嗓音。

玛丽坚信，自己一定是因为无意中犯下了某个罪行，才注定与"魔鬼"共度一生。她对此深信不疑，因为她的丈夫总是对她说："我就是个魔鬼。"

她经常观察他——他的两绺头发竖在脑袋两侧，冰冷的灰眼珠挂在眼角处，此时她只能叹口气，喃喃地说："没错，他就是魔鬼。"

他有一个阴招——他盯着她圣洁的脸庞，心平气和地辱骂耶稣基督。这总是会让她感到害怕，吓得从门背后的挂钩上扯下披肩，盖在脑袋上，然后仓皇地跑到街上。她会在街上踱步，直到对孩子们的担忧迫使她不得不回到家中。

她来到了三个小女儿读书的学校，用蹩脚的英语告诉老师，必须让孩子们学会说英语；哪怕是一个字、一句话，也永远不能用德语说。这样一来，她就能保护她们，不受到父亲的伤害。当她的孩子们六年级毕业就不得不辍学出去打工时，她黯然神伤。当她们嫁给那些没出息的男人时，她心痛不已。当她们生下女儿时，她难过伤心，因为她知道女人生来就要过卑微艰难的生活。

每当弗兰西开始祈祷："万福，圣母玛利亚，充满恩典，主与你同在。"她的脑海中总会浮现外祖母的面容。

茜茜是托马斯和玛丽的长女。她是在父母到达美国三个月后出生的。她从未上过学。在她本该开始上学的时候，玛丽并不知道像他们这样的人可以接受免费教育。虽然有立法保障孩子们上学，却没有人告知这些对法律一无所知的人，以确保法律的执行。直到罗姆利家的其他女孩到学龄时，玛丽才了解到有免费教育。但当时茜茜的年龄已经太大了，不能和六岁的孩子一起上学。于是她就只能待在家里给妈妈当帮手。

十岁的时候，茜茜已经出落得像一个三十岁的女人一样成熟丰满。所有男孩都在追求茜茜，茜茜也追求所有男孩。十二岁时，她开始和一个二十岁的男孩在一起。她父亲揍了那个男孩一顿，扼杀了这段恋情。十四岁时，她又和一个二十五岁的消防员在一起了。这次与之前相反，这个人把她的父亲给收拾了一顿，因此这段恋情以消防员娶到茜茜而告终。

他们去到市政厅，在那里，茜茜赌咒发誓说她已满十八岁，其中一位工作人员就给他们登记了。邻居们十分震惊，玛丽却觉得，茜茜发育到这种程度，结婚对她来说是件好事。

消防队员吉姆人很好。他中学毕业，看起来有些教养。他赚了很多钱，但不怎么在家，是个理想的丈夫。夫妻俩很幸福。除了强烈的夫妻生活需求之外，茜茜对他别无所求，这点很让他满意。有时他会觉得有点丢人，因为他的妻子大字不识。但她是那么机智、聪明和热心肠，把生活过得快乐美满，而他也就逐渐不在意她是个文盲了。茜茜对她的母亲和妹妹们都很好。吉姆会给她很多零花钱。她不乱花钱，总还能剩点钱给她的母亲。

她结婚一个月就怀孕了。虽然都当妈妈了，但她仍是个顽皮的十四岁小女孩。看到她在街上跟其他孩子混在一起跳绳，浑然不顾肚子里的婴儿，邻居们都惊恐万分，因为她的肚子已经鼓出来了。

在不用忙着做饭、打扫卫生、做爱、跳绳，也不用抢着和男孩们玩棒球的空当，茜茜也为即将出生的宝宝考虑了一些事情。如果生的是个女孩，就叫自己妈妈的名字玛丽。如果是个男孩，就叫约翰。不知为何，她非常喜欢约翰这个名字，她开始管吉姆叫约翰。她说想用孩子的名字来称呼他。一开始，这是一个深情款款的昵称，但很快每个人都叫他约翰，甚至很多人相信这就是他的真名。

婴儿出生了。是个女宝宝，生产的过程很顺利。街上的助产婆被请来了。一切顺利，茜茜只用了二十五分钟就生出来了。这是一个完美的分娩过程。整个过程唯一不正常的是：胎儿出生时就已经死亡了。碰巧的是，这个孩子的出生和死亡都在茜茜满十五岁生日这天。

她难过了一段时间，这种悲伤让她发生了转变。她更加努力地打扫卫生，让房子一尘不染。她甚至对母亲也更加体贴了。她不再像个男孩那样。她认定，一定是跳绳让她失去了这个孩子。她安静下来了，显得更年轻、更稚嫩了。

到她二十岁的时候，她已有过四个孩子，但都是死胎。最后，她明白了一件事情，这都是她丈夫的问题。这不怪她，她不是在生了第一个孩子之后就不再跳绳了吗？她对吉姆说她不爱他了，因为他们做爱只会导致死亡。她叫他离开她。他争辩了一会儿，但最终还是走了。起初，他时不时会给她送些钱。茜茜渴望男人的时候，她会走到消防局，那时吉姆正坐在外面，椅子斜靠在墙上。她会放慢步伐，面容含笑，轻摇翘臀。吉姆就会擅自离开，跑到她的公寓，他们会在一起放纵享乐半个小时左右。

有一天，茜茜碰到了另一个想要娶她的男人。家里没人知道他的真实名字，因为她一来就称他为约翰。她的第二次婚姻安排得非常简单。离婚既麻烦又费钱，而且她是一名天主教徒，不相信离婚这回事。她和吉姆曾在市政厅由一名职员登记结婚。她觉得当时不是在教堂办理的手续，不算真的结婚，为什么要让它成为绊脚石呢？她结婚时用了新的名字，并且对之前的婚姻只字不提。她还是在市政厅结的婚，只不过这次换了一个工作人员。

茜茜没有在教堂里结婚，她的母亲玛丽因此备受煎熬。这第二次婚姻使托马斯想出来一种新招来折磨他的妻子。他经常说，他要向警察控诉茜茜犯了重婚罪，要把她抓起来。但他还没来得及这么做，茜茜的婚姻就结束了。茜茜和她的约翰二号共度四年，又生了四个孩子，同样都是死胎。她认为约翰二号也不是她的真命天子。

她告诉她的新教徒丈夫，天主教会不承认她的婚姻，她也不会承认，所以她要离婚。就这样，她宣布自己重获自由。

约翰接受了这一切。他爱茜茜，与她相处得相当愉快。但她就像水银般难以捉摸。尽管她的坦率和天真无邪令人敬佩，但他对她毫不了解，他已厌倦了这种捉摸不透的生活。他对离开并不感到太难过。

二十四岁时，茜茜已生过八个孩子，但都没有活下来。她觉得是上帝不允许她结婚。她在一家橡胶工厂找到了工作，在那里她到处宣称自己是个老处女（当然，没有人信她的鬼话），与母亲居住在一起。在第二次离婚和第三段婚姻开始之前，她有一大堆情人，都被称为约翰。

每一次生下死婴，都让她对孩子的爱越来越强烈。她的情绪很低落，她觉得如果没有孩子来让她疼爱，她会发疯的。她把自己无法实现的母爱投射在她的两个姐妹艾薇和凯蒂，还有她们的孩子身上。弗兰西非常崇拜她。她听到过有人窃窃私语，说茜茜是个坏女孩，但她仍然强烈地爱着她。艾薇和凯蒂曾想对犯错的姐姐发火，但她对她们太好了，她们抵挡不住她的好意。

弗兰西满十一岁之后不久，茜茜就第三次在市政厅结婚了。约翰三号就是在杂志社上班的那个人，因为他的关系，精美的新杂志才会每个月都送到弗兰西的手中。她希望看在这些杂志的分上，茜茜的第三段婚姻能维持得久一点。

伊丽莎是玛丽和托马斯的第二个女儿，她缺乏像其他三个姐妹那样的美丽和热情。她头脑迟钝，平淡无趣，对生活没什么兴趣。玛丽想把她的一个女儿送进教堂担任神职，于是选定了伊丽莎。伊丽莎进修道院时是十六岁，她选了一个教规严苛的修女教派。除了父母去世之外，她不能踏出修道院半步。她取了个新名字乌苏拉，乌苏拉修女就成了弗兰西心中一个虚无缥缈的传说。

她从修道院出来参加托马斯·罗姆利的葬礼时，弗兰西见过她一次。弗兰西当时才九岁。她刚刚完成了自己的第一次领圣餐，正全心全意地投入到教会中，她觉得自己长大后可能也想当一个修女。

她满怀期待地等待着乌苏拉修女的到来。想象一下！一个修女姨妈！这是多么荣幸啊。但是当乌苏拉修女弯下腰来亲吻她时，弗兰西看到她的上唇和下巴上长着一圈细细的胡须。这可把弗兰西吓坏了，她以为所有幼年进入修道院的修女脸上都长着胡子。弗兰西决定放弃当修女的梦想。

艾薇在罗姆利姐妹中排行老三。她也是很年轻就结婚了，嫁给了威利·弗利特曼，一个英俊的黑头发男人，留着顺滑的胡子，眼睛像意大利人一样闪闪发亮。弗兰西觉得他的名字很搞笑，每次想起他，她都会暗自发笑。

弗利特曼的本事并不怎么样。他虽不至于是个流浪汉，却是个整天发牢骚的弱者。但是他会弹吉他。罗姆利家的女人对任何有创造或者表演天赋的男人都很感兴趣。她们觉得包括音乐、绘画或讲故事在内的任何才能都很棒，并且将保护和培育这些才能视为己任。

艾薇是全家人中最优雅的。她住在一个高档社区边上的廉价地下室公寓里，研究怎么像邻居一样把日子过得更好。

她想成为有头有脸的人，希望她的孩子能占据优势。她生了三个孩子：一个随父亲取名的男孩，一个叫布罗森的女孩，还有一个叫保罗·琼斯的男孩。她做出改变的第一步，就是把孩子们从天主教的主日学校[①]转到圣公会的主日学校。在她心中，新教徒比天主教徒更文明。

艾薇欣赏音乐才华，自己却在这方面资质平平，因此她迫切地希

[①] 星期日学校，美国、英国等国家在星期日为工作的青少年提供免费的宗教教育和识字教育的学校。

望能在自己的孩子身上找到音乐天赋。她期望布罗森能爱上唱歌，保罗·琼斯能爱上拉小提琴，小威利能对钢琴感兴趣。但孩子们并没有音乐天赋。艾薇决定采取果断行动。无论他们愿意与否，他们都必须喜欢音乐。如果他们没有音乐细胞，那就花时间一小时一小时地填进去。她买了一把二手小提琴给保罗·琼斯，并和一个自称"小快板"的教授谈妥了，让他以每小时五毛钱的价格给保罗上课。他教小弗利特曼时发出了刺耳的刮擦声，并且在年底教了他一首名曰"幽默曲"的歌。听到他要教曲子时，艾薇觉得真是太棒了。这总比一直弹音阶要好，尽管只是好一点。之后艾薇就变得更加野心勃勃了。

"亲爱的，"她和丈夫说，"既然保罗·琼斯有小提琴了，那布罗森也可以一起上音乐课，他俩就可以共用一把小提琴。"

"但愿他俩时间能错开吧。"她丈夫阴阳怪气地回答。

"你什么意思啊！"她气冲冲地说。

这样，夫妻俩每星期又多匀出五毛钱，塞给不情不愿的小布罗森，她也被派去学小提琴了。

碰巧，这位"小快板"教授给他的女学生上课时有一些小小的癖好。上课时，他让女学生脱了鞋袜，光脚踩在他的绿色地毯上。一整个小时，他不去纠正指法问题，而是直勾勾地盯着她们的脚。

有一天，艾薇看到布罗森准备上课前把鞋袜脱了，在仔细地洗脚。艾薇觉得爱卫生值得夸奖，但又有点奇怪。

"你为什么要现在洗脚？"

"因为待会要上小提琴课。"

"你是用手弹琴，不是用脚。"

"脏着脚站在教授面前，我会感觉很不好意思。"

"他还能看穿你的鞋子不成？"

"那倒不是，不过他老让我脱了鞋袜站在他面前。"

艾薇气得跳了起来。她不懂弗洛伊德心理学,性知识的欠缺也使她看不出其中的门道。但她的常识告诉她,"小快板"教授收着每小时五毛的工钱,不应该拿钱不办事。布罗森的音乐课就这样结束了。

保罗·琼斯被问及此事时,他说他上课的时候只需要摘下帽子,别的都不用,于是他继续上课。学了五年后,他的琴技跟他从没上过课的老爹差不多了。

除了喜欢音乐这一点,弗利特曼叔叔就是个无聊透顶的人。在家时,他唯一的话题就是德鲁默,这匹拉奶车的马是怎么整他的。弗利特曼和这匹马已经斗了五年,艾薇希望他们之间能尽快做个了断。

艾薇虽然是真的爱她的丈夫,但她依旧忍不住想模仿他。她会站在诺兰家的厨房里,假装自己是马儿德鲁默,然后绘声绘色地模仿弗利特曼给马装饲料袋的样子。

"这匹马就这么站在路边,"艾薇弯下腰,把头垂到膝盖上,"威尔提着饲料袋过来,正准备上货,马头就昂起来了。"此处,艾薇会像马一样撑起脑袋,发出嘶鸣声,"威尔就等着,过一会儿马的头又垂了下来。这时你会觉得这马再也不会抬头了,因为它看起来像没骨头似的。"艾薇的头软趴趴地耷拉着,"可威尔一提着饲料袋过来,马头就又抬起来了。"

"然后呢?"弗兰西问道。

"然后就得我出马,把饲料袋挂上去。就是这样。"

"那它会让你挂吗?"

"它会让吗?这话说的。"艾薇冲着凯蒂说了一句,然后就转向弗兰西,"它跑到人行道上来接我,我把饲料袋一提起来,它就自己把头钻进去了,你这问的不是废话吗?"她不满地咕哝着。她又转向凯蒂,"你懂吗,凯蒂,有时候我都觉得,我的男人是在嫉妒德鲁默喜欢我呢。"

凯蒂听得目瞪口呆。然后她开始哈哈大笑，艾薇也笑了，弗兰西也跟着笑起来。罗姆利家姐妹俩和半个罗姆利家人的弗兰西站在那里，笑嘻嘻地讨论着一个男人的可笑之处。

这些就是罗姆利家的女人：母亲玛丽，女儿艾薇、茜茜、凯蒂，还有弗兰西，她长大后也会成为一个罗姆利家的女人，尽管她的姓是诺兰。她们个个身材窈窕，身体柔弱，眼神充满好奇，声音温柔动听。

她们是由隐形的薄钢做成的钢铁女人。

8

罗姆利家族盛产有个性的女人。诺兰家则多是有才华但性格软弱的人。约翰尼一家已逐渐式微。诺兰家的男人一代比一代强,长得越发英俊柔弱、越发潇洒迷人。他们爱得轰轰烈烈,却始终逃避婚姻,这就是他们式微的主要原因。

结婚后不久,露西·诺兰就和年轻帅气的丈夫从爱尔兰搬来美国。他们有四个儿子,每隔一年生一个。米奇三十岁时就死了,露西继续过日子。她设法供安迪、乔治、弗兰基和约翰尼读到了六年级。每个孩子满十二岁时,就不得不离开学校出去挣钱。

男孩们长大后,全都英俊潇洒、擅长歌舞,引得所有女孩为之疯狂。尽管诺兰家是爱尔兰小镇上最贫穷的,但男孩们的衣着都很讲究。熨衣板一直放在厨房里,总是有孩子在熨裤子、烫领带或者衬衫。这些身材高大、长相英俊、头发金黄的诺兰家小伙子,是贫民窟这一带的骄傲。他们穿着经常打理的鞋子,裤子整整齐齐,头上的帽子神气十足。但他们在三十五岁之前都死了,四个人中,只有约翰尼有孩子。

安迪是他们当中的老大,也是最英俊的。他有一头金红色的卷发,五官轮廓精致分明。他患上了肺结核,还和一个叫弗兰西·梅兰妮的女孩订了婚。他们推迟了婚期,想等他好一点再结婚,可是他一直未能如愿。

诺兰家的小伙子们是唱歌服务员。他们一直唱诺兰四重奏，直到安迪病得无法再上岗。然后他们就变成了诺兰三重奏。他们赚得不多，赚到的一点钱都拿去花天酒地和赛马了。

安迪最后一次卧床时，兄弟们花了七美元给他买了一个真正的羽绒枕头。他们希望他在死前能奢侈一把。安迪觉得这是个美妙的枕头。安迪享受了两天，最后一口鲜血把漂亮的新枕头染成了锈迹斑斑的棕色——安迪死了。他的母亲对着他的尸体痛哭了三天三夜。弗兰西·梅兰妮发誓，说她永远不会结婚。诺兰家剩下的三个男孩也发誓，说他们永远不会离开他们的母亲。

六个月后，约翰尼迎娶了凯蒂。露西对此充满了怨恨。她原本希望儿子们能一直留在家里陪伴她，直到她或他们中的谁先离世。那时，所有儿子都还未结婚。而现在，这个女孩——凯蒂·罗姆利！她竟敢打破这一切！露西坚信，约翰尼一定是被她蒙骗了。

乔治和弗兰基对凯蒂的印象不错，但他们认为，约翰尼实际上是为了逃避责任，将照顾母亲的重担留给了他们，这让他们心中颇为不满。然而，他们还是尽量往好的方面想，甚至忙前忙后地为这场婚礼筹备礼物。他们决定将那只给安迪买的、几乎没用过的羽绒枕头作为礼物送给凯蒂。母亲特意为枕头缝制了一个新套子，遮住了安迪临终时弄脏的地方。就这样，枕头到了约翰尼和凯蒂的手中。这个枕头在家中被珍藏，只有家人生病时才会拿出来使用。弗兰西称之为"病人枕"，但她和凯蒂并不知道，这实际上是一个"死人枕"。

约翰尼婚后一年左右，弗兰基，这个让许多人觉得比安迪还要漂亮的小伙子，在有天晚上聚会喝酒后，摇摇晃晃地往家里走，他路过一户颇有田园风格的布鲁克林人家，被一根绷紧的铁丝绊倒了。那根铁丝就挂在他家门口一平方英尺的草地上方，铁丝被锋利的小树枝撑着。弗兰基绊了一跤，其中一根小树枝刺穿了他的腹部。他挣扎着爬起来了,然后往家走。那天夜里他死了,孤零零地死了,神父都没来得及对他所有的罪过进行赦免。在他母亲的余生里,每月都会做一次弥撒,以求他的灵魂安息,她知道他在炼狱里受苦受难。

在一年多的时间里,露西·诺兰就接连失去了三个儿子——两个去世的,一个结婚的。她为这三个人感到悲痛。而从没离开过她的乔治,三年后也死了,死在他的二十八岁。这下,二十三岁的约翰尼就是唯一还活着的诺兰家的小伙子了。

这就是诺兰家的小伙子们,个个都英年早逝。他们每个人或是由于自己的鲁莽或是由于恶劣的生活方式而横死。约翰尼是唯一一个活过三十岁的人。

而这个孩子,弗兰西·诺兰,她是罗姆利和诺兰两个家族的血脉,也把两个家族的特点集于一身。她有不容忽视的弱点和强烈的爱美之心,这是贫民诺兰一家的特点。她继承了她外祖母罗姆利的神秘、讲故事的能力、对万物坚定的信念和对弱者的同情,也有着她外祖父罗姆利一样残忍的意志。她具备艾薇姨妈的模仿天赋,也有一些露西·诺兰似的占有欲。她有着茜茜姨妈那样对生活和对孩子们的爱。她有约翰尼的多愁善感,却没有他那样的美貌。她和凯蒂一样温柔,却只继承了母亲一半的坚韧。她集合了所有的优点和缺点。

她身上也还有一些其他的品质。她是她在图书馆里读到的书,是棕色小碗里的花。她生命的一部分是由院子里枝繁叶茂的大树组成的。她经常和弟弟争吵,尽管她很爱他的弟弟。她是凯蒂隐秘而悲怆的哭泣。她是她父亲醉醺醺、摇摇晃晃回家时的羞耻。

她是这一切的集合,还有一些罗姆利和诺兰一家之外的品质:读书、观察、重复的生活。这是她天生拥有的,亦是她唯一不同于两家人的品质。这是上帝或者类似的神灵赐予每个灵魂的绝无仅有的特征,正如世界上没有两个相同的指纹一样。

9

约翰尼和凯蒂结婚后,住在威廉斯堡一条名叫博加特的小街上。约翰尼选择搬到这来是因为它的名字听起来有一种令人兴奋的黑暗气息。婚后的一年时间里,他们在这里住得很开心。

凯蒂嫁给约翰尼是因为她喜欢他唱歌跳舞和穿着打扮的样子。婚后,和其他女人一样,她想让他改变。她劝说他放弃服务员的工作。他照做了,因为他正在热恋,急于取悦她。他们一起找到了一份清扫公立学校的工作,他们很喜欢这份工作。当全世界的人都上床睡觉时,他们的一天才开始。吃过晚饭后,凯蒂穿上了她那件带羊腿袖的黑色大衣,用她从工厂里顺手拿的饰带装饰着头发,头上还系着一个樱桃色羊毛头饰(她叫它"新新头巾"),然后她和约翰尼就去上班了。

学校又老又小,但很暖和。他们喜欢在这里度过他们的夜晚。他们手挽手,他穿着漆皮皮鞋,她穿着羊皮皮靴。有时,当夜幕降临,星星挂在天空时,他们会跑几步,跳几下,边走边笑着。他们有专门开学校的钥匙。晚上学校就成了他们的世界。

他们边工作边玩游戏。约翰尼坐在一张课桌前,凯蒂假装自己是老师。他们在黑板上互相留言。他们拉开卷起来的地图,像百叶窗似的,然后用塑料教鞭指出哪些是外国。他们对陌生的土地和未知的语言充满了好奇。(那一年,他十九岁,她十七岁)。

会议室是他们最喜欢打扫的地方。约翰尼一边给钢琴除尘,一边用手指在琴键上滑动。凯蒂坐在前排的位置,邀请他来一曲。他为她唱当时流行的情歌,如《她曾有过好日子》《我为你心碎》等。住在附近的人们会被歌声吵醒,他们睡在暖和的被窝里,迷迷糊糊地听着,对身边的人说:

"那个小子,不知道是谁家的,可惜了,可惜了,他应该上台表演的。"

有时约翰尼还在小讲台上跳舞,把那儿当作舞台。他是如此优雅英俊,如此充满爱意,如此充满情趣,以至于凯蒂看着他,以为她会就此幸福地死去。

到了凌晨两点钟的时候,他们走进老师的午餐室,里面有煤气灶。他们会煮上一壶咖啡。他们把一罐炼乳放在了橱柜里。他们喜欢闻热咖啡的香味,房间里充满了美妙的气味。他们的黑麦面包和红香肠三明治味道很好,有时晚饭后,他们会走进老师的休息室,那里有一张覆盖着印花棉布的沙发,他们会互相拥抱着在那里躺一会儿。

最后他们会清空废纸篓。凯蒂会把长点的废弃粉笔和铅笔头留起来带回家,保存在一个盒子里。后来当弗兰西长大后,她看到家里有那么多粉笔和铅笔能用时,感到非常开心。

清晨,他们把学校擦洗得闪亮、温暖,准备交给白天的保洁工。他们走在回家的路上,看着星星从天空中淡出。他们路过面包店,新鲜出炉的面包卷的香味从地下室的烘烤室飘来,约翰尼会跑下去买五分钱的热面包。到家后,他们便吃了一顿热咖啡搭配甜面包的早餐。然后约翰尼出门,去买一份当天的《美国人》报纸,给凯蒂念新闻,并发表自己的想法,而她则在打扫他们的房间。中午,他们会吃一顿热腾腾的炖肉,再吃点面条或其他东西。饭后,他们会一直睡到起床去上班。

他们每个月有五十元的收入,在当时对他们这个阶级的人来说,这是不错的薪水,他们过着舒适的生活,有时又有点小挑战。

他们那么年轻,那么相爱。

几个月过去后,令他们吃惊的是,凯蒂发现自己怀孕了。她告诉约翰尼她"有了"。约翰尼起初感到困惑,他不想让她在学校工作了。她告诉他,她已经这样很长一段时间了,但是不敢确定,所以没停下工作,也没吃什么苦。她告诉他工作对她有好处,最后他屈服了。她继续工作,直到她身子变得太笨重,无法在桌子底下掸灰尘为止。很快,她就什么都做不了,只能和他一起做伴,躺在不再用于做爱的沙发上。他现在做了所有的工作。凌晨两点,他笨拙地为她做了三明治,还把咖啡煮过头了。他们仍然非常高兴,只是随着时间的流逝,约翰尼越来越担心。

在十二月一个寒冷的夜晚快要结束时,凯蒂的肚子开始阵痛。她睡在沙发上,忍住不想告诉约翰尼,想让他把工作完成。回家的时候,有一种她无法抑制的撕裂般的疼痛又开始了,她呻吟着。约翰尼知道孩子快生了。他把凯蒂带回家,没脱衣服就让她躺在床上,并给她盖上暖和的被子。然后赶紧去找助产婆金德勒太太,恳求她快点过去,那个好女人不紧不慢的,快把他逼疯了。

她首先要从头发上取下几十个卷发器。然后她又找不到自己的假牙,没有假牙绝不出发,约翰尼帮助她找假牙,终于他们在窗台上的一杯水里找到了假牙。牙齿周围的水已经结冰,化冻后才能装上。做完这些,她又要做一个护身符。她拿来在棕枝节时从祭坛上取下的一块受过祝福的棕榈叶,又加了一枚圣母像、一根蓝色的小鸟羽毛、一把小刀的断刃和一枝草药。这些东西是用一根脏绳子绑在一起的,绳子是从女人的紧身胸衣上裁下来的,那个女人只分娩了十分钟就诞下了一对双胞胎。最后,她在这些东西上面洒了圣水,据说圣水取自耶路撒冷的一口井,当年耶稣曾经从那里取水解渴。她向这个快发疯的小伙子解释说，这个护身符可以减轻痛苦，并向他保证孩子会健康。最后，她又抓起她的鳄鱼挎包——附近无人不知这个包，所有的年轻人都认为他们是在这个包里出生的，在里面乱踢，然后送到了他们妈妈的身边——她终于准备好了，可以出门了。

他们赶到凯蒂身边时，凯蒂痛苦地尖叫着。公寓里挤满了邻居妇女们，她们站在周围祈祷和回忆自己生孩子时的场景。

"生我们家文森特的时候，"一个女人说，"我呀……"

"我甚至比她块头还小，"另一个女人说，"当时啊……"

"他们没想到我能挺过来，"第三个人自豪地宣布，"不过……"

女人们欢迎着助产婆的到来，并把约翰尼赶出了这个地方。他坐在凳子上，每次凯蒂哭喊时他都会颤抖。他有些不知所措，事情发生得太突然了。现在是早上七点。即使窗户关着，她的尖叫声仍然向他袭来。男人们走在上班的路上，看了看后面传出尖叫声的窗户，然后看了看蜷缩着的约翰尼，脸上露出严肃的神情。

凯蒂那天一直在分娩，约翰尼却无能为力。到了晚上，他再也受不了了，跑去母亲家期望能得到安慰。当他告诉她凯蒂在生孩子时，她大叫起来，差点把屋顶掀了。

"现在她把你抓牢了，"她哀号道，"你再也回不来了！"约翰尼劝都劝不住她。

约翰尼跑去找哥哥乔治，他此时正在跳舞。他只好坐在那里，等着乔治跳完。他此时已经忘记了他要去学校上班的事情。等乔治晚上有空时，他们跑去几家通宵营业的酒吧，在每个地方都喝了那么一两杯，告诉每个人约翰尼正在经历的事情。男人们同情地听着，请约翰尼喝酒，并向他保证他们经历过同一关。

黎明时分，他们跑去了母亲家，约翰尼在不安中睡着了。九点钟，他醒来时有一种不祥的预感。他想起了凯蒂，也想起了学校的事情，但已经晚了。他洗漱穿好衣服，往家里跑。他路过一个卖鳄梨①的水果摊，给凯蒂买了两个。

他不知道的是，在夜里，他的妻子在极度痛苦中，经过近二十四个小时的分娩，生下了一个脆弱的女婴。唯一值得注意的事情是，婴儿出生时头上还包裹着胎膜，据说这表明孩子长大后会有出息。助产婆偷偷把这胎膜藏了起来，后来以两元的价格卖给了布鲁克林海军造船厂的一名水手。据说，谁带着胎膜，谁就永远不会死于溺水。水手把它放在了法兰绒袋子里，挂在了脖子上。

那天晚上约翰尼喝了一夜酒，然后昏睡了一夜。他不知道夜里变冷了，他应该照看的学校的炉火已经熄灭了，水管爆裂，淹没了学校的地下室和一楼。

回到家时，他发现凯蒂睡在黑漆漆的卧室里。婴儿躺在她身边，她正枕在枕头上，公寓里很是干净。邻居女人们都把这些处理好了。家里还有一股淡淡的混合着蒙农牌滑石粉的碳酸气味。助产婆离开前说："一共五元。你丈夫知道我的地址。"

她离开了，凯蒂将脸别过，面对着墙壁的那一边，尽量忍住不哭。那天晚上，她安慰自己约翰尼在学校工作。她本来希望他能在两点钟吃饭的时候跑回家一趟，到了第二天早上的时候，她想他许是回家了。也许他晚上下班后去母亲家睡了一觉。她劝自己，无论约翰尼做了什么，都没关系，只要他向她解释。

助产婆离开后不久，艾薇就过来了。一个邻居家的男孩去找她了。艾薇带来了一些甜黄油和一包苏打饼干，还给她倒了一杯茶。对凯蒂来说，它们很美味。艾薇看了看孩子，虽然觉得孩子看着不怎么样，但是她什么也没有说。

---

① 即牛油果，含油量高。

当约翰尼回到家时，艾薇准备开始教训他。但是，她看到他脸色苍白，一副害怕的样子，想到他不过二十岁时，她把原本的话憋在了心里，只是亲吻了他的脸颊，让他别担心，并立刻为他煮了咖啡。

约翰尼几乎不看婴儿一眼。他仍然抓着鳄梨，跪在凯蒂的床边，又担心又害怕地啜泣起来。凯蒂也跟着哭了。那天晚上，她多希望他和她在一起。而现在她多希望她当时能去某个地方偷偷生下那个孩子，然后回来告诉他一切都很好。她感受过痛苦，那种感觉就像在滚烫的油里被活活煎炸，让人求死不能。她已经感受过痛苦了。亲爱的上帝！这难道还不够吗？他为什么也要受这个罪？他不是为了受苦而活的，但她是的。两个小时前，她生了一个孩子。她是如此虚弱，以至于无法从枕头上抬起头来，不过她还是安慰他，告诉他不要担心，她会照顾好他的。

约翰尼缓了过来。他告诉她这没什么，他知道很多丈夫都经历过这一关。

"现在我也经历过这一关了，"他说，"我现在是个真正的男人了。"

然后他对孩子又亲又抱的。他建议用他兄弟安迪的未婚女友弗兰西·梅兰妮的名字来取名，凯蒂同意了。他们认为，如果让梅兰妮成为孩子的教母，将有助于修复梅兰妮破碎的心。如果安迪和梅兰妮结婚了，她的名字就要冠上"诺兰"，也就是孩子现在的名字：弗兰西·诺兰。

他将鳄梨去皮后加上甜油和腌醋，然后把沙拉端到凯蒂面前。她对食物寡淡的味道感到失望。约翰尼说吃鳄梨就像吃橄榄一样，吃着吃着就习惯了。凯蒂被他打动，看在他的分上，凯蒂吃了沙拉。她让艾薇也吃了一口。艾薇说她宁愿吃西红柿。

约翰尼在厨房里喝咖啡时，一个男孩从学校里拿来了校长写的一张字条，上面写着约翰尼因为渎职被辞退了。校长让他过去把欠他的工资取了，字条最后告诉约翰尼——不要指望他给约翰尼写推荐信。约翰尼读到这封信时脸色苍白。他给了那个孩子五分钱，感谢他带来了字条，并让他带信给校长，说自己马上过去。他毁掉了那张字条，对凯蒂什么也没说。

约翰尼见到了校长，并试图解释。校长告诉约翰尼，既然他知道孩子要出生了，就应该更加小心地工作。之后，校长又善意地告诉他，水管爆裂造成的损失不用他赔偿，教育委员会会处理的。约翰尼连声道谢。在约翰尼签署了一张将之后他应得的薪水给校长的保证书后，校长从自己的口袋里掏钱代付给了他。总而言之，校长按照自己的想法尽力而为了。

约翰尼将钱付给了助产婆，并把下个月的房租交给了房东。他意识到现在有了一个孩子，凯蒂在相当长的一段时间内都不能上班，而他们的工作也没了，他有点害怕。最后他安慰自己说，钱已经付清了，他们可以在这安心住三十天。在这段时间里，肯定会有别的办法的。

下午，他走去告诉玛丽·罗姆利有关新生儿的消息。在去的路上，他在橡胶厂停了下来，找来了茜茜的工头。他让工头把孩子的事告诉茜茜，叫她下班后过来一趟。工头答应了，他眨了眨眼睛，用手捅了捅约翰尼的肋骨说："好样的，伙计。"约翰尼咧嘴一笑，给了他一毛钱，并嘱咐他：

"买支好雪茄，我请客。"

"我会的，伙计。"工头答应道。他握住约翰尼的手，再次保证会告诉茜茜。

玛丽·罗姆利听到这个消息后哭了起来。"真是让人心疼的孩子，真是让人可怜的小家伙，"她哀叹道，"生在这个悲惨的世界，生来就要受苦受难。唉，人生可能会有一点幸福，但更多的是辛劳。

唉！唉！"

约翰尼很想把孩子的事告诉托马斯·罗姆利，但玛丽恳求他不要这样做，托马斯讨厌约翰尼·诺兰，因为约翰尼是爱尔兰人。他憎恨德国人、美国人、俄国人，但他最受不了的是爱尔兰人。他是个种族主义者，甚至连自己的种族也仇恨。他有一种说法，认为两个不同种族的人生的孩子是杂种。

"金丝雀和乌鸦交配，能生出什么东西？"

约翰尼把岳母送到他家后，就外出求职去了。

凯蒂很高兴见到她的母亲。由于她自己体会到了生孩子的痛苦，她现在知道了母亲生她所遭受的苦。她想起母亲一共生了七个孩子，并将他们养育成人，然后看着其中三个夭折，活着的几个挨饿吃苦。她有一种预感，同样的命运注定会降临到她不到一天大的孩子身上。她又怕又慌。

"我知道什么？"凯蒂问她的母亲，"我不能教她任何东西，我知道得太少了。你一辈子都穷，妈妈，约翰尼和我也很穷。婴儿长大后也会变得贫穷，往后的日子不会比如今更好过。有时我想自己的生活一年不如一年，随着岁月的流逝，约翰尼和我变老，没有什么会变得更好。我们现在所拥有的只是我们足够年轻和强壮，可以工作，可是随着年岁渐长，这些都将离我们而去。"

真正让她担心的事情是另一件。"我想说的是，"她想，"我可以工作。我不能指望约翰尼。我必须一直照顾他。哦，上帝，不要再给我送孩子了，否则我将无法照顾约翰尼，我得照顾约翰尼。他不能照顾自己。"她的母亲打断了她的话。玛丽说：

"我们在故国有什么呢？什么都没有。我们只会耕作。我们经常挨饿，好吧，我们来到了这里。情况也好不到哪里去，只是你父亲没有像在故国那样要去当兵，除了这件事外，日子变得更难了。我想念故乡，想念树木和广阔的田野，想念熟悉的日子，还有老朋友。

"如果你不期待能有更好的日子，你为什么要来美国？"

"为了我的子女们，我希望他们出生在一片自由的土地上。"

"你的孩子们做得不太好，妈妈。"凯蒂苦涩地笑了。

"在故国没有的东西，在这里有。别看这里苦，而且有很多事情都不熟悉，但这里有希望。在故国，一个人再怎么努力工作，也不会比他的父亲强。如果他的父亲是个木匠，他可能也会成为一个木匠。他无法成为老师或牧师。他也许会进步，但只能到达他父亲的水平。在故国，一个人属于过去。但在这里，他将属于未来。在这里，如果一个人心存善念，踏实地做正确的事情，他就可以成为他想要成为的人。"

"不是这样的。你的孩子并没有比你做得更好。"

玛丽·罗姆利长舒了一口气。"问题可能出在我身上。因为我不知道如何教育我的女儿。几百年的时间里，我的祖辈一直在给地主工作。我没有把我的第一个孩子送到学校。我当时很无知，不知道像我们这样的底层人民的孩子是允许在这片土地上接受免费教育的。因此，茜茜没有机会超过我。但其他三个孩子……你们都去上学了。"

"我上到了六年级，如果这就是所谓的教育的话。"

"你的约尼也受过教育。"——她不会发"约翰尼"的音——"你还不明白吗？"她的声音里透着兴奋，"已经开始越来越好了。"她抱起婴儿，将她举得高高的。

"这个孩子的父母能读能写。"她说，"于我而言，这是一个伟大的奇迹。"

"妈妈，我还年轻。我才十八岁。我很坚强，我会努力工作。但我不希望这个孩子长大后只靠力气赚钱。妈妈，我应该怎么做才可以改变她的命运？我该怎么做？"

"秘诀在于阅读和写作。你识字呀。你可以找一本好书,每天读一页给你的孩子。每天都这样,直到孩子学会识字。那时候,她就可以自己读书。这就是秘诀所在。"

"我会读的,"凯蒂答应道,"但什么是好书?"

"有两本很棒的书。《莎士比亚》是一本伟大的书。我曾听人说,人生的一切奇妙都在那本书里;人类所知道的所有美,所有智慧和所有生命,都在那几页书里。据说这些故事都是要在舞台上表演的。我从来不认识任何看过这本书的人。但是我在故国的时候听地主说,书里有些内容还可以像歌一样唱出来。"

"《莎士比亚》是一本德文书吗?"

"是英文的。我曾听到地主对他即将要去海德堡大学上学的儿子提起过这本书,那是很久以前了。"

"另一本好书是什么?"

"是信奉新教的人读的《圣经》。"

"我们有自己天主教的《圣经》啊。"

玛丽偷偷地环视了一下房间。"虽然一个虔诚的天主教徒不应该说出这种话,但我认为,新教的《圣经》把世上最伟大的事情说得更好,更有爱。一位深受爱戴的新教徒朋友曾给我读过她的《圣经》,所以我才这么说的。"

"那就读这本书,还有莎士比亚的书。每天你必须给你的孩子读一页,即使你自己不明白书里写的内容,甚至不能正确地发音。但你必须这样做,这样孩子长大才知道什么是更大的世界——知道世界并不像布鲁克林的公寓这么大。"

"新教《圣经》和《莎士比亚》。"

"你还得把我告诉你的那些民间故事告诉这孩子——以前我妈妈也是这样传给我,我外祖母也是像这样传给我妈妈的。你一定要和孩子讲讲故国的神话故事，说说那些仙女、精灵、矮人，等等——他们虽不住人间却活在人们的心中。你还要和孩子们讲讲那些缠着你父亲的鬼，还有你姑妈身上被施了妖术的邪恶的眼睛。你必须教导孩子，当家里有麻烦和死亡的时候，总有一些征兆会降临到我们家的女人身上。这孩子必须信上帝和耶稣。"说完，她画了个十字。

"对了，你可别忘了圣诞老人。孩子六岁前必须相信他。"

"妈妈，我知道世上没有鬼和仙女。这不是要我对孩子撒谎吗？"

玛丽立刻反驳道："你怎么知道地上没有鬼，天上没有天使？"

"我知道圣诞老人是不存在的。"

"然而，你必须教导她这些事情。"

"为什么？我自己都不相信，为什么还要教给她？"

"因为，"玛丽·罗姆利简单地解释说，"孩子必须有一种宝贵的东西，叫作想象力。孩子得有一个隐秘的世界，里面住着从不存在的东西。她得相信，她必须从相信不属于这个世界的东西开始。这样，当世道变得太艰难而无法生活时，孩子就可以回顾过去，生活在她的想象中。我自己都一把年纪了，也非常需要回忆圣人们的生活，回顾在地球上发生过的伟大奇迹。有了这些想象，即使以后日子不好过，我也可以活下去。"

"孩子长大后，会自己明白是非。如果到那时她发现我撒了谎，肯定会失望的。"

"这就是所谓的明白事理。自己发现真相是一件好事。先全心全意地相信，再逐渐学会怀疑，这个过程也是有价值的。情感会因此变得更加丰富，当生活和人让一个女人感到失望时，她反倒能从过往的失望中汲取力量，觉得日子没有那么难熬。在教导孩子时，别忘了，苦难也是一种恩赐。它磨炼性格，使一个人变得更坚强。"

"如果是这样的话，"凯蒂苦笑道，"那我们罗姆利家可算是富人了。"

"是的,虽然我们不富裕,生活艰辛,但正因为我们知道这些道理,所以我们会成为更好的人。我虽然不识字,但我将从生活中学到的一切传授给了你。你也要把这些告诉你的孩子,而随着你的成长和阅历的增加,你能传授的东西会更多。"

"那我还该教给孩子些什么呢?"

"你必须让孩子相信有天堂。这个所谓的天堂,不是有天使在空中飞翔,也不是上帝高坐在宝座上,"——玛丽用德语和英语混杂着,艰难地表达着她的想法——"而是一个人可以实现梦想的神奇之地。也许这是另一种信仰,我也不完全清楚。"

"还有呢,除此之外还要教什么?"

"在你死之前,你必须拥有一片土地,或许还要有一座房子,能传给你的后代。"

凯蒂笑了笑:"我能有自己的土地?还能有房子?我现在能付得起房租就已经谢天谢地了。"

"即便如此,"玛丽坚定地说,"你也必须这么做。几千年来,我们的祖辈都是农民,劳作在别人的土地上。那是在故国。现在我们在工厂里工作,靠双手谋生,情况已经比过去好了很多。我们上班时,虽然有很大一部分时间属于老板,但下班后,时间是属于自己的。这很重要,但若能拥有一点属于自己的土地,那就更好了。买一小块地,传给子孙后代……这样,我们的生活就会更上一层楼。"

"可是,我们怎么才能拥有自己的土地呢?约翰尼和我挣得太少了。交完房租和保险后,有时连买吃的都捉襟见肘,哪还有多余的钱去买地?"

"你得找一个炼乳罐,好好清洗干净。"

"炼乳罐?"

"将炼乳罐的顶部剪掉。把罐子剪开到一指长,每一条都像手指那么宽。"她用手指量了两英寸,"将剪开的金属条向后弯。这样罐子看起来就像一颗粗糙的星星。然后在上面开个缝。再把罐子钉到你衣柜里最黑暗的角落,每个金属条上都钉上钉子。每天放五分钱进去。三年后就是一笔小钱了,五十元呢。拿着这些钱,在乡下买块地。记住要写明这是你的。这样,你就成了一个地主。一个人一旦拥有了土地,就不用再做农奴了。"

"一天五分钱感觉上好像不多。但它从何而来呢?我们已经很穷了,还要养活另一张嘴……"

"你这么做:你去菜店问一把胡萝卜要多少钱。那人会说三分钱。然后你就去找找看着不那么新鲜,也不那么大的胡萝卜。和他说'我可以花两分钱买这把快要坏了的吗?'如果你敢说,老板就会以两分钱卖给你了。这样你就省下了一分钱,可以把它存在罐子里。现在是冬天,你花两毛五分钱买了煤。天很冷,你会在炉子里生火。但是等等!再等一小时。这一个小时你就围上披肩忍一忍。你就和自己说,我冷是因为我在攒钱买地。那一小时能为你省下三分钱的煤。这三分钱又可以存进罐子里。晚上一个人的时候,不要点灯。坐在黑暗中,多想一想。这样,你又多了一些钱可以存在罐子里了。这钱会越来越多。总有一天会有五十元的,你就可以用这笔钱在布鲁克林买一块地了。"

"这样做真的有用吗?"

"我向圣母发誓,一定有用。"

"那你为什么从来没有攒够钱买地呢?"

"我存了。我们刚到这里的时候,我就有一个存钱罐。我花了十年才攒下第一笔五十元。我把钱拿在手里,去找了一个邻居,据说他可以帮人买地,价格还很公道。他指给我看一块美丽的土地,用我的母语对我说：'这是你的。'他收了我的钱，给了我一张纸。我不认识上面的字。后来，我看到有人在我的土地上建造别人的房子。我给他们看了那张纸。那些人笑了，眼中流露出同情。那块地根本就不是那个人可以买卖的。那是……用英语怎么说……是一个 schwindle。"

"骗局。"

"唉！像我们这样的人，从故国来，人人都知道我们是新手，我们经常被像他这样的人骗，因为我们不识字。但你受过教育。你起码得先保证那张纸上写的土地是你的，你再付钱。"

"你后来存钱了吗，妈妈？"

"存了，一切从头再来了。但是第二次更难，因为孩子多了。我存了钱，但我们搬家的时候你父亲找到了存钱罐并把钱拿走了。他不会用它来买土地。他总是喜欢养鸡，所以他用这笔钱买了一只公鸡和很多母鸡，把鸡都养在了后院。"

"我对那些鸡还有印象，"凯蒂说，"那是很早以前的事了。"

"他说这些鸡蛋可以在附近卖很多钱。啊，男人哪有什么梦想！第一天晚上，二十只饥猫越过栅栏，吃掉了许多鸡。第二天晚上，意大利人爬过栅栏又偷走了不少。第三天警察来了，说在布鲁克林的院子里养鸡是违法的。我们不得不交了五元给他，免得你父亲被逮捕到警察局。你父亲把剩下的鸡卖了，买了金丝雀。他终于不用担惊受怕了。所以我的第二次存款又用完了。但是我又开始省钱了。可能有一天……"她静静地坐了一会，然后起身披上了披肩。

"天黑了，你父亲该下班回来了。圣母玛利亚会好好照看你和你的孩子的。"

茜茜刚下班便匆匆赶到了公寓，连头发上沾着的灰色橡胶粉都没顾得上掸掉。她激动得几乎哽咽，兴奋地称赞这个婴儿是世界上最漂亮的孩子。约翰尼却有些疑惑，在他看来，婴儿的脸色青紫，瘦弱干瘪，显然有什么不对劲。茜茜不以为然，给孩子洗了个澡。（这是孩子第一天洗的第十几次澡。）随后，她跑去熟食店，巧妙地哄骗店员赊账，承诺等到星期六发工资时一定会来结账。她总共买了两元钱的猪舌、熏鲑鱼、奶油色的熏鲟鱼片和脆面包卷，还买了一袋木炭，生起了火。她端了一盘饭给凯蒂，然后和约翰尼一起在厨房里吃了起来。房间里充斥着多种气味，有食物的香味、甜腻的脂粉味，还有从茜茜项链上的一个硬质白色圆盘里散发出来的，像糖果般浓烈的气息。

吃完饭后，约翰尼一边抽着雪茄，一边打量着茜茜。他不禁思索起，人们判断一个人好坏的标准究竟是什么。就像茜茜，尽管她在男人眼中被视作"坏女人"，但她的美好、温柔、迷人和活力却无可否认。她无论走到哪里，哪里就充满了生机。他暗自希望，自己刚出生的女儿长大后能像茜茜一样充满生命力。

当茜茜宣布她要在这里过夜时，凯蒂显得有些不安，因为她和约翰尼共用一张床。茜茜打趣道，如果约翰尼能保证让她也生一个像弗兰西这样的好孩子，她倒是不介意和他一起睡。凯蒂皱了皱眉头，知道茜茜是在开玩笑。茜茜一贯是这么率真直接。凯蒂忍不住开始数落茜茜，约翰尼却打断了她，决定去学校睡一晚。

约翰尼其实不忍心告诉凯蒂他已经失去了工作。他找到正在值班的哥哥乔治，恰巧那晚他们需要一个服务员，同时还要兼职表演唱歌。约翰尼接下了这份工作，老板也答应下周再给他更多活儿。就这样，他重新回到了服务员的行列，从此以后再也没有做过其他工作。

那晚，茜茜和凯蒂躺在床上，聊了大半个晚上。凯蒂倾诉了她对约翰尼的担忧和对未来的恐惧。她们聊到了玛丽·罗姆利，凯蒂和姐妹们都认为她是个好母亲；又聊到了她们的父亲托马斯·罗姆利。茜茜称他是个"老浑蛋"，而凯蒂则提醒她应对父亲表现出更多尊重。

茜茜笑道："软蛋一个！"凯蒂也忍不住笑了。

凯蒂告诉茜茜她和母亲那天的对话，尤其是存钱罐的想法让茜茜大为着迷。尽管已是深夜，她仍兴致勃勃地起床，倒掉了一罐牛奶，立刻动手制作起了存钱罐。她挤进狭小的衣柜，试图把罐子钉牢，但宽大的睡袍缠住了她。于是，她索性把睡袍扯下来，赤裸着身子跪在衣柜里，用锤子钉着存钱罐，露出一半身体。凯蒂笑得前仰后合，生怕自己笑得太厉害会伤到身子。凌晨三点的敲击声惊醒了邻居，楼下的人敲打天花板，楼上的人拍打地板。茜茜在衣柜里嘟囔着："这屋里有病人，谁敢这么吵？"此话一出，凯蒂又笑得停不下来。

存钱罐钉好后，茜茜穿上睡袍，往罐子里存了五分钱，然后回到床上。当凯蒂告诉她关于那两本书的事时，茜茜听得满怀期待。她答应要设法弄到那两本书，并作为新生儿的洗礼礼物送给她。

弗兰西诞生的第一个夜晚，舒服地睡在了母亲和茜茜之间。

第二天，茜茜开始忙那两本书的事情了。她来到一家公共图书馆，询问管理员怎样才能拥有一本《莎士比亚》和一本《圣经》。图书管理员不能帮她解决《圣经》的问题，但说在档案里有一本破旧的《莎士比亚》，快要被丢了，可以给茜茜。她买下了这本书。那是一本破烂不堪的旧书，里面有莎士比亚写的所有戏剧和十四行诗，它有复杂而详细的注释、作者的照片和人物介绍，还有版图插画说明每一出戏的场景。书上的字号很小，纸很薄，每页上有两栏。茜茜花了两毛五拿下了这本书。

《圣经》会难找一点。虽然找的时间久了点，但是价格便宜。实际上，茜茜一分钱都没有花。《圣经》上写着的名字是基德欧。

拿到《莎士比亚》之后没几天，茜茜有天早上醒来，用胳膊肘推了推她现在的情人，当时她正和他留宿在一家安静的家庭旅馆里。

"约翰（虽然那人的名字叫查理，但她还是叫他约翰），妆台上的那本书是什么?"

"《圣经》。"

"新教用的《圣经》吗?"

"是的。"

"我要拿走它。"

"拿吧,这就是他们把它放在那里的原因。"

"真的吗?"

"是的。"

"别开玩笑了!"

"人们顺手拿走它,读了它之后改过自新和忏悔。于是他们又把它带回来,或是新买一本,这样其他人也能顺手拿走它,进行阅读和忏悔。这样一来,出版这些书的公司也不会有损失。"

"这本《圣经》将有去无回了。"她用酒店的毛巾把书包了起来,这条毛巾她也要顺走。

"如果,"一股寒意笼罩着她的约翰,"如果你读了它然后改过自新,我就得回到我妻子身边了。"他打了个寒战,搂住了她,"答应我,你不会改过自新。"

"我不会改过自新。"

"你怎么如此肯定?"

"我从来不听别人的话,我也不识字。我判断好坏的唯一标准就是我的感觉。如果我觉得不好,那就肯定不好。如果我觉得好,那就是好。和你相处让我感觉很好。"她把胳膊搭在他的胸前,在他的耳朵上来一个深吻。

"我真希望我们能结为夫妻,茜茜。"

"我也是,约翰。我知道我们会合得来的。哪怕只有很短的时间。"她又老实地补充道。

"但我结婚了,这是天主教徒的地狱,不准人离婚。"

"反正我不相信离婚。"茜茜说,她总是不离婚就再婚。

"知道吗,茜茜?"

"怎么了?"

"你的心像金子一样。"

"开什么玩笑?"

"是真的。"他看着她把一条红色的丝质吊袜带系在她穿着透明长丝袜的腿上,"给我亲一个。"他突然恳求道。

"时间还够吗?"她问得很实际。但她又把袜子扯下来了。

弗兰西·诺兰的藏书就是这样得来的。

10

弗兰西看上去没有一点儿婴儿的样子。她瘦得皮包骨,表情忧郁,缺乏生命力。凯蒂辛勤地照顾她,尽管邻居女人告诉她,她的奶水对孩子并不好。

弗兰西三个月的时候就开始喝奶瓶了,因为凯蒂没有奶水了。凯蒂很着急,她询问了她的母亲。玛丽·罗姆利看着她,叹了口气,但什么也没说。凯蒂又去找助产婆想办法,助产婆问了她一个莫名其妙的问题:

"你周五是去哪里买的鱼?"

"帕蒂家的店啊,怎么了?"

"你要是看到一个老婆子在那给她的猫买鳕鱼头,你就不会去了,对不?"

"没错,我每周都会见到她。"

"她居然得手了!是她抽干了你的奶水。"

"哦,不!"

"她一直盯着你呢。"

"可是为什么呢?"

"因为她嫉妒,嫉妒你和你那漂亮的爱尔兰小伙儿生活幸福。"

"嫉妒?那样的一个老婆子?"

"她是个女巫。我在故国的时候就与她相识了。不过,她和我不是一起过来的。她年轻的时候,爱上了一个狂野的克里郡小子。那小子喜欢拈花惹草,把她肚子搞大了,她的老父亲来找他算账,可他不愿意和她一起去找神父结婚。在一个夜深人静的夜晚,那小子搭船跑去了美国。她的孩子刚出生就死了。然后她就把自己的灵魂出卖给了魔鬼,魔鬼给予了她魔力,她能抽干牛奶、羊奶,还有嫁给了年轻小伙子的女人的奶。"

"我记得她用一种很奇怪的眼神看着我。"

"所以我才说她盯上了你。"

"那我怎么样才能再有奶水呢?"

"我来教你怎么解决。满月的时候,剪一截你的卷头发和手指甲做一个小人,裹上一小块洒上圣水的布片。这个小人就叫妮莉·格罗根,就是那个女巫的名字,然后往上面扎三根生锈的别针。这样就会破坏她对你施加的法术,你的奶水一定会再像香农河水一样滔滔不绝。你要付我两毛五分钱。"

凯蒂付给了她钱。月圆的时候,她做了一个小人,狠狠地插了它几针。但她还是没有奶水。弗兰西开始吐奶瓶。凯蒂心生绝望,向茜茜寻求帮助。茜茜听了助产婆讲的故事。

"去他的女巫。"她轻蔑地说,"这是约翰尼干的好事,没有谁盯上了你。"

一来二去,凯蒂就知道她又怀孕了。她告诉了约翰尼,他就又开始忧心忡忡了。能回到唱歌服务员的岗位上让他感到很开心——经常能接到活,上班时间也固定,不再喝太多的酒,赚的钱也能带回家。但怀了第二个孩子的消息,让他感觉自己仿佛被上了枷锁。他不过只有二十岁,凯蒂只有十八岁。他觉得他们是如此年轻,却是如此失败。得知这个消息后,他就出去借酒浇愁了。

之后,助产婆过来看她的符咒是否生效。凯蒂告诉她符咒没有效果，因为她怀孕了，不关那个女巫的事。助产婆掀开裙子，把手伸进她衬裙上的一个大口袋里，掏出了一瓶看起来很恶心的深棕色的东西。

"当然，这也没什么好担心的。"她说，"早晚各一次，连续喝三天，你就会又有奶了。"凯蒂失望地摇了摇头："你这么做，是怕神父指责你吗？"

"不。只是我不想杀生。"

"这不是杀生，你还没感觉到胎动之前，都不算杀生。你还没有感觉到，不是吗？"

"确实没有。"

"那不就得了！"她得意扬扬地捶了一下桌子，"这一瓶我只收你一块钱。"

"谢了，但我不想要。"

"别犯傻了。你只是个弱女子，一个小孩已经够你心烦的了。你的男人是漂亮，但可不一定对你死心塌地。"

"我的男人怎么样是我的事情，我的孩子也不会给我添麻烦。"

"我只是在试图救你出苦海。"

"谢了，慢走不送。"

助产婆把瓶子放回她的衬裙口袋里，站起来要走。"快生的时候找我，你知道我住哪。"到门口的时候，她还算给了点有用的建议，"你要是老在楼梯上上蹿下跳的，没准就会流产。"

那年的秋天，在布鲁克林夏日的余温中，凯蒂就坐在门廊上，把她病恹恹的孩子抱在她的大肚子上，肚里是即将出生的另一个孩子。有恻隐之心的邻居们都会停下来对她表示同情。

"这个孩子养不活，"他们和她说，"她看上去不太好。如果伟大的上帝带走了她，那也是再好不过的事。一个病弱的孩子生在一个穷人家里，会过得有多好吗？世界上已经有那么多孩子了，再容不下一个病弱的孩子了。"

"别说这种话。"凯蒂抱紧了她的孩子，"死有什么好的，谁愿意去死？每个人都在努力生存。你看那棵从铁栅栏里钻出来的树，没有阳光，下雨时才有点水，还落在酸土里。但它茁壮生长，是对生存的挣扎和渴望才让它变得强大。我的孩子也会和它一样茁壮生长。"

"啊，真该有人来砍了那棵树，太难看了。"

"要是世界上只有这一棵树，那你就会觉得它很漂亮。"凯蒂说，"正是因为有这么多的树，你才不能发现它的美。你看那些孩子。"她指着一群在阴沟里玩耍的脏兮兮的孩子，"你把其中任意一个孩子梳洗打扮一下，放在一间整洁的屋子里，你都会觉得他很漂亮。"

"你想得很好，可孩子却病得很重，凯蒂。"他们告诉她，"她会活下来的，"凯蒂坚定地说，"我一定要让她活下来。"

弗兰西真的活下来了，哭哭啼啼地熬过了第一年。

她刚满一周岁的时候，弟弟尼利就出生了。

这一回，当阵痛来临时，凯蒂没有去工作。这一次，她咬着嘴唇，没有痛苦地叫出来。她感到无可救药的痛楚，但她仍然能积攒力气，迎接分娩的痛苦。

一个健康的男孩在哭泣中呱呱坠地，仿佛在抗议出生过程中的不适。当他被放在凯蒂的胸前时，凯蒂的心中泛起一阵汹涌的柔情。另一个孩子弗兰西躺在她的床边，呜呜地哭了起来。当凯蒂把她和自己新生的这个英俊的小子做比较时，她对自己一年前生下的这个虚弱的小孩感到一阵轻蔑。但她很快为自己有这样的想法而羞愧，她知道孩子是无辜的。"我必须时刻谨慎。"她暗自思量，"我要把更多的爱给男孩，但一定不能让小女孩察觉。偏爱一个孩子是一种罪过，但我实在控制不住自己。"

茜茜恳求她给这个男孩取名为约翰尼，但凯蒂坚持认为，孩子有权取一个自己的名字。茜茜很生气，骂了凯蒂几句。最后，凯蒂气昏了头，不管三七二十一地指责茜茜爱上了约翰尼。茜茜回答说："倒也有可能。"凯蒂就闭嘴了。她担心如果她们再吵下去，她真会发现茜茜爱上了约翰尼。

凯蒂给男孩取名科尼利厄斯，这是她在舞台上看到的一个帅气演员扮演的一个高尚的角色。随着男孩渐渐长大，名字也就渐渐布鲁克林化了，他被大家叫作尼利。

没有精巧的推理逻辑，也无须复杂的情感过程，这个男孩成了凯蒂的全世界。约翰尼排第二，弗兰西垫底。凯蒂爱他，因为相比约翰尼或弗兰西，这个孩子更加完完全全地属于她。尼利长得和约翰尼如出一辙，凯蒂会让他变成约翰尼本该成为的那种人。他会继承约翰尼的一切优良品质，她会促成这一切的。在尼利身上，她会把约翰尼所有的恶习影子都消灭掉。他会长大成人，成为她的骄傲，他会一直照顾她。他是她必须完全掌控的那个人。对弗兰西和约翰尼可以睁一只眼闭一只眼，但她不会拿这个男孩开玩笑，她要确保他有所成就。

慢慢地，随着孩子们长大，凯蒂所有的温柔都被消磨殆尽，尽管她获得了人们所谓的"品质"。她变得有能力，坚韧不拔，远见卓识。她爱着约翰尼，但那种古老狂野的崇拜都消失殆尽了。她爱她的小女孩，因为她对女儿感到愧疚。她感觉她对弗兰西的感情不是爱，而是因为怜悯和义务。

约翰尼和弗兰西都感受到，凯蒂身上的变化越来越大。男孩变得更加强壮英俊，约翰尼变得更加虚弱，更加走下坡路。弗兰西感受到了她母亲对她的看法。她用同样的冷淡来回敬母亲，但奇怪的是，这种冷淡反而让她们变得更亲近了，因为这让她们更加相似。

尼利长到一岁的时候，凯蒂已经不再依赖约翰尼了。约翰尼酗酒。当他晚上有活接时,他才开始工作。他把工资带回家,小费却在酒吧里挥霍了。约翰尼的人生进程太快了,他都还没到获得投票权的年纪,就有了老婆和两个孩子。他的生命还没开始,就已经结束了。他注定要失败,没有人比约翰尼·诺兰更清楚这一点。

凯蒂和约翰尼活得一样艰难,她才十九岁,比他还小两岁。可以说,她的失败也是注定的。她的生命亦是开始即结束。但也只是这一点相似。约翰尼知道他失败无疑,所以接受现实。但凯蒂拒绝接受,她开启了新的旅程,告别了旧的生活。

她用她的温柔换来了一身本领。她放弃了自己的梦想,挑起了现实的沉重负担。

凯蒂想要生存,这使她成了一名斗士。约翰尼想要永生,这使他成了一个没什么作为的空想家。这就是这两个彼此深爱的人之间的巨大差别。

11

为了庆祝终于到了有投票权的生日,约翰尼连醉了三天。当他喝完酒回到家后,凯蒂把他锁在卧室里让他不能再喝酒了。但是他不但没有清醒过来,反而到处撒酒疯。他哭着不断乞求讨要酒喝。他说他很煎熬。她告诉他痛苦会使他坚强,会让他长记性,这是一件好事。但可怜的约翰尼就是做不到,他变成了一个号啕大哭的女妖。

邻居们敲打着她的房门,让她帮帮可怜的约翰尼。凯蒂冷冷地撇了撇嘴角,叫他们别多管闲事。但是,即使她不管邻居,她也知道这个月一过,他们就得搬走。在约翰尼丢人现眼之后,他们不能再住在这附近了。

晚上,他磨人的哭声让凯蒂感到不安。她带着两个孩子来到工厂,让茜茜的工头把茜茜从机器旁叫了出来。她告诉茜茜有关约翰尼的事,茜茜说她会尽快过来处理他。

茜茜向一位朋友咨询了约翰尼的情况。这位朋友给了她建议。于是,她将买的半品脱① 高档威士忌藏在她丰满的乳房间,然后系好胸衣的带子,扣上裙子的扣子。

她来到凯蒂家,告诉她如果能让她和约翰尼单独在一起,她会带他逃离痛苦。凯蒂将两人关在卧室里,回到厨房,一整晚都枕着桌上

---

① 英国、美国和爱尔兰使用的容积单位。

的双手，静静地等待着。

当约翰尼看到茜茜时，他那混沌的脑袋一下子就清醒了过来。他抓住了她的胳膊："我的朋友，茜茜。我的姐姐，看在上帝的分上，让我再喝口酒吧。"

"别急，约翰尼，"她用温柔的声音抚慰他，"我给你倒了杯酒。"她解开腰间的扣子，露出一条条白色的绣花荷叶边和深粉色丝带。房间里弥漫着她用的香囊的浓香味。约翰尼盯着她解开一个复杂的蝴蝶结，解开了紧身胸衣的带子。这个可怜的家伙还记得她的名声，误会了她的意思。

"不，不，茜茜。求求你！"他呻吟道。

"别傻了，约翰尼。做事要看时间和场合，现在我没空和你搞那个。"她将酒瓶从胸衣里拿出。

他一把抓住了它。她的酒被焐得温温的，她让他喝了一大口，然后从他紧握的手指中抠出酒瓶。喝完酒后，他不闹了，双眼迷离，求她不要走。她答应了。她懒得系丝带、扣腰间的扣子，就这么躺在了他身边的床上。她轻轻地搂着他，他把脸颊靠在她裸露的温暖的乳房上。约翰尼睡过去了，泪水从他紧闭的眼睑下流出，滑过了他冰凉的脸颊。

她抱着他，凝视着黑暗。她对他的感觉就像她对她的孩子们的感觉一样，如果他们能活着，一定能知道她温暖的爱。她抚摸着他卷曲的头发，轻轻地抚平他的脸颊。当他睡梦中呻吟时，她用抚慰婴儿的语气抚慰他。她的胳膊开始变酸，她试图移动它。他顿时醒了过来，紧紧地抱住她，求她不要离开他。当他和她说话时，他叫她妈妈。

每当他被害怕惊醒时，她就会给他喝一口酒。天快亮时，他醒了过来。他的脑袋清醒了一些，但他说脑袋疼。他挣脱她的手，开始呻吟起来。

"回到妈妈这里来。"她温柔地哄着他。

她朝他伸手,他又一次钻进她的怀里,把脸靠在她丰满的乳房上。他静静地哭泣着。他啜泣着说出了他的恐惧、他的担忧和他对世事的困惑。她听着他说话,听着他哭泣。她抱着他,就像母亲抱着儿子一样(她以前从来没有这样做过)。有时茜茜也会跟着他一起哭。当他把话说完时,她就把剩下的威士忌都给了他,最后他筋疲力尽地沉沉睡去。

她安静地躺了很久,不想让他感觉自己要离开。清晨,他紧握着她的手松开了,脸上平静如初,又变得孩子气了。茜茜把约翰尼放回了枕头上,麻利地为他脱去衣服,盖上被子。她把空酒瓶扔进了通风管道。她认为凯蒂不知道这里发生的事,就不会感到费心了。她慢慢地系着粉红色的缎带,理了一下衣服,出去的时候轻轻地关上了门。

茜茜有两个缺点。她是一个伟大的爱人,也是一个伟大的母亲。她内心充满了柔情,她非常想把自己奉献给任何需要她的人,无论是她的金钱、时间、衣服、同情心、理解、友谊,还是她的陪伴和爱,她都可以奉献。她爱男人,没错。她也爱女人,也爱老人,尤其是孩子。她多么爱孩子啊!她喜欢落魄的人。她想让大家都开心。她难得去教堂忏悔,竟试图引诱善良的牧师,因为她同情他,她认为他因为过着单身生活而错过了世界上最大的快乐。

她喜欢街上所有到处乱跑乱刨的狗,看到那些憔悴的、在布鲁克林四处觅食的猫偷偷在街道角落寻找一个生崽的洞时,她会哭泣。她喜欢长满黑色羽毛的麻雀,在她眼中生长在田地里的草都是美丽的。她在花丛里摘了几束白色的三叶草,就觉得它们是上帝创造的最美丽的花。有一次,她在房间里看到一只老鼠。第二天晚上,她为它准备了一个小盒子,里面装着奶酪屑。是的,她倾听着每个人的烦恼,但没有人倾听她的。

不过这没什么不对,因为茜茜是一个给予者,而不是一个索取者。

当茜茜走进厨房时,凯蒂看着茜茜乱糟糟的衣服,肿胀的眼睛满是疑惑。

"我可没忘记,"她撑着可怜的尊严说,"你是我的姐姐。我希望你也记住这一点。"

"别说傻话。"茜茜明白凯蒂误会了,她看着凯蒂的眼睛,深深地笑了。凯蒂突然就打消了疑虑。

"约翰尼怎么样了?"

"约翰尼醒来后会没事的。但看在上帝的分上,当他醒来的时候,不要唠叨他。别跟他唠叨,凯蒂。"

"但必须告诉他……"

"如果我听到你唠叨他,我会让他离你远点。我发誓。虽然我是你姐姐。"

凯蒂知道她说这话时是认真的,有点害怕。

"那我就不说了。"她嘀咕道。

"现在你已经长大成人了。"茜茜一边亲吻凯蒂的脸颊,一边赞许地说。她为凯蒂感到难过,也为约翰尼感到难过。

凯蒂忍不住哭了起来。她讨厌流泪,但还是忍不住,所以哭的声音很难听。茜茜不得不听着,重新经历刚刚在约翰尼那经历的一切,只不过这次是从凯蒂的角度出发。茜茜对待凯蒂的方式和对待约翰尼的方式不同。她对约翰尼一直像母亲般温柔,因为他需要这样。茜茜承认凯蒂的内心像钢铁般坚强。凯蒂讲完她的遭遇后,茜茜更确信了自己刚刚的判断。

"现在你都知道了,茜茜。约翰尼是个酒鬼……"

"每个人都有缺点。我们都有某种标签。拿我说吧,我这辈子从没喝过酒,但是你知道吗?"她用一种诚实又天真的口气说,"有些人议论我,把我当作坏女人。你能想象吗?我承认我偶尔抽一支烟。但坏……"

"好吧,茜茜,大家说的是你和男人交往的方式让人……"

"凯蒂,你又在唠叨了!我们每个人该是什么样就是什么样,每个人都过着他应该过的生活。你嫁的男人是个好人,凯蒂。"

"但他酗酒。"

"他还会继续喝直到他死。现实就是如此,他会酗酒。你必须接受他的全部。"

"接受什么?你是说不工作,整夜不回家,还是他的朋友都是流浪汉?"

"你嫁给了他。他身上一定有某种东西让你动心。记住这一点,其他的就忘了吧。"

"有时候,我也不知道为什么会嫁给他。"

"你撒谎!你自己心里最清楚你为什么嫁给他。你嫁给他就是因为你想和他上床,但你又太虔诚,不敢在教堂外解决这件事。"

"你怎么能这么说?其实当初是我主动从别人手里把他抢来的!"

"那也是为了上床。一向如此。如果两个人在床上和谐,婚姻就会顺利;如果两个人在床上不和谐,婚姻自然也不会好。"

"不,还有其他原因。"

"其他原因?嗯,也许有,"茜茜承认,"如果还有其他有益的事,那就是金钱。"

"你说得不对。也许钱对你来说很重要,但是……"

"对每个人来说钱都是重要的。有了钱,婚姻就会变得幸福。"

"好吧,我承认我当初爱上了他跳舞的样子,爱上了他唱歌的样子,还有他的长相……"

"你和我想说的一样,只不过你用了自己的话来说。"

"你怎么能赢过像茜茜这样的人呢?"凯蒂想。"她对一切都有自己的想法。也许她的方法是解决问题的好方法。我不知道。她是我姐姐,但人们都在议论她。毋庸置疑,她不是个好女孩。当她死后,她的灵魂将在炼狱里出不来。我经常提醒她,她总是回答说她不会独自徘徊。如果茜茜比我先死,我一定要为她的灵魂做弥撒。也许过不了多久她就会离开炼狱,虽然他们说她很坏,但她对世界上所有有幸遇到她的人都很好。上帝必须考虑到这一点。"

突然,凯蒂俯身在茜茜的脸颊上吻了一下。茜茜很吃惊,因为她不知道凯蒂在想什么。

"可能你说的话是对的,茜茜,也有可能是错的。在我看来,可以概括为:除了爱喝酒以外,我爱约翰尼的一切,我也会努力对他好。我会尽量忽略……"她不再说了。在她心里,她知道她不是那种会向他人妥协的人。

弗兰西睁着眼睛躺在靠近灶台的洗衣篮里,嘬着大拇指,听着她们的谈话。但她什么也不懂,毕竟这时候的她才两岁。

12

约翰尼撒酒疯的事弄得邻居尽人皆知。当然,很多邻居的丈夫并不比约翰尼好到哪儿去,但凯蒂不想管。她希望诺兰家的人出色而不是平庸。不得不说,钱也是个大问题,因为他们只有很少的钱,现在又生了两个孩子。凯蒂四处寻找一个工作让她可以抵扣房租。这样,至少他们可以有地方住。

她找到了一间可以不用交租金的房子,只要她负责房子的保洁工作。约翰尼发誓说他不会让他的妻子成为一个清洁工。凯蒂用她那新学的生硬的语气告诉他,要么当清洁工,要么无家可归,因为每个月交房租的钱越来越难凑了。最后他只好让步了,他答应在找到稳定的工作后再搬家,他愿意承担一切保洁的工作。

凯蒂收拾好了他们为数不多的东西:双人床、婴儿床、婴儿车、绿色的豪华礼服、粉红玫瑰的地毯、客厅用的花边窗帘、橡胶植物、玫瑰天竺葵、养在镀金鸟笼里的黄色金丝雀、相册、厨房用的桌子和几把椅子、一箱碗碟和锅碗瓢盆、底座上有个会演奏音乐的镀金十字架(底座上了发条后就会唱"万福玛丽亚"),她母亲送给她的普通的木制十字架、装满衣服的洗衣篮、被褥、约翰尼的一堆乐谱和两本书——《圣经》和《莎士比亚》。

这些东西太少了,卖冰的人可以把它们全部装到他的马车上,他那匹长毛的马可以拉着它。诺兰家的四个人乘着运冰车去了他们的新家。

在他们的老房子搬空后,凯蒂做的最后一件事就是把存钱罐拿出来。里面有三块八毛钱。遗憾的是,她得给卖冰的人一块钱的搬家费。

当约翰尼帮卖冰的人搬家具的时候,她在新家做的第一件事就是把存钱罐钉到柜子里。她先放了两块八毛钱进去。她又从破旧的钱包里拿出一毛钱。那原本是她打算给卖冰的人的。

在威廉斯堡有个习俗,搬家工人完成工作后主人要请他们喝一品脱啤酒。但凯蒂心想:我们以后不会再和他碰面了。而且,一块钱已经足够了。想想他要卖多少冰才赚得到一块钱。

当凯蒂挂蕾丝窗帘时,玛丽·罗姆利来到了家里,她在所有房间里都洒了圣水,以驱赶可能潜伏在角落里的恶魔。谁知道这里之前是什么情况呢,也许新教徒以前在这里住过,也许一个天主教徒在这里没有做忏悔就死去了。圣水会净化这里,这样上帝就可以随时降临。

当外祖母举起圣水时,弗兰西高兴得咯咯直叫。阳光穿透圣水瓶,在对面的墙上形成了一条宽宽的彩虹。玛丽对着弗兰西微笑,晃动瓶子让彩虹翩翩起舞。

"真好啊!真好啊!"她说。

"真可惜啊!真可惜啊!"弗兰西学着外祖母说话,并伸出两只手晃啊晃的。

玛丽让她拿着半满的瓶子,她去帮助凯蒂。弗兰西很失望,因为彩虹消失了。她想一定是藏在瓶子里了。她把圣水倒在膝盖上,期待着彩虹从瓶子里滑出来。后来凯蒂注意到她身上湿了,轻轻地拍了拍她,告诉她——她已经是大孩子了,不能再尿裤子。玛丽告诉凯蒂,那是圣水。

"哎,这孩子刚给自己祝福,一顿打就来了。"

凯蒂被逗笑了，弗兰西也跟着笑了，因为她妈妈看着不生气了。尼利露出三颗牙齿，发出婴儿的笑声。玛丽笑着对他们说，在一个充满欢笑的新家开始新生活是一种好运。

他们在晚饭前收拾好了房子。约翰尼和孩子们待在一起，凯蒂去杂货店赊账。她告诉杂货店老板她刚搬到附近，问他能不能让她先拿点东西，星期六发工资了再给他钱？店主同意了。他给了她一袋食物和一个小本子，在本子上记下了她赊的账。店主告诉她，每次赊账时，都要把本子带来。完成了这件事后，凯蒂的家人得到了直到下一笔钱到手前所需要的食物。

晚饭后，凯蒂给宝宝们读故事哄他们入睡。她读了一页《莎士比亚》的介绍和一页《圣经》的开头。她目前只能读到这么多。孩子们和凯蒂都不明白书里写的是什么。凯蒂读得睡意来袭，但她还是顽强地读完了那两页。她贴心地为孩子们盖好被子，然后和约翰尼上床休息了。那时才八点钟，但他们搬家搬得太累了。

诺兰全家都在洛里默街的新家睡着了，这座房子仍在威廉斯堡，离绿点区的边界不远了。

13

洛里默街比博加特街更热闹。这里住满了邮递员、消防员和那些富裕得不用住在商店后面房间里的店主。

公寓里有浴室,浴缸是内衬为锌皮的长方形木箱。弗兰西无法忘记它装满水时的奇妙。这是她迄今为止看到的最大的一盆水。在她一个孩子的眼睛里,它就像一片海洋。

他们都很喜欢新家。凯蒂和约翰尼把地下室、大厅、屋顶和房子前面的人行道打扫得干干净净的,以换取租金。这里没有通风管道。每间卧室都开了一扇窗,厨房和前厅都各有三扇窗。在那里迎接的第一个秋天很宜人。一整天太阳都照了进来。第一个冬天他们也感觉很暖和。约翰尼做着稳定的工作,不怎么喝酒,也有钱买煤。

夏天的时候,孩子们白天大部分时间会待在户外的门廊上。凯蒂和约翰尼是公寓唯一有孩子的人家,所以门廊上总有地方让两个孩子玩。弗兰西快满四岁了,她不得不照顾尼利,尼利也快三岁了。她在门廊上一坐就是好几个钟头,瘦瘦的胳膊抱着细瘦的腿,棕色的直发在带着海水咸味的徐徐微风中飘荡。大海离她这么近,她却从来没有见过。尼利在楼梯上爬上爬下时,她一直盯着他。她坐在那里摇来摇去,想着许多事情:风是怎么吹的,草是什么,为什么尼利是个男孩,而不是像她一样是女孩。

有时弗兰西和尼利会坐在一起,互相注视着对方。尼利的眼睛和弗兰西一样深邃，但他的是透亮的蓝色，而弗兰西的则是幽暗的灰色。两个孩子总是无话不谈，尼利话不多，而弗兰西总是说得更多。她有时会一直说，说着说着，这个性情温和的小男孩就靠在铁栏杆上安静地睡着了。

那年夏天，弗兰西开始学习"刺绣"。凯蒂花了一分钱给她买了一块小方巾，方巾和女士手帕一般大小，上面画着一只吐着舌头的纽芬兰狗。凯蒂又花了一分钱买了一卷红色的刺绣线，并用两分钱为她买了一对刺绣架。弗兰西的外祖母教她如何穿针引线。很快，小小的弗兰西就能够熟练地进行刺绣了。路过的女人们总会停下来，发出轻笑声，既怜爱又羡慕地看着这个专心刺绣的小女孩。她的眼窝深陷，右眉内侧已经有了一道细细的纹路。她一针一针地在整洁的布料上穿梭，尼利则趴在她身边，目不转睛地盯着那闪亮的针，神奇地从布料中消失又钻出来。茜茜给了她一块布做成的草莓，用来擦针。当尼利坐不住时，弗兰西就让他拿针戳一戳那个草莓。弗兰西的目标是绣一百块这样的方巾，然后把它们拼在一起做成床罩。她听说有些女人就是这样做的，于是这成了她的目标。虽然整个夏天她都断断续续地在绣，但到了秋天，才完成了一半。拼成床罩的计划只好暂时推迟了。

时光流转，四季更替。弗兰西和尼利在慢慢长大，凯蒂越来越拼命工作，而约翰尼的工作越来越少，酒却越喝越多。孩子们的阅读还在继续。有时，凯蒂晚上过于疲惫，会跳过一页，但大多数时候她会坚持下来。现在，他们已经读到了《尤利乌斯·恺撒》。凯蒂不太理解舞台指示中的"号角声"，以为这和消防车有关，所以每次读到这个词时，她就大声喊出"当当当"的声音。孩子们听了后，觉得妙趣横生。

存钱罐里的硬币渐渐积攒了不少。一次，弗兰西不小心被一颗生锈的钉子扎伤了膝盖,凯蒂不得不打开存钱罐,取出两块钱带她去看医生。还有十几次,存钱罐被撬开,凯蒂用小刀从里面挑出几枚五分硬币给约翰尼坐车去上班。不过,家里有一条规矩:约翰尼得从他的小费中拿出一毛钱放回存钱罐。这样一来,存钱罐里的钱反倒越来越多了。

天气渐暖时,弗兰西常常一个人在街上或门廊上玩耍。她渴望有小伙伴和她一起玩,她却不知道如何与其他小女孩交朋友。别的孩子都避开她,因为她说话的方式与众不同。由于凯蒂每天晚上都为她读书,这使得弗兰西的言谈举止显得有点奇怪。

有一次,一个小孩嘲弄她时,她反驳道:"啊,你根本不知道自己在说什么。你就是个胡言乱语的家伙。"这样的措辞让她显得与同龄人格格不入。

还有一次,弗兰西试图与一个小女孩交朋友,便对她说:"你在这儿等着,我要进去'得'我的绳子,我们一起跳绳吧。"

"你是说去'拿'你的绳子吧。"小女孩纠正她。

"不,我要去'得'绳子。是'得'东西,不是'拿'东西。"弗兰西坚持道。

"'得'是什么意思?"那个五岁的小女孩不解地问。

"'得'就像夏娃'得'该隐①一样。"

"你说得好奇怪,女士是不会用拐杖②的,只有走不稳的人才会用。"小女孩绕开了这个话题。

"可夏娃'得'了她的孩子,她还'得'了亚伯③。"弗兰西解释道。

---

① 亚当和夏娃的长子。
② 英语中该隐(Cain)和拐杖(cane)的发音相同。
③ 亚当和夏娃的次子。

"无所谓她'得'没'得'的。"小女孩有些不耐烦,"你知道吗?"

"什么?"弗兰西问。

"你说话真像个意大利佬。"

"我才不像!"弗兰西大声喊道,"我说话就像……就像上帝说话一样。"

"你说这种话,会被打死的。"

"才不会呢。"

"我觉得你这里有问题。"小女孩拍了拍弗兰西的脑袋。

"没有问题。"弗兰西坚定地说。

"那你为什么这样说话?"

"我说的话,都是我妈妈读给我听的。"

"原来是你妈妈脑袋有问题。"小女孩纠正道。"不管怎么说,我妈妈可不像你妈妈那么邋遢。"这是弗兰西唯一能想到的反击。这句话小女孩已经听过太多次了。她聪明地避开争辩。"我宁愿有个邋遢的妈妈,也不要一个疯女人做妈妈。我宁愿没有爸爸,也不要一个酒鬼当爸爸。""邋遢鬼!邋遢鬼!邋遢鬼!"弗兰西情绪激动地喊道。"疯子,疯子,疯子。"小女孩淡淡回应。"邋遢鬼!肮脏的邋遢鬼!"弗兰西尖叫着,声音中带着无力的抽泣。

小女孩蹦蹦跳跳地离开,卷发在阳光下跳跃,她用清亮的嗓音唱道:"棍棒和石头会打断我的骨头,但话语永远不会伤害我。当我死的时候,你会常为我哭泣。"

弗兰西确实哭了。不过,并不是因为那些话,而是因为她感到深深的孤独。没有人愿意跟她玩。那些调皮的孩子觉得她太文静,而那些规矩的孩子又总是避开她。弗兰西隐约觉得这并不完全是她的错,或许和她家里的情况有关。经常来她家的茜茜姨妈打扮得十分招摇,她走过时,总会引来男人们暧昧的目光。她的爸爸回家时经常会东倒西歪，喝得烂醉如泥。邻居家的女人们也时不时地向她打探家里的情况，用温和的语气问些问题，实际上却是想套她的话。好在弗兰西从不上当。妈妈曾经告诫她："别让邻居欺负你。"

因此，在夏日的暖阳里，这个孤独的小女孩坐在她的门廊上，假装对人行道上玩耍的一群孩子不屑一顾。弗兰西和她幻想中的孩子一起玩耍，并假装他们比真正的孩子更好。但是当这些孩子手拉手围成一个圆圈，唱着一首悲伤的歌曲时，她的心也跟着节奏一起跳着。孩子们唱道：

沃尔特，沃尔特野花。
长得那么高。
因为我们都是年轻的女士。
而且肯定会死。
除了丽齐·韦纳。
谁是最美丽的花朵，
躲，躲，羞死人了。
转过身去，
告诉我你男友的名字。

她们停下了哄闹，而被选中的女孩丽齐，终于低声说出了一个男孩的名字。弗兰西想，如果她也和她们一起玩，如果被选中了，她会说出哪个男生的名字。如果她低声说约翰尼·诺兰，她们会笑话她吗？

当丽齐低声说出一个名字时，小女孩们欢呼起来。她们又手拉着手，绕着圈亲切地向这个男孩唱道：

赫米·巴赫梅尔。
是一个优秀的年轻人。
他来到门口，
手里拿着帽子。
她下来了，
穿着丝绸衣服。
明天，就在明天，
婚礼即将开始。

姑娘们停下来，高兴地拍着手。然后玩累了，她们的情绪有了变化。姑娘们低着头慢慢地绕着圈唱道：

妈妈，妈妈，我病了，
叫医生来，
快、快、快！
医生，医生，我会死吗？
是的，亲爱的，
慢慢地听我说。
我需要几辆马车，
足够你和你的家人坐。

在其他街上，这首歌的歌词有些不一样的地方，但本质上是相同的。没有人知道歌词是从哪里来的。小女孩们是从其他小女孩那里学会的，这是布鲁克林最流行的游戏。

还有别的游戏。有两个小女孩坐在门廊的台阶上玩十字叉游戏。弗兰西会和自己玩，她先扮演弗兰西，然后假装成对手。她会和想象中的对手说:"我抓三,你抓二。"

跳房子是街头孩子们常玩的游戏,通常由男孩开始,女孩结束。几个男孩会先把一个锡罐放在电车轨道上,坐在路边,饶有兴致地看着车轮将罐子压扁。他们把罐子折起来,再放回轨道上,一遍又一遍地重复。很快,一个又平又重的金属块就成型了。随后,孩子们在人行道上用粉笔画上带数字的方格,游戏便轮到了女孩。她们单脚跳跃,依次从一个方格跳到另一个方格,谁用的步数最少,谁就是赢家。

弗兰西也想参与其中。她自己在铁轨上放了个罐头,看着汽车碾过时既兴奋又有些害怕。她一边皱眉一边想:如果司机知道她在用他的车子玩游戏,会不会因此生气?她画了跳房子的方格,虽然只会写"1"和"7",她依然开心地单脚跳着,心里坚信自己跳得比世界上任何女孩都好,没有人能赢过她。她期待着有人能和她一起玩。

有时候,街道上会有表演,这是弗兰西在没有伙伴时唯一能享受的娱乐之一。每周,三人乐队会出现一次。他们穿着普通的西装,头上戴着滑稽的帽子,帽子的顶部被压得扁扁的,样子像司机,但又有点古怪。当孩子们大声喊着"吹拉弹唱的来了!"时,弗兰西会立刻跑到街上,有时还会拉上尼利一起看热闹。

乐队由小提琴、鼓和短号组成,虽然演奏的维也纳老曲调不算好听,但声音很大。小女孩们手拉手在夏日的人行道上跳着华尔兹,旋转着。总有几个男孩模仿她们,跳着滑稽的舞步,还故意撞到跳舞的女孩们身上。当女孩们生气时,男孩们就故意夸张地鞠躬,确保他们的屁股会撞到另一个女孩,然后用滑稽的语调道歉。

弗兰西胆子小,从不敢参与这些恶作剧。大胆的孩子们也不会跳舞,他们更喜欢站在吹短号的人旁边,故意吮吸着湿漉漉的泡菜,让泡菜汁溅进号手的喇叭里。吹短号的人常常因此大发雷霆。当他气得忍无可忍时，就会用德语发出一连串咒骂，最后的话听起来像是"上帝啊，该死的犹太人"。布鲁克林的德国人常有这样的习惯，凡是惹到他们的人，都被他们叫作犹太人。

弗兰西被乐队收钱的方式迷住了。两首歌之后，小提琴手和短号手会单独演奏，而鼓手则手捧帽子，厚着脸皮向人们讨要赏钱。向街上的人讨完赏钱后，鼓手会站在路边，抬头看街边房子的窗户。妇女们会用报纸包着两分钱，扔下楼。报纸是必不可少的，因为孩子们会以为散落的硬币都能捡，会争抢着捡起来，然后沿着街道跑开，鼓手就会在后面愤怒地追着他们。不知为何，孩子们不会去捡包好的钱。他们有时会把钱捡起来，交给鼓手。什么钱该给什么人，他们似乎彼此心里都有数。

如果乐手们钱拿够了，就会再演奏一首。如果收入微薄，他们会换个地方，希望在其他地方赚到钱。弗兰西一般会带着尼利，跟着乐手们从这一站到下一站，从这一条街到下一条街，直到天黑乐手们都散伙回家了。弗兰西只是追随着乐手们的众多孩子中的一员。许多小女孩都会拉着她们的弟弟妹妹，有的坐着自制的四轮马车，有的坐着破旧的婴儿车。音乐给他们施了一种魔力，使他们忘记了回家和吃饭。而小宝宝们会哭、会尿裤子、会睡着、会醒来再哭、会尿湿了裤子又睡。而《蓝色多瑙河》则会不停地演奏。

弗兰西认为乐手们过着美好的生活。她打算等尼利长大了，让他去街上拉"拉拉"（他把手风琴叫"拉拉"），她可以在街上敲手鼓，人们就会给他们扔硬币，他们将变得富有，妈妈也不用再工作了。

尽管弗兰西会跟着乐队跑，但她更喜欢风琴手。每过几天，就会有一个人拖着一架小风琴走来走去，风琴上有只猴子。猴子穿着一件红色的夹克衫，镶着金边，猴子的头上戴着一顶红色的碉堡帽，红色的裤子上有一个洞，这样尾巴就可以伸出来了。弗兰西很喜欢那只猴子,她会把她用来买糖的一分钱给它,只为看到它向她脱帽致敬,她对此感到非常高兴。如果妈妈在旁边,她会拿出一分钱,把它交给那个人,严厉地警告他不要虐待他的猴子;如果她发现他虐待了猴子,她会举报他的。这个意大利人听不懂她说的是什么,总是做出同样的回答。他摘下帽子,弯着小脚谦恭地鞠了一躬,一个劲地说道:"好的,好的。"

那架风琴很不一样。每次它来,街上就和过节一样。拉风琴的是个黑卷发的男人,牙齿洁白。他穿着绿色的绒裤和棕色的灯芯绒外套,外套上挂着一块红色的大手帕,耳朵上戴着一只耳环。帮他拖风琴的女人穿着一条红色的裙子和一件黄色的上衣,耳朵上戴着一对大耳环。

音乐声渐渐地响起,歌曲出自《卡门》或《游吟诗人》。女人的手摇晃着缠着带子的手鼓,随着音乐的节奏,无精打采地敲着。一曲终了,她突然一旋,露出两条裹着脏兮兮的白袜子的粗壮的腿,还有五颜六色的衬裙。

弗兰西从来没有注意到她身上的污垢和疲倦。她只是听着音乐,看到了一闪而过的色彩,感受到了鲜活的民族的魅力。凯蒂警告她不要跟着风琴手走。她说那些穿成这样的风琴手是西西里人。全世界的人都知道西西里人属于黑手党,黑手党经常绑架小孩,勒索赎金。他们会把小孩带走,留下一张字条,让被绑架者的家人在墓地里留下一百块钱,字条上还印有黑手印。妈妈就是这么说风琴乐队的。

风琴手离开后的几天里,弗兰西一直想象自己就是风琴手。她哼着自己记得的威尔第的歌,胳膊肘敲着一个旧馅饼罐头,假装那是小手鼓。游戏结束她会在纸上画一架手部的轮廓,然后用黑色蜡笔把它填满。

有时弗兰西也会犹豫。她不知道长大后当乐队好还是当风琴手好。如果她和尼利能得到一个小风琴和一只可爱的猴子就好了。那样他们就可以不花一分钱地每天和它到处玩，看它脱帽致敬。人们会给他们很多钱，猴子可以和他们同吃同睡。这个职业似乎很不错，弗兰西告诉了妈妈她的打算，但凯蒂却给她泼了一盆冷水，告诉她别傻了，猴子身上会有跳蚤，她不会允许一只猴子睡在她干净的床上的。

弗兰西也曾想过当个手鼓女郎。但那样的话，她就得变得和西西里人一样，去绑架小孩子，她可不想那样做，虽然画黑手对她来说很有趣。

在那些久远的夏天，布鲁克林的街道上总是有音乐、有歌声、有舞蹈，那些日子本该是快乐的。但那些夏天有些悲哀，因为孩子们的身体很单薄，脸上还残留着稚气，他们一边唱着单调的歌，一边做着游戏。乐队演奏的《蓝色多瑙河》既悲伤又拙劣。猴子红色的帽子下有一双悲伤的眼睛。风琴手的曲调在轻快的颤音下也显得很忧伤。

就连在后院表演的游吟诗人也唱道：

如果我有办法，
你将永远不会变老。

曲子听起来很悲伤。他们是流浪汉，只是想混口饭吃。他们没有唱歌的天赋，有的只是站在后院，手拿帽子大声歌唱的勇气。可悲的是，他们知道自己所有的勇气在这个世界上都无济于事。一天快结束的时候，他们迷茫了，就像布鲁克林所有的人一样。即使阳光依然明亮，但光线已经很稀薄，照在身上也不暖和了。

14

在洛里默街的日子过得很开心,如果不是因为茜茜姨妈弄巧成拙的一些事,诺兰一家本可以继续住在那里的。都是因为茜茜姨妈引发的三轮车和气球的事情让诺兰一家没脸再继续住下去了。

有一天,茜茜被解雇了,她决定趁凯蒂上班的时候去照顾弗兰西和尼利。离诺兰家还隔着一个街区的时候,她看到了一辆帅气的三轮车。在阳光下,三轮车的把手亮闪闪地晃着眼睛。它有一个宽敞的皮座,能坐两个小孩,座椅带有靠背,方向杆和前轮相连,握手处有一个铜把手,后轮的轮子比前轮的更大。脚踏板的位置在座位的前面,可以让孩子靠着靠背轻松地踩动踏板,还能握紧把手操控方向。

茜茜看到那辆三轮车停在门廊前,无人看守,便毫不犹豫地把三轮车拉到了诺兰家,把孩子们叫出来,让他们骑了一圈。

弗兰西觉得这真是太棒了!她和尼利坐在三轮车上,茜茜拉着他们绕着街区走。真皮座椅被阳光晒得暖暖的,散发着浓郁的贵族气息。温暖的阳光在黄铜把手上晃动,看起来像一团舞动的火一样。弗兰西想,如果她碰一下铜把手,手肯定会被烫伤的。这时,意想不到的事情发生了。

一些人向他们围了过来,领头的是一个咆哮着的女人和一个哇哇大哭的男孩。女人冲着茜茜大喊:"小偷!"她抓住车把手,用力去拉车子,但茜茜紧紧抓住车子不放。争斗中,弗兰西差点被甩出去,这时巡警冲了上来。

"什么事?什么事?"警察开始接手这件事。

"这个女的是个小偷,"女人说,"她偷了我儿子的三轮车。"

"我没偷,警官。"茜茜用她温柔动人的声音说,"它就停在那儿,就停在那儿,所以我借来给孩子们骑。他们从没骑过这么好的三轮车。你知道骑车对孩子来说意味着什么,那简直就是天堂。"警察盯着座位上的孩子们,弗兰西惊慌失措地望着他。"我只想让他们骑一次,绕着街区,然后把车骑回去。真的是这样的,警官。"

警察的目光停留在茜茜那丰满的胸部上。茜茜喜欢穿紧身的胸衣,丰满的乳房呼之欲出。警察转向那位愤怒的母亲。

"您为什么要这么咄咄逼人呢,女士?"他说,"让她带着孩子们兜兜风吧,这又不是要你的命。(他还没有说完"命",周围的小孩就已经开始窃笑不已了。)让她带孩子们兜兜风,我保证把你的车给你安全送回来。"

警察就是法律。那女人能怎么办呢?警察给了号啕大哭的男孩五分钱,让他闭嘴。他快速地让人们都散了,告诉他们如果不乖乖听话,他就派车把他们都带到局子里去。

人群一哄而散。警察挥舞着棍子,热情地带着茜茜和两个小孩围着街区绕了一圈。茜茜抬起头看着他,对他的眼睛笑了一下。于是他把警棍插在腰带上,坚持要为她拉车。茜茜踩着她的高跟鞋在他身边小跑,用她那轻柔的声音和他说话,将警察迷得不行。他们绕着街区转了三圈。人们看到一个穿着整齐制服的执法人员如此入迷时,都掩面而笑。警察假装没有看见。他和茜茜热情地交谈着,主要是谈论他的妻子,他说他的妻子是个好女人,但怎么说呢,就是有些不太"好使"。

茜茜说她理解。

三轮车的事情过了之后，人们开始议论纷纷。约翰尼常常喝醉酒回家的事，还有男人们不怀好意地看茜茜的事情就够他们说的了。现在又多了这事。凯蒂想搬家了。这里越来越像博加特街，邻居们对诺兰家的事知道得太多了。就在凯蒂考虑另找住处的时候，发生了另一件事让他们不得不马上搬家。最后把他们从洛里默街赶出来的原因纯粹和性有关。不过用正确的方式看待这件事情的话，其实也没什么。

一个星期六的下午，凯蒂在威廉斯堡的一家大型百货公司里的格尔灵百货店打一份零工。她的工作是为星期六的晚餐准备咖啡和三明治，三明治是老板给的，当作加班费。约翰尼当时在工会总部等着派遣工作。茜茜那天没上班，知道孩子们会被锁在房间里，于是她决定去陪陪他们。

她敲门说自己是茜茜姨妈。弗兰西拴上门上的铁链，确定是姨妈后才让她进来。孩子们一拥而上把茜茜搂得喘不过气来。他们都很爱她。对他们来说，她是一位美丽的女士，总是闻起来很香，穿着漂亮的衣服，还给他们带来令人惊喜的礼物。

今天她带来了一个香味浓郁的雪松木雪茄盒，几张薄纸，有红有白，还有一瓶糨糊。他们围坐在餐桌旁，开始装饰盒子。茜茜用两毛五分的硬币在纸上画出圆圈，弗兰西把圆圈剪下来。茜茜向她展示了如何把圆圈围在铅笔的末端，把它们做成小纸杯的方法。她们做了很多杯子后，茜茜在盒盖上画了一个爱心，然后在每个红色杯子的底部涂上糨糊，贴在铅笔画的爱心上。爱心里装满了红色的杯子。盖子的其余部分则贴上了白色的杯子，里面衬着红色的纸。完成后，盒子盖起来就像一个紧密围绕的白色康乃馨花束，中间是红色的爱心。这哪能看出它曾经是一个雪茄盒呢，为了装饰它，整个下午的大部分时间被占用了。

茜茜五点和人约了去吃杂烩。于是她准备走了。弗兰西紧紧地抱着她，求她不要走。茜茜不想离开，但她又怕错过约会。她在包里找了半天，想找点东西逗他们开心。弗兰西和尼利站在她的膝盖边帮她一起找，弗兰西翻到了一个烟盒，把它从包里拿出来，烟盒的正面是一个躺在沙发上的男人，他双膝交叉，一只脚悬空，抽着烟，烟雾在他的头上形成了一个大烟圈。烟圈里有个女孩，她的头发挡住了她的眼睛，胸部从裙子里露了出来。盒子上印着"美国梦"。这是茜茜所在的工厂生产的产品。

孩子们吵着要抢盒子，茜茜不情愿地把盒子给了他们，并解释说盒子里装的是香烟，只能看，在任何情况下都不能打开，千万不要碰封口。

她走后，孩子们盯着那幅画。他们摇晃着盒子，里面有声响传来，沉闷而神秘。

"里面装的是蛇，不是香烟。"尼利说。

"不，"弗兰西纠正道，"里面是虫子，活的虫子。"

他们争了起来，弗兰西说盒子太小，放不下蛇，而尼利坚持说蛇卷起了身子，就像罐头里的鱼。他们的好奇心膨胀到了极点，以至于把茜茜的话都忘了。封条贴得很松，要把它撕下来简直易如反掌。弗兰西打开了盒子，盒子里的东西软软的，被一张锡箔纸盖住了。弗兰西小心翼翼地揭开锡箔纸。尼利准备在蛇开始活动时爬到桌子底下。但盒子里装的根本不是蛇，也不是虫子和香烟，里面的东西没什么意思。弗兰西和尼利试着玩了一会就失去了兴趣，便笨拙地把盒子里的东西吹上气绑在一根绳子上，然后把绳子拖出窗外，把窗户关上夹着绳子，然后他们轮流在被剥光的盒子上面踩来踩去，把盒子踩得粉碎，竟把窗外的绳子忘得一干二净了。

结果，当约翰尼急匆匆地跑回家，为晚上的工作来拿衬衣和领子时，等待他的是一个巨大的惊吓。他看了一眼那东西，顿时羞愧难当。凯蒂回家后,他把这件事告诉了凯蒂。

凯蒂仔细询问了弗兰西,弄清了事情的经过。她对茜茜很是生气。当天晚上,孩子们都上床睡觉了,约翰尼也出去工作了,凯蒂坐在黑漆漆的厨房里,脸红了一遍又一遍。约翰尼上班的时候也很不安,感觉世界末日要到了。

晚些时候,艾薇来了,她和凯蒂讨论起茜茜的事。

"完了,凯蒂,"艾薇说,"就这样吧。茜茜平时做什么事是她自己的事,今天她让这样的事发生了,就要另说了。我的女儿在长大,你的也是,我们不能再让茜茜进我们家了。她是个坏女人,这是无法改变的事实。"

"她也有很多优点。"凯蒂慢慢说道。

"发生今天这件事之后,你还这么说?"

"嗯……我想你是对的,只是别告诉妈妈。她不知道茜茜是怎么生活的,茜茜又是她的掌上明珠。"

约翰尼回家后,凯蒂和他说,茜茜再也不能来他们家了。约翰尼叹了口气,说他以为这是唯一的办法了。约翰尼和凯蒂彻夜长谈,到了早上,他们计划好到了月底就搬家。

凯蒂在威廉斯堡的格兰街找到了一个地方可以做保洁工。搬家时,她把存钱罐取出,里面有八块多钱,给了搬家公司两块钱,剩下的在新家钉好罐子后又放了回去。玛丽·罗姆利又一次来到这里,为公寓洒上了圣水。一家人再次安顿好,再一次去商店请求赊账。

新家没有他们在洛里默街的家好,大家都不免有些遗憾。他们住在顶楼,而不是一楼。房子临街的一层是商店,没有门廊。屋子没有浴室,厕所在楼道中间,由两户人家共用。

唯一的亮点是,屋顶是他们的。根据一项不成文的规定,屋顶的使用权属于住在顶楼的人,就像院子属于住在一楼的人一样。另一个好处是，楼上没有人居住，就不会有人在上面蹦跳，导致韦尔斯拔汽灯罩被震得碎成粉末了。

凯蒂在和搬家工人争吵时，约翰尼把弗兰西带到了屋顶上。她看到了一个全新的世界，不远处是威廉斯堡大桥。东河对岸的摩天大楼耸立着，就像一座银色纸板做成的童话之城。远处是布鲁克林大桥，和近处的大桥呼应着。

"太美了。"弗兰西说，"就像乡村的照片一样漂亮。"

"我上班的时候偶尔会经过那座桥。"约翰尼说。

弗兰西惊奇地看着他。他有时会经过那座神奇的桥，但为什么还像往常一样说话，看起来也像往常一样？她怎么也想不通。她伸出手摸了摸他的胳膊。他经过了那座桥，那么摸起来肯定会不同的。她失望了，因为摸他手臂的感觉和往常一样。

在弗兰西的抚摸下，约翰尼搂住了她，微笑着问她："你多大了，小歌后？"

"六岁，快七岁了。"

"这么说，你九月份就要上学了。"

"不，妈妈说我必须等到明年，等尼利长大了我们一起上学。"

"为什么啊？"

"因为那样的话，如果有人欺负我们，我们就能互相帮助。"

"你妈妈想得真细致。"

弗兰西转过身来，看着别处的屋顶。有个屋顶附近有一个鸽子笼。鸽子被锁在里面很安全。养鸽子的人是个十七岁的少年，他拿着一根长长的竹竿站在屋顶的边缘。竹竿的末端有一块破布，男孩站在那里，挥舞着竹竿转着圈。一群鸽子正围成一个圈飞来飞去。其中有只鸽子离开队伍跟着破布飞。男孩轻手轻脚地放下竹竿，那只傻鸽子仍跟着破布飞。男孩抓住了它，把它塞进了笼子。弗兰西有些难过。

"那个人偷了一只鸽子。"

"明天就会有人偷他的。"约翰尼说。

"但是可怜的鸽子被人从亲人身边带走了,也许它还有幼仔呢。"她眼睛里盈着眼泪。

"不哭。"约翰尼安慰她说,"也许鸽子想逃离它的亲人呢。如果它不喜欢新的鸽子群,笼子打开之后它就会飞回原来的鸽子群。"

他们很长时间都没再说什么。他们手拉着手站在屋顶的边缘,眺望着河对岸的纽约。最后,约翰尼喃喃地说:"已经七年了。"

"怎么了,爸爸?"

"我和你妈妈已经结婚七年了。"

"你俩结婚的时候我在吗?"

"不在。"

"不过,尼利出生的时候我在。"

"是的。"约翰尼又开始喃喃自语了,"结婚七年,搬了两次家,住过了三个地方。希望这将是我最后的家。"

弗兰西没有注意到他说的是"我"最后的家,而不是"我们"最后的家。

第三章

只有当你是个孩子时,才能体会到橱窗里摆满洋娃娃、雪橇和其他玩具是多么美妙的事。弗兰西免费获得了这种奇妙的感觉,因为能透过玻璃橱窗看到这些玩具,几乎和拥有它们一样美妙。

15

新公寓有四个房间。它们连成一排,被称为列车房。高高窄窄的厨房正对着院子,院子的四周铺着石板,中间是酸土,地上什么都长不出来。

但是,院子里却有一棵树。

弗兰西第一次见到这棵树时,它只长到两层楼那么高。她从窗户向下望去。它看起来就像是雨中撑伞的形态各异的人。

院子后面有一根长长的晾衣竿,上面有六根带滑轮的晾衣绳,连接着厨房的六扇窗户。附近的男孩们会爬上去,在滑轮掉落时帮忙安装好晾衣绳,以此来赚取零花钱。据说,男孩们有时会在夜深人静时爬上晾衣竿,偷偷地把绳子从滑轮上拆下来,以保证第二天还能赚到零花钱。

风和日丽的日子里,这些绳子被绷紧,上面晾满了衣服,方方形的白色床单像故事书里的船帆一样迎风招展,红色、绿色、黄色相间的衣服像有生命一样紧紧地抓住晾衣夹,真是美极了。

柱子靠着砖墙立着,那是附近学校一面没有窗户的墙。弗兰西仔细观察发现,没有两块砖是一样的。它们用碎屑状的白色沙浆拼接在一起的样子,让人感觉很舒服。当阳光打在它们身上时,它们会发光。当弗兰西把脸颊贴在它们身上时,它们散发着温暖的气味。雨天时,它们最先接受雨水的洗礼,散发出湿湿的黏土的味道,就像生命本身的味道。冬天,当第一场雪在人行道上渐渐将融的时候,雪花附着在砖块粗糙的表面上,就像蕾丝花边。

学校有四英尺的操场连接着弗兰西家楼下的院子,中间用铁丝网隔开了。弗兰西很少有机会到院子里玩(因为住在一楼的男孩不让任何人到院子里玩耍),她只能在课间休息的时候到院子里玩。她看着一大群孩子在院子的另一边玩耍,所谓的课间休息就是将几百个孩子带到小小的围栏里玩,然后再把他们带回去。围栏里的空间不大,几乎没有游戏的空间。孩子们怒气冲冲地围在一起,提高嗓门,发出持续而单调的尖叫声,这种尖叫声持续了五分钟,丝毫没有减弱。随着上课铃声的响起,孩子们的尖叫声仿佛被一把锋利的刀子割断了。铃声响起后的一瞬间,空气中是一片死一般的寂静。然后,喧闹变成了推挤。孩子们似乎急切地想回去,就像他们急切地想出来一样。当他们拼命地往回跑时,高亢的尖叫声变成了低沉的感叹声。

一天下午,弗兰西正在自家的院子里,一个小女孩独自来到学校操场上,用力地把两块黑板擦拍打在一起,清除上面的粉笔灰。弗兰西在一旁看着,脸紧贴着铁网,仿佛这是有史以来最有趣的工作。妈妈曾告诉她,这是老师的"宠物"才能做的事。对弗兰西来说,宠物就是猫、狗和鸟。她发誓,等她到了上学的年龄,一定要尽自己最大的努力喵喵地叫个不停,这样她就能成为"宠物",就能把黑板擦拍在一起。

这天下午,她在一旁看着,眼里满是崇拜。拍黑板擦的人感受到了弗兰西的钦佩,便炫耀起来。她把黑板擦拍在砖墙上,又拍在石板路上,然后还藏到了自己的背后。她对弗兰西说:"想近距离看看吗?"

弗兰西害羞地点点头。女孩把一块黑板擦凑近网眼。弗兰西把手指探过去,想摸一摸被粉笔末糊满的各种颜色的毡层。当她正要触摸这柔软的毡层时,小女孩一把收起黑板擦,朝弗兰西的脸上吐了一口口水。弗兰西紧紧地闭上了眼睛,不让伤痛苦涩的泪水溢出来。女孩好奇地站在那里,等待着她的眼泪。看到她没有哭,女孩嘲笑道:"你为什么不哭出来,你这个笨蛋?想让我再吐你一脸唾沫吗?"

弗兰西转身下了地下室,在黑暗中待了一段时间,直到伤痛的波涛不再向她袭来。随着她对事物的感受能力不断增强,将来还有许多次的希望破灭,而这是第一次。从这件事之后,她不再喜欢黑板擦了。

厨房集客厅、餐厅和烹饪室于一体。厨房的一面墙上有两扇狭长的窗户,另一面墙上有一个铁制的煤炉。炉灶上方的凹槽由珊瑚色的砖块和乳白色的灰泥砌成。炉子上有一个石头壁炉台和一块石板炉石,弗兰西可以用粉笔在上面画画。炉子旁边有一个开水器,当炉火旺盛时,开水器就会变热。在冰天雪地的日子里,弗兰西常常从室外走进来,双手抱住锅炉,满怀感激地把冻僵的脸颊贴在它温暖的银色外壁上。

锅炉旁边有一对带铰链木盖的皂石盆。盆中间的隔板可以拆掉,两个盆合二为一,就成了一个浴缸。但这不是一个好浴缸,有时弗兰西坐在里面洗澡,盖子会撞到她的头。浴缸底部并不平,她洗完澡后,本该很清爽,但因为坐在湿漉漉的粗糙物上反而感到浑身酸痛。然后,还要注意四个水龙头。不管弗兰西怎么努力告诉自己要记住水龙头的位置,但当她突然从浴缸里起身时,后背总是会狠狠地剐上水龙头,留下一道可怖的伤痕。

厨房之后是两间卧室,彼此相连。窗户非常小,相邻的地方有一口像棺材大小的通风井。通风井灰蒙蒙的,如果用凿子和锤子,或许可以打开它。但是,当你打开时,你会感受到一股阴冷潮湿的空气。通风井顶部是一扇斜顶起的小型天窗,厚重不透明的磨砂玻璃被铁网保护着，以防破损。侧面是波纹铁板条。按理说，这样的布置可以为卧室提供更多的光线和空气。但是厚重的玻璃、铁栅栏和多年的污垢阻挡了光线透射进来。两侧的天井被灰尘、烟灰和蜘蛛网堵住。空气无法流通，但雨雪却顽固地钻了进来。赶上狂风暴雨的天气时，通风井的木质底部会湿漉漉的，散发出一股霉味。

通风井是个糟糕的设计。即使窗户密封得再好，它还是会像一个传声筒，你可以听到每个人的谈话。老鼠会在通风井的底层乱窜，还有失火的风险。要是醉醺醺的工人以为他站在了院子里或街道上，随手把火柴扔进了通风井里，顷刻间房子就会着火。通风井的底部堆满了脏东西。由于人们无法触及底部（窗户太小，无法容纳人体通过），这里就成了人们丢弃废品的糟糕场所。生锈的刀片和带血的布条是最常见的物品。有一次，弗兰西向下看了看通风井。她马上想到牧师说过的炼狱，她觉得炼狱一定和通风井底部一样，只是它更大一些。弗兰西走过客厅后，经常闭着眼睛颤巍巍地穿过卧室。

客厅或前厅就是"房间"。它的两扇狭长的高窗正对着热闹非凡的街道。三楼很高，街上的嘈杂声到这个高度会被压得很低，听起来很舒服。这个房间是一个体面的地方，它有门通向大厅。有客人来访时，可以无须从厨房穿过卧室。高高的墙壁上贴着深褐色带金色条纹的墙纸。窗户内侧装有木条百叶窗，两边窄、中间宽。弗兰西花了很多时间把这些铰链百叶窗拉开，然后看着它们在她松手后就又缩了回去。这真是一个让人乐此不疲的奇妙物件，它可以遮住整扇窗户，遮住光线和空气，却仍能温顺地把自己压缩在小小的空间里，呈现在人们眼前的是一个"若无其事"的面板。

黑色大理石壁炉里有一个低矮的炉灶。炉子只露出前半部分。它看起来就像一个巨大的被切成了两半的瓜，圆形的一边朝着外面。炉子是由许多玻璃窗和薄薄的雕花铁板组成的。在圣诞节，凯蒂唯一舍得在客厅里生火的时候,炉子所有的小窗户都会发光,弗兰西坐在那里,感受着温暖的炉火,看着窗户随着时间的流逝从玫瑰红变成琥珀色,她感到非常快乐。当凯蒂进来点燃煤气灯,驱走了阴影,让炉子窗户上的光变得暗淡时,她就像犯了大罪一样。

房间里最奇妙的是有架钢琴。这真是个奇迹,就像你祈祷了一辈子也永远不会实现的奇迹一样。它就矗立在诺兰家的客厅里,这是一个真正的奇迹,不需要许愿或祈祷就能实现。钢琴是之前的房客留下的,因为他们没钱搬走。

在那个年代,搬运钢琴是一项艰巨的任务。没有一架钢琴能从狭窄陡峭的楼梯上搬下来。钢琴必须用绳子捆好,然后用装在屋顶上的巨大滑轮吊出窗外,搬运工老板还要大声喊叫,挥舞手臂。街道必须用绳索围起来,警察必须把人群挡在后面,搬运钢琴时,孩子们就不愿意去上学了。当被包裹着的庞然大物摇摇晃晃地离开了窗户,在空中晕头转向地晃动了一会儿后才稳住时,场面最为热闹。然后在孩子们声嘶力竭的欢呼声中,开始缓慢而紧张地下降。

这项工作得花费十五元,是搬运其他家具需支付费用的三倍。于是,前房客问凯蒂能不能把它留下来,凯蒂能不能帮她照看一下?凯蒂很高兴地答应了。女主人千叮咛万嘱咐凯蒂,不要让钢琴受潮或受冷,以防钢琴变形,冬天时可以把卧室的门打开,这样就会有一点热气从厨房传进来。

"你会弹吗?"凯蒂问她。

"不,"女人遗憾地说,"家里没人会弹琴,我倒希望我会。"

"你为什么要买它?"

"它原本是一位有钱人的钢琴,主人将它低价处理了。我太想要它了。没错,我不会弹奏,但它太美了……它美化了整个房间。"

凯蒂答应好好照顾它,直到这位女士有能力把它搬走。但结果是，这位女士一直没有把它搬走，诺兰家就一直拥有着这个美丽的东西。

钢琴很小，琴身是黑色的抛光木，散发着幽暗的光芒。薄木皮的正面切割出了漂亮的花纹，繁复的花纹背后镶着古老的玫瑰色丝绸。它的琴盖不像其他钢琴那样可以分段后翻。它可以整个向后翻转，立在精心设计的木头上，就像一个可爱的、深色的、抛过光的贝壳。钢琴的两边各有一个烛台，你可以把纯白色的蜡烛放进去，在烛光下弹奏，烛光会在乳白色的琴键上投下梦幻般的光晕，还可以在深色的琴盖上看到琴键的影子。

诺兰夫妇第一次走进前厅看房时，弗兰西只看到了钢琴。她想用胳膊抱住钢琴，但钢琴太大了。她只好抱着褪色的玫瑰锦缎凳子来满足自己。

凯蒂用灵动的眼睛看着钢琴。她注意到楼下的窗户上贴了一张白色卡片，卡片上写着"钢琴课"，她灵机一动。

约翰尼坐在奇妙的琴凳上，琴凳可以根据人的身高上下调节。当然，他不会弹。他本来就不会读音符，但他会弹几个和弦。他哼着歌，时不时地弹一个和弦，听起来像是真的在跟着音乐唱歌一样。他弹奏了一个小和弦，看着弗兰西的眼睛，露出了一个歪七扭八的微笑。弗兰西也冲他笑了笑，她的心在期待着。他再次弹了一个小和弦，并一直按着琴键。在柔和的回声中，他用自己清澈的声音唱了起来：

麦克斯韦尔顿的山谷很美，
露水初生。
（和弦——和弦）
安妮·劳瑞在那里，

向我许下了诺言。

（和弦——和弦——和弦——和弦）

弗兰西别过头去，不想让爸爸看到她流眼泪了。她害怕他会问她为什么哭，而她却无法告诉他。她爱他，也爱钢琴。她找不到任何借口来解释自己为何流眼泪。

凯蒂说话了。她的声音里带着几分昔日的温柔，而这正是约翰尼在过去一年多里所没听到过的声音："这是爱尔兰歌曲吗，约翰尼？"

"是苏格兰歌曲。"

"我好像从没听你唱过这首歌。"

"对，我应该没有唱过。但我听过这首歌，因为我工作的地方太吵了，人们不想听这种歌，他们更愿意听《雨天午后来看我》。要是他们喝醉了，那就只能唱《甜蜜的艾德琳》了。"

他们很快就住进了新家。本来熟悉的家具，现在看起来却很陌生。弗兰西坐在一旁，惊讶地发现坐在椅子上的感觉和在洛里默街时一样。她明明感觉到这里和以前不一样了，为什么坐在椅子上时就感觉不到了呢？

爸爸和妈妈把前厅收拾了一下，房间看起来很漂亮。地上铺着鲜绿色的地毯，上面印有粉红色的玫瑰。窗户上挂着奶油色的蕾丝窗帘，房间中央摆放着一张大理石桌子和三件套的绿色长毛绒客厅沙发。角落里的竹架子上放着一本长毛绒封面的相册，里面是罗姆利姐妹婴儿时期的照片：三姐妹趴在毛皮地毯上，姑姥姥们一脸耐心地站在自己丈夫身边，他们留着大胡子，坐在椅子上。小架子上摆放着小纪念杯。杯子是粉色和蓝色的，上面有蓝色的勿忘我和红色的美国美人玫瑰的镶金图案。杯子上还有烫金字——"勿忘我"和"真挚的友谊"。这些小杯子和小碟子是凯蒂与昔日好姐妹的回忆，她从来不准弗兰西用它们来玩过家家游戏。

底层架子上放着一个螺旋的、骨白色的海螺贝壳，贝壳的内部呈娇嫩的玫瑰色。孩子们对它爱不释手，还给它起了个亲切的名字：嘟嘟。弗兰西将它靠近耳朵，它就会唱起大海的歌。有时，为了让孩子们高兴，约翰尼会先听一听贝壳里的声音，然后把它夸张地举过头顶，温柔地看着它，接着唱起歌来：

在岸边，我发现了一个贝壳。
我把它放在耳边。
我欣喜地聆听着它的歌声，
那是一首甜美清脆的海洋之歌。

后来，约翰尼带他们去卡纳西时，弗兰西第一次见到了大海。大海的奇妙之处在于，它听起来就像海螺"嘟嘟"发出的微小而甜美的呼啸声。

16

　　社区商店是一个城市孩子生活的重要组成部分。它让孩子们买到生活必需品；它拥有孩子们内心渴望的美好；它拥有遥不可及的梦想和愿望。

　　这家当铺几乎是弗兰西最喜欢的——既不是因为它的铁窗里有大量的珍宝；也不是因为那些披着披肩的女人会悄悄地溜进侧门，而是因为当铺上方高高悬挂的三个大金球，它们在阳光下闪闪发光，风吹过的时候，它们像沉甸甸的金苹果一样慵懒地摇摆着。

　　当铺的一侧有一家面包店，店里出售漂亮的夏洛特鲁西蛋糕，上面的鲜奶油上搭配着红色的蜜饯樱桃，只有有钱人才买得起。

　　另一侧是戈兰德油漆店。店门口有一个支架，上面悬挂着一块板子，板子上有一条修补得很好的裂缝，底部钻了一个洞，铁链穿过洞，悬吊着一块重石。这证明了少校牌水泥的坚固程度。有人说这块板子是用铁做的，不过是将它漆得像裂开的瓷器而已。但弗兰西更愿意相信这是一个真正的盘子，它被打碎了，然后在水泥的神奇作用下又恢复了原样。

　　最有趣的商店位于一间小棚屋里，印第安人在威廉斯堡游荡时，这间小棚屋就在那了。它的窗户很小，屋顶陡峭倾斜。店里有一个凸窗，那里坐着一个威严的男人，他正坐在桌前制作雪茄，深褐色的细长雪茄四根卖五分钱。他从一撮烟叶中小心翼翼地挑选最外层的烟叶，然后熟练地将混合的碎烟草装入雪茄中，卷得非常漂亮，烟叶紧紧地贴合着，两端的角都是方形的。作为一个老工匠，他轻视进步的事物。他拒绝在店里安装煤气灯。有时天黑得早，他还有很多雪茄没做完，就在烛光下工作。他的店门口有一个木制的印第安人，站在一块木板上，摆出一副凶狠的姿态。木雕一手拿着战斧，一手拿着烟草，脚穿罗马凉鞋，鞋带一直系到膝盖，下身穿着羽毛短裙，头戴战帽，全身涂成鲜艳的红色、蓝色和黄色。这个雪茄制造商每年都要给它刷四次新漆，下雨时就把它抬进屋里。附近的孩子们都叫它"梅米阿姨"。

弗兰西最喜欢的商店之一就是那家只卖茶叶、咖啡和香料的商店。商店里摆放着一排排漆桶，散发着奇异、浪漫的异国气息。有十几个猩红色的咖啡桶，正面用黑色的中国墨水写着充满冒险气息的文字：巴西！阿根廷！土耳其！爪哇！混合咖啡！茶叶则被放在了较小的箱子里，漂亮的箱子有着斜拉的盖子，上面写有一些字：乌龙茶！台湾茶！橘皮茶！黑中华！杏花茶！茉莉花！爱尔兰茶！香料都在柜台后面的小盒子里，它们的名字在货架上一字排开：肉桂、丁香、姜、全香料、肉豆蔻、咖喱、胡椒、鼠尾草、百里香。有客人买胡椒的话，店主会当场用粉碎机将它磨碎。

店里还有一台大型手摇咖啡研磨机。咖啡豆被放进一个闪闪发光的黄铜料斗里，然后用两只手转动巨大的转轮，香味四溢的咖啡粉就渐渐沥沥地落到一个猩红色的盒子里，盒子的形状就像一个勺子。（诺兰一家在家里磨咖啡。弗兰西最喜欢看到妈妈端庄地坐在厨房里，双膝夹着咖啡磨，左手腕猛地一转，咖啡就磨好了，然后抬起头和爸爸说话，眼睛闪闪发光，房间里弥漫着浓郁的现磨咖啡的香味。）

卖茶人有一架绝妙的天平，天平的两端有两个闪闪发光的黄铜盘子，二十五年来盘子每天都在被摩擦和抛光，直到现在它们变得又薄又精致，看起来就像煅烧过的黄金。当弗兰西买了一磅咖啡或一盎司胡椒粉时，她看着带有重量标记的抛光银块被放在一个铜盘上，卖茶人用一把银制的勺子将咖啡或胡椒粉轻轻地舀到另一个铜盘上。弗兰西在一旁屏住呼吸，看着勺子来来回回地舀取。当两个盘子静止不动，保持完美的平衡时，那真是美丽而宁静的一秒。在这样一个平衡的世界里，仿佛没有什么事情会发生。

弗兰西觉得，最神秘的莫过于中国人开的独窗商店。那个中国人会把辫子缠在头上。妈妈告诉弗兰西，他这么做是为了在他想回中国时能回去，一旦他把辫子剪掉，他们就不会再让他回去了。他穿着黑色毡拖鞋，默默地来回踱步，耐心地听着客人关于如何清洗衬衫的要求。弗兰西跟他说话时，他把双手插在纳克衬衫外套的宽袖子里，眼睛盯着地面。她觉得他很聪明，善于思考和全身心地聆听。但其实他听不懂她说的是什么，因为他几乎不懂英语。他只知道票据和衬衫。

当弗兰西把她父亲的脏衬衫带到那里时，他把衬衫拂到柜台下面，拿起一张颇具神秘的方形纸，用一支细毛笔蘸壶里的墨水，在上面画了几笔，然后给了她这张神秘的票据，来交换一件普通的脏衬衫。这似乎是一次美妙的交换。

店内弥漫着一种淡淡的干净温暖的气味，就像热气腾腾的房间里的花朵没有气味一样。他也许是在某个神秘的角落里洗的衣服，而且一定是在夜深人静的时候，因为从早上七点到晚上十点的这段时间里，他始终站在店里整洁的熨衣板前，来回推动着一个沉重的黑色熨斗。熨斗里一定装了一个小小的装置，以保持熨斗的温度。弗兰西并不知道这一点。她认为，他能用从未在炉子上加热过的熨斗熨衣服，是他所属民族的神奇之处。她依稀觉得，热量来自他所使用的代替了浆粉来熨烫衬衫和衣领的东西。

当弗兰西把一张票据和一毛钱递给柜台里的人时，柜台里的人就会把包好的衬衫和两颗荔枝作为交换给她。弗兰西很喜欢吃荔枝，它的外壳脆脆的，很容易掰开，里面的肉软软的、甜甜的，肉里有一块坚硬的果核，孩子们都没有打开过果核。有人说，果核里还有更小的果核，更小的果核里还有更更小的果核，更更小的果核里还有更更更小的果核，以此类推。据说这些果核会变得非常小，只有用放大镜才能看到它们，而那些看不到的果核还会一层接一层地小下去，直到你用任何东西都看不到它们，但它们还会无限地小下去，这是弗兰西第一次了解到无限的意思。

最好玩的是他需要找零的时候。他会拿出一个小木框，上面有许多根黄铜棒，黄铜棒上有蓝色、红色、黄色和绿色的小球。他把小球滑到黄铜棒上，深思熟虑一番，咔嚓一声把它们又都归回原位，然后宣布"三毛九分钱"。这些小球会告诉他该收多少钱，该找零多少钱。

哦，弗兰西真希望自己是个中国人，如此她便可以把玩这个漂亮的玩具了，还可以吃到她想吃的荔枝，还能知道熨斗的奥秘——为什么熨斗永远是热的，虽然它从来没有被放在炉子上。哦，要是能成为中国人，她就可以用画笔轻轻一刷，手腕快速一转，就能画出那些符号，画出清晰的黑色印记了，就像蝴蝶翅膀的碎片一样精巧！这就是出现在布鲁克林的东方之谜。

17

钢琴课！多么美妙的字眼！诺兰一家刚住进新家，凯蒂就按照卡片上的信息去拜访了钢琴老师。钢琴老师是两位姓泰莫尔的小姐，其中的丽兹小姐教钢琴，玛吉小姐教声乐，每节课两毛五分钱。凯蒂讨价还价了一下，她愿意为泰莫尔小姐们做一小时的清洁工作，以换取每周一堂课。丽兹小姐不同意，声称她的时间比凯蒂的时间更有价值。凯蒂争辩说，时间就是时间，没有什么不同。最后，她说服了丽兹小姐，双方达成了协议。

历史性的第一堂课到来了。弗兰西和尼利被要求上课时坐在前厅，睁大眼睛，竖起耳朵。他们为老师准备了一把椅子，两个孩子坐在钢琴的一侧，凯蒂紧张地调了调座位，三个人坐着等老师来。

泰莫尔小姐在下午五点整准时到达。虽然她只是从楼下上来，却穿着正式的衣服，还戴了斑点面纱。她的帽子看上去像一只红色小鸟，胸脯和翅膀被两根帽针刺穿，十分痛苦的样子。弗兰西专注地看着那顶残忍的帽子，妈妈把她拉进卧室，悄悄告诉她，那根本不是鸟，只是几根羽毛粘在了一起而已，让她不要老是注意它。弗兰西相信了妈妈的话，但她的眼睛还是一直盯着那顶受尽折磨的帽子。

除了不用带钢琴，泰莫尔小姐什么都带了。她带了一个价值五分钱的闹钟和一个老旧的节拍器。闹钟上显示现在是五点钟，她把它定时到六点，然后放在钢琴上。她磨磨蹭蹭地耽误了一些时间，摘下珍珠灰的手套，对着每个手指吹了口气，再把手套抚平叠好，放在钢琴上。她摘下面纱，把它扔在帽子上。她一边绷紧了手指，一边瞥了一眼时钟，确信自己已经耗掉了足够的时间，才启动了节拍器，坐到了椅子上，开始了教学。

弗兰西被节拍器深深地吸引住了，她发现自己很难再听泰莫尔小姐说的话，也很难再去关注她把妈妈的手放在琴键上的样子。她随着舒缓单调的嗒嗒声编织着自己的梦境。至于尼利，他的大蓝眼睛跟着节拍器来回转动，直到把自己催眠到失去意识。他的嘴巴张着，脑袋上的金发垂到了肩膀上。他的呼吸湿漉漉的，从鼻子里冒出一个个鼻涕泡。凯蒂不敢叫醒他，以免被泰莫尔小姐发现她只付了一个人的学费却有三个人在上课。

节拍器有规律地响着，钟表嘀嗒嘀嗒地走着。泰莫尔小姐似乎不相信节拍器，还数着："一、二、三，一、二、三。"凯蒂用她因工作泡肿的手指顽强地敲打着她的第一个音阶。时间一分一秒地过去，房间里渐渐暗了下来。突然，闹钟响得震耳欲聋。弗兰西的心猛地一跳，尼利也从椅子上摔了下来。第一节课就这么结束了。凯蒂的感激之情溢于言表。

"即使我今后再也不上课了，我也可以一直弹您今天教给我的东西，您真是个好老师。"

泰莫尔小姐虽然对凯蒂的奉承感到高兴，但还是告诉了凯蒂她知道的事。"我不会额外收孩子们的费用，但我想让你知道，我知道你的小心思。"凯蒂的脸红了，孩子们也低下头，因为被人发现而感到羞愧。"我允许孩子们留在房间里。"

凯蒂向她表示感谢。泰莫尔小姐站起来等着。凯蒂确认了她为泰莫尔小姐做家务的时间。泰莫尔小姐还是等着。凯蒂觉得好像自己还有什么事没做。最后，她询问道："怎么了？"

泰莫尔小姐的脸涨得通红，骄傲地说："那些女士……我上课的地方……嗯……她们在课后会请我喝茶。"她把手放在胸口，喏喏地说，"……爬了那么多楼梯。"

"您想喝咖啡吗？"凯蒂问道，"我们没有茶。"

"乐意之至！"泰莫尔小姐高兴地坐了下来。

凯蒂急忙跑到厨房，把一直放在炉子上的咖啡加热。热咖啡的时候，她在一个圆形锡盘上放了一个糖面包和一把勺子。

与此同时，尼利已经在沙发上睡着了。泰莫尔小姐和弗兰西坐在一旁互相对视着。终于，泰莫尔小姐问道："你在想什么，小姑娘？"

"只是发愣。"弗兰西说。

"有时我看见你在水沟边一坐就是几个小时，你在想什么呢？"

"没什么，我只是在自言自语。"

泰莫尔小姐一本正经地用命令的口气指着她说："小姑娘，你长大后要成为一名作家。"

"是的，小姐。"弗兰西出于礼貌答应道。

凯蒂端着托盘走了进来。"这可能没有您常吃的那么精致，"她道歉道，"但这是我们家里仅有的。"

"非常好吃。"泰莫尔小姐潇洒地说道。然后，她吃的时候尽力不让自己狼吞虎咽。

说实话，泰莫尔一家靠从学生那里"榨茶"为生。每天只上几节课，每节课两毛五分钱，这样的生活并不富裕。付完房租后，用来买食物的钱就所剩无几了。大多数女士会为她们提供淡茶和苏打饼干。女士们知道什么是礼貌，会端上一杯茶，但她们并不打算提供一顿饭，而且还要付两毛五分钱。于是，泰莫尔小姐开始期待在诺兰家上课的那一个小时。因为这里的咖啡让人精神振奋，而且总会有一个小面包或腊肠三明治来让她充饥。

每节课后，凯蒂都会把自己学到的东西转教给孩子们。她让孩子们每天练习半小时。久而久之，凯蒂和两个孩子都学会了弹钢琴。

约翰尼听说玛吉·泰莫尔教的是声乐，他觉得自己可以比凯蒂做得更好。他主动提出要修理泰莫尔家一扇窗户上断裂的窗框绳，以交换弗兰西的两节声乐课。约翰尼一辈子都没见过窗框绳，他找来锤子和螺丝刀，把整个窗框从墙上卸了下来。他看了看断裂的绳子，这是他能做到的极限了。他反复试验，却见效甚微。他心有余而力不足。就在他琢磨窗框绳的时候，他试图把窗户重新装上，以挡住吹进房间的寒冷冬雨，结果却弄碎了一块玻璃。这次交易失败了。泰莫尔姐妹不得不找了一个专业的修窗工人来修。凯蒂不得不免费为她们洗了两次衣服来弥补损失，弗兰西的声乐课因此而永远没有了。

18

上学的日子是弗兰西热切期盼的。她想得到所有她认为上学能得到的东西。她很孤独,她渴望有其他孩子做伴。她想喝学校院子里饮水处的水,那里的水龙头是倒过来的,她以为里面流出来的是苏打水而不是白开水。她听爸爸妈妈说起过学校的教室,她想看看那张可以像百叶窗一样拉下来的地图。最要紧的是,她想要"学习用品":一个笔记本和一张写字板,还有一个带滑盖的铅笔盒,铅笔盒里面装满了新铅笔、橡皮、一个做成大炮形状的小铁皮卷笔刀、一个橡皮擦和一把六英寸长的软木黄尺子。

法律规定学生在上学前必须接种疫苗,这是多么可怕的事情!当卫生部门试图向穷人和文盲解释,接种天花疫苗是通过注射灭活的天花病毒来增强对致命天花的免疫力时,家长们并不相信。他们从这些解释中听到的只是病毒会被植入孩子健康的身体中。一些外来移民父母不让他们的孩子接种疫苗,他们的孩子也因此被禁止上学。然后,法律就开始追究他们不让孩子上学的责任。他们质疑,这是一个自由的国家吗?本来应该长命百岁的,但如果法律强迫父母教育孩子,然后为了让孩子上学而做出可能危及他们生命的行为,那还有什么自由可言?母亲们哭哭啼啼地带着号啕大哭的孩子们来到保健中心接种疫苗,像是把无辜的孩子送进屠宰场一样。孩子们一看到针头就发疯般地尖叫,在前厅等候的母亲们把披肩蒙在头上,大声恸哭,仿佛在为死者哀号。

弗兰西七岁了，尼利六岁了。凯蒂一直拖着弗兰西，希望两个孩子能一起入学，这样他们就能保护彼此，不被大孩子欺负。八月的一个糟糕的星期六，凯蒂在去上班之前，在卧室里和他们说了几句话。她叫醒了他们，并下达了指令："现在，你们起床后，好好洗漱一下，等到十一点钟的时候，去街角的公共卫生处，让他们给你们接种疫苗，因为你们九月份就要上学了。"

弗兰西害怕得颤抖起来，尼利已经开始哭了。

"妈妈，你和我们一起去吗？"弗兰西恳求道。

"我必须去上班，如果不去的话，谁来做我的工作呢？"凯蒂用工作当作借口，说道。

弗兰西没有再说什么。凯蒂知道自己让他们失望了。但她只能这么做，只能这么做。没错，她是应该和他们一起去，以示安慰和威严，但她知道自己受不了这种折磨。然而，他们必须打疫苗，她和他们一起去也改变不了这个事实。那么，为什么不能放过这三个人中的一个呢？此外，她对自己的良心说，这是一个苦难的世界。孩子们必须生活在这个世界上，让他们在年轻时磨砺自己，才能更好地照顾自己。

"那叫爸爸和我们一起去吧。"弗兰西满怀期待地说。

"爸爸在工会等着接活，他一整天都不会回家。你们都不小了，可以自己出门。况且，那也不怎么疼。"

尼利用更高的调子大哭起来。凯蒂快无法忍受了。她是那么爱这个孩子。她不跟他们一起去的部分原因是，她不忍心看到男孩受痛……哪怕是被针扎一下也不行。她差点就决定跟他们一起去了。但是不可以。如果她去了，就会耽误半天的工作，星期天早上还得补上。而且，她去了之后也会生病的。即使没有她，孩子们也会想办法解决的。于是,她匆匆地去上班了。

弗兰西试图安慰吓坏了的尼利。一些大男孩曾经告诉尼利,公共卫生处的人会把小孩关进保健中心,砍掉他们的胳膊。为了忘记这回事,弗兰西把他带到院子里,他们一起玩泥巴馅饼,完全忘记了要按照妈妈说的洗漱一下。

他们几乎忘记了十一点钟要做的事,因为制作泥巴馅饼实在太好玩了。他们的手和胳膊在泥巴里弄得非常脏。十点多的时候,加迪斯太太趴在窗口大喊,说他们的妈妈让她在快到十一点的时候提醒他们去公共卫生处。尼利在做最后一个泥巴馅饼的时候,滑落的眼泪滴在了上面。弗兰西拉着他,拖着缓慢的步子走到拐角处。

他们在一张长椅上坐着。坐在他们旁边的是一位犹太母亲,她把一个六岁的大男孩紧紧地抱在怀里,一边哭泣,一边时不时热情地亲吻他的额头。其他母亲也坐在那里,皱着眉头,一脸痛苦的样子。在磨砂玻璃门后面,恐怖的事情正在发生,里面不断传来哀号声,还夹杂着尖叫。哀号声再次响起时,一个脸色苍白的孩子走了出来,左臂上缠着一条纯白的纱布。他的母亲冲过去抱起他,一边用外语骂着,一边对磨砂门挥了几拳,把他带离了这个"刑场"。

弗兰西颤巍巍地走了进去。在她幼小的生命中,从未见过医生或护士。洁白的工作服、放在餐巾纸托盘上闪闪发光的可怕器械、消毒剂的气味,尤其是乱糟糟的消毒柜上那血红的十字架,让她吓得目瞪口呆。

护士撸起她的袖子,把她左臂上的一处皮肤擦拭干净。弗兰西看到白人医生拿着可怕的针头向她走来。他的身影越来越近,直到他仿佛融进了一根巨大的针里。她闭上眼睛等死。结果什么都没发生,她也没感觉到什么。她缓缓张开眼睛,几乎不敢相信一切都结束了。她痛苦地发现,医生还在那里,针还在那里。他一脸厌烦地盯着她的手臂。弗兰西扭头看了看,看到自己脏兮兮的黑褐色手臂上有一小块白色。她听到医生和护士在说话。

"真脏,真脏,真脏,一整天了全都是这样。我知道他们很穷,但他们可以洗澡啊。水又不要钱,肥皂也不贵。你看看这胳膊,护士。"

护士不可置信地看着她,咯咯地笑着。弗兰西站在一旁,羞愧的火苗灼烧着她的脸。这医生是哈佛大学的学生,在附近的医院实习。每个星期,他都要在一家诊所无偿工作几个小时。实习期结束后,他将在波士顿开一家诊所。他给在波士顿的社会名流未婚妻写信时,采用了附近居民的说法,把在布鲁克林的实习称为"炼狱"。

护士居住在威廉斯堡,从她的口音就能听出,她是贫穷的波兰移民的孩子。她满怀雄心壮志,白天在工厂辛勤工作,晚上学习。不知怎的,她接受了护士培训。她希望有一天能嫁给一名医生。她不想让别人知道她生活在贫民窟。

医生发泄完后,弗兰西心情低落地站在那里,因为医生觉得她是个肮脏的女孩。他现在说话的声音更小了,他问护士这样的人怎么能生活得下去;如果他们都被绝育,不能再繁殖,这个世界会更美好。这是不是意味着他想要她死?他会不会因为她的手和胳膊被泥馅饼弄脏了,就想办法要她死?

她看着护士。在弗兰西眼中,所有的女人都像妈妈,就像她自己的妈妈、茜茜姨妈和艾薇姨妈。她觉得护士可能会说:"也许这女孩的妈妈在工作,早上来不及给她洗脸。"或者"你知道的,医生,孩子们会在泥土里玩耍。"但其实护士说的是,"我看到了,这真是不像话!我很同情你,医生。这些人真不应该生活在这么肮脏的地方。"

一个人如果通过"逆袭之路"从低谷爬出,那么他有两种选择:其一,他可以在脱离环境之后遗忘环境;其二,他可以超越环境,但永远不忘记低谷时的环境,并在心中对那些在残酷的攀登过程中被他甩在身后的人抱以同情和理解。护士选择了遗忘。然而,当她站在那里的时候,她预想得到,多年以后,她会被那个挨饿的孩子脸上的悲伤神情所困扰,她会痛苦地希望自己当时能说一句安慰的话,做些什么来拯救她不朽的灵魂。她知道自己很渺小,缺乏这样做的勇气。

当针刺入时,弗兰西丝毫没有感觉。医生的话掀起的伤痛浪潮袭遍了她的全身,将所有感觉都赶走了。当护士熟练地在她的手臂上绑上一条纱布,医生把器械放进消毒柜,拿出一根新针头时,弗兰西开口了:"我弟弟是下一个要打针的人,他的胳膊也是脏的,所以别惊讶。你们不必告诉他这件事,因为你们已经告诉过我了。"医生和护士目不转睛地盯着这个能言善辩的孩子。弗兰西的声音哽咽起来,"你们别告诉他,再说,即便说了也无济于事。他是个男孩子,完全不在乎自己脏不脏。"她转过身,有些踉跄地走出了房间。当门快关上时,她听到了医生吃惊的声音:"我不知道她能听懂我说的话。"她听到护士叹了叹气说:"嗯,好吧。"

弗兰西和尼利回来时,凯蒂正在家里吃午饭。她看着孩子们缠着纱布的手臂,眼中充满了痛苦。弗兰西激动地说:"为什么,妈妈,为什么?为什么他们非要……非要……非要说些难听的话,然后再在你胳膊上打针?"

妈妈坚定地说:"接种疫苗是件好事,它能让你分清左右手。上学的时候,你必须用右手写字,那个疤就会告诉你,呃,呃,不是这只手,是用另一只手。"

这个解释让弗兰西很满意,因为她从来都分不清自己的左手和右手。她用左手吃饭和画画。凯蒂总是教她改过来,把左手上的粉笔或针移到右手。在妈妈解释了疫苗接种的原因后,弗兰西开始觉得这也许是件好事。如果它解决了分清左右手这么大的问题,那就是值得的。打完疫苗后，弗兰西开始用右手代替左手，此后再也没有出现过用错手的情况。

弗兰西当晚就发烧了，注射疫苗的部位瘙痒难忍。她告诉了妈妈，妈妈非常惊慌，反复和她强调："你不能抓它，不管它怎么让你觉得刺痛。"

"为什么不能抓它？"

"因为如果你这么做了，那么你的整条胳膊就都会肿起来，然后变成黑色，直接掉下来。所以，千万别抓。"

凯蒂并不想吓唬孩子。她自己也非常害怕。她相信，如果孩子的胳膊被碰一下，就会引起血液中毒。她想吓唬孩子，不要去抓它。

弗兰西不得不集中精力，不去抓挠瘙痒难耐的部位。第二天，她的手臂上传来阵阵疼痛。准备上床睡觉时，她看了一眼纱布下面。令她惊恐的是，扎针的地方已经肿胀，呈深绿色，并且发黄溃烂。而弗兰西并没有抓它！她知道自己没有抓它。但是，等等！也许是前一天晚上她在睡梦中抓的。是的，肯定是她抓的。她不敢把这件事告诉妈妈。妈妈肯定会说："我跟你说了又说，你还是不听。你看，现在成这样了。"

星期天的晚上，爸爸出去工作了。她睡不着。她从小床上爬起来，走进前厅，坐在窗前。她把头靠在手臂上，等待死亡的降临。

凌晨三点的时候，她听到格雷厄姆大道的电车在街角停下。这表示有人要下车了。她从窗户探出头去。没错，是爸爸。他迈着轻盈的舞步，大步流星地走在街上，嘴里还吹着《我的甜心是月亮上的人》的旋律，那个身着燕尾服、头戴德比帽、系着整齐的服务员围裙的身影对弗兰西来说，就像鲜活的生命。当他走到门口时，她叫住了他。他抬起头，绅士地向她致意。她为他打开了厨房的门。

"你怎么这么晚还没睡，小歌后？"他问，"今天又不是周六晚上。"

"我坐在这里，"她低声说，"等着我的胳膊掉下来。"

他笑得呛到了。弗兰西解释了胳膊的事。他关上卧室的门，打开煤气灯。他拆开纱布，看到弗兰西肿胀溃烂的手臂，胃里一阵翻江倒海。但他从未让她知道。他永远都不会让她知道。

"没事，宝贝，这根本不算什么，一点事都没有。你真该看看我接种疫苗时的手臂，它肿得比你的手臂还大两倍，红的、白的、蓝的，五颜六色的，都不是这种黄绿色，看看它现在多硬、多结实。"他勇敢地撒了个谎，因为他从未接种过疫苗。

他将温水倒入盆中，滴入几滴苯酚①。一遍又一遍地清洗着那块丑陋的疮口。刺痛感让弗兰西抽搐了一下，约翰尼却说，会痛意味着快好了。他一边洗一边低声唱着一首愚蠢的、伤感的歌曲。

他从不愿意离开自己的炉边。
他从不愿意漫无目的地游荡……

他四处寻找干净的布条作为纱布，可是没有找到。他就脱下大衣和衬衫，把里衣脱下来套在头上，然后非常戏剧性地从上面撕下了一条布条。

"好好的里衣。"她抗议道。

"唉，反正都是破洞。"

他为弗兰西包扎了手臂。布条上散发着约翰尼的味道，温暖的、带着雪茄味。但对弗兰西来说，这是一种安慰，它散发着保护和爱的味道。

"好了，你全好了，小歌后。你怎么觉得你的胳膊会掉下来呢？"

---

① 又称石炭酸，浓度高的苯酚会灼伤皮肤。

"妈妈说如果我挠它的话,就会这样。我不是故意要抓它的,但我想我是在睡觉时不小心抓到的。"

"也许吧。"他吻了吻她消瘦的脸颊,"现在回去睡觉吧。"弗兰西回去后安然地睡了一夜。早上,刺痛感消失了。几天后,弗兰西的手臂又恢复正常了。

弗兰西去睡觉后,约翰尼又点燃了一支雪茄。然后,他轻手轻脚地脱掉衣服,钻进凯蒂的被窝。凯蒂睡眼惺忪地察觉到了他的存在,她罕见地情不自禁地将手臂横放在了他的胸前。他轻轻地把她的胳膊移开,尽量远离她。他紧贴着墙壁躺下,头枕在手上,整晚都躺在黑暗中发呆。

19

弗兰西憧憬着上学。自从接种疫苗后,她立刻学会了区分左右,她以为学校会带来更大的奇迹。她以为第一天放学回家,她就会知道如何读书写字。但她回到家时,她却因一个大孩子把她的头按在水槽边沿的槽沿上,而弄得鼻血直流。

弗兰西很失落,因为她不得不和另一个女孩共用一个座位。她本想独占一张课桌的。早上,她满心欢喜地接过班长发给她的铅笔,下午三点钟时又不情愿地把铅笔交给了另一个班长。

她才上了半天学,就知道自己永远不会是老师的宠儿。这项特权是留给一小群女孩的……她们有着卷曲的头发,穿着干净利落的夹克衫,戴着新的丝质发夹。她们都是附近富裕的店主的孩子。弗兰西注意到,老师布里格斯小姐对她们笑脸相迎,并让她们坐在前排最显眼的位置上。这些可爱的孩子可不是来分享座位的。布里格斯老师在对这几个有钱人的孩子说话时,声音很温柔,而面对一大群没见过世面的孩子说话时,声音却近似咆哮。

弗兰西和其他同类孩子挤在一起,第一天学到的东西比她自己意识到的还要多。她了解到这个伟大民主的国家有着阶级制度。她对老师的态度感到既困惑又难过。很明显,老师讨厌她和其他像她一样的孩子,原因无他,就是因为他们都是穷人。老师表现得好像他们无权进入学校似的,但她又不得不接受他们,而且尽可能不带任何优越感。她吝啬地施舍给他们一点知识，和保健中心的医生一样，她也认为他们没有生存的权利。

似乎所有不受欢迎的孩子都会团结在一起，共同对抗那些与他们作对的东西。但事实并非如此。他们互相憎恨，就像老师憎恨他们一样。他们学着老师咆哮的样子对彼此说话。

总有一个不幸的孩子会被老师挑出来当替罪羊。这个可怜的孩子被人数落，被人折磨，被老处女老师用以发泄她的脾气。只要一个孩子被贴上了这种可疑的标签，其他孩子就会转而攻击他，重复一遍老师的折磨手段。不同的是，他们对那些与老师关系好的孩子大献殷勤。也许他们觉得这样会更接近权力中心。

三千名孩子挤在这所丑陋野蛮的学校里，而学校的设施只能容纳一千人。肮脏污秽的故事在孩子们中间流传。其中一个故事说的是普菲弗小姐，一个头发漂成金色、笑声高昂的老师，她经常让班长帮自己看着班级，解释说自己必须"到办公室一趟"，实则是到地下室和助理看门人上床。还有一个故事是说女校长是个尖酸、笨重、残忍的中年女人，常穿亮片裙子，浑身散发着杜松子酒的味道。她总是会把顽劣的男孩子带到她的办公室，让他们脱下裤子，然后用藤条抽打他们赤裸的臀部。如果是女孩犯了错，她就直接打。

当然，学校禁止老师体罚学生。但外面有谁知道？谁会告诉别人？当然不会是被打的孩子。这一片的传统是，如果一个孩子告状说他在学校挨了鞭子，他就会在家里挨第二顿鞭子，因为他在学校不乖。因此，孩子们忍受了惩罚，保持沉默，不再多事。

这些故事最丑恶的地方在于，它们都是肮脏的真实故事。

在1908年和1909年左右，野蛮残暴是该地区公立学校唯一的代名词。当时，威廉斯堡这里的人还没有听说过儿童心理学。任职老师的要求很简单：高中毕业即可，外加在师范学校学习两年。很难有老师是真的热爱自己的工作的。她们选择教书，是因为这是她们为数不多能胜任的工作之一；是因为这比在工厂工作收入高；是因为她们有一个漫长的暑假；是因为她们退休后可以领取养老金。她们教书是因为没有人愿意娶她们。在那个年代，已婚妇女是不允许教书的，因此大多数教师是因爱欲而变得神经质的妇女。这些饥渴的女人以一种扭曲的威严把怒火撒在其他女人的孩子身上。

那些最残忍的老师，与那些可怜孩子出自类似的家庭环境。她们对这些不幸的孩子的怨恨，似乎是想在某种程度上消除自己那令人恐惧的出身。

当然，并不是所有的老师都很坏。有时，也会出现一些可爱的老师，会与孩子们同甘共苦，努力帮助他们。但是，这些女教师的教龄并不长。她们要么很快结婚并离开了教师岗位，要么被其他同事赶下了工作岗位。

还有一个严峻的问题就是"出去一下"。孩子们被要求在早上出门之前去上厕所，然后就必须等到午餐时间再去。课间休息本来也应该可以上厕所，但很少有孩子能享受到这个便利。通常情况下，拥挤的人群会让孩子们无法靠近洗手间。如果他们有幸到达那里（五百个孩子只有十个厕所位子），他们就会发现这些地方被学校最残暴的十个孩子抢占了。他们站在门口，不让任何人进入。他们对蜂拥而至的经受折磨的孩子的哀求充耳不闻。领头的孩子会收取一分钱的费用，但很少有孩子能付得起。直到上课铃声响起，霸主们才放弃对厕所的控制。没有人知道他们从这种可怕的游戏中得到了什么乐趣。他们从未受到过惩罚，因为没有老师去过孩子们所使用的厕所。也没有孩子告密。无论这个孩子有多小，他都知道自己绝对不能尖叫。如果他告了密，他知道自己很可能会被施暴者折磨致死。就这样，这种邪恶的游戏一直持续着。

原则上来说，只要孩子提出申请，就可以出去上厕所。课堂上有一种隐晦的暗示：高举一根手指表示想出去，但时间不长。高举两根手指表示希望在外逗留久一点。但被骚扰得耗尽好脾气的老师们达成了共识，认为这只是孩子们想离开教室的幌子。她们觉得，孩子在课间休息和午餐时间有足够的机会上厕所。就这样，她们禁止学生在上课时间出去。

当然，弗兰西注意到，那些干净娇小的、坐在前排、受到照顾的宠儿随时都可以离开。这似乎是她们的特权。

至于其他孩子，一半学会了根据老师的想法调节自己的泌尿功能，另一半则成了长期尿裤子的人。

是茜茜姨妈为弗兰西安排好了上厕所的事。自从凯蒂和约翰尼告诉她不要再来家里后，她就再也没见过孩子们。她很想他们。她知道他们已经开学了，她想知道他们过得怎么样。

事情发生在十一月。当时茜茜没有工作，很清闲——她下岗了。放学时，她大摇大摆地走在学校的街道上。她想，如果孩子们回去说遇见了她，那也只是一场意外。她在人群中首先看到了尼利。一个大男孩抢走了他的帽子，踩了一脚跑开了。尼利转向一个较小的男孩，对他的帽子做出了同样的行为。茜茜抓住尼利的胳膊，但随着一声叫嚷，他挣脱了，跑到了街上。茜茜悲凉地意识到，他长大了。

弗兰西看到茜茜后，就在街上搂着她亲吻起来。茜茜把她带到一家糖果店，请她喝了一分钱的巧克力苏打水。然后，她让弗兰西坐在门廊上，告诉她学校里发生的一切。弗兰西给她看了入学通知和写着大字的作业本。她一直注视着弗兰西瘦弱的脸，弗兰西的脸在发抖。她看到弗兰西穿着破旧的棉布连衣裙和小毛衣，还有薄薄的棉袜，整个人衣衫褴褛，在这寒凉的十一月里显得很单薄。她把弗兰西紧紧地抱在自己的怀里，让她感受着自己身上的温度。

"弗兰西,小宝贝,你颤抖得像片树叶一样。"

弗兰西从未听过这种说法,这让她若有所思。她看了看房子边上从水泥地里长出来的那棵小树。树上还有几片干枯的叶子,其中一片在风中干巴巴地沙沙作响。"颤抖得像片树叶一样。"她把这句话牢牢地记在心里。颤抖……

"怎么了?"茜茜问,"你冷得像冰块似的。"

弗兰西一开始不肯说。但在茜茜的诱导下,她把羞红的脸埋在了茜茜的脖子里,低声说了些什么。

"哦,天哪。"茜茜说,"难怪你会觉得冷,你为什么不问……"

"我们举手的时候老师从来不回应我们。"

"哦,好吧,别担心,这种事谁都可能遇到,英国女王还是个小女孩的时候也遇到过。"

但是,女王也会对此感到羞愧和敏感吗?弗兰西低声哭泣,哭得撕心裂肺,那是羞愧和恐惧的泪水。她不敢回家,害怕妈妈会轻蔑地耻笑她。

"你妈妈不会骂你的……这样的意外可能发生在任何一个小女孩身上。别说是我告诉你的,你妈妈小时候也尿过裤子,你外祖母也是。这件事并不新鲜,你也不是第一个发生了这种事的人。"

"但我是大孩子了,只有小婴儿才这样,妈妈会在尼利面前羞辱我的。"

"在她知道这件事之前,先告诉她,并保证再也不会这样做,那样她就不会羞辱你了。"

"我不能保证,因为可能会再次发生,老师不让我们出去。"

"从现在起,老师会让你随时都能离开教室的,你相信茜茜姨妈的话吗?"

"相……相信,但你怎么能知道老师会怎么做?"

"我会在教堂里点上一根蜡烛。"

弗兰西从这种承诺中得到了安慰。回家后,凯蒂照例训斥了弗兰西几句,但弗兰西根据茜茜的说辞反驳了妈妈,告诉她尿裤子只是一种周期性的规律。

第二天早上,上课前十分钟,茜茜在教室里和老师对峙。

"你班上是不是有个叫弗兰西·诺兰的小女孩?"她说。

"是弗兰西斯·诺兰。"布里格斯老师纠正道。

"她聪不聪明?"

"聪……聪明。"

"她是个好女孩吗?"

"最好是。"

茜茜凑到布里格斯老师身边。她的声音比之前低了一个音调,也比以前温柔了一些,但不知为什么,布里格斯老师还是退开了。"我刚才问你,她是个好女孩吗?"

"是的,她是。"老师急忙说。

"我是她妈妈。"茜茜撒谎说。

"不是吧?"

"怎么不是!"

"诺兰夫人,关于孩子的事情,您想知道什么都可以……"

"你有没有想过,"茜茜撒谎说,"弗兰西的肾有问题?"

"她的肾怎么了?"

"医生说,如果她想上厕所,而有些人不让她去,她很可能会因为肾脏负担过重而猝死。"

"你肯定是在夸大其词。"

"那你是希望她死在教室里吗?"

"当然不,但是……"

"你想不想试试坐着警车去警局,当着医生和法官的面,说你不让她上厕所?"

茜茜在撒谎吗?布里格斯小姐也说不清楚。这太不可思议了。然而,这个女人却用她听过的最平静、最温柔的声音说出了这些让人害怕的事情。这时,茜茜不经意地向窗外望去,看见了一个身材魁梧的警察正大步流星地走过来。她指了指他。

"看到那个警察了吗?"布里格斯小姐点了点头,"那是我老公。"

"弗兰西斯的父亲?"

"不然呢?"茜茜推开窗户大喊,"嘿,看过来,约翰。"

警察一脸惊讶地抬起头。茜茜给了他一个大大的飞吻。有那么一瞬间,他以为是某个痴情的老处女老师疯了。不过,与生俱来的男性自负让他确信,这是一位年轻的教师,她暗恋他很久了,今天终于鼓起勇气向他发出了热情的邀约。他也回敬给了她一个吻,雄赳赳气昂昂地脱帽致敬,然后大摇大摆地一边走,一边踩着节拍吹着《在魔鬼的舞会上》旋律的口哨。他想,"我简直是女人的恶魔,没错,我家里已经有六个孩子了。"

布里格斯小姐惊讶地瞪大了眼睛。那个男人是一个英俊的警察,而且很强壮。就在这时,一个金发小女孩走了进来,手里拿着一盒给老师的糖果。布里格斯小姐高兴得咯咯直笑,并亲吻了孩子缎子般粉嫩的脸颊。茜茜的头脑灵敏得就像一把新磨的剃刀。一瞬间,她看清了风向:她知道了逆风是吹向像弗兰西这样的孩子的。

"看吧。"她说,"我猜你觉得我们很穷。"

"没有,我从没这样觉得过……"

"我们从不主动炫耀。现在圣诞节快到了。"她暗示道。

"也许吧,"布里格斯小姐承认道,"弗兰西斯举手的时候,我并不总是能看到她。"

"她的座位在哪儿,你是不是看她不顺眼?"老师指了指阴暗的后排。"也许她坐在前面一点的位置,你就能看得清楚了。"

"可是座位都安排好了。"

"圣诞节快到了。"茜茜委婉地提醒道。

"我会看着办的。"

"那就好好看,看个你觉得好的位置。"茜茜走到门口,然后转过身来,"因为不光是圣诞节快到了,我的警察老公也快到了。如果你不好好待她,他就会把你打得满地找牙。"

那次交谈之后,弗兰西再也没有遇到过麻烦。无论她的手举得有多么慢,布里格斯老师都会碰巧看到。她甚至让弗兰西在第一排第一个座位上坐了一段时间。但是,当圣诞节来临的时候,由于没有送昂贵的圣诞礼物,弗兰西又被排挤到了教室后面的阴暗处。

弗兰西和凯蒂都不知道茜茜去了学校。但是,即使布里格斯小姐没有善待弗兰西,至少也没有对她再唠叨。当然,布里格斯小姐也知道那个女人对她说的话很荒谬。然而,何必要冒这个险呢?她不喜欢孩子,但她也不是恶魔。她可不想看到一个孩子在她眼前猝死。

几周后,茜茜让她厂里的一个女孩给凯蒂写了一张明信片。她请求妹妹能既往不咎,至少允许她偶尔到家里来看看孩子们。凯蒂对明信片置之不理。

玛丽·罗姆利过来为茜茜说情,她问凯蒂:"你和你姐姐之间有什么过节吗?"

"我不能告诉你。"凯蒂回答。

"宽恕是无价之宝,然而它的代价却是微不足道的。"玛丽·罗姆利说。

"我有我的道理。"凯蒂说。

"哎。"妈妈想想也觉得是。她深深地叹了口气,不再说话。

凯蒂不承认，但她其实很想念茜茜。她怀念茜茜那冲动莽撞的性格，怀念茜茜那为她排忧解难时的冷静沉着。艾薇来找凯蒂时从未提起过茜茜，在那一次尝试和解失败之后，玛丽·罗姆利再也没有提起过茜茜的名字。

凯蒂通过官方认定的家庭情报员——保险代理人，得到了姐姐的消息。罗姆利家所有人都在同一家公司的同一位保险代理人那里投保，他每周从每个姐妹那里收取五分钱或一毛钱。他带来信息，或传递小道消息，是家族的来往信使。有一天，他带来了茜茜又生了一个孩子的消息，但他无法为这个孩子投保，因为这个孩子只活了两个小时。凯蒂终于为自己这样对可怜的茜茜而感到羞愧。

"下次你再见到我姐姐，"她对收钱的保险代理人说，"告诉她不用再这么见外。"收钱的人转达了这种宽恕，茜茜得以再次来到诺兰家。

20

凯蒂与病毒和疾病的斗争始于孩子们入学的那一天。这场战斗激烈、短暂而大获全胜。

孩子们在学校里密切接触，毫不知情地就染上了寄生虫，他们之间相互传播。孩子们本身没做错什么事，却不得不经历治疗过程中的屈辱。

校医每周来一次，背对着窗户。小姑娘们排成一排，走到她跟前时，转过身，撩起沉重的辫子，弯下腰。护士用一根细长的棍子撩开头发检查。如果发现有虱子或虱卵，就会让这个小女孩站到一边。检查结束后，脏小孩要站在全班同学的面前，护士则在一旁训话，说这些小女孩有多么肮脏，必须避而远之。然后，脏小孩就被放出去，并安排去克尼普药店买"蓝药膏"，让她们的母亲给她们头上除虱。回到学校后，她们会受到同学们的折磨。每个脏小孩都会有一群孩子跟着她回家，嘴里还念念有词：

"脏东西，你们太脏了！老师说你们很脏，必须回家，滚回家，滚回家，你们太脏了。"

也许在下一次检查中，被感染的孩子会自证清白，一旦她自证清白成功，她就会反过来折磨那些被判定为肮脏的人，从而忘记自己被折磨时的痛苦。她们从自己的痛苦中学不会同情。如此，她们的痛苦就白受了。

凯蒂忙碌的生活不容许她去操心更多的麻烦。她不会允许这种事发生。弗兰西放学回家的第一天，当凯蒂得知和弗兰西同桌的女孩的头发上有虱子爬来爬去时，她立即采取了行动。她用一块粗糙的搓澡工用的黄色肥皂搓弗兰西的头，直到她的头皮发麻。第二天早上，她用刷子蘸了煤油，用力地梳理弗兰西的头发，编成辫子，编得紧紧的，弗兰西太阳穴上的青筋都凸起了。凯蒂嘱咐她不要靠近点燃的煤气喷嘴，然后送她去上了学。

弗兰西头上的味道充满了整个教室。她的同桌离她越远越好。老师给家里发了一张通知，禁止凯蒂用煤油涂弗兰西的头。凯蒂说这是一个自由的国度，对通知置之不理。她照例每周都会用黄色肥皂擦洗弗兰西的头，每天都用煤油涂抹弗兰西的头发。

当流行性腮腺炎在学校里流行时，凯蒂开始了防治传染病的行动。她做了两个法兰绒袋子，在每个袋子里都放入一颗大蒜，再系上干净的胸衣绳，让孩子们把它戴在脖子上，放在衬衫里面。

弗兰西上学时浑身散发着大蒜和煤油的臭味。每个人都躲着她。在拥挤的操场上，她的周围总是有一块空地。在拥挤的电车车厢里，人们挤在一起，尽量远离诺兰家的孩子。

这招竟然奏效了！至于大蒜里是否有巫婆的咒语，强烈的烟雾是否能杀死病菌，弗兰西是否因为被感染的孩子们避而远之而没有染病，或者她和尼利是否天生体质强健，我们就不得而知了。但事实是，凯蒂的孩子们在上学的这些年里没有生过一次病。他们从未得过感冒，也从来没有长过虱子。

弗兰西当然成了一个边缘人员，因为她身上的臭味，所有人都避之唯恐不及。但她已经习惯了孤独，习惯了独自行走，习惯了被认为"与众不同"。她并没有感到太痛苦。

21

弗兰西喜欢上学，尽管学校里充满了无礼、粗暴和不愉快。学校里有许多孩子，大家都在做着同样的事情，这给了她一种安全感。她觉得自己是某个小团体的一部分，是为了相同的目的而聚集在一个被领导的群体中的一部分。诺兰一家都是个人主义者。除了遵守他们生活所必须遵守的规则之外，他们什么都不遵守。他们遵循自己的生活原则。他们不属于任何特定的社会群体。这对个人主义者的形成很有利，但有时会让小孩子感到困惑。因此，弗兰西在学校里感受到了某种安全感。虽然学校的生活残酷而丑陋，但它目的明确，按部就班。

学校生活并不都是无忧无虑的。莫顿先生每周都会到弗兰西的学校教音乐，每次持续半小时，这是他的黄金时光。他是一位专业老师，常常到这一地区的所有学校里去上课。通常他上课的时间是在假期。他穿着燕尾服，打着规整的领带。他是如此充满活力，如此快乐，如此沉醉于生活，就像从云端降临的神灵。他以一种英勇的方式生活着。他理解和爱护孩子，孩子和老师们都很崇拜他。在他来访的那天，教室里充满了狂欢的气氛。老师穿上了自己最好的衣服，不再那么刻薄。有时老师还会卷卷头发，喷点香水。莫顿先生也是这样对待那些女士的。

他像龙卷风一样忽然来到了这里。门突然被打开，他飞奔进来，身后的衣服飘飘荡荡。他跃上讲台，微笑着环顾四周，用快乐的声音说:"好了,好了。"孩子们坐在那里笑个不停,老师也笑逐颜开。

他在黑板上画音符,再在音符上画上"小腿",使音符看起来就像要跑出音阶。他会把一个平音画得像一个矮矮的小胖子。一个尖锐的音符会被画得像一个细长的甜菜根。同时,他还会像鸟儿一样自发地唱起歌来。有时,他的快乐溢于言表,以至于他自己都无法把持住,他会跳一段舞蹈,展示一下自己快乐的心情。

他教给他们美妙的音乐,却不让他们知道那是好音乐。他为伟大的经典作品配上自己的歌词,并给它们起了简单的名字,如《摇篮曲》《小夜曲》《街之歌》《阳光灿烂的日子之歌》。他们用稚嫩的嗓音嘶吼着亨德尔的"拉戈",而他们却把它叫作"赞美诗"。小男孩们一边玩弹珠,一边吹着德沃夏克的《新世界交响曲》旋律的口哨。当被问及曲名时,他们会回答"哦,这首歌叫《回家》"。他们玩着跳房子,哼着《浮士德》中的《士兵合唱》,他们称之为《荣耀》。

虽然不及莫顿先生那么受人爱戴,但同样被大家尊敬的是伯恩斯通小姐,她是一位特别的绘画老师,每周来一次。她仿佛来自另一个世界,一个穿着柔和的绿色和石榴色漂亮裙子的世界。她的面容甜美而温柔,和莫顿先生一样,她喜欢那些成群结队、不受人待见的孩子,胜过爱那些受人照顾的孩子。老师们不喜欢她。是的,当她对着她们说话时,她们向她献媚;但当她背对着她们时,她们又对她怒目而视。她们嫉妒她的魅力、她的甜美和她对男人的致命吸引力。她热情洋溢,光彩照人,极富女性魅力。她们知道,她不会像她们一样被迫独自入睡,被迫熬过寂寞长夜。

她用清脆的歌声轻声说话。她的手很美,拿起粉笔或木炭时,动作敏捷。当她拿着蜡笔时,手腕转动的方式十分神奇。她的手腕一转,一个苹果就出现了。再画两下,一只可爱的孩童的手就出现了,手里还拿着苹果。雨天时,她不会上课,而会拿起一张纸和一支炭笔，勾勒出教室里最穷最坏的孩子的样子。画完后，你看到的不是肮脏和穷酸，而是天真无邪的光芒和一个孩子过早成熟的悲伤。哦，伯恩斯通小姐真了不起。

这两位来访的老师是学生时代泥泞的大河中，一抹金灿灿、银闪闪的阳光。

在这些日子里，其他老师让学生们僵直地静坐着，双手背在背后，自己却在读一本藏在膝盖上的小说。如果所有的老师都像伯恩斯通小姐和莫顿先生那样，弗兰西就会清楚地知道天堂是什么了。但这也没什么不好，有了黑暗和泥泞，才能更加衬托出太阳闪烁的光辉。

22

哦，多么神奇的时刻啊，孩子们第一次发现自己能读印刷出来的文字了！

很长一段时间内，弗兰西都一直在拼读字母和学习发声，然后把这些声音组合起来构成一个单词。但是有一天，她翻开一页书，"老鼠"这个词瞬间变得意味深长。她看着这个词，脑海中浮现出了一只灰色小老鼠的画面。她再往下看，当她看到"马"时，她听到了马蹄在地上摩擦的声音，看到了阳光在它光亮的皮毛上闪烁。"奔跑"这个词突然吸引了她，她用力地呼吸着，仿佛自己也在奔跑。每个字母的单个读音与单词整体含义之间的障碍都被消除了，印刷出来的单词一目了然。她飞快地读了几页，激动得几乎晕倒。她想大声喊出来——她能读书了！她会读书了！

从那时起，因为有了阅读，整个世界都属于她。她再也不会感到孤独，再也不会怀念没有知心朋友的日子。书籍成了她的朋友，每种心情都有适合读的书籍。安静时有诗歌陪伴。当她厌倦安静的时光时，有冒险故事。当她进入青春期时，有爱情故事。当她想感受与某人的亲密关系时，她可以阅读传记。在她第一次知道自己会读书的那一天，她就发誓，在她有生之年要每天读一本书。

她喜欢数字与加法。她设计了一个游戏，每个数字代表一个家庭成员，而相加的答案就是一个有故事的家庭组合。数字 0 是襁褓中的婴儿，他不惹麻烦，只要他一出现，你就可以把他"抱"起来。数字1是一个漂亮的女婴，刚刚学会走路，很容易应付；数字2是一个男婴，会走路，会说些话，也不给家里惹什么麻烦；数字3是一个上幼儿园的大男孩，需要有人照看；数字4是个女孩，和弗兰西一样大；数字5是母亲，温柔善良，她一来就让一切变得容易，就像一个母亲应该做的那样；数字6是父亲，比其他人更严厉，但非常公正。数字7所代表的人很刻薄，他是脾气古怪的祖父，对自己的所作所为一点也不负责任。数字8是祖母，她的行为也很难让人理解，但比7要好一点；最难的是数字9，他常常给家里人作陪，但是要让他融入这个大家庭的生活，实在是太难了！

弗兰西在计算加法时，会给结果配上一个小故事。如果答案是924，那就意味着小男孩和小女孩有伴了，家里的其他人都出去了。如果出现1024这样的数字，就意味着所有的小孩子都在院子里一起玩耍。数字62表示爸爸带着小男孩出去散步了；50表示妈妈把孩子放在婴儿车里放风；78表示冬天的晚上，祖父和祖母一起坐在家里的火炉旁。每一个数字组合对这个家庭来说都是一个新的设定，没有哪两个故事是相同的。

弗兰西把游戏带到了代数当中。X是男孩的情人，她闯入了一家子的生活，把一切变得复杂化了。Y是男孩的朋友，给家里招来了麻烦。因此，算术对弗兰西来说是一件温暖而有人情味的事情，帮她消磨了许多寂寞的时光。

23

上学的日子一天天过去。有些是无礼、残忍和心碎;有些则因为伯恩斯通小姐和莫顿先生而变得明亮美好。学习的魅力始终存在。

十月的一个星期六,弗兰西外出散步时,偶然发现了一个陌生的街区。这里没有贫民窟,也没有喧闹、寒酸的商店。这里是一些老房子,华盛顿率领部队穿越长岛时,这些房子就已经矗立在那里了。它们又老又破旧,但周围都有篱笆,里面还有弗兰西一直渴望拥有的秋千。前院开满了鲜艳的秋日花朵,路边的枫树长满了深红色和黄色的叶子。在周六的阳光下,街区显得古老、宁静而安详。这个街区有一种忧郁的气质,一种深沉、破碎但永恒的宁静。弗兰西就像爱丽丝一样,快乐地漫游奇境,置身于一片奇幻之地。

她继续往前走,来到一所古老的小学校。学校的旧砖在午后的阳光下闪着石榴红的光芒。学校周围没有围墙,操场是一片草地而不是水泥地。学校对面是一片开阔的田野——草地上生长着金丝草、野雏菊和三叶草。

弗兰西心潮澎湃。就是这里了!这就是她想去的学校。但她怎么才能去那里呢?法律上有规定,学生必须在自己的街区上学。如果她想上这所学校,她的父母就必须搬到这个街区。弗兰西知道,妈妈不会因为她想去另一所学校而搬家。她走在回家的路上,慢慢地思索着这件事。

那天晚上，她坐着等爸爸下班回家。约翰尼一边吹着《茉莉·马龙》旋律的口哨，一边跑上台阶。大家都吃了他带回家的龙虾、鱼子酱和肝肠，妈妈和尼利吃完饭就上床睡觉了。爸爸在抽最后一支雪茄时，弗兰西一直在陪着他。弗兰西在爸爸耳边低声说着学校的事。爸爸看着她，点了点头说："明天再说吧。"

"你是说我们可以搬到学校附近？"

"没有，但一定有别的办法。明天我和你一起去，看看能发现些什么。"

弗兰西兴奋得整夜都无法入睡。她七点钟就起床了，但约翰尼还在酣睡。她等待着，急得满头大汗。每次他在睡梦中一叹气，她就跑进去看他醒了没有。

他醒来时已是中午时分，诺兰一家坐下来吃午饭。弗兰西吃不下。她一直看着爸爸，但他没有任何表示。他忘了吗？他忘了吗？没有，因为凯蒂在倒咖啡时，他漫不经心地说：

"我想，我和小歌后待会要出去走走。"

弗兰西的心猛地一跳。他没有忘记，他没有忘记。她在等待。妈妈必须给出一个回答。她可能会反对，可能会问为什么，可能会说她也一起去。但妈妈只说了句："好吧。"

弗兰西洗了碗。然后，她得去糖果店买星期天的报纸；再去雪茄店给爸爸买一支五分钱的科罗娜雪茄。约翰尼一定要读报纸。他一定要读完报纸上的每一栏，包括他压根不感兴趣的社会栏目。更糟糕的是，他还得就他读到的每一条内容向妈妈发表他的见解。每次他都会把报纸放在一边，转头对妈妈说："现在报纸上的东西真有趣。就拿这件事来说吧……"弗兰西几乎要哭了。

四点钟到了。雪茄早已抽完，报纸被丢在了地上，凯蒂不想再听别人分析什么新闻了，她带着尼利去看望玛丽·罗姆利了。

弗兰西和爸爸手牵手出发了。他穿着他唯一的西装———一套燕尾服,戴着德比帽,看起来非常威风。十月的天气非常好。和煦的阳光和清爽的风一起,把海洋的气息带到了每个角落。他们走过几个街区,转过一个街角,就来到了另一个街区。只有在布鲁克林这样一个大的地方,才会有如此鲜明的分界线。这是第五代和第六代美国人居住的一个街区,而在诺兰街区,如果你能证明自己是土生土长的美国人,那就会像是站在"五月花"号上一样威风。

其实,弗兰西是班上唯一一个父母都在美国出生的孩子。新学期开始时,老师点名询问每个孩子的血统。孩子们的回答很常见:

"我是波兰裔美国人,我父亲出生在华沙。"

"我是爱尔兰裔美国人,我的哥哥和妈妈出生在科克郡。"

当喊到诺兰的名字时,弗兰西自豪地说:"我是美国人。"

"我知道你是美国人。"这位易怒的老师说,"但你的国籍是什么?"

"美国!"弗兰西更加自豪地说。

"你是选择告诉我,你的父母是谁,还是要我把你送到校长那里?"

"我的父母是美国人,他们出生在布鲁克林。"

其他的孩子都转过身来,看着这个父母不是来自他乡的小女孩。当老师说:"布鲁克林?嗯,我想你确实是美国人了。"弗兰西又骄傲又高兴。她想,布鲁克林是多么美好啊,只要出生在这里,就会自动成为美国人!

爸爸向她讲述了这个陌生的街区:这里的家族的人是怎样早在一百多年前就成了美国人;他们大多是苏格兰人、英格兰人和威尔士人。男人们都会做橱柜和木活。他们有的还从事金、银和铜等金属的加工。

他答应改天带弗兰西去布鲁克林的西班牙区。那里有制造雪茄的工人，工人们常常凑钱雇人在他们工作时给他们读书听，读的都是很好的文学作品。

他们走在星期天宁静的街道上。弗兰西看到一片树叶从树上飘落下来，她跳到前面去捡。树叶是干净的鲜红色，镶着金灿灿的边。她目不转睛地盯着它，不知道自己还能不能再看到这么美的东西。一个女人从拐角处走来。她满脸涂脂抹粉的，戴着羽毛围巾。她微笑着对约翰尼说：

"寂寞吗，先生？"

约翰尼看了她一会儿，才轻轻地回答："不，小姐。"

"确定吗？"她撒娇道。

"当然。"他平静地回答。

那个女人继续走自己的路，弗兰西跳了回来，拉着爸爸的手。

"那是个坏女人吗，爸爸？"她急切地问。

"不。"

"但她看起来很坏。"

"世上的坏人并不多，只是很多人运气不好。"

"但她全身上下都涂得……"

"她是一个曾经日子过得还算好的人。"他喜欢这句话，"是的，她可能有过更好的生活。"他陷入了沉思，弗兰西继续跳着捡树叶。

他们来到学校，弗兰西自豪地向爸爸展示学校。午后的阳光照在色彩柔和的砖块上，暖洋洋的，窗户似乎在阳光下翩翩起舞。约翰尼看了很久，然后说道：

"是的，是这所学校。就是这里了。"

每当他被感动或心情激荡时，他就必须把这种感受写成一首歌。他把破旧的德比帽搭在胸口，站直了身子，仰望着校舍，唱了起来：

学生时代,学生时代,
亲爱的金科玉律时代。
读、写、算……

对一个路过的陌生人来说,这可能看起来很傻——约翰尼穿着绿色的燕尾服站在那里,牵着一个瘦弱的、衣衫褴褛的孩子的手,在街上不自觉地唱着那首平平无奇的歌。但对弗兰西来说,这似乎是正常而美好的。

他们穿过街道,在被人们称为"绿地"的草地上漫步。弗兰西摘了一束金丝草和野菊花准备带回家。约翰尼解释说,这个地方曾经是印第安人的坟墓,他小时候经常到这里来寻找箭头。弗兰西建议他们一起去找找。他们搜寻了半个小时,一个也没找到。约翰尼回忆说,他小时候也没有找到过。这让弗兰西觉得很有趣,她笑了起来。爸爸承认,也许那里根本就不是印第安人的墓地,也许是有人编造了这个故事。约翰尼说得一点也没错,因为整个故事都是他自己编的。

很快就到了回家的时间,弗兰西的眼泪夺眶而出,因为爸爸还没说让她进新学校的事。爸爸看到了弗兰西的眼泪,马上想出了一个办法。

"我来告诉你应该怎么做,宝贝。我们四处逛逛,挑个好房子,记下号码。我会写信给你的校长,说你要搬到那里去,想转到这所学校来。"

他们找到了一处房子——一栋一层的白色独栋房子,屋顶是倾斜的,院子里种着晚菊。他仔细抄下了地址。

"你知道我们要做的事是错的吗?"

"是吗,爸爸?"

"但这是为了更大的利益而犯下的错误。"

"就像善意的谎言?"

"一个能帮助别人的谎言。所以,你必须加倍努力,弥补过失。你绝不能不乖、缺席或迟到,你绝不能做任何错事,不要让他们从邮局寄信回家。"

"爸爸,如果我能上那所学校,我会一直很优秀的。"

"是的,现在我告诉你一条穿过小公园去学校的路。我知道在哪儿,没错,我知道在哪儿。"

他带她参观了公园,并告诉她如何穿过斜斜的公园小路去上学。

"这应该会让你开心。你可以看到四季随着你的到来而发生变化。你觉得怎么样?"

弗兰西回忆起母亲曾给她读过的一句话,回答说:"我的幸福之杯装满了。"她是认真的。

凯蒂听到这个计划后说:"随你便吧,但此事与我无关。如果警察因为你提供虚假地址而把你抓走,我会坦诚地说这与我无关。学校有多大的好坏之分?我不知道她为什么想换学校。不管你去哪所学校,都会有家庭作业。"

"就这么定了。"约翰尼说,"弗兰西,给你一分钱,去糖果店买一张纸和一个信封。"

弗兰西跑了出去,然后又跑了回来。约翰尼写了一张字条,说弗兰西要到亲戚家去住,地址在某某地方,希望能转学。他还说,尼利将继续住在家里,不需要转学。他签上了自己的名字,还煞有介事地画了一条线。

第二天早上,弗兰西颤抖着把字条交给了校长。那位女士看了之后,哼了一声,就办完了转学的事,然后把成绩单递给她,让她走人,说正好学校人太多了。

弗兰西把自己和相关文件摆在新学校的校长面前。校长与她握手，说希望她在新学校过得开心。一位班长把她带到了教室。老师停下手中的工作，向全班同学介绍弗兰西。弗兰西看着一排排的小女孩。她们都很寒酸，但大多数很干净。老师给她安排了一个座位，她高兴地融入了新学校的生活。

这里的老师和孩子不像以前学校里的那样粗暴。是的，有些孩子很凶，但这似乎是孩子的天性，而不是一种暴力。老师们经常会不耐烦地发火，但从来不会唠唠叨叨地虐待学生。学校也没有体罚。家长们太美国化了，太了解宪法赋予他们的权利了，不会对不公正的待遇逆来顺受。他们不会像移民和第二代美国人那样被压榨和剥削。

弗兰西发现，这所学校里与众不同的感觉主要来自看门人。他是一个面色红润的白发男人，连校长都称呼他为詹森先生。他儿孙满堂，并深爱着他们。他像是所有孩子的父亲。

在雨天，当孩子们浑身湿透地来到学校时，他坚持要把他们送到火炉房里烤干。他让孩子们脱掉湿鞋，然后把鞋挂在炉子上。

他们把湿袜子放在晾衣绳上晾干。破旧的小鞋子在炉子前排成一排。

火炉房里很温暖，墙壁是粉刷过的，漆了红漆的大火炉让人感到很舒适，窗户高高地嵌在墙上。弗兰西喜欢坐在那里，享受着温暖，看着橙色和蓝色的火焰在黑色煤炭上方一英寸的地方跳跃。下雨天，弗兰西会早早出门，慢吞吞地走到学校，这样她就会浑身湿透，就可以享受在火炉房里烘衣服的特权。

詹森先生让孩子们下课晾干衣服的做法不合常理，但大家都很喜欢和尊敬他，谁都不敢提出抗议。弗兰西在学校里听到了很多关于詹森先生的故事。她听说他上过大学，比校长还知道的还多。他们说他结过婚，孩子们出生后，他觉得当学校工程师比当老师更赚钱。不管怎么说，他都很受人喜欢和尊敬。有一次，弗兰西在校长办公室见到了他。他穿着干净的条纹工作服，盘膝坐在那里谈论政治。弗兰西听说，校长经常到詹森先生的火炉房坐着，一边抽烟，一边聊上几句。

当某个男孩不听话的时候，他不会被送到校长办公室训斥，而是被送到詹森先生的房间里谈话。詹森先生从不责骂坏孩子。他跟犯了错的孩子谈起自己的小儿子，他的小儿子是布鲁克林棒球队的投手。他谈到了民主和良好的公民意识，谈到了一个人人都为大家的共同利益尽力而为的美好世界。在与詹森先生交谈之后，这个男孩再也不惹麻烦了。

在毕业典礼上，孩子们出于对校长的尊重，请校长在他们签名簿的第一页签名，但他们更看重詹森先生的签名，让他签在第二页。校长的签名很快就签完了，但詹森先生不一样，他把签名当作一种仪式。他把签名簿拿到他的桌子前，点亮桌上的灯，坐下来，仔细擦擦眼镜，选一支钢笔，蘸一蘸墨水，眯着眼睛看了看，擦了擦眼镜，又重新蘸了蘸墨水。然后他用精细的字体签下了自己的名字，并小心翼翼地擦拭干净，他的签名总是签名簿上最好的。如果你有胆量请求他，他就会把签名簿带回家，让他在道奇队打球的儿子也在上面签名。这对男孩们来说是件很棒的事，但女孩们可不在乎这些。

詹森先生的字写得非常好，所有的毕业证书都是请他写的。

莫顿先生和伯恩斯通小姐也来过那所学校。他们上课的时候，詹森先生经常会过来，挤在后座上听课。天冷的时候，他会让莫顿先生或伯恩斯通小姐在去下一所学校之前，先到他的火炉房喝杯热咖啡。他的小桌子上放着小煤炉和煮咖啡的设备，他用厚厚的杯子盛着浓浓的冒着热气的黑咖啡，这些来访的老师都为他的好心肠而祝福他。

弗兰西在这所学校里过得很开心。她非常注重做一个好女孩。每天，当她路过她所选号码的房子时，她都会怀着感激和喜悦之情看着它。刮风的时候，房子前的纸屑被风吹起，她就会去捡垃圾，然后把它们扔到房子前的水沟里。早上,垃圾工把麻布袋倒空后,有时会不小心把空袋子扔在路上而非院子里,弗兰西就会把它捡起来,挂在栅栏上。住在这栋房子里的人都把她当成一个安静的孩子,觉得她有一种奇怪的洁癖。

弗兰西很喜欢那所学校。这意味着她每天要走过四十八个街区,但她喜欢走路。她早上要比尼利走得更早,回家也更晚。除了午饭时间有点难熬外,她并不介意。回家要走十二个街区,去学校也要走十二个街区——所有这些都要在一个小时内完成。这让她几乎没有时间吃饭。妈妈不让她带午餐,理由是:

"以她的成长方式,她很快就会离开家庭和家人。但在她还是个孩子的时候,她必须表现得像个孩子,并且回到家,像孩子一样吃饭。她要去那么远的学校是我的错吗?难道不是她自己挑的吗?"

"但是,凯蒂,"爸爸争辩道,"那是所好学校。"

"那就让她把好坏两面一起接受吧。"

午餐的问题解决了。弗兰西大约有五分钟的午餐时间——刚好够她回家吃一个三明治,然后步行回学校。她从不认为自己受了委屈。在新学校里,她是如此快乐,以至于她急于用某种方式来回报这份快乐。

她能进入这所学校是件好事。这让她知道,除了她出生的那个世界外,还有其他的世界,而这些其他的世界并非遥不可及。

24

弗兰西不是以天或月来计算一年的时间，而是以节日来计算。她的一年从国庆节开始，因为这是学校放假后的第一个节日。国庆节前一周，她就开始攒鞭炮。每一分钱都用来买一包鞭炮。她把它们囤在床下的一个盒子里。每天她都会把盒子拿出来，把鞭炮重新摆放好，至少重复十次，然后久久地看着淡红色的包装纸和白色的线梗，想知道它们是怎么做出来的。她闻到了浓浓的引线味，那是每次购买时赠送的，可以燃几个小时，用来燃放鞭炮。

当这伟大的一天到来时，她却不舍得放这些鞭炮。因为与其放完它们，不如拥有它们。有一年，日子比往年过得更难，兜里一分钱也没有，弗兰西和尼利就囤了一些纸袋，到了国庆节那天，他们把纸袋装满水，拧紧袋口，从屋顶扔到楼下的街道上。纸袋发出的"噗噗"声就像鞭炮一样响亮。路过的行人都很恼火，即使纸袋没有砸中他们，他们也会愤怒地抬起头，但他们什么都做不了，因为他们知道，这就是可怜的孩子们庆祝国庆节的方式。

国庆节之后的下一个节日是万圣节。尼利用烟灰熏黑了脸，把帽子反过来戴着，把外套反过来穿。他在母亲的一双黑色长袜里塞满了烟灰，然后带着一帮人在街上游荡，挥舞着他那根手工做成的棍棒，不时发出喧闹的叫喊声。

弗兰西和其他小女孩一起，拿着白色粉笔在街上游荡。她在每一个路过的人背后快速地画上一个大大的十字。孩子们毫无意义地进行着这一仪式，十字符号被人们记住了，这么做的原因却被遗忘了。这可能是从中世纪流传下来的做法，当时的房屋和建筑都是以"十字架"为标志的。

可能是为了突显瘟疫肆虐的地方，人们才做这样的标记。可能当时的流氓把给无辜者做标记当作一种残忍的玩笑，这种做法一直延续了几个世纪，后来被歪曲成毫无意义的万圣节恶作剧。

对弗兰西来说，选举日似乎是最伟大的节日。相比其他任何时候，它更像是整个街区的狂欢。弗兰西想，也许全国其他地方的人也会投票，但肯定不及布鲁克林这样。

约翰尼带弗兰西参观了斯科尔斯街的一家牡蛎馆。这家牡蛎店坐落在一栋一百多年前的建筑里，当时大酋长塔慕尼正带着他的勇士们在这里出没。它的牡蛎薯条闻名全州。但还有一件事让这个地方声名远播。这里是市政厅——政客们的秘密聚会场所。他们在这里的私人餐厅里秘密会面，一边吃着鲜美的生蚝，一边决定谁会当选、谁会被干掉。

弗兰西经常路过这家饭店，看到它，她很激动。店门上没有店名，窗户上空空如也，只摆放着一盆蕨类植物，窗后的黄铜杆上挂着半帘棕色亚麻布。有一次，弗兰西看到门开了，有人进去了。她瞥见一间低矮的房间，里面点着昏暗的红灯，雪茄的烟味很浓。

弗兰西和邻居家的孩子们一起，在不知道其意义和原因的情况下，经历了一些选举仪式。选举之夜，她排好队，双手搭在前面孩子的肩膀上，唱着歌在街上蛇形起舞：

坦慕尼，坦慕尼，
大酋长坐在他的帐篷里，

为勇士们的胜利欢呼,

坦慕尼,坦慕尼。

她饶有兴趣地倾听妈妈爸爸关于党派孰优孰劣的辩论。爸爸是个热心的民主党支持者,但妈妈根本不听。妈妈批评了民主党,并告诉约翰尼,他是在浪费自己的选票。

"别这么说,凯蒂。"他反驳道,"总体来说,民主党为人民做了很多好事。"

"都是画大饼。"妈妈说。

"他们想要的只是家里男人的一票,看看他们所做的事换来了什么。"

"比如呢,他们做了什么事?"

"好吧,你需要法律方面的建议。不需要律师,问问议员就知道了。"

"瞎子指路。"

"你不相信吗?他们可能在很多方面都很笨,但他们对本市的法规了如指掌。"

"你去起诉市政府,看看坦慕尼会帮你到什么程度。"

"以公务员考试为例,"约翰尼从另一个角度开始说,"他们清楚警察、消防员或邮递员的考试相关信息。如果选民感兴趣,他们总是会为他考虑周全。"

"拉维夫人的丈夫三年前参加了邮递员考试,可他现在还在卡车上工作。"

"啊!那是因为他是共和党人。如果他是民主党人,他们就会把他的名字放在名单的最前面。我听说有个老师想转校,坦慕尼帮她搞定了。"

"为什么?除非她很漂亮。"

"这不是重点,这是明智之举,教师培育未来的选民。比如这位老师,只要有机会,她总是会在她的学生面前说坦慕尼的好话。每个男孩长大后都要投票,你知道的。"

"为什么?"

"因为这是一种权利。"

"权利!哼!"凯蒂嗤之以鼻。

"比如说,你有一只贵宾犬,它死了,你会怎么办?"

"我要贵宾犬干吗?"

"你就不能假装你有只死了的贵宾犬吗?"

"好吧,我的贵宾犬死了。然后呢?"

"你去民主党总部转转,这些伙计就会帮你处理的。再比如,弗兰西想申请工作证明,但她还太小。"

"我想,他们也会帮忙的。"

"当然。"

"你觉得这样做对吗?让小孩子在工厂里工作?"

"好吧,假设你有一个坏孩子,他喜欢逃学,喜欢在街头巷尾到处游手好闲,但法律不允许他工作。如果他能弄到伪造的工作证,不是更好吗?"

"在这种情况下,确实是。"凯蒂承认。

"看看他们为选民找的那些工作吧。"

"你知道他们是怎么找到这些工作的,不是吗?他们核查一家工厂,却全然不顾他们违反了工厂法的事实。当然,老板会在他们需要人手的时候告诉他们,以示回报,而找到工作的功劳就全归坦慕尼派了。"

"还有一个案例,一个人在老家有亲戚,但由于手续太多,他无法把亲戚接到这里来,坦慕尼却可以解决这个问题。"

"当然,他们把外国人弄到这里来,赋予他们公民的身份,然后告诉他们必须投民主党的票,否则就滚回他们的老家。"

"不管你说什么,坦慕尼对穷人还是很好的。假设一个人病了,付不起房租,你觉得组织会让房东剥夺他的财产吗?不会,如果他是民主党的话,就不会。"

"那大概房东都是共和党人吧。"凯蒂说。

"不,制度是双向运行的。假设房东的房客是个混混,不付房租而敲他的鼻子。会发生什么?组织会替房东把他赶走。"

"坦慕尼给了人民什么,就会从他们手里夺走双倍的东西。你等着我们女人赢得投票权的那一天吧。"她的话被约翰尼的笑声打断,"你不相信我们?那一天会到来的。记住我的话。我们会把那些奸诈的政客绳之以法——关进监狱。"

"如果有一天女性也能投票的话,你会和我一起去投票站——手挽手——像我一样地投票。"他搂着她,轻轻地拥抱了一下。

凯蒂微笑着看着他。弗兰西情不自禁地注意到,妈妈微笑时的侧脸,就像学校礼堂里那幅被称为《蒙娜丽莎》的画上的那位女士一样。

坦慕尼的力量很大程度上归功于它让孩子们从小接受民主党的教育。就连愚蠢的区长也知道这一点,时间会逝去,今天的小学生就是明天的选民。他们说服男孩站在自己这边,同时也让女孩站在自己的这一边。在那个年代,女人不能投票,但政治家们了解布鲁克林的女人,她们对自己的男人有很大的影响力。把一个小女孩培养成民主党人,当她结婚时,就能确保她的男人会投票支持民主党。为了吸引孩子们,玛蒂·马霍尼协会每年夏天都会为孩子们和他们的父母组织一次短途旅行。虽然凯蒂对这个组织非常蔑视,但她认为没有理由不好好利用这个机会。当弗兰西听说他们要去的时候,她就像一个从未坐过船的十岁孩子一样兴奋。

约翰尼不肯去,也不明白凯蒂为什么要去。

她的理由很奇怪:"我要去,因为我热爱生活。"

他说:"如果闹哄哄的就算生活,那么倒贴给我我也不要。"

但他还是去了。他想,乘船旅行可能会对孩子们有教育意义,他想在现场教育孩子们。那天天气很闷热,甲板上挤满了兴奋得发狂的孩子们,他们飞快地跑上跑下,几乎要掉进哈德逊河里。弗兰西一直盯着流动的河水,盯到她头痛欲裂。约翰尼告诉他的孩子们,很久以前亨德里克·哈德逊就是在这同一条河上航行的。弗兰西想知道,哈德逊先生是否也像她一样感到恶心。妈妈坐在甲板上,戴着一顶翠绿色的草帽,穿着从艾薇姨妈那里借来的黄色圆点瑞士连衣裙,看上去非常漂亮。周围的人都在笑。妈妈很健谈,大家都喜欢听她说话。

中午过后不久,小船停靠在纽约州北部的一条林间小道边上,民主党人下了船,开始做事。孩子们跑来跑去,想将手里的购物券花出去。一周前,每个孩子都拿到了由十张票组成的票条子,上面分别标有"热狗""苏打水""旋转木马"等字样。弗兰西和尼利每人都拿到了票条子,但是弗兰西被几个狡诈的男孩引诱着把她的票拿去赌弹珠游戏。他们告诉她,她有可能赢到五十张票,可以愉快地玩耍一整天。弗兰西的弹珠技术很差,很快就输掉了她的票。尼利则很幸运,赢了两张票。弗兰西问妈妈能不能给她一张尼利的票。妈妈抓住机会,给她上了一堂关于赌博的教育课。

"你有票,但你认为你可以耍小聪明,得到你无权得到的东西。人们赌博时只想着赢,他们从来没想过会输。记住这一点:总有人要输,而输的人可能是你,也可能是别人。如果只是输掉了票条子就能让你长教训,那么这个教学成本是值得的。"

妈妈是对的。弗兰西知道妈妈是对的，但她一点也高兴不起来。她想像其他孩子一样坐旋转木马。她想喝汽水。她正沮丧地站在热狗摊旁看着其他孩子吃东西时，一个男人停下来和她说话。他穿着警察制服，只是上面有更多的金色。

"没有票吗，小姑娘？"他问。

"我忘带了。"弗兰西撒谎说。

"当然，我自己小时候也不擅长弹珠游戏。"说着他从口袋里掏出三张票，"我们每年都会损失一些票，但女孩们很少会输。她们会紧紧抓住她们所拥有的东西，不管有多少。"

弗兰西接过票，向他道谢，正准备离开时，他问道："坐在那边戴绿帽子的人是你妈妈吗？"

"是的。"妈妈在那等着。他什么也没说。她问："怎么了？"

"你是不是每晚都会祈祷，希望你长大后能有你妈妈一半漂亮，现在就祈祷吧。"

"我妈妈旁边的是我爸爸。"弗兰西想等他说爸爸也很帅。男人盯着约翰尼，一言不发。弗兰西跑开了。

这一天当中，妈妈要求弗兰西每隔半小时向她汇报一次。弗兰西再次回来时，约翰尼正待在免费啤酒桶旁。妈妈取笑她。

"你就像茜茜姨妈，总是和穿制服的男人说话。"

"他给了我额外的票。"

"我看到了，"凯蒂接下来漫不经心地说，"他问了你什么？"

"他问我，你是不是我妈妈。"弗兰西没有告诉她，他夸妈妈漂亮的事。

"是的，我猜到了他在问这个。"凯蒂盯着自己的双手。它们粗糙发红，被清洁液泡得裂开了口子。她从包里拿出一双补过的棉手套。虽然天气炎热，但她还是戴上了手套。她叹了口气，"我工作太辛苦了,有时我都忘了自己是个女人。"

弗兰西吓了一跳。这是她从妈妈这里听到的最接近抱怨的一句话。她不明白妈妈为什么突然对自己的手感到羞愧。当她走开时,她听到妈妈问旁边的女士:

"那边那个穿制服朝这边看的人是谁?"

"那是迈克尔·麦克肖恩中士。离谱,你竟然不知道他?他就属于你所在的管辖区。"

欢乐的时光还在继续。每张长桌的尽头都摆放着一桶啤酒,所有忠实的民主党人都可以免费享用。弗兰西沉浸在兴奋之中,像其他孩子一样乱跑、尖叫、打架。啤酒流泻着,像暴雨后的布鲁克林水沟一样。一支铜管乐队持续演奏着。他们演奏了《凯里舞者》《当爱尔兰人的眼睛在微笑》和《哈里根,那就是我》。还演奏了《香农河》和纽约人自己的民歌——《纽约人行道》。

指挥会给每首选曲报幕:"现在玛蒂·马霍尼乐队将演奏……"演奏结束时,乐队成员会齐声高喊"为玛蒂·马霍尼欢呼"。每次举杯时,服务员都会说:"向玛蒂·马霍尼致意。"每项活动都有自己的名字,例如"玛蒂·马霍尼徒步赛跑""马霍尼花生赛事"等等。在这一天结束之前,弗兰西确信马蒂·马霍尼一定是个非常伟大的人。

下午晚些的时候,弗兰西萌生了一个想法,她应该找到马霍尼先生,亲自感谢他让她度过了一段非常愉快的时光。她找啊找,问啊问,奇怪的事情发生了:没有人认识玛蒂·马霍尼,没有人见过他。他当然没有参加游戏,虽然到处都能感觉到他的存在,但就是看不见他的人。有人告诉她,也许根本就没有玛蒂·马霍尼这个人,那只是他们给组织头目起的名字。

那人说:"我投直选票已经四十年了,似乎候选人总是同一个人——玛蒂·马霍尼,也或者是别的同名的人。我不知道他是谁,小姑娘。我只知道我投的是民主党的票。"

沿着月光下的哈德逊河回家时,路上男人们发生了许多争吵。大多数孩子生病了,被太阳晒得焦躁不安。尼利在妈妈的腿上睡着了。弗兰西坐在甲板上,听着妈妈和爸爸说话。

"你认识麦克肖恩中士吗?"凯蒂问道。

"我知道他是谁。他们叫他诚信警察。民主党已经看上他了。如果他被推举为众议员,我也不会感到惊讶。"

坐在附近的一个男人向前靠了靠,碰了碰约翰尼的胳膊,说:"警察局长还差不多,伙计。"

"他过得怎么样?"凯蒂问道。

"非常励志,二十五年前,他从爱尔兰来到这里,一无所有,只有一个小得能背在背上的箱子。他当过码头砸工,上过夜校,后来当上了警察。他不断学习,不断参加考试,最后终于当上了警长。"约翰尼说。

"我猜他娶了一个有学识的女人,是她帮了他。"

"事实上并没有,他刚来的时候,一个爱尔兰家庭收留了他,一直养到他能够自力更生为止。这家人的女儿嫁给了一个流浪汉,流浪汉在蜜月结束后就跑掉了,还在一场斗殴中被人杀了。后来,这个女孩要生孩子了,但邻居都不相信她结过婚。这似乎会让这个家庭蒙羞,所以麦克肖恩娶了她,并给孩子取了自己的姓,算是报答了这个家庭。虽然不是为爱结婚,但听说他对妻子很好。"

"他们在一起有孩子吗?"

"听说有十四个。"

"十四个!"

"但他只养大了四个,其他孩子好像没长大就死了,他们都是先天性肺痨,你知道的,这个病是从他们的母亲那里遗传来的,他们的母亲从小女孩时期就有这个病了。"

"他遇到的麻烦可不止这些。"约翰尼喃喃自语道,"他是个好人。"

"我想他妻子还活着。"

"但病得很重,他们说她活不了多久了。"

"哦,这种人怎么还活着。"

"凯蒂!"约翰尼被妻子的这句话吓了一跳。

"那又怎样!我不怪她嫁给一个流浪汉,还生了他的孩子。那是她的权利。但我怪她该吃药的时候不好好吃药,她为什么要把自己这堆麻烦推给一个好男人呢?"

"但也不能这么说。"

"她怎么不早点死。"

"别说了,凯蒂。"

"不,我要说。要是她死了,他就能再婚,娶一个健康快乐的女人,为他生个健康的孩子,这是每一个好男人应有的人生。"

约翰尼一言不发。听着母亲的言论,弗兰西的内心滋生出一种无名的恐惧。现在,她站起身,走到爸爸的身边,握住他的手,用力地握了握。月光下,约翰尼惊讶地睁大了眼睛。他把弗兰西拉到身边,紧紧地抱住她。但他只说了一句话:

"看月亮如何在水面漫步。"

外出回来后不久,党组织就开始为选举日做准备。他们向附近的孩子们分发印有玛蒂头像的亮闪闪的白色徽章。弗兰西拿到了几个,她盯着那张脸看了很久。对她来说,玛蒂已经变得如此神秘,他就像圣灵一样,虽然从未见过他,却能感受到他的存在。照片上的人面容平淡,头发蓬乱,留着八字胡,看起来就像任何一个小政客都会有的脸。弗兰西希望能亲眼见到他,就一次。

这些徽章让人兴奋不已。孩子们用它们来做交易,玩游戏和换金币。尼利把自己的上衣卖给了一个男孩,换了十枚徽章。糖果店老板吉姆培用价值一分钱的糖果换得了弗兰西的十五枚徽章。(他和组织商量好了,可以用收来的徽章换钱)。弗兰西四处搜寻玛蒂,到处都能看到,她发现男孩们用印着他脸的徽章玩投球游戏,看到他的脸被压扁在一条汽车轨道上,看到他在尼利的破口袋里,看到他脸朝上漂浮在下水道里。她在铁栅栏底部的酸土里发现了他。她看见在教堂里,她旁边的庞基·帕金斯把两枚徽章丢进盘子里,而不是他母亲给他的两分钱。她看到他做完弥撒后走进糖果店,用那两分钱买了四根香烟。到处都能看到玛蒂的脸,但她从未见过玛蒂。

选举前一周,她与尼利这帮男孩一起四处游玩,她负责收集"经文",也就是他们所说的,用于在选举之夜点燃大篝火的木柴。她帮忙把这些木柴储存在地下室里。

选举日那天,她起了个大早,看到有个男人来敲门。约翰尼应门后,那人说:

"诺兰?"

"是的。"约翰尼回应。

"十一点钟去投票站。"他在名单上核对了约翰尼的名字,随后递给约翰尼一支雪茄。"这是玛蒂·马霍尼的致意。"他又去找下一个民主党人。

"不告诉你时间,你就不会去吗?"弗兰西问道。

"也会去,但他们给我们每个人都定了一个时间,这样投票就能错开了……因为,不能一窝蜂地都去投票。"

"为什么要这样?"弗兰西想问个清楚。

"因为……"约翰尼吞吞吐吐地说。

"我来告诉你为什么,"妈妈插话道,"他们想弄清楚谁在投票,怎么投票的。他们决定每个人什么时候该去投票站,如果他没来投玛蒂的票，冥冥之中会有人帮助他的。"

"女人对政治一窍不通。"约翰尼点燃玛蒂给的雪茄说。

弗兰西在选举之夜帮尼利把木柴拖了出来。他们把木柴堆成了街区最大的篝火，弗兰西和其他孩子排成一队，围着篝火跳印第安舞，唱着"坦慕尼"。当篝火烧成灰烬时，男孩们劫走了犹太商人的推车，偷来灰里煨熟的土豆。这种土豆被称为"米奇"。土豆不够吃，弗兰西一个也没得到。

她站在街上等待着选举的结果，街角一户人家的床单从一扇窗子搭到另一扇窗子上。街对面的一盏照灯将数字投射到了床单上。每当有新的消息传来，弗兰西就会和其他孩子一起大喊大叫：

"另一个选区的结果也出来了！"

屏幕上不时出现玛蒂的照片，观众们声嘶力竭地欢呼着。那一年，民主党总统当选，民主党州长连任，但弗兰西只知道玛蒂·马霍尼又当选了。

大选结束后，政治家们忘记了自己的承诺，享受着赢得的休息时间，直到新年，他们才开始为下一次大选忙碌。1月2日是民主党总部的妇女日。这一天，女士们可以进入这个严格意义上的男性领域，享用雪利酒和小蛋糕。整整一天，女士们都不停地前来拜访，玛蒂的随从们也热情地接待了她们。玛蒂本人却从未露面。女士们出门时，把写有自己名字的装饰小卡片放在了大厅桌子上的玻璃盘子里。

凯蒂尽管蔑视这些政客，却并不妨碍她每年都来拜访一次。她穿上那套干干净净、熨烫得服服帖帖的灰色西装，扎着小辫子，将翠绿色的天鹅绒帽子斜斜地盖住右眼。她甚至给了在总部外临时开店的人一毛钱，让他为她制作了一张名片。名片上面写着约翰尼·诺兰夫人，大写字母旁还簇拥着鲜花和天使。这一毛钱本该存进存钱罐的，但凯蒂认为自己每年可以奢侈这么一次。

全家人都在等待她的归来，他们想听到关于她这次参观的一切。

"今年怎么样？"约翰尼问道。

"还是老样子，同样的排面。很多女人都穿了新衣服，我敢打赌，她们都是临时买的。当然，妓女们穿得最好。"凯蒂直率地说，"和往常一样，她们的人数是体面妇女的两倍。"

25

约翰尼是个喜欢胡思乱想的人,他认为生活对他来说太过沉重,然后就开始酗酒,以此来忘记痛苦的生活。弗兰西知道他什么时候喝得比往常多——他会直接走回家,但走起路来小心翼翼地稍稍侧着身子,他喝醉的时候安安静静的。他不大吵大闹,不唱歌,也不会多愁善感。他变得深思熟虑。不了解他的人以为他清醒时是喝醉了,因为清醒时,他一直唱歌,兴奋不已。他喝醉的时候,陌生人会觉得他是一个安静、善于思考、只顾自己的人。

弗兰西害怕他的酗酒期,不是由于道德原因,而是因为那时的爸爸已经不是她认识的那个人了。他不跟她说话,也不跟任何人说话。他用看陌生人的眼神看着她。妈妈跟他说话时,他会把头转过去不理她。

他清醒过来时,会认为自己必须成为孩子们更好的父亲。他觉得自己必须教会他们一些东西。他会暂时戒酒,努力工作,把所有的业余时间都用在弗兰西和尼利身上。他有着和凯蒂的母亲玛丽·罗姆利一样的教育理念。他想把自己所知道的一切都教给孩子们,让他们在十四五岁时,就能像他三十岁时知道的那样多。他想,孩子们可以从那时起不断汲取自己的知识,根据他的计划,当他们到三十岁时,他们就会比那时的他自己聪明一倍。

他觉得他们需要学习地理、公民学和社会学——在他看来是这样。于是,他把他们带到了布什威克大道。

布什威克大道是老布鲁克林的知名林荫大道。大道宽阔,绿树成荫,房屋用大块的花岗岩石建造,配着长长的石阶,显得十分富丽堂皇。这里住着大牌政客、有钱的酿酒厂家族,以及坐着头等舱渡海而来的富裕移民。他们带着钱财、雕像和充满阴郁气息的油画来到美国,定居在布鲁克林。

汽车已经开始投入使用,但大多数家庭仍然保留着乘坐骏马与华丽的马车的习惯。爸爸指着这些东西,给弗兰西一一讲解。她惊奇地看着它们从身边驶过。

有的马车喷了漆,外形小巧玲珑,内衬簇绒白缎,配一把流苏大伞,供精致的女士们使用。还有一些可爱的枝条编制车,两边各有一条长凳,那些幸运的孩子就坐在上面,由一匹设得兰小马拉着走。她看着陪伴着这些孩子的、看起来很能干的家庭教师——她们来自另一个世界,披着斗篷,戴着浆线帽子,侧坐在座位上赶着小马。

弗兰西看到的是实用的黑色双座马车,由一匹高头大马牵引,赶马的是打扮花哨的年轻人。他戴着羔皮手套,手套边缘向外翻转,看起来就像反过来的袖口。

她还看到一些家用车,由看起来十分可靠的车队拉着。这些马车并没有给弗兰西留下太深的印象,因为威廉斯堡的每家殡仪馆都有马车。

弗兰西最喜欢出租马车。它只有两个轮子,当乘客坐到座位上时,那扇有趣的车门就会自动关上,多么神奇啊!(弗兰西天真地以为,车门是用来保护乘客免受飞扬的马粪之害的。)弗兰西想,如果我是个男人,我就想干这份工作,驾这种车。哦,坐在高高的后座上,旁边的插座上插着神气十足的鞭子。哦,穿上大纽扣装饰的天鹅绒领大衣,戴上紧紧贴合的高帽,帽带上系着结!哦,她的膝盖上还盖着一条看起来如此昂贵的毯子！弗兰西小声模仿着司机的喊声：

"凯里奇是吗，先生？是去凯里奇吗？"

"任何人，只要有钱，"约翰尼说，他被自己的民主梦想冲昏了头脑，"都可以坐上那种出租马车，"他又添了一句，"他们也能赚到钱，所以你看，我们是一个多么自由的国家。"

"如果要付钱，那算什么自由呢？"弗兰西问道。

"这种方式是自由的：只要你有钱，不管你是谁，都可以乘坐。在故国，某些人即使有钱也不能自由乘坐马车。"

"如果我们能不付钱就可以自由地乘车，这不是更像一个自由的国家吗？"弗兰西坚持道。

"不对。"

"为什么？"

"那样就是社会主义了。"约翰尼得意地总结道，"而我们不想要社会主义。"

"为什么？"

"因为我们拥有了民主，这是最好的东西。"约翰尼说。

有传言说，纽约市的下一任市长将出自布鲁克林的布什威克大道。这个想法引起了约翰尼的兴趣。"弗兰西，看看这个街区的上上下下，告诉我，我们未来的市长应该住在哪里。"

弗兰西看了看，然后不得不垂下头说："我不知道，爸爸。"

"有了！"约翰尼像吹喇叭似的宣布道，"某一天，那栋房子的门廊下会立两根灯柱。无论你在这座伟大城市的哪个角落散步，"他说，"如果你遇到有两根灯柱的房子，你就明白了，世界上最伟大的城市的市长就住在那里。"

"他要两根灯柱干什么？"弗兰西想知道原因。

"因为这里是美国，在这样的国家里，"约翰尼含糊但充满爱国之情地总结道,"你知道政府是民有、民治、民享的,不会像故国那样从地球上灭亡。"他开始低声歌唱。很快,他被自己的感情冲昏了头脑,开始放声歌唱。弗兰西也加入进来。约翰尼唱道:

你是古老的旗帜,

你是高高飘扬的旗帜,

愿你挥手致意,永享安宁……

人们好奇地看着约翰尼,一位好心的女士扔给他一毛钱。

弗兰西对布什威克大道还有另一种记忆。那是和玫瑰的香味联系在一起的。布什威克大道除了玫瑰还是玫瑰。街道上车水马龙,人行道上人头攒动,警察在指挥交通。玫瑰的香味始终弥漫。然后车队来了:骑马的警察和一辆敞篷大汽车,车上坐着一位和蔼可亲的男子,脖子上挂着玫瑰花环。一些人看着他,喜极而泣。弗兰西紧紧抓住爸爸的手。她听到周围的人在议论纷纷:

"想想!他也曾是个布鲁克林男孩。"

"曾是?你这个笨蛋,他现在还住在布鲁克林呢。"

"是吗?"

"是啊,他就住在布什威克大街。"

"看看他!看看他!"一个女人喊道,"他做了这么伟大的事情,还像个普通人一样低调,就像我丈夫一样,只是他长得更好看。"

"上面一定很冷,"一个男人说。"他不把自己冻坏才怪。"一个男孩嬉皮笑脸地说。

一个形容枯槁的人拍了拍约翰尼的肩膀。"兄弟,"他问,"你真的相信在世界顶端有一根柱竖立着吗?"

"当然。"约翰尼回答。"他不是上去转了一圈,然后把美国国旗挂上去了吗?"

就在这时,一个小男孩喊道:"他来了!"

"哇——!"

当汽车驶过他们站立的地方时,人群中响起了一阵阵赞叹声,这让弗兰西激动不已。兴奋之余,她大声叫喊起来:

"库克博士万岁!布鲁克林万岁!"

26

第一次世界大战开始前,在布鲁克林长大的大多数孩子对当地的感恩节有着特殊的感情。感恩节这一天,孩子们穿上盛装,戴上一分钱的面具,到处都是"小乞丐"或者"砸门讨糖果"的戏码。

弗兰西精心挑选了她的面具。她买了一张黄色的中国式面具,留着邋遢的绳搓大胡子。尼利买了一个死人头,白面黑牙,笑容狰狞、瘆人。爸爸还给每人买了个一分钱的铁皮喇叭,弗兰西的是红色的,尼利的则是绿色的。

弗兰西看尼利换装的时候可开心了!他穿的是妈妈一条不要的裙子,为了方便走路,前面被剪成了到脚踝的长度,后面没剪掉的部分成了脏兮兮的拖地裙摆。他把报纸塞进前面,做出硕大的胸部。他那双破洞的铜齿鞋子从裙摆下面露了出来。为防止被冻着,他在衣服外面套了一件破毛衣。穿上这套衣服后,他戴上了死人面具,头上还戴着爸爸不要的德比帽。只是它太大了,无法立起来,只能顶在尼利的耳朵上。

弗兰西系着妈妈的黄色腰带,穿着亮蓝色的裙子,披着红色的披肩。她用红披肩蒙住头,把中国式面具的带子系在下巴上。因为天气冷,妈妈让她在头饰外面戴上她的"兹特芙"帽子(凯蒂自己对羊毛帽的称呼)。弗兰西还带上了去年复活节的篮子,里面放了两个核桃当装饰,然后孩子们就出发了。

街上挤满了戴着面具、穿着盛装的孩子,他们用一分钱买来的铁皮喇叭发出震耳欲聋的喧闹声。有些孩子穷得买不起一分钱的面具,就用烧焦的软木把脸涂黑。其他家境富裕的孩子会在商店里购买服装:邋遢的印第安人装、牛仔装和荷兰女仆裙。少数不太讲究的人干脆在自己身上披上一条脏床单,称其为化装。

弗兰西和一群孩子挤在一起,和他们一起转来转去。一些店主把门反锁上,但大多数店主为孩子们准备了一些礼物。糖果店的老板把所有碎糖果囤积了几个星期,现在把它们装在了小袋子里,分发给所有来讨糖的孩子。他不得不这样做,因为他就靠着这些小年轻的几分钱讨生活,他不想遭到孩子们的抵制。烘焙店也烘焙出了一批又一批松软的面团饼干,赠送给孩子们。孩子们是这一带的代言人,他们只会光顾那些善待他们的商店。烘焙店的人深知这一点。果蔬店则用腐烂的香蕉和半腐烂的苹果来满足他们的要求。有些不靠孩子们挣钱的商店,既不把他们关在门外,也不给他们任何东西,只是给一通难听的训斥,教训他们乞讨的罪恶。结果就是孩子们一次次猛烈撞击这些店的大门。这就是"砸门讨糖果"一词的由来。

到了中午,一切都结束了。弗兰西厌倦了她那笨重的服装。她的面具皱巴巴的(那是用廉价的纱布做的,很硬,压在模具里晾干而成)。一个男孩抢走了她的铁喇叭,磕在膝盖上摔成了两半。她还遇到了鼻青脸肿的尼利。他和另一个想要抢他篮子的男孩打了一架。尼利不肯说谁赢了,但他除了自己的篮子外,还抢了另一个男孩的篮子。他们回家吃了一顿丰盛的感恩节晚餐,有烤肉和自制的面条,整个下午都在听爸爸回忆他小时候是如何过感恩节的。

正是在一次感恩节上,弗兰西第一次有预谋地撒了个谎,但是居然被戳破了,事后她决心成为一名作家。

那年的感恩节前一天,弗兰西的班上进行了一些练习。四个被选中的女孩每人都朗诵了一首感恩节诗歌,手里还拿着一些感恩节的特有标志。第一个女孩拿着一根干玉米;第二个女孩拿着一只火鸡脚,代表整只火鸡;第三个女孩拿着一篮子苹果;第四个女孩拿着一个小碟子大小的五分钱的南瓜馅饼。

练习结束后,火鸡脚和玉米被扔进了废纸篓。老师准备把苹果带回家。她问有没有人想要南瓜馅饼。班上三十张嘴馋得直流口水,三十双手蠢蠢欲动地想举起来。有些孩子又穷又饿,但所有人都太爱惜自尊,不愿意接受施舍。见没人回应,老师便下令把南瓜馅饼扔掉。

弗兰西无法忍受——这么好的馅饼要被扔掉了,她从来没有尝过南瓜馅饼的味道。对她来说,南瓜馅饼是马车夫和印第安战士才能吃的食物。她很想尝一尝。突然,她编造了一个谎言,然后举起了手。

"太好了,有人想要。"老师说。

"不是我自己要,"弗兰西故作高傲地撒谎,"我知道有一个非常贫穷的家庭,我想把它送给他们。"

"很好。"老师说,"这才是真正的感恩节精神。"

那天下午,弗兰西在回家的路上吃了南瓜馅饼。不知是她的良心不安,还是吃不惯,她并不喜欢南瓜馅饼,觉得吃起来像肥皂一样。下周一上课前,老师在大厅里看到了她,问她那可怜的一家人感觉馅饼好不好吃。

"他们非常喜欢。"弗兰西告诉她。然后,当她看到老师饶有兴致时,她就把故事补充了一下,"他家有两个小女孩,金发碧眼的。"

"然后呢?"老师问道。

"而且……而且……她们是双胞胎。"

"有意思。"

弗兰西灵感涌现,继续说:"其中一个叫帕梅拉,另一个叫卡米拉。"(这些名字都是弗兰西曾经为她并不存在的娃娃们取的)。

"而且她们非常非常穷。"老师补充道。

"哦,非常可怜。她们已经三天没吃东西了,医生说,要不是我给她们送馅饼,她们早就饿死了。"

"这么少的馅饼,"老师轻轻地说,"竟然能救两条人命。"

弗兰西当时就知道自己说得太过分了。她痛恨自己的小心思让她编造出这样的胡言乱语。老师弯下腰,用胳膊搂住弗兰西。弗兰西看到她的眼里含着泪水。弗兰西的心碎了,悔恨像苦涩的洪水一样在她心中奔腾。

"那都是谎言,"她承认道,"是我自己吃了馅饼。"

"我知道是你自己吃的。"

"别给我家里寄信,"弗兰西想到自己莫须有的家庭地址,恳求道,"我以后每天放学都留堂……"

"我不会因为那是你虚构的,就惩罚你。"

老师温和地解释了谎言和故事的区别。谎言是你因为卑鄙或懦弱而撒的谎。故事是你根据可能发生的事情编造出来的。只不过,你说的不是事实,而是你认为可能发生的事情。

在与老师谈话的过程中,弗兰西感到非常懊恼。最近,她总是喜欢夸大事情。她并不是如实地报告事情的经过,而是赋予它们幻想的色彩、刺激的情节和戏剧般的曲折。凯蒂对她的这种习惯很恼火,不断警告弗兰西要实话实说,不要再这么天马行空。但弗兰西就是无法说出毫无修饰的真相,她必须给故事加点料。

虽然凯蒂也有渲染故事的天赋,约翰尼自己也生活在半梦半醒的世界里,但他们还是试图压制孩子的这种天性。也许他们有充分的理由,也许他们知道,自己用想象力包装了贫穷和残酷的现实真相,让他们能够忍受这种生活。也许凯蒂认为,如果他们没有了这种能力,他们就会头脑清醒，看到事物的真实面目，看到令他们厌恶的事物，并想方设法地让它们变得更好。

弗兰西一直记得那位善良的老师对她说的话。"弗兰西，你知道吗，很多人会认为你经常编造的这些故事是可怕的谎言，因为它们不是人们眼中的真相。以后事情发生后，你要准确地告知事情的经过，但可以写下你自己认为事情可以发生的方式。说真话，写故事。这样你就不会混淆了。"

这是弗兰西得到的金玉良言。真实和幻想在她的脑海里混为一谈，就像每个孤独的孩子的脑海里一样，她分不清哪一个是真实的，哪一个是幻想的。但老师让她明白了这两件事。从那时起，她就把自己看到的、感受到的、做过的事情写成了小故事。久而久之，她就能说真话了，只是对事实稍加修饰。

十岁的时候，弗兰西第一次在写作当中找到了出路。她写什么并不重要。重要的是，写故事的尝试让她直面真实与幻想之间的分界线。

如果她没有在写作中找到这条出路，她长大后可能会成为一个大骗子。

27

圣诞节是布鲁克林的温馨时刻。早在圣诞节来临之前,空气中就弥漫着圣诞节的气息。圣诞节的第一个标志,是莫顿先生在学校里开始教大家唱圣诞颂歌,但第一个确切的标志应该是商店的橱窗。

只有当你是个孩子时,才能体会橱窗里摆满洋娃娃、雪橇和其他玩具是多么美妙的事。弗兰西免费获得了这种奇妙的感觉,因为能透过玻璃橱窗看到这些玩具,几乎和拥有它们一样美妙。

哦,当弗兰西转过街角,看到另一家为圣诞节而装饰的商店时,她是多么激动啊!啊,洁净闪亮的橱窗里,地毯上铺了用棉絮做成的星星!店里有亚麻色头发的娃娃,还有一些让弗兰西更加喜欢的娃娃,它们的头发颜色就像加了很多奶油的上好咖啡。它们的脸上涂了漂亮的色彩,身上穿着弗兰西从未在世界上见过的衣服。娃娃们直直地站在薄薄的纸箱里。用胶带绕过它们的脖子和脚踝,再穿过盒子后面的小孔,娃娃就能站立起来了。哦,浓密的睫毛衬托着深蓝色的眼睛,简直正合一个小女孩的心意,娃娃精巧的小手伸出来,仿佛在诱惑地恳求:"求求你,做我的妈妈好吗?"弗兰西除了一个五分钱的两英寸洋娃娃,再没有其他的娃娃了。

还有雪橇!(可能只有威廉斯堡的孩子们称之为雪橇。)这是孩子们梦想成真的天堂!崭新的雪橇上画着梦中才有的鲜花——深蓝色的花朵,翠绿色的叶子。乌黑的雪橇滑轮,由硬木制成的光滑的转向杆，上面涂满了闪闪发光的清漆！还有画在上面的名字——"蔷薇！""木兰花！""雪王！""摩天轮！"弗兰西想：如果我能拥有其中的一个，在上帝面前我就别无所求了，只要让我活着就好。

橱窗里还有一双用闪亮的镍制成的旱冰鞋，鞋带是上好的棕色皮革，还有银色的轮轴，刚好紧到可以转动的程度，只需要吹口气就能让它们转动起来。它们互相交叠着，在撒满云母雪的云朵般的棉花毯子上闪闪发亮。

还有其他奇妙的事情，弗兰西无法全部看完。她头昏脑涨，眼花缭乱，还不停地编织着关于橱窗里玩具的故事。

圣诞节的前一周，街区里开始出现云杉。它们的树枝被绳子绑住，抑制其伸展的神采，可能也是为了方便运输。商贩们在一家商店前的路边租了一块地方，把绳子从一根杆子上拉到另一根杆子上，然后把树靠在绳子上。整整一天，他们都在这条摆着芳香云杉的单行道上走来走去，给因为没戴手套而冷得僵硬的手指哈气取暖，满怀希望地看着那些停下来的人们。有些人早先就订了一棵树，留作今天之用；还有些人则停下来估价、检查和打量。但大多数人只是来摸摸树枝，偷偷地用手指捏一捏云杉的针叶，沾染一些香气。空气寒冷而静谧，充满了杉树的香味，以及只有圣诞节时商店里才会卖的橘子的香味，这条小街一时间真是美不胜收。

这一带有一个残酷的习惯，是关于平安夜午夜来临前仍未售出的圣诞树的。有一种说法是，如果你等到那个时候，你就不用花钱买圣诞树了，"他们会把树扔给你"，这确实是真的。

在我们亲爱的救世主诞生前夕的午夜，孩子们聚集在没有卖完的树旁。卖树的人从最大的树开始，依次扔下每一棵树。孩子们主动站起来接。如果一个男孩没有被砸倒，这棵树就是他的。如果他倒下了，他就失去了赢得一棵树的机会。只有最野蛮的男孩和一些年轻人选择去接大树。其他人则精明地等待着，直到他们能接得住的一棵树出现。孩子们等待着一英尺高的小树，当他们赢得一棵树时，就会高兴地尖叫起来。

圣诞夜那天，弗兰西十岁，尼利九岁，妈妈同意让他们下楼去第一次试着接一棵圣诞树。弗兰西早些时候就选好了圣诞树。整个下午和晚上，她都站在树旁，祈祷不要有人来买。让她高兴的是，到了午夜，这棵树还在。这棵树是这里最大的一棵树，价格昂贵，没人买得起。它有十英尺高，树枝用新的白色绳子捆着，树顶聚成一个点。

卖树的人先把这棵树拔掉了。弗兰西还没来得及开口，恶霸邻居——一个名叫庞基·帕金斯的十八岁男孩——就站了出来，男孩命令卖树的人把树扔向他。那人讨厌庞基如此傲慢。他环顾四周，问道：

"还有谁想碰碰运气？"

弗兰西站了出来："我，先生。"

卖树的发出一阵嘲笑。孩子们也窃笑起来。几个聚在一起看热闹的大人也发出了哄笑声。

"噢，天哪，你个子太小了。"卖树的拒绝道。

"我和我弟弟在一起就不算小了。"

她拉着尼利往前走。男人看着弗兰西——一个瘦弱的十岁女孩，脸颊凹陷，下巴是圆润的。他看着那个有着深金色头发和圆溜溜蓝眼睛的小男孩——尼利·诺兰，他看起来满脸天真，老实可信。

"两个人，不公平。"庞基大叫道。

"闭上你的臭嘴。"那个时刻掌握着一切权力的人说道，"这俩孩子胆子真大，其他人退后，这俩孩子要露一手了。"

其他人稀稀拉拉地在两边排开。弗兰西和尼利站在一端，卖树的大块头站在另一端。像是一个人形漏斗，弗兰西和弟弟在漏斗的尾端。大块头男人伸展了一下他的双臂,准备把大树扔出去。他注意到孩子们在短道的尽头显得那么渺小。一瞬间,卖树的人仿佛体验到了耶稣在客西马尼祈祷时的感觉。

"哦,上帝啊,"他的灵魂苦苦挣扎,"为什么我不把圣诞树送给他们,说声圣诞快乐,然后让他们走呢?圣诞树对我有什么用?今年我卖不出去,它也留不到明年。"孩子们一脸认真地看着他,他站在那里陷入了沉思。"但是,"他理智地想,"如果我这样做了,其他所有的人都会想让我把树直接送给他们的。明年就没人从我这里买树了。他们都会等着我白送给他们。我还没伟大到把树白白送人的地步。不,我不够伟大,我还没伟大到能做那样的事。我得为我自己和我的孩子着想。"他终于下定了决心,"哦,管他呢!这两个孩子必须生活在这个世界上。他们得习惯这个世界。他们得学会给予和接受惩罚。上帝啊,这该死的世道,只会向人索取、索取、索取。"当他用尽全身力气把树扔出去时,他的内心在呐喊:"这是个天杀的、腐烂的、糟糕的世界!"

弗兰西看到树飞出了他的手中。一瞬间,时间和空间都变得没有了意义。整个世界都静止了,有什么可怕的深色东西划破空气飞过来。那棵树向她飞过来,抹去了她曾经生活过的所有记忆。什么都没有了——只有痛苦的黑暗和一种在向她冲来的过程中不断放大的东西。她被树撞得踉跄。尼利跪倒在地,但她在他倒下前猛地把他拉了起来。大树落地时发出了簌簌的声音,满地都是深绿色的针叶。然后,她感到头的一侧被树干击中的地方传来了一阵剧痛。她感到尼利在颤抖。

当几个大男孩把树拉开时,他们发现弗兰西和她的弟弟手牵手直直地站着。尼利脸上的刮痕流出了血。他看上去比之前更稚嫩,蓝色的眼睛里满是迷茫,皮肤因为鲜红的血迹而显得更加白皙。但他们在笑。他们是不是赢得了这里最大的一棵树？一些男孩喊道："好哇！"几个大人也拍手叫好。卖树的人假装尖声呵斥他们：

"现在带着你们的树滚开，你们这些浑蛋！"

弗兰西从听得懂话起就听过脏话。脏话和粗话在这些人中没有任何意义。它们是语言贫瘠、不善表达的人的情绪宣泄；它们构成了一种方言。根据表达方式和语气的不同，这些语言可以有多种含义。所以，现在当弗兰西听到那个人说自己是"浑蛋"时，她对着这位好心人不好意思地笑了。她知道他其实是在说"再见，上帝保佑你"。

把树拖回家可不容易。他们不得不一寸一寸地拉。一个男孩在旁边奔跑着大喊："免费搭车，都上车！"然后跳到树上去，让他们拉着他走。后来他厌倦了这个游戏，走开了。

从某种程度上说，他们花了很长时间才把树带回家，这是件好事。这让他们的胜利更加圆满。当弗兰西听到一位女士说"我从没见过这么大的树"时，她兴奋极了。一个男人跟在他们后面说，"你们这些孩子一定是抢了银行，才买了这么大一棵树。"街角的警察拦住了他们，看了看这棵树，郑重地表示愿意以一毛钱的价格买下它，如果他们把树送到他家的话，可以卖一毛五分钱。虽然弗兰西知道他是在开玩笑，但她几乎要得意忘形了。她说，即使是一元钱，她也不会卖。他摇了摇头，说她不接受这个报价真是太傻了。他又出到两毛五分钱，但弗兰西一直微笑着摇头说"不"。

这就像是在演一出圣诞剧，场景是街角，时间是寒风凛冽的圣诞夜，人物是一个好心的警察、尼利和她自己。弗兰西知道台词是什么。警察的台词很正确，弗兰西也能愉快地接收到他的用意，舞台提示就是对话间隙的微笑。

他们不得不叫爸爸帮他们把树搬上狭窄的楼梯。爸爸跑了下来。让弗兰西感到欣慰的是，他是直直地跑下来的，而不是侧着身子，这证明他还很清醒。

爸爸对这棵树的大小感到惊讶,这让他难以置信。他假装震惊,说这棵树不可能是他们家的。虽然弗兰西知道爸爸在演戏,但她还是很开心地配合着说服了他。爸爸在前面拉,弗兰西和尼利在后面推,他们开始把大树推上三层狭窄的楼梯。约翰尼非常兴奋,他开始唱起歌来,全然不顾夜已经很深了。他唱起了《圣夜》,狭窄的墙壁捕捉到他清脆悦耳的歌声,接收一小会,又回馈给大家更加动听的回音。门嘎吱嘎吱地开了,一家人聚集在楼梯的缓步台上,意料之外的惊喜,使他们生命中的这一刻充满了高兴和惊奇。

弗兰西看到泰莫尔小姐们双双站在门口,她们灰白的头发卷曲着,皱巴巴的睡衣从肥大的外套下面露出来。她们在约翰尼的嗓音中加入了自己细弱凄婉的声音。弗洛西·加迪斯、她的母亲和她的弟弟亨尼站在他们家门口。亨尼之后死于肺痨,此刻他正在哭泣,约翰尼看到他后,就停止了唱歌;他想,也许这首歌让亨尼太伤心了。

弗洛西穿着盛装,等待着舞伴带她去参加午夜后即将开始的化装舞会。她穿着克朗代克舞女的服装站在那里,脚上穿着薄薄的黑色丝袜和高跟鞋,一条红色吊袜带系在膝盖下面,手里还拿着一个黑色面具。她微笑着看着约翰尼的眼睛。她把手放在臀部,诱惑十足地——至少她是这么觉得的——靠在门框上。主要是为了想让亨尼笑一笑,约翰尼找了个话头:

"弗洛西,这棵圣诞树顶上没有天使,你来帮忙如何?"

弗洛西正准备骂一句脏话,说如果她在那么高的地方,风会把她的内裤吹掉。但她改变了主意。那棵挺拔的大树,现在被拖得如此狼狈不堪,那些满脸笑容的孩子、邻居们难得的善意,以及大厅里灯光暗淡的模样,都让她为自己的无动于衷感到羞愧。她只说了一句话。

"天哪,你真是个孩子,约翰尼·诺兰。"

凯蒂独自站在最后一级台阶的顶端,双手合十。她聆听着歌声,低头看着他们缓缓上楼,她在深思。

"他们觉得这样很不错。"她想,"他们当然觉得这是件好事——他们白白得到了圣诞树,他们的父亲在他们面前玩耍、唱歌,邻居们都很开心。他们觉得自己很幸运,因为他们还活着,因为圣诞节又到了。他们看不到我们住在一条肮脏的街道上,住在一间肮脏的房子里,住在一群不怎么样的人中间。约翰尼和孩子们不知道我们的邻居是多么可怜,要在这肮脏和污秽的地方寻求幸福。我的孩子们必须摆脱这种生活。他们必须比约翰尼、我还有我们周围的这些人得到更多。但这要如何实现呢?每天读一页书,在锡罐里存一分钱是不够的。钱会让他们过得更好吗?是的,这会让事情变得简单。但不,光有钱是不够的。麦克加里蒂是街角那家酒吧的老板,他有很多钱。他的妻子戴着钻石耳环,但她的孩子不像我的孩子那么乖巧聪明。他们对别人既刻薄又贪婪,因为他们有资本奚落那些可怜的孩子。我曾看到麦克加里蒂家的女孩在街上吃着一袋糖果,一群饥饿的孩子围着她。我看到那些孩子看着她,内心在哭泣。她吃不下的时候,宁可把剩下的糖扔进下水道,也不给他们。啊,不,这不仅仅是钱的问题。麦克加里蒂家的女孩每天都戴不同的蝴蝶结,每个蝴蝶结要五毛钱,这足够我们四个人吃一天了。但她的头发又黄又稀少。我的尼利,他的帽子上有个大洞,被撑得变了形,但他有一头浓密的深金色卷发。我的弗兰西没有戴发卡,但她的头发又长又亮。钱能买到这样的东西吗?不能,这说明一定有比钱更重要的东西。杰克逊小姐在安顿之家教书,她没有钱。她纯粹是在做慈善之举。她住在顶楼的一个小房间里。她只有一件衣服,但她把它熨得整整齐齐。和她交谈时,她的眼睛直视着你。就像你抱病已久,但只要听到她的声音,你的病就好了。杰克逊小姐知道很多事情,懂得很多事情。即使她生活在一个肮脏的社区里，也能过得井井有条，就像剧中的女演员一样，她可望而不可即。这就是她和麦克加里蒂太太的区别。后者有很多钱，但她太胖了，而且和给她丈夫送啤酒的那些卡车司机有龌龊的行为。那么是什么让她和这位一文不名的杰克逊小姐之间产生了区别呢？"

凯蒂想到了一个答案。这个答案如此简单，以至于她的脑海中闪过一丝惊讶，那感觉就像刺痛。教育！没错！是教育改变了一切！教育能够让他们从灰尘和污垢中脱离出来。证据？杰克逊小姐受过教育，而麦克加里蒂太太没有啊！这就是玛丽·罗姆利——她的母亲，这些年来一直告诉她的。只是她母亲没有得出一个明确的词：教育！

看着孩子们抱着树艰难地爬上楼梯，听着他们依然稚嫩的声音，她对教育有了新的想法。

"弗兰西很聪明。"她想，"她一定能上高中，甚至大学。她很好学，总有一天会出人头地。但她接受了教育，就会离我越来越远。为什么，她现在就离我越来越远了。她不像尼利那样爱我了，我觉得她离我越来越远了，她不理解我。她只觉得我不理解她。也许当她接受了教育时，她会以我为耻——因为我说话的方式。但她很有修养，不会表现出来。相反，她会试图让我与众不同。她会来看我，试图让我过得更好，而我会对她很刻薄，因为我知道她在我之上。随着年龄的增长，她会明白很多事情，她会为了自己的幸福而了解太多的事情。她会发现我并不像爱男孩那样爱她。我也没办法。但她不会明白的。有时我觉得她现在已经知道这一点了。她已经离我越来越远，她很快就会拼命离开我。转到那所离我远的学校是她离开我的第一步。但尼利永远不会离开我，这就是我最爱他的原因。他会依恋我，理解我。我希望他成为一名医生。是的，他一定要当医生。也许他还会拉小提琴。他有音乐细胞，这是他父亲遗传给他的。他在钢琴方面比我和弗兰西都学得更好。约翰尼有音乐细胞，但这对他没有任何好处。音乐毁了他。如果他不会唱歌，那些人就不会点他，也不会请他喝酒了。如果不能让他自己或者我们一家生活得更好，他唱得再好又有什么用呢？有了尼利就不一样了，他会接受教育，我得想想办法。我们不能再让约翰尼和我们长期待在一起了。亲爱的上帝，我曾经那么爱他，有时我仍然爱他。但他一事无成……一事无成。上帝，原谅我发现了这一点。"

就这样，凯蒂在爬楼梯的一瞬间想明白了一切。那些抬头看她的人——她的脸上光洁、美丽而活泼——他们根本无法知道她心中痛苦的决定。

他们在前厅铺上了一层垫子，以保护粉色玫瑰地毯不至于掉的全是松针，然后把树安放好。大树被立在了一个大铁皮桶里，用碎砖固定住了。绳子被剪断后，树枝伸展开来，充满了整个房间。树枝垂到了钢琴上，一些椅子就摆放在树枝中间。虽然没有钱给大树买装饰品和彩灯，但有这棵大树就足够了。房间里很冷。那一年家里经济条件太拮据了，穷得没钱买多余的煤来烧前厅的炉子。房间冷冽纯净，芳香四溢。在圣诞树矗立的那一周时间里，弗兰西每天都会穿上毛衣，戴上帽子，进屋坐在树下。她坐在那里，享受着树的芬芳和翠绿。

哦，一棵神秘奇妙的大树，现在变成了一个住在廉价公寓前厅的铁皮桶里的囚犯！

那年虽然穷，但圣诞节一家人过得很开心，孩子们也不缺礼物。妈妈给了他们每人一条长长的羊毛裤子，裤子的裤腿拖地，还有一件羊毛衬衣，袖子很长，穿起来痒痒的。艾薇姨妈送给他们一份共同的礼物：一盒多米诺骨牌。爸爸教他们怎么玩。尼利不喜欢玩这个，于是爸爸和弗兰西一起玩，他输了就会装作很恼怒的样子。

玛丽·罗姆利带来了她亲手做的漂亮小玩意儿。她给每个人都带来了一个圣母徽章。制作时，她用染得鲜红的羊毛布剪出两个小椭圆形布片。在一个椭圆上，她用亮蓝色的纱线绣了一个十字架，另一个椭圆上，她绣了一颗金色的心，上面有棕色的荆棘。一把黑色的匕首穿过心脏，两滴深红色的鲜血从匕首尖滴落。十字架和心形的针脚非常细密。两个椭圆形被缝在了一起，并拴在了一件紧身胸衣的绳子上。玛丽·罗姆利在把这些徽章带来之前，先让神父为它们祈福。当她把徽章戴在弗兰西头上时，她说了一句"圣诞快乐"，然后她又说，"愿你永远与天使同行。"

茜茜姨妈给了弗兰西一个小包裹。她打开一看，发现是一个小小的火柴盒。火柴盒非常精巧，上面覆盖着皱巴巴的纸，纸上画着一朵小巧的紫藤花。弗兰西打开盒子。里面有十个用粉色纸巾单独包裹的圆片。原来这些圆片是亮金色的硬币。茜茜解释说，她买了一点金色颜料粉，混合了几滴香蕉油，给每一分钱都镀了金。弗兰西最喜欢茜茜的礼物。在收到礼物的一个小时内，她十几次地反复打开盒子，拿着盒子看，看着钴蓝色的纸和盒子里面干净的薄木板，她感到非常开心。梦幻般的纸巾包裹着金色的一分硬币，这是一个永远看不厌的奇迹。每个人都觉得这些硬币太漂亮了，舍不得花掉。有一天，弗兰西不小心把两枚硬币弄丢了。妈妈建议道，把它们放在存钱罐里最安全。她答应等打开存钱罐的时候，弗兰西就可以把它们拿回来。弗兰西确信妈妈说的是对的，硬币放在存钱罐里是最安全的，然而，让这些金灿灿的硬币掉进黑暗中，弗兰西还是很难过。

爸爸给弗兰西准备了一份特别的礼物。那是一张印有教堂的明信片。屋顶上撒着云母粉，比真正的雪还要闪亮。教堂的窗户玻璃是用闪亮的橙色小方格纸做成的。这张卡片的神奇之处在于，当弗兰西举起卡片时，光线就会透过纸窗，在闪闪发光的雪地上投下金色的影子。真是美极了。妈妈说，因为没有写上字，弗兰西可以留到明年寄给别人。

"哦,不。"弗兰西说。她用双手捂住卡片,把它抱在胸前。

妈妈笑了:"你必须学会听懂玩笑话,弗兰西,否则生活会很难熬。"

爸爸说:"圣诞节不是说教的时候。"

"那今天就该是喝得烂醉的时候了吗?"她嚷道。

"我只喝了两杯,凯蒂。"约翰尼恳求道,"我是为了圣诞节才喝的。"

弗兰西走进卧室,关上门。她不忍心听妈妈责骂爸爸。

晚饭前,弗兰西分发了她为他们准备的礼物。她给妈妈准备了一个帽针架。这是用她在克尼普药店花一分钱买的试管做的。她用蓝色缎带做了一个护套,护套两侧有褶边。顶部还缝了一段婴儿丝带。它的作用是挂在梳妆台边上,用来放帽针。

她为爸爸准备了一根表带,是她用一个线轴做的,上面钉了四个钉子。她用两根鞋带在钉子上绕来绕去,绕了一会儿,一根粗带子就从线轴的底部不断地编了出来。约翰尼没有怀表,但他拿了一个铁制的水龙头垫圈,把纽扣放在上面,整天把它放在背心口袋里,假装是一块怀表。弗兰西给尼利准备了一份非常精美的礼物:一颗五分钱的弹珠,看起来像一块超大的猫眼石,而不是大理石。尼利有一盒"小老鼠"——一种用黏土做成的有棕色和蓝色斑点的小弹珠,一分钱二十颗。但他没有好的弹珠,无法参加任何重要的比赛。弗兰西看着他弯曲着食指,用大拇指夹住弹珠。这样看起来既漂亮又自然,她很高兴自己给他买了这颗弹珠,而不是她最初想买的那把五分钱的手枪。

尼利把弹珠塞进口袋,宣布他也有礼物。他跑进卧室,爬到小床底下拿出来一个黏黏的袋子。他把袋子塞给妈妈,说:"你把它们分了吧。"他站在一个角落里。妈妈打开袋子。每个人都分到一根条纹糖葫芦。妈妈欣喜若狂地说这是她收到的最漂亮的礼物。她亲了尼利三次。弗兰西极力不让自己吃醋，因为妈妈对尼利的礼物比对她的礼物还要喜爱。

就在那个星期，弗兰西又撒了一个弥天大谎。艾薇姨妈带来了两张票。某个新教组织正在为各种信仰的穷人举办庆祝活动。舞台上会有一棵装饰一新的圣诞树、一场圣诞剧、一首圣诞颂歌，每个孩子还会得到一份礼物。凯蒂看不了——只有天主教儿童才能参加新教聚会。艾薇劝大家宽容一点。妈妈最终妥协了，弗兰西和尼利去参加了聚会。

那是在一间大礼堂里。男生坐在一边，女生坐在另一边。庆祝活动进行得很顺利，唯独那场宗教戏剧显得枯燥乏味。演出结束后，教堂的女士们走过道，送给每个孩子一份礼物。所有女孩都得到了跳棋棋盘，所有男孩都得到了卡牌。又唱了一会儿歌，一位女士上台宣布了一个特别的惊喜。

惊喜是一个可爱的小女孩，她穿着精致的衣服，抱着一个漂亮的布娃娃从侧台走来。布娃娃有一英尺高，有着纯正的金黄色秀发，碧色眼眸忽闪忽闪的，还有真正的眼睫毛。女士领着孩子向前走，并发表了讲话。

"这个小女孩叫玛丽。"小玛丽微笑着鞠了一躬。观众席上的小女孩们都向她微笑致意，一些即将步入青春期的男孩则吹起了尖锐的口哨。"玛丽的妈妈买了这个娃娃，还为它做了衣服，就像小玛丽穿的衣服一样。"

小玛丽走上前去，把娃娃高高举起。然后，她让那位女士抱着娃娃，自己则展开裙子行屈膝礼。弗兰西看到了，这是真的。娃娃身上的粉色发夹、蕾丝边蓝色丝绸连衣裙、黑色漆皮鞋和白色丝袜与美丽的玛丽的衣服一模一样。

"现在，"女士说，"这个娃娃的名字叫玛丽，取自捐出它的这位善良的小女孩的名字。"小女孩再次露出了亲切的笑容。"玛丽想把这个娃娃送给观众席上一个叫玛丽的可怜小女孩。"就像风吹麦浪一样,观众席上的所有小女孩都发出了涟漪般的低语。"观众席上有叫玛丽的可怜小女孩吗?"

全场鸦雀无声。听众中至少有上百位叫玛丽的。但是"可怜"这个形容词让她们闭口不言。无论玛丽们多么想要这个娃娃,她们都不会站起来,成为观众席上所有贫穷小女孩的代表。她们开始窃窃私语,说自己并不可怜,家里有比那个更好的娃娃,也有比她更好的衣服,只是她们不想穿。弗兰西麻木地坐着,满心满眼都渴望着那个布娃娃。

"什么?"女士说,"没有叫玛丽的?"她等了一会儿,又问了一遍。没有回应。她遗憾地说,"可惜没有叫玛丽的人,小玛丽又得把娃娃带回家了。"小女孩微笑着鞠了一躬,转身带着娃娃离开了舞台。

弗兰西受不了了,她受不了了。就像看到老师要把南瓜馅饼扔进垃圾桶一样。她站起来,把手高高举起。女士看见了,拦住了小女孩离开舞台的脚步。

"啊!我们确实有一位玛丽女孩,一位非常腼腆的玛丽,但也是一位玛丽女孩。上台来吧,玛丽。"

弗兰西尴尬得脸上发烫,她走过长长的过道,走上舞台。她在台阶上踉踉跄跄,其他的女孩都开始窃笑起来,男孩们也哄堂大笑。

"你叫什么名字?"女士问道。

"玛丽·弗兰西斯·诺兰。"弗兰西低声说。

"大声点,看着观众们说。"

弗兰西一脸痛苦地面对观众,大声说:"玛丽·弗兰西斯·诺兰。"台下所有的面孔看起来都像膨胀的气球,被粗绳系着。她想,如果她继续看下去,这些面孔就会飘到天花板上去。

美丽的女孩走上前来，把娃娃放在弗兰西的怀里。弗兰西的双臂自然地环抱着娃娃。就好像她的双臂一直在等待并为这个娃娃而生。美丽的玛丽伸出手来和弗兰西握手。尽管有些尴尬和不解，弗兰西还是注意到了这只纤细洁白的手，透出细细的淡蓝色血管，椭圆形的指甲像精致的粉色贝壳一样闪闪发光。

弗兰西尴尬地回到座位上时，那位女士说话了。她说："你们都看到了真正的圣诞精神，小玛丽是个非常富有的小女孩，圣诞节收到了许多漂亮的布娃娃。但她并不自私，她想让一些不如她幸运的可怜的小玛丽开心。于是，她把娃娃送给了那个也叫玛丽的可怜的小女孩。"

弗兰西的眼睛里涌出了热泪。她痛苦地想：为什么他们就不能只送娃娃，而不强调我是穷人，她是富人呢？为什么就不能这样呢，不要一直强调这点呢？

弗兰西的耻辱还不止这些。当她走在过道上时，女孩们向她围拢，并嘶哑地低声说："乞丐，乞丐，乞丐。"

一路上听到的都是"乞丐，乞丐，乞丐"。那些女孩觉得自己比弗兰西富有。虽然她们和她一样穷，但她们有她所缺乏的东西——自尊。弗兰西知道这一点。她毫不犹豫地撒了谎，并以虚假的借口得到了娃娃。她为谎言和布娃娃付出了代价，放弃了自尊。

她想起了那个让她把谎言写下来而不是说出来的老师。也许她不应该摒弃这点，上台领布娃娃，再写一个关于布娃娃的故事。但是不！拥有布娃娃胜过任何关于拥有布娃娃的故事。当他们站着唱完《星条旗》时，弗兰西把脸贴着娃娃的脸。她闻到了和彩绘瓷器清凉细腻的味道一样的气味，闻到了布娃娃头发令人难忘的香味，还摸到了新纱制成的布娃娃衣服的美妙触感。娃娃逼真的睫毛触碰着她的脸颊，她陶醉地颤抖着。孩子们在唱歌：

在自由的土地上，
在勇士的家园里。

弗兰西紧紧握住娃娃的一只小手。她大拇指上的一根神经在跳动，她觉得娃娃的手在抽搐。她几乎相信娃娃是真的了。

她告诉妈妈，娃娃是作为奖品送给她的。她不敢说实话。妈妈讨厌任何有施舍意味的东西，如果知道了真相，就会把娃娃扔掉。尼利没有向妈妈告密。弗兰西现在拥有了这个娃娃，但她的灵魂深处又多了一个谎言。那天下午，她写了一个故事，讲的是一个小女孩非常想要一个娃娃，如果能得到这个娃娃，她愿意把自己不朽的灵魂永远交给炼狱。这是个感人至深的故事，但弗兰西读完后想：故事里的女孩这样做是对的，但这并没有让我感觉好受些。

她想到了下周六要做的忏悔。她下定决心，无论神父给她什么样的忏悔仪式，她都会自愿做三次。但她的感觉还是没有好转。

然后她想到了！也许她可以把谎言变成事实！她知道，天主教的孩子们在接受坚信礼[①]时，都要取某个圣徒的名字作为中间名。多简单的办法啊！她将在坚信礼时取玛丽的名字作为中间名。

那天晚上，在读完《圣经》的一页和莎士比亚的一页后，弗兰西征求了妈妈的意见。

"妈妈，我在坚信礼的时候，能用玛丽做中间名吗？"

"不行。"

弗兰西的心沉了下去："为什么？"

---

① 天主教的圣事之一，主礼人将为受洗者在额头敷油画十字，以示坚定信仰。

"因为在你受洗①的时候,你被取名为弗兰西,用了安迪未婚女友的名字。"

"我知道。"

"但你也曾随我母亲的名字叫玛丽。所以,你的真名叫玛丽·弗兰西斯·诺兰。"

弗兰西带着娃娃上床睡觉。她静静地躺着,以免惊扰到娃娃。夜里,她不时醒来,轻声叫着"玛丽",并用手指轻触玩偶那只小巧的皮鞋。摸到那轻薄柔软、光滑的皮革时,她不禁颤抖了一下。

这是她的第一个布娃娃,也是最后一个。

---

① 天主教的圣事之一,入教的仪式。

28

未来对凯蒂来说近在咫尺。她总是说,"圣诞节在你意识到之前就会到来。"或者在假期开始时说,"不知不觉学校就要开学了。"春天,弗兰西丢掉了长底裤——高兴地把它脱掉,妈妈又让她捡起来说,"你很快又会需要它们的,冬天很快就会来了。"妈妈在说什么?春天才刚刚开始。冬天再也不会来了。

一个小孩子对未来几乎一无所知。他的未来就像下周一样遥远,而从圣诞节到圣诞节之间的一年则是永恒。弗兰西十一岁之前的时光也是如此。

在她十一岁和十二岁生日之间,事情发生了变化。未来来得更快了,每一天都似乎变得更短了,每一周的天数也似乎变得更少了。亨尼·加迪斯死了,这也与时间有关。她一直听说亨尼要死了。听得多了,她也相信他要死了。但那是很久以后的事了。现在,很久以后的事已经来临。曾经是未来的东西如今变成了当下,并将成为过去。弗兰西想知道,是否必须有人死了,孩子们才能明白这一点。但不是,外祖父罗姆利在她九岁时去世了,那是在她第一次领圣餐之后的一个星期,在她的记忆中,那时的圣诞节似乎还很遥远。

对弗兰西来说,现在事情变化得太快了,以至于她搞不清楚状况。比她小一岁的尼利突然长高了一头。莫蒂·多纳万搬走了。三个月后,当她回来探望时,弗兰西发现她变了。在这三个月里,莫蒂已经发育得像个女人了。

弗兰西知道妈妈总是对的，但妈妈偶尔也会有看走眼的时候。她发现妈妈深爱的爸爸的某些行为在别人看来非常滑稽。茶叶店的秤不再那么亮了，垃圾桶也变得破旧不堪了。

她不再盼着托莫尼先生每周六晚上从纽约回来。突然间，她觉得他这样的生活很傻，他去了纽约，去了后又牵挂着他这里的家。他很有钱，既然他那么喜欢纽约，为什么不直接搬去纽约住呢？

一切都在改变。弗兰西陷入了恐慌。她的世界正在从她身边溜走，取而代之的会是什么呢？又会有什么不同呢？她每天晚上照常读一页《圣经》和一页《莎士比亚》。她每天练琴一小时。她把一分钱存进存钱罐。旧杂货铺还在，商店也都一样。一切都没变。改变的是她自己。

她把这件事告诉了爸爸。他让她伸出舌头，他摸了摸她的手腕。他无奈地摇摇头说：

"你的情况很糟糕，非常糟糕。"

"什么情况？"

"你长大了。"

成长毁了很多东西。当家里没有吃的东西时，他们就会玩一些有趣的游戏。当钱花光了，食物不够吃的时候，凯蒂和孩子们就假装自己是发现北极的探险家，被暴风雪困在一座山洞里，只有一点食物。他们必须坚持到救援人员到来。妈妈把橱柜里的食物都分好了，称之为口粮。当孩子们吃完饭还饿的时候，她就会说："坚持住，我的孩子们，救援很快就会来的。"当钱到账，妈妈买了很多日用品之后，还会买一个小蛋糕作为庆祝。她会在蛋糕上插一面一分钱的旗子，然后说："我们成功了，伙计们，我们到北极了。"

在一次"救援"之后的一天，弗兰西问妈妈：

"探险家们饥肠辘辘、饱受煎熬,这是有原因的。他们期待着大收获。他们发现了北极。但我们这样挨饿又能带来什么大收获呢?"

凯蒂突然显得很疲惫。她说了一句弗兰西当时没听懂的话:"你发现了其中的关键。"

成长的过程让弗兰西对剧院失去了兴趣——确切地说,不是剧院,而是戏剧。她发现自己越来越不满足于故事在关键点的安排。

弗兰西深爱着剧院。她曾经想成为一名手风琴师,后来又想成为一名教师。第一次领完圣餐后,她想成为一名修女。十一岁时,她想成为一名演员。

威廉斯堡的孩子们什么都不懂,但他们就是懂戏剧。那时,附近有很多优秀的剧团如布莱尼剧院、科斯·佩顿剧院和菲利普剧院。莱西姆剧院就在街角。当地居民最初叫它"莱斯",后来改成了"虱子"。弗兰西每周六下午(除了夏天关门的时候),只要能凑到一毛钱,就会去那里。她经常在演出开始前一个小时就排队等候,以便在第一排找到一个座位。

她爱上了男主角哈罗德·克拉伦斯。周六的日场演出结束后,她都会在后台等着他,然后跟着他来到那栋破旧的褐石房子,他就住在那间带着简陋家具的房间里。即使是在大街上,他也像老演员一样迈着板正的步子,脸上是粉色的,仿佛涂着稚气的油彩。他踱着步子,悠闲地走着,目不斜视,抽着一支看起来很上档次的雪茄,他在进门前扔掉了雪茄。因为女房东不允许这位大人物在她的房间里抽烟。弗兰西站在路边,虔诚地低头看着被丢弃的烟蒂。她从烟蒂上取下套环,戴了一个星期,假装那是他给她的订婚戒指。

一个周六,哈罗德和他的公司上演了《牧师的甜心》,剧中英俊的乡村牧师爱上了女主角格里·莫尔豪斯。不知何故,女主角不得不去杂货店找工作。有个女恶棍也爱上了年轻英俊的牧师,并想抓住女主角。女恶棍穿着不伦不类的皮草,戴着珠宝,大摇大摆地走进杂货店,堂而皇之地要了一磅咖啡。当她说出"给我磨碎!"这句骇人的话时,气氛顿时变得可怕起来。台下一片哗然。大家都知道,这位娇弱美丽的女主角并没有足够的力量来转动咖啡机的巨轮。此外,要是咖啡磨不动,她的工作难保。她拼命挣扎,但就是无法让轮子转一圈。她恳求女恶棍,告诉对方自己多么需要这份工作。女恶棍重复说:"磨吧!"就在一切似乎都快完了的时候,英俊的哈罗德粉面含春,穿着教士服走了进来。他看清形势后,把宽大的牧师帽扔到了舞台另一头,做了一个戏剧性但不体面的手势,迈着板正的步子走到咖啡机前,磨起了咖啡,从而拯救了女主角。当新鲜研磨的咖啡香味弥漫了整个剧院时,全场鸦雀无声。接着,喧闹声响起。真正的咖啡!剧院里的现实主义!每个人都无数次见过咖啡粉,但在舞台上,这可是个革命性的关键。女恶棍咬牙切齿地说:"又失败了!"哈罗德拥抱了格里,让她的脸对着舞台,大幕落下了。

中场休息时,弗兰西没有和其他孩子一起,向坐在三毛钱一位的贵宾席上的富人们吐口水。相反,她在思考谢幕时的情况。英雄在关键时刻来磨咖啡,这一切都很好。如果他没有来,那又会怎样呢?女主角就会被开除。好吧,那又怎样?等她饿够了,她就会出去找另一份工作。她会像妈妈一样去擦地板,或者像弗洛西·加迪斯一样,敲诈她的男性朋友。杂货店的工作之所以重要,只是因为剧本里是这么写的。

她对下周六的演出也不满意。好吧,失散多年的恋人回家了,正好赶上还房贷。如果他被耽搁了,来不及呢?房东会给他们三十天的时间搬走——至少在布鲁克林是这样的。在这一个月里,也许会有什么意外的情况发生。如果没有,他们又不得不搬走,那好吧,他们必须尽力而为。漂亮的女主人公不得不在工厂里做计件工作,她敏感的哥哥不得不出去兜售报纸，她母亲不得不每天做清洁工作。但他们会活下去。弗兰西严肃地想，他们肯定能活下去。死是要付出很多代价的。

弗兰西不明白女主人公为什么不嫁给剧里的坏人。这样就能解决房租问题，而且一个如此爱她，因为她不愿意嫁给他而大动干戈的男人，肯定不可忽视。至少，在男主角去外面疯狂瞎追求的时候，他还在身边。

她为这部剧写了属于自己的第三幕——"如果……会发生什么。"她用对话的方式来写，发现这是一种非常简单的写作方式。在故事中，你必须解释为什么人们会变成那样，但当你用对话的方式写作时，你就不需要那样做，因为人们说的话证明了他们是什么样的人。弗兰西在对话写作上毫不费力。她又一次改变了自己的职业选择。她决定不再当演员了。她要当一名剧作家。

29

同年夏天,约翰尼觉得他的孩子们在成长过程中,对布鲁克林区海岸的大海一无所知。约翰尼觉得他们应该乘船出海。于是,他决定带他们去卡纳西划船,顺便去深海钓鱼。他从没钓过鱼,也从没坐过划艇。但这就是他的想法。

与这个想法联系在一起的,是一个只有约翰尼才知道的逻辑过程,那就是带着小提莉一起去旅行。小提莉是他素未谋面的邻居家四岁的孩子。事实上,他从未见过小提莉,但他有这个想法,是因为她哥哥古西的缘故,他必须对她有所补偿。这一切都和去卡纳西的想法有关。

古西,一个六岁的男孩,是邻居们口中的传奇人物。他是个坚强的小鬼,嘴唇下部发育过度,出生时和其他婴儿一样,也吃母乳。但是除此之外,他和其他任何孩子没有半点相似之处,不管是死的孩子还是活的孩子。在他九个月大的时候,他的母亲试图给他断奶,但古西不同意。除了母乳,他拒绝奶瓶、食物和水,他躺在摇篮里呜呜地哭,他的母亲担心他会饿死,又开始给他喂奶。他心满意足地吮吸着奶水,拒绝所有其他食物,一直靠母亲的奶水活到两岁左右。后来,因为他的母亲又有了孩子,他就断奶了。古西闷闷不乐,持续了九个月之久,其间他拒绝喝任何形式和任何包装的牛奶,并开始喝黑咖啡。

小提莉出生后,他母亲的奶水又多了起来。古西第一次看到小提莉吃奶就歇斯底里地咆哮。他躺在地板上,尖叫着撞击着自己的头。他一连四天都不吃东西,并拒绝上厕所。他变得很憔悴,他的母亲很害怕。她认为给他喂一次奶不会有什么坏处,这是她错误的认知,因为他就像一个瘾君子,在长期戒毒后又开始吸毒,只会让他不肯放手。

从那时起,他就喝光了妈妈的奶,导致小提莉这个体弱多病的婴儿不得不吃奶瓶。

那时,古西只有三岁,长得却比同龄人高大。和其他男孩一样,他穿着及膝的裤子和厚重的黄铜尖头鞋。一看到妈妈解开衣服扣子,就跑到妈妈身边。他一边吃奶一边站起来,胳膊肘搭在妈妈的膝盖上,两只脚潇洒地交叉着,眼珠子转来转去。站着吃奶并不是什么了不起的壮举,因为他妈妈的乳房像山一样高耸,一松手就几乎搭在了她的腿上。古西这样吃奶确实很吓人,他看起来就像一个脚踩着酒吧栏杆,抽着一根肥大的淡色雪茄的男人。

邻居们发现了古西的事,都在窃窃私语讨论他的病态。古西的父亲不愿意和妻子同床共枕,他说妻子会生出怪物。这个可怜的女人想了又想,终于想出了给古西断奶的办法。她觉得古西太大了,不能再吃奶了,他已经四岁了,她怕他的恒牙会长得不整齐。

有一天,她拿了一罐炉子涂黑剂和一把刷子,把自己关在卧室里,用大量的炉子涂黑剂涂黑了自己的左乳房。她用口红在乳头附近画了一个长着可怕牙齿的丑陋嘴巴。她扣好衣服扣子,走进厨房,坐在靠近窗户的哺乳摇椅上。古西看到她后,把一直在玩的骰子扔到洗脸盆下面,小跑着过来要吃奶。他交叉着双脚,把胳膊肘放在她的膝盖上,等待着。

"古西要吃点东西吗?"妈妈嗲声嗲气地问。

"要!"

"好吧。古西会很乖的。"

突然,她撕开了自己的衣服,把恐怖的乳房对着他的脸。古西吓得一下子瘫坐在地上,然后尖叫着跑开,躲到床底下,在那里待了二十四个小时。最后,他颤抖着走了出来。他又开始喝黑咖啡,每当他的目光投向母亲的怀抱时,都会不寒而栗。古西就这样断奶了。

这位母亲把她的成功经验传遍了整个社区,开启了断奶的新时尚——"古西断奶大法"。

约翰尼听了这个故事,轻蔑地把古西从他的脑海中抹去。他担心的是小提莉。他觉得她小时候失去了一些非常重要的东西,长大后可能会受挫。他有个想法,如果能在卡纳西海岸乘船游玩,也许能消除一些她那不正常的哥哥对她造成的伤害。他让弗兰西去问问小提莉能不能和他们一起去,被事情缠身的小提莉的母亲欣然同意了。

第二个星期天,约翰尼和三个孩子出发去卡纳西。弗兰西十一岁,尼利十岁,小提莉三岁多。约翰尼穿着燕尾服,戴着德比帽,衬衣和领子都焕然一新。弗兰西和尼利穿着日常的衣服。小提莉的妈妈为了庆祝这一天,给她穿上了一件廉价但花哨的蕾丝连衣裙,上面镶着深粉色的丝带。

在电车上,他们坐在前座,约翰尼和车夫交上了朋友,他们谈论政治。几人在最后一站卡纳西下车后,找到了一座小码头,码头上有一个小棚屋,破旧的绳索拉着几艘满是水渍的划艇,在水面上晃来晃去。棚屋上挂着一块牌子,上面写着:

"渔具和船只出租。"

下面还有一个更大的牌子,上面写着:

"出售鲜鱼。"

约翰尼与那人进行了交涉,并按照自己的方式与他交上了朋友。

那人邀请他到棚屋里去开开眼界,说自己只在夜间出海时用这东西。

当约翰尼进屋开眼界时,尼利和弗兰西在想,夜间出海有什么好大开眼界的?小提莉穿着蕾丝连衣裙站在那里,一言不发。

约翰尼拿着一根鱼竿和一个装满蚯蚓的生锈铁罐走了出来。这位好心人解开了小艇上不起眼的绳子,把绳子放在约翰尼的手里,并祝他好运,然后回到了自己的小屋。

约翰尼把捕鱼的东西放进船底,把孩子们弄上船。然后,他蹲在码头上,手里拿着绳子,给孩子们讲解有关船的知识。

"上船的方法有对有错。"约翰尼说,他除了坐过一次游览船之外,从没有坐过任何的船,"正确的方法是在船漂出没多远之前推一把,然后跳上船。就像这样。"

他直起身子,推开小船,纵身一跃……掉进了水里。石化的孩子们愣愣地看着他。前一秒,爸爸还站在他们上方的码头上。现在,他在他们下方的水里。水淹到了他的脖子,他的小胡须和德比帽都在水里,德比帽仍然笔直地戴在他的额头上。约翰尼和孩子们一样惊讶,他盯着孩子们看了一会儿才说:

"你们这些小屁孩一个都不许笑!"

他爬上船,差点把船弄翻。他们不敢大声笑,但弗兰西却笑得肋骨生疼。尼利不敢看姐姐。他知道,如果他们的目光相遇,他会笑出声来。小提莉什么也没说。约翰尼的衬衣和纸衣领被弄得一团糟。他把它们脱了下来,扔到了海里。他摇摇晃晃地划船出海,不言而自威。当他来到一个他认为可能有鱼的地方时,他宣布要"抛锚"。当孩子们发现这个浪漫的表达只是意味着把拴在绳子上的铁块扔到海里时,他们失望了。

他们惊恐地看着爸爸把一条蚯蚓穿进鱼钩,开始钓鱼。整个钓鱼的过程包括:挂诱饵、急速抛出、等待片刻、拉上来捡起蚯蚓和鱼,然后重新开始。

太阳变得又亮又热。约翰尼的燕尾服被晒成了一件僵硬的、皱巴巴的绿大衣。孩子们快要被晒伤了。似乎过了好几个小时,爸爸宣布该吃饭了,孩子们这才松了一口气,高兴极了。他收起钓具放好,拉起锚,向码头驶去。小船似乎在绕圈,距离码头越来越远。最后,他们多划了几百码的距离才靠岸。约翰尼系好船,让孩子们在船上等着,然后自己上了岸。他说要请孩子们吃一顿丰盛的午餐。

过了一会儿,他走着回来了,手里拎着热狗、哈克贝利派和草莓汽水。小船拴在破烂的码头上,摇摇晃晃,孩子们坐在船上,望着散发着腐烂鱼腥味的黏糊糊的绿色海水,吃了起来。约翰尼在岸上喝了几杯酒,他很后悔对孩子们吼叫。他告诉孩子们,如果他们愿意,可以嘲笑他掉进了水里。但不知怎的,他们笑不出来,想笑的感觉已经过去了,弗兰西想,爸爸很看得开。

"这才是生活。"他说,"远离疯狂的人群,啊,没有什么比坐船出海更惬意了。"他最后隐晦地说道,"我们要逃离这一切。"

吃过美味的午餐后,约翰尼又划船出海了。汗水从他的德比帽下流了下来,胡子上的蜡化了,使他上唇整齐的胡须变得乱七八糟。但他感觉很好,一边划船一边放声歌唱:

扬帆起航,越过束缚的主帆。

他划啊划啊,一直在原地打转,始终没有划出多远。最后,他的双手起了水泡,再也不想划船了。他充满戏剧性地宣布,他要向岸边划去。他划呀划呀,终于划到了岸边,兜的圈子越来越小,划到了码头附近。他没注意到三个孩子被晒得红一块青一块的。如果他知道的话,那他就会知道热狗、哈克贝利派、草莓汽水和在钩子上蠕动的虫子对孩子们没有任何好处。

到了码头,他纵身一跃跳上去,孩子们也学着他的样子跳了上去。其他人都成功了,只有提莉掉进了水里。约翰尼趴在码头上,伸手把她捞了上来。小提莉站在那里,她的蕾丝裙子湿透了,也毁了,但她什么也没说。虽然天气炎热,但约翰尼还是脱下燕尾服外套,跪在地上,把它裹在孩子身上,衣服的袖子拖在了沙地上。然后,约翰尼把她抱起来,在码头上来回走动,安抚地拍着她的背,给她唱摇篮曲。小提莉对那天发生的一切难以理解,她不明白自己为什么会被放在船上,为什么会掉进水里,也不明白这个人为什么要对她大惊小怪的。不过,她什么也没说。

约翰尼觉得她得到了安慰,就把她放了下来,走进小屋。在那里,不知道他有没有开眼看世界,总之是见识了一下夜间出海的行头。他花了两毛五分钱从那人手里买了三条比目鱼,然后拿着用报纸包着的湿鱼出来,告诉孩子们,他答应给妈妈带一些新鲜的鱼回家。

爸爸说:"最重要的是,我要把在卡纳西捕到的鱼带回家。是谁钓的并不重要,重要的是我们去钓鱼了,我们把鱼带回家了。"

他的孩子们知道,他是想让妈妈以为是他钓到了鱼。爸爸并没有让他们撒谎,他只是让他们不要太在意真相,孩子们明白了。

他们登上了一辆有两条长凳的无轨电车。他们坐着的这一排看上去很滑稽。首先是约翰尼,他穿着皱巴巴的绿色长裤,裤子上满是盐渍,他的上身是一件满是大洞的打底衫,头上戴着一顶德比帽,胡子乱糟糟的。紧接着是小提莉,她身上的衣服被盐水浸透了,顺着大衣下摆滴下来,在地板上形成了一个盐渍小水摊。

接着是弗兰西和尼利,他们的脸涨得通红,僵硬地坐着,努力不让自己看起来病怏怏的。

人们接连上车,坐在他们对面,好奇地盯着他们。约翰尼正襟危坐，把鱼放在腿上，尽量不去想自己衣服上的破洞。他的视线越过乘客的头顶，假装在研究一则泻药广告。

更多的人上了车，车厢变得拥挤不堪，但没有人愿意坐在他们旁边。最后，有一条鱼从沾满泥土的报纸中挣脱出来，掉在了地上，黏糊糊的，沾上了灰。小提莉实在受不了了，她看着那条鱼呆滞的眼珠，什么话也没说，只是无声地呕吐起来，吐得约翰尼的燕尾服外套上到处都是。弗兰西和尼利好像也在等着这一提示一样，也吐了出来。约翰尼坐在那里，腿上放着两条鱼，脚边还有一条，一直盯着广告，他不知道此时的他还能做什么。

这场像打仗似的旅行结束后，约翰尼把小提莉带回了家，他觉得自己有责任解释清楚。这位母亲根本不给他解释的机会。当她看到浑身湿漉漉的孩子时，尖叫了起来。她一把扯下外套，扔到约翰尼的脸上，骂他是"开膛手杰克"。约翰尼不停地解释，可她就是不听。小提莉什么也不说。最后约翰尼终于说了一句话：

"夫人，我想您的小女儿不太爱说话。"

那位母亲顿时歇斯底里，"是你干的，是你干的！"她冲着约翰尼大喊。

"你就不能让她说点什么吗？"

母亲抓住孩子，拼命摇晃。"说话！"她尖叫道，"说话啊！"小提莉终于张开嘴，开心地笑着说：

"谢谢！"

凯蒂对约翰尼大加训斥，说他不适合养育孩子，因为孩子们被晒得浑身一阵热一阵冷的。当凯蒂看到约翰尼唯一的一套衣服被毁掉时，她几乎要哭了。要花一元钱才能把它洗干净、熨平，她知道它再也不会像以前那样整齐了。至于鱼，已经烂得发臭了，不得不扔进了垃圾桶。

孩子们上床睡觉了。在冷热交替和阵阵恶心的间隙，他们把头埋在被子里，回忆起爸爸站在水里的情景，无声地笑了，笑得床都在颤抖。

约翰尼一直坐在厨房的窗前，直到夜深人静，他一直在想，为什么一切都那么不对劲。他曾经唱过很多关于船的歌，唱"嚯嚯嚯"的赶海曲。他想知道为什么事情没有像歌里唱的那样发展。孩子们本该兴高采烈地回来，带着对大海深沉持久的爱，而他本该带着一大盆鱼回来。为什么，哦，为什么结果不是像歌里唱的那样呢？为什么只有他的手磨起了泡，衣服被毁了，皮肤被晒伤？为什么鱼腐烂发臭了？为什么会泛起阵阵恶心呢？为什么小提莉的妈妈不明白他的用意，只看到结果呢？他想不通，实在是想不通。

大海的歌声背叛了他。

30

十三岁那年夏天,弗兰西在日记中写道:"今天,我是一个女人了。"她看着这句话,不经意地挠了挠腿上被蚊子叮咬的地方。她低头看了看自己细长的腿,还没有发育完好。她画掉句子,重新写道,"不久后,我将变成一个女人。"她低头看了看自己像搓衣板一样平坦的胸部,然后撕掉了这一页。她在新的一页上重新开始写。

"不懂宽恕,"她用力地按着铅笔写道,"会导致战争、大屠杀、十字架受刑和私刑,让人们残忍地对待彼此,连小孩子也不放过。它是世界上大部分恶毒、暴力、恐怖和破碎的罪魁祸首。"

她把这些话大声读了一遍。这些文字听起来就像闷在罐头里,新鲜感都被煮没了。她合上本子,把它收了起来。

那个夏天的某个星期六,本应作为她一生中最快乐的日子之一载入她的日记。她第一次在期刊上看到了自己的名字。学校在年末发行了一本杂志,刊登各年级学生作文课上写得最好的文章。弗兰西的作文《冬日时光》被选为七年级学生的最佳作品。这本杂志只卖一毛钱,弗兰西一直等到星期六才拿到。学校前一天就放暑假了,弗兰西担心自己拿不到杂志。但詹森先生说,他周六会在附近工作,如果她带一毛钱过来,他会给她一本。

现在是傍晚时分,她站在家门口,翻开杂志,看到了刊登自己文章的那一页。她希望会有人来看。

午饭时,她给妈妈看过,但妈妈要回去工作,没时间看。弗兰西至少五次提到她有一篇文章发表了,最后,妈妈说:

"是的,是的。我知道,我都看到了,你以后会有更多的文章被刊登出来,你会习惯的。现在,别被它冲昏了头脑,还有盘子要洗呢。"

爸爸在工会总部,他要到星期天才能看到这篇文章,但弗兰西知道他会很高兴的。所以她站在街上,腋下夹着她的骄傲。她一刻也不能松开手中的杂志,她不时地瞟一眼杂志上自己的名字,兴奋之情溢于言表。

她看到一个叫乔安娜的女孩从不远处的屋子里走出来。乔安娜正把她的孩子放在推车里带出去放风。一些家庭主妇停下脚步,一边在人行道上闲聊,一边走来走去地购物,不禁发出一阵惊呼。原来,乔安娜还没有结婚。她是个麻烦精。她的孩子是个私生子——邻居们都用"杂种"这个词来称呼她的孩子——这些贤惠的女人认为乔安娜没有权利像一个母亲一样堂堂正正地把她的孩子带到光天化日之下,她们觉得她应该把孩子藏在某个阴暗的角落。

弗兰西对乔安娜和她的孩子很好奇。她早从双亲口中略有耳闻。当推车缓缓驶过,她的目光不由自主地落在那个婴儿身上。那是个漂亮的小家伙,在推车里快乐地坐着。也许乔安娜是个坏女孩,但她的孩子肯定比这些贤惠女人的孩子更娇俏可爱。那孩子戴着漂亮的流苏小帽,穿着洁白的裙子和围兜,推车的盖子一尘不染,上面的刺绣也是精心制作的。

乔安娜在一家工厂工作,她的母亲负责照顾孩子。她母亲羞于带孩子出门,所以只有在周末乔安娜不必上班的时候,孩子才能出来透透气。

诚然,弗兰西心中已有定论:这孩子确是个美人坯子,与乔安娜

神韵颇似。弗兰西还记那天她和妈妈在谈及乔安娜的时候,爸爸是怎么描述她的:

"她的皮肤像木兰花瓣。"(约翰尼从没见过木兰花。)"她的头发乌黑发亮,就像乌鸦的翅膀。"(他也从没见过这种鸟。)"她的眼睛深邃黝黑,就像森林里的水潭。"(他从没进过森林,他唯一见过的是那种水池——每个人往里面投一毛钱,来赌道奇队的比分,谁猜对了谁就能得到池子里所有的钱。)但他对乔安娜的描述很准确,她是个美丽的女孩。

"也许吧。"凯蒂回答道,"但她的长相有什么用呢?那是对一个女孩的诅咒。我听说她母亲从未结过婚,但还是生了两个孩子。现在她母亲的儿子在新新监狱,而她生下了私生子。这肯定有什么遗传基因作祟,再多愁善感也没有用。当然,"她补充道,"这不关我的事,我什么也不需要做,我不需要因为她做错了事而出去唾弃她。我也没必要因为她做错了事,就把她接到家里来收养。她把孩子带到这个世界上已经够痛苦了,不亚于她结婚要受的苦。如果她本质上是个好女孩,她会从痛苦和耻辱中吸取教训,不会再犯。如果她天生就是个坏女孩,那么无论别人怎么对她,她都不会介意的。所以,如果我是你,约翰尼,我不会为她感到太难过。"突然,她转向弗兰西说,"乔安娜的故事可以给你点教训。"

这个星期六的下午,弗兰西看着乔安娜走来走去,不知道她给了自己什么教训。乔安娜为自己的孩子感到骄傲。这就是教训吗?乔安娜年仅十七,性格温和,渴望得到每个人的善意。她对那些面无表情的良家妇女微笑,但当她看到她们回以皱眉时,她的笑容就消失了。她对在街上玩耍的孩子们微笑,一些孩子也回以微笑。她对弗兰西微笑,弗兰西也想回以微笑,但她没有。难道她得到的教训就是,不能和乔安娜这样的女孩友好相处?

那天下午，那些贤惠的主妇怀里抱着一袋袋蔬菜和用牛皮纸包裹的肉，似乎没什么事可做。她们不停地聚集成群，窃窃私语。乔安娜来的时候，她们的悄悄话停止了。乔安娜走后，她们又开始窃窃私语。

每次乔安娜经过时，她的脸颊都会变得红润，头高高地昂起，裙子会更加不拘地甩在身后。她似乎越走越漂亮，越走越骄傲。她经常停下来调整婴儿的被子。她抚摸着婴儿的脸颊，温柔地对着婴儿微笑，这让妇女们很生气。她怎么敢这样？她们想，她怎么敢表现得好像她有权享受这一切一样？

这些贤惠的妇女中有许多人都有孩子，她们的孩子是在大吼大叫和拳打脚踢中被拉扯长大的。她们中的许多人都憎恨夜夜陪伴在身边的丈夫。对她们来说，鱼水之欢已不再是快乐的事。她们僵硬地忍受着这件事，同时祈祷不要再有孩子。这种痛苦的顺从使男人变得丑陋而粗暴。对她们中的大多数人来说，鱼水之欢对夫妻双方来说都是一种残忍，越快结束越好。她们憎恨这个女孩，因为她们觉得她和孩子的父亲并不是这样的。

乔安娜感受到了她们的憎恨，但她不会因此屈服。她不会屈服，不会把孩子藏起来。但必须有人妥协，所以妇女们先崩溃了。她们再也无法忍受了，她们必须做点什么。等乔安娜下次经过时，一个干瘦的女人叫了起来：

"你不为自己感到羞耻吗？"

"为什么要感到羞耻？"乔安娜反问道。

这句话激怒了这位妇女。"她居然还问为什么！"她向其他女人嚷，"我告诉你为什么，因为你是个耻辱，是个贱人。你凭什么带着你的杂种在街上晃来晃去的，凭什么在街上让清白的孩子们看到你。"

乔安娜说："我想这是一个自由的国家。"

"自由不是给你们这种贱人的，滚出去，滚出街区！"

"我才不滚！"

"滚出去，你这个妓女。"那个瘦巴巴的女人命令道。

女孩气得发抖："你说话小心点。"

另一位妇女插话说："对贱人说话有什么好小心的。"

一位路过的男子驻足观看了一会儿，他碰了碰乔安娜的胳膊："听着，小妹妹，你干吗不回家去，等这些泼妇冷静下来呢？你吵不过她们的。"

乔安娜挣脱了他的手："你少管闲事！"

"我是认真的，小妹妹，对不起。"说完他继续往前走。

"你为什么不和他一起走？"那个瘦弱的女人讥笑道，"他看着还行，也许能赚两毛五分钱。"其他人都笑了。

"你们这都是嫉妒。"乔安娜冷静下来说。

"她还说我们嫉妒。"搭腔的人又开始嚷嚷了，"嫉妒你？"她把"你"的发音说得有点像乔安娜的名字。

"嫉妒男人喜欢我，就是这样，幸好你已经结婚了。"她对那个邋遢鬼说，"否则你永远找不到男人，我敢打赌，你丈夫做完事后一定会朝你吐口水，我打赌他就是这么做的。"

"婊子！你这个婊子！"那个邋遢的女人歇斯底里地叫道。然后，她凭着一种即使在基督时代也很强烈的本能，从水沟里捡起一块石头，朝乔安娜扔了过去。

这引得其他女人也开始扔石头。其中一个女人比其他人更可笑，她扔了一团马粪。一些石块击中了乔安娜，但一个尖尖的石块没打中她，而是击中了婴儿的前额。随即，一股清澈的鲜血顺着婴儿的脸流了下来，染红了他干净的围兜。婴儿呜咽着，伸出双臂想让妈妈抱。

几名妇女准备投掷下一颗石子，却又悄悄地将石子扔回了水沟。

激将游戏结束了。妇女们突然间感到内心十分羞耻，因为她们的本意并非伤害无辜的婴儿，不过是希望将乔安娜驱离这片街区。她们悄悄地散开回家了。一些站在一旁偷听的孩子则在一旁继续玩耍。

乔安娜哭着把婴儿从推车上抱下来。婴儿继续小声地呜咽着，好像他没有权利大声哭泣似的。乔安娜将面颊紧贴婴儿的脸庞，泪水与婴儿的鲜血交织在一起。妇女们赢了。乔安娜抱着孩子进了家门，丝毫不顾推车停在了人行道中间。

弗兰西看到了这一切，将事情的经过尽收眼底。她听到了每一个字，她还记得乔安娜是如何对她微笑，她又是如何背过头去，没有回以微笑。她为什么不回以微笑？为什么她没有回以微笑？现在，每当她想起自己没有回以微笑，她都会感到痛苦——她的余生都会感到痛苦。

几个小男孩开始围着空推车玩捉人的游戏，他们抓着推车的两侧，一边追逐一边把推车拉过来拉过去。弗兰西驱散了他们，把推车推到乔安娜的家门前，踩住了刹车。有一条不成文的规定，住户放在门外的任何东西都不能乱动。

她仍然拿着那本刊登着她文章的杂志。她站在刹住的推车旁，再一次看了看自己的文章标题——《冬日时光》，作者弗兰西斯·诺兰"。她渴望有所行动，有所奉献，以补偿未对乔安娜回以微笑的缺憾。她想起了自己的文章，她为自己的文章感到骄傲。她多么想给爸爸、艾薇姨妈和茜茜姨妈看。她想把它留着一直看，看的时候会有一种温暖的感觉。如果把它送人，她就没有办法再买一本了。她把杂志翻到她写的文章的那一页，然后把它塞进了孩子的枕头下。

她看到婴儿雪白的枕头上有几滴细小的血迹。这让她仿佛再次看到了那个婴儿，脸上挂着细长的血痕，双臂伸展。他伸出双臂等待被抱起。一股伤痛袭来，弗兰西浑身无力，而后另一股浪潮袭来，破碎,然后消退。她摸索着下楼来到自己家的地下室,坐在黑暗的角落里的一堆麻布袋上,等待着悲痛的浪潮席卷而来。每当一阵悲痛散去,另一阵伤痛又袭来时,她就会浑身发抖。她紧张地坐在那里,等待它们停下来,如果伤痛不停,她就得死,她一定会死的。

过了一会儿,伤痛的浪潮越来越弱,而且每次间隔的时间也越来越长。她开始思考。她现在正在吸取乔安娜的教训,但这并不是她母亲所说的那种教训。

她想起了乔安娜。她经常在晚上从图书馆回家的路上经过乔安娜的家,看见她和她的情人紧紧相拥,两人站在狭窄的前厅里。她看到男孩温柔地抚摸着乔安娜漂亮的头发;看到乔安娜如何抬起手抚摸他的脸颊。在路灯的照耀下,乔安娜的脸显得安详而梦幻。但是,接踵而至的却是孩子和耻辱。为什么?为什么?事情本可以向着好的方向发展,结局却是这样,为什么?

她知道其中一个扔石头的女人在婚后三个月就生了孩子。弗兰西曾是站在路边目送一行人前往教堂的孩子之一。当新娘踏上租来的马车时,她看到了处女面纱下隆起的孕肚,她看到了父亲的手紧紧地握着新郎的胳膊,她看到了新郎的眼睛下有黑色的阴影,看起来非常悲伤。

乔安娜没有父亲,没有男性亲人。在去往圣坛的路上,没有人紧紧地挽着她的新郎的胳膊。弗兰西认为,这就是乔安娜的罪过——不是她不好,而是她没有足够的智慧把她的男孩送到教堂里。

弗兰西无从得知事情的原委。实际上,那个男孩对乔安娜情深义重,甚至愿意在——如传言所说——为她招惹麻烦之后,与她共结连理。男孩有家人——母亲和三个姐姐。他告诉她们,他想娶乔安娜,但她们劝他不要娶她。

她们告诉他,别傻了,她不是好人,她全家都不是好人。再说,

231

你怎么知道你就是她的真命天子？她能勾引到你，就能勾引到别人。女人很狡猾，我们知道的，因为我们就是女人。你善良温柔，你信了她的鬼话，觉得你就是她的真命天子。她撒谎了。不要被骗了，我的孩子。别被骗了，我的弟弟。如果你一定要结婚，那就娶个好姑娘，一个在神父没举行仪式之前，不会和你上床的姑娘。如果你娶了那个女孩，你就不再是我的儿子。不再是我们的兄弟。你永远无法确定孩子是不是你的。你在工作时会担心。你会想，早上你走后，是谁溜到你的床上，躺在她的身边。哦，是的，我的孩子。我们的弟弟，女人就是这样。我们知道。我们就是女人。我们知道她是怎么做到的。

男孩被说服了。他家的女人们给了他钱，在新泽西找了个住处，找了份新工作。她们不告诉乔安娜他在哪儿，他再也没见过她。乔安娜没有结婚，但她有一个孩子。

当情绪的浪潮几乎停止时，她惊恐地发现自己出了问题。她用手捂住自己的胸口，试图感受血肉被锯过的痛感。她听爸爸唱过很多关于心的歌，心在破碎、心在疼痛、心在跳舞；心缓缓下沉，心在喜悦中跳跃，心在悲伤中沉重，心在翻转或静止。她真的相信心会这样。恐惧攫住了她，以为自己的心已因乔安娜的孩子而破碎，仿佛血液正离心而去，汩汩流失于体外。

她上楼来到公寓，照了照镜子。她的眼底有黑眼圈，头也隐隐作痛。她躺在厨房的旧皮沙发上，等着妈妈回家。

她告诉了妈妈在地下室里发生的事，但只字未提乔安娜。凯蒂叹了口气说："这么快？你才十三岁。我还以为要再过一年才会发生呢。我十五岁时才来例假。"

"那……那……这没事吧？"

"女人都会这样。"

"我不是一个女人。"

"这意味着你正在从女孩变成女人。"

"它会消失吗?"

"再过几天才会消失,但一个月后它又会再来的。"

"要持续多久?"

"很长一段时间,直到你四十多甚至五十岁。"她沉思了一会儿,"我出生时,我母亲已经五十岁了。"

"哦,这和生育有关。"

"是的,记住永远做个好女孩,因为你现在可以有孩子了。"弗兰西的脑海里闪过乔安娜和她的孩子。妈妈说:"你不能让男孩子亲你。"

"你就是这样得到孩子的?"

"没有,但让你怀上孩子的往往是从一个吻开始的。"她还说,"记住乔安娜的教训。"

现在,凯蒂还不知道街上发生的那回事。她只是碰巧想到了乔安娜,但弗兰西却觉得妈妈的洞察力很强,对妈妈产生一种新的敬意。

记住乔安娜,记住乔安娜。弗兰西永远忘不了她。自那以后,每当回想起那些掷石的女性,弗兰西心中便对女性生出憎恶。她害怕她们的狡诈,不相信她们的天性。她开始憎恨她们的不忠和对彼此的残忍。在所有扔石头的人中,没有一个人敢为女孩说一句话,因为害怕她会被乔安娜的事拖下水。只有那个路过的男人说话时充满了善意。

大多数妇女会有一个共同点:她们在生孩子时都感到非常痛苦。这本该成为维系她们的纽带,让她们相亲相爱,互相保护,抵御人世间的伤害。但事实并非如此。巨大的分娩痛苦似乎让她们的心和灵魂变得狭隘,她们团结在一起只为了一件事:践踏其他的女人……无论是扔石块还是刻薄的流言蜚语。这似乎是她们唯一的团结方式。

男人则不同。他们可能会互相憎恨,但他们会团结在一起,共同对抗世界，对抗任何想奴役他们的女人。

弗兰西打开了她用来写日记的本子。她在写到"不懂宽恕"的段落下跳过一行，写道：

"只要我活着，我就不会和女人做朋友。我再也不会相信任何女人，除了妈妈，有时还要除去艾薇姨妈和茜茜姨妈。"

31

弗兰西十三岁那年,发生了两件大事。一是欧洲爆发了战争,二是一匹马爱上了艾薇姨妈。

艾薇姨妈的丈夫威利·弗利特曼和他的马"德鲁默"八年来一直是死对头。他对马很凶,对它拳打脚踢,对它破口大骂,还使劲拽马衔扣。马对威利·弗利特曼叔叔也很凶。那匹马熟悉路线,每次送货都会自动停下来。它的习惯是等弗利特曼一上马车,就立刻开始跑。最近,它已经习惯在弗利特曼下车送牛奶的一瞬间撒丫子开跑。它小跑着,弗利特曼常常要跑半个街区以上才能追上它。

弗利特曼中午就送完货了。他会回家吃晚饭,然后把马和马车牵回马厩,在那里给德鲁默和马车擦洗。那匹马有一个小把戏。当弗利特曼在洗它肚子的时候,它经常会尿在弗利特曼身上。其他人就站在旁边等着这一幕发生,好逗得他们开怀大笑。弗利特曼受不了,于是养成了在自家门前洗马的习惯。夏天还好说,但冬天对马来说就有点难熬了。通常,在天冷的日子里,艾薇姨妈会下楼去告诉威利,在大冷天里用冷水给德鲁默洗澡是一件很卑鄙的事情。那匹马似乎知道艾薇是在帮它。当她和丈夫争论时,德鲁默会可怜地呜呜叫,把头靠在她的肩膀上。

在一个寒冷的日子里,德鲁默把事情揽到了自己的身上,或者用艾薇姨妈的话说,揽到了自己的蹄子上。当艾薇姨妈给诺兰一家讲故事时,弗兰西听得如痴如醉。没人能像艾薇姨妈这样讲故事。她把所有的角色都演了出来,甚至连马也不放过,而且,她还会用一种有趣的方式,把她认为的当时每个人的心理活动表演出来。据艾薇说,事情是这样的:

威利正在街上用冷水和硬硫黄肥皂洗那匹瑟瑟发抖的马。艾薇站在窗前看着。他俯下身去洗马的肚子,马紧绷起来。弗利特曼以为德鲁默又要在他身上撒尿了,这简直让被玩弄而又无可奈何的小个子男人忍无可忍。他拉开马,一拳打在马肚子上。马抬起一条腿,果断地踢向了他的头。弗利特曼滚到马下,不省人事。

艾薇跑了下来。马儿看到她后欢快地嘶叫着,但她并没有理睬它。当它侧过头,看到艾薇正试图把弗利特曼从下面拖出来时,它开始来回地走动。也许它想帮助艾薇,把马车从昏迷的人身上拉开,也许它想干脆拉着马车从他身上轧过去。艾薇大声喊道:"嘿,乖乖。"德鲁默及时停住了脚步。

一个小男孩去找警察,警察去叫了救护车。救护车上的医生无法判断弗利特曼是骨折还是脑震荡,就把他送到了绿点医院。

马和装满空牛奶瓶的马车要回到马厩。但艾薇从未驾过马,显然这不是她不能驾马的理由。她穿上丈夫的一件旧大衣,用披肩裹住头,爬上马鞍,拉起缰绳,喊道:"快回家,德鲁默。"马儿回过头来,怜爱地看了她一眼,然后欢快地小跑起来。

幸好马认识路。艾薇根本不知道马厩在哪儿。它是一匹聪明的马。它在每个十字路口都会停下来,等着艾薇在十字路口四处打量。如果一切正常,她就会说:"快跑,孩子。"如果有别的车来了,她会说:"等一下,孩子。"就这样,他们顺利地到达了马厩。马儿得意地踱着步子,回到了它惯常待的位置上。其他正在洗车的车夫看到女车夫都很惊讶。这引起了阵阵骚动。马场老板跑了过来,艾薇把事情告诉了他。

"我早就料到了,"老板说,"弗利特曼从来都不喜欢那匹马,那匹马也不喜欢他。好吧,我们得另请高明了。"

艾薇担心丈夫会丢掉工作,就问,在丈夫住院期间,她能不能跑他的路线。她争辩说,牛奶是摸黑运送的,没有人清楚具体是谁在送货。老板嘲笑她。她告诉他,他们实在是需要那每周二十二块五的工资。她极力恳求,看起来娇小漂亮又活泼,老板终于妥协了。他把顾客名单给了她,告诉她伙计们会帮她装车。他说,马熟悉路线,不会太难。一个车夫建议她带上马厩里的狗做伴,以防有偷奶贼。老板同意了。他让她凌晨两点到马厩报到。

艾薇和大家相处得很好。马厩里的伙计们都很喜欢她,说她比弗利特曼更会干活。她很能干,也很温柔,很有女人味,男人们喜欢她低声细语的说话方式。马儿也很高兴,尽可能地配合她。每到一户要放牛奶的人家门前,它都会自动停下来,直到她安全地坐在座位上才会再次起步。

和弗利特曼一样,她在吃晚饭的时候,把马儿带到了家里。因为天气很冷,她从床上拿了一床旧棉被盖在它身上,这样它在等她的时候就不会着凉了。她把燕麦拿上楼,在烤箱里加热几分钟,然后再喂它。她觉得冰凉的燕麦不合胃口。马儿很喜欢吃热燕麦,啃完燕麦后,她还会给它吃半个苹果或一块糖。

她觉得在街上给它洗澡太冷了。于是,她把它带回了马厩。她觉得硫黄肥皂太刺鼻,于是带了一坨甜心肥皂和一条大浴巾给它擦干。马厩里的人愿意帮她洗马和马车,但她坚持要自己洗马。两个男人为谁该洗马车吵了起来。艾薇说,两人可以轮流各洗一天,这样就解决了问题。

她在老板的办公室里用煤气板加热德鲁默的洗脸水。

她从没想过用冷水给它洗澡。她用温水和香甜的香皂给它洗澡，然后用毛巾一点一点仔细地擦干它的身体。她在给它洗澡时，它从未对她有过任何不敬。在整个清洗的过程中，它都在欢快地哼哼唧唧。当艾薇帮它擦干身体时，它快乐地抖动着。当她清洗它的胸脯时，它把硕大的头靠在她的肩膀上。毫无疑问，这匹马疯狂地爱上了艾薇。

当弗利特曼康复后回来报到上班时，马却不肯和他一起离开马厩。他们不得不给弗利特曼另一条路线和另一匹马。但德鲁默也不肯和其他车夫一起离开。老板刚要下定决心把它卖掉，突然灵机一动。车夫中有个说话口齿不清的娘娘腔，他们让他来赶弗利特曼的马车。德鲁默似乎很满意，同意和这位"淑女车夫"一起出门。

于是，德鲁默又开始了它正常的工作。然而，在每个正午时分，它都会特意绕行至艾薇居住的街道，静候在她家门口。直到艾薇下来，给它一点苹果或糖，摸摸它的鼻子，叫它"好孩子"，它才会回到马厩。

弗兰西听完故事后说："它是一匹有趣的马。"

"它也许很滑稽，"艾薇姨妈说，"但它确实知道自己想要什么。"

32

弗兰西在十三岁生日那天写了一篇日记,上面这样写道:
今天是 12 月 15 日,我进入了青春期。这一年会发生什么?我很期待。

随着时间的推移,她的日记写得越来越少。促使她开始写日记的原因是,小说中的女主人公都会写日记,并在日记里写满令人唏嘘不已的感想。弗兰西本以为她的日记也会这样,但除了对演员哈罗德·克拉伦斯的一些浪漫描述外,其他的内容都很平淡。快到年底时,她随意翻阅了几页日记。

1 月 8 日,外祖母玛丽·罗姆利有一个漂亮的雕花盒子,是她的曾祖父一百多年前在奥地利制作的。盒子里有一条黑色连衣裙、一件白色衬裙、一双鞋子和一双长袜。这是她的葬服,因为她不想被埋在裹尸布里。威利·弗利特曼叔叔说他希望被火化,将骨灰撒在自由女神像上。他觉得自己下辈子会变成一只鸟,他想有个好的开始。艾薇姨妈说他已经是一只鸟了,一只布谷鸟。妈妈斥责我,让我不许笑。火化比土葬好吗?我想知道。

1 月 10 日,爸爸今天病了。

3 月 21 日,尼利从麦卡伦公园偷了垂柳送给格雷琴·哈恩。妈妈说他还太小,不该想女人。她说以后有的是时间。

4月2日，爸爸已经三个星期没有上班了。他的手出问题了，抖得厉害，什么都拿不住。

4月20日，茜茜姨妈说她要生孩子了。我不相信，因为她前面的小腹很平坦。我听她跟妈妈说是怀在后面的。我想知道。

5月8日，爸爸今天病了。

5月9日，爸爸今晚去上班了，但又被迫回家。他说人们不需要他了。

5月10日，爸爸生病了，白天做噩梦，大喊大叫的。我得去找茜茜姨妈。

5月12日，爸爸已经一个多月没工作了。尼利想拿到工作证，离开学校。妈妈说不行。

5月15日，爸爸今晚上班了。他说从现在开始他要担起所有的事情。他就工作证的事骂了尼利一顿。

5月17日，爸爸生病回家了。一些孩子在街上跟着他，取笑他。我讨厌这些小孩。

5月20日，尼利现在有报纸卖了。他不让我帮忙卖报纸。

5月28日，卡尼今天没有捏我的脸颊。他捏了别的地方。我想我长大了，不能卖废品了。

5月30日，加恩德小姐说，她将在杂志上发表我的作文《冬日时光》。

6月2日，爸爸今天生病回家了。尼利和我不得不帮妈妈把他扶上楼。爸爸哭了。

6月4日，我今天的作文得了A。我们被要求写"我的理想"。我只犯了一个错误：我写的是"戏剧作家"，而加恩德小姐说正确的词应该是"剧作家"。

6月7日，今天有两个人把爸爸带回家。他病了。妈妈不在家。

我把爸爸扶到床上，给他喝了黑咖啡。妈妈回来后说这样做是对的。

6月12日，今天泰莫尔小姐教了我舒伯特的《小夜曲》。妈妈进度比我快，她学了唐豪瑟的《黄昏之星》。尼利说他比我们都快，他不用看音符就能弹奏亚历山大的《流浪乐队》。

6月20日，我去看演出，看了《金色西部的女孩》。这是我看过的最棒的演出，血从天花板滴下来的样子太令人难忘了。

6月21日，爸爸离开了两个晚上。我们不知道他在哪里。他回家时病了。

6月22日，妈妈今天翻开我的床垫，发现了我的日记并看了起来。凡是写到醉酒的地方，她都让我画掉，写成生病。幸好我没写对妈妈不利的话。如果我有了孩子，我不会看他们的日记，因为我相信即使是孩子也有一定的隐私权。如果妈妈再次发现并读到这篇日记，我希望她能接受我的暗示。

6月23日，尼利说他谈恋爱了。妈妈说他还太小了。我很好奇。

6月25日，威利叔叔、艾薇姨妈、茜茜姨妈和她的约翰今晚过来了。威利叔叔喝了很多啤酒，还哭了。他说他新得到的那匹马贝西，做的事比对他撒尿还要过分。妈妈训斥我，说我不该笑。

6月27日，我们今天读完了《圣经》。现在我们要重新开始。我们已经看了四遍《莎士比亚》。

7月1日，不懂宽恕……

弗兰西用手捂住了这里的文字。有那么一瞬间，她以为悲痛的浪潮会再次袭来。但这种感觉消失了。她翻过一页，读到了另一篇日记。

7月4日，麦克肖恩警长今天把爸爸带回家了。爸爸并没有像我们一开始想的那样被捕,他病了。麦克肖恩先生给了我和尼利两毛五分钱。妈妈让我们还回去。

7月5日,爸爸还在生病。他还能再工作吗?我想知道。

7月6日,我们今天开始玩北极探险游戏。

7月7日,北极探险游戏。

7月8日,北极探险游戏。

7月9日,北极探险游戏。预期的救援没有到来。

7月10日,我们今天打开了存钱罐。里面有八块两毛钱。我的金硬币已经变黑了。

7月20日,存钱罐里的钱都没了。妈妈帮麦克加里蒂太太洗衣服。我帮忙熨衣服,但把麦克加里蒂太太的底裤烧了个洞。妈妈不让我再熨衣服了。

7月23日,我在亨德勒餐厅找了一份暑假工。我在午餐和晚餐高峰期用桶装洗洁精洗盘子。周一,一个人来收走三桶油渣,周三再带回一桶洗洁精。在这个世界上,没有什么是可以浪费的。我每周能挣两元钱,还能吃上饭。工作并不辛苦,但我不喜欢洗洁精。

7月24日,妈妈说我不知不觉就长大了。我有点疑惑。

7月28日,弗洛西·加迪斯和弗兰克准备结婚,等他一加薪就结婚。弗兰克说按照威尔逊总统的计划,我们很快就会卷入战争。他说他结婚是因为他想娶妻生子,这样战争来临时他就不用去打仗了。弗洛西说那不是真的,那是因为真爱。我感到奇怪。我还记得多年前弗洛西在弗兰克洗马时是怎么追他的。

7月29日,爸爸今天没有生病。他要去找一份工作。他说妈妈不能再为麦克加里蒂太太洗衣了,我也得辞职。他说我们会发财,都去乡下住。我不确定。

8月10日,茜茜姨妈说她的孩子就要出生了。我很好奇,她的肚子就像煎饼似的平坦。

8月17日，爸爸已经工作了三个星期。我们的晚餐很丰盛。

8月18日，爸爸病了。

8月19日，爸爸病了，因为他失业了。亨德勒先生不让我再去餐馆了，他说我不可靠。

9月1日，艾薇姨妈和威利叔叔今晚过来了。威利唱了《弗兰基和约翰尼》，还说了脏话。艾薇姨妈站在椅子上打他的鼻子。妈妈斥责了我，说我不该笑。

9月10日，我开始了毕业前的最后一学年。加恩德小姐说如果我的作文一直得A，她可能会让我为毕业写一个剧本。我有个非常好的主意：一个女孩穿着白裙子，头发垂在背后，她就是命运女神。其他女孩会走上舞台，说出她们对生活的要求，而命运女神会告诉她们能得到什么。之后，一个穿蓝裙子的女孩会张开双臂说："这样的生活值得吗？"然后会有一个合唱团一起唱"是的"。只不过一切都得押韵。我跟爸爸说过这件事，但他病得太重，根本听不懂。可怜的爸爸。

9月18日，我问妈妈能不能给我剪一个公主头，她说不行，那是女人成年礼的发型。这是不是意味着我很快就能成为一个女人？我希望如此，因为我想自己做决定，想剪头发就剪掉。

9月24日，今晚洗澡时，我发现自己变成了女人。快了。

10月25日，当这本日记写满的时候，我会很高兴，因为我已经厌倦了写日记。没有什么重要的事情发生过。

弗兰西翻开最后一篇日记。眼前仅余一页空白。好吧，她越早把它填满，写日记的工作就会越早结束，她也就不必再为它费心了。她蘸了点墨水：

11月2日，性是每个人生活中不可避免的事情。人们写文章抵制它。牧师宣扬反对它。他们甚至制定法律来限制它。但它还是继续存在。学校里所有女生的话题只有一个：性和男孩。她们对此非常好奇。我对性好奇吗？

她咂摸了一下最后一句话。她右边的眉头皱起。她画掉了这句话，重新写道："我对性充满好奇。"

33

是的,威廉斯堡的青少年们对性充满好奇。他们对此议论纷纷。在年龄较小的孩子们中,还有一些露阴癖(你给我看,我给你看)。一些装模作样的孩子则假装是在玩"过家家"或"医生"之类的游戏。少数满不在乎的孩子则玩起了所谓的"下流游戏"。

在那个街区,人们对性讳莫如深。当孩子们提出问题时,父母不知道如何回答,因为他们不知道正确的用词。每对夫妻都有自己的悄悄话,在夜深人静的时候,在床上窃窃私语。但很少有母亲敢于把这些话带到白天,讲给孩子听。当孩子们长大成人后,他们又发明了一些对孩子讳莫如深的词。

凯蒂·诺兰既不是精神上的懦夫,也不是身体上的懦夫。她巧妙地解决了每一个问题。她不会主动讲性方面的知识,但当弗兰西提出问题时,她会尽其所能地回答。弗兰西和尼利还小的时候,有一次他们决定向母亲提出一些问题。他们站在母亲面前,弗兰西是代表。

"妈妈,我们是怎么出生的?"

"上帝把你们赐给了我。"天主教的孩子们愿意接受这样的回答。但下一个问题就很棘手了:"上帝是怎么把我们带到你们身边的?"

"我无法解释,因为我必须用很多大人的语言,而你不会明白的。"

"说说这些大人的语言,看看我们能不能听懂。"

"如果你们听得懂,我就不用说了。"

"那就用某种语言说出来,告诉我们小孩子是怎么来的。"

"不,你还太小。如果我告诉了你,你就会把一切到处告诉其他孩子。他们的妈妈就会跑来,说我是个下流的女人,然后就会打起来。"

"好吧,那告诉我们,为什么女孩和男孩不一样。"

"主要区别是小女孩上厕所时是蹲着的,而小男孩是站着的。"妈妈想了一会儿说。

"但是妈妈,"弗兰西说,"我在黑漆漆的厕所里,害怕的时候就会站起来。"

"还有我,"小尼利承认道,"我也会有蹲下来的时候……"

妈妈打断了尼利的话:"每个女人都有一点男人味,每个男人也都有一点女人味。"

讨论就这样结束了,因为孩子们对此感到非常费神,决定不再继续讨论下去了。

弗兰西在日记中写道,当她开始变成女人时,她去找妈妈探讨她对性的好奇。凯蒂简单明了地告诉了她自己知道的一切。在讲述的过程中,凯蒂有时不得不使用一些被认为是下流的词语,但她还是勇敢地、毫不犹豫地说出了这些词语,因为她不知道还能用什么词。她对女儿说的这些话,从没有人教过她。在那个年代,像凯蒂这样的人,无法从书中了解到正确的性知识。尽管用词直白,措辞朴实,但凯蒂的解释并没有让人反感。

弗兰西比附近的大多数孩子要幸运。她发现在她需要知道的时候,她就能知道一切。她从来不需要和其他女孩一起溜进阴暗的走廊,交换令人心虚的秘密。她从来不需要以扭曲的方式去学习性知识。

如果说日常性行为在邻里间是一个巨大的谜团,那么犯罪性行为则是一本公开的教材。在所有贫穷拥挤的城市地区,游荡的变态恶魔都是困扰父母的噩梦。仿佛每个社区都有一个变态恶魔。弗兰西十四岁那年，威廉斯堡就有一个。很长一段时间以来，他一直在猥亵小女孩，虽然警察一直在找他，但他从来没有被抓到过。其中一个原因是，当一个小女孩受到侵犯时，父母会保守秘密，这样就不会有人知道，也不会有人歧视这个孩子，把她视为异类，她就能继续与玩伴们正常地玩耍，度过正常的童年生活。

有一天，弗兰西所在街区的一个小女孩被杀了，这件事不得不公之于众。她才七岁，是个安静的小姑娘，乖巧听话。她放学后没有回家，她的母亲也不担心，还以为孩子在某个地方玩耍。晚饭后，他们去找她，询问她的玩伴。可是放学后，就没人见过这个孩子。

恐惧的浪潮席卷了整个街区。孩子们被关在家里不准上街。麦克肖恩带着半队警察赶了过来，他们开始搜查屋顶和地下室。

这孩子终于被她十七岁的哥哥发现了。她的尸体横躺在附近一栋房子的地下室里，就在一辆破旧的娃娃车上。她的破外套和里衣、鞋子还有小红袜被扔在了灰堆上。她的哥哥接受了询问。他很激动，回答问题时结结巴巴的。他们以涉嫌犯罪的理由逮捕了他。麦克肖恩不傻，逮捕他是为了避免打草惊蛇。麦克肖恩知道，凶手一旦觉得安全，就会再次作案；而这一次，警察会等着他。

家长们开始行动起来。他们向孩子们讲述了这个恶魔和他所做的可怕事情（这次大家顾不上纠结措辞了）。小女孩们被警告道，不要从陌生人那里拿糖果，不要和陌生男人说话。放学时，母亲们都在门口等着自己的孩子。街上冷冷清清的，好像魔笛手把所有的孩子都引到了某个深山里似的。整个街区人心惶惶，约翰尼很担心弗兰西，所以他买了把枪。

约翰尼有个朋友叫伯特，在街角的银行当夜差。伯特今年四十岁，娶了一个比他岁数小一半的女孩，他对这个女孩十分不放心。他怀疑他在银行值夜班时，她就会去找男人。他为此耿耿于怀，最后得出结论：如果他能确定这是真的，那将是一种解脱。他愿意用摧残灵魂的猜疑换取令人心碎的现实。于是，他在夜里零时溜回家，而他的朋友约翰尼·诺兰则帮他看着银行。他们有秘密信号。夜里，当可怜的伯特被折磨得想赶回家时，他就请巡夜的警察按三下诺兰家的门铃。如果信号发出时约翰尼在家，他就会像消防员一样从床上跳起来，匆忙穿好衣服，跑向银行，好像在干一件人命关天的大事。

伯特溜走后，约翰尼躺在他小得可怜的床上，隔着薄薄的枕头摸着那把坚硬的左轮手枪。他希望有人会试图抢劫银行，这样他就可以救回这些钱，做个英雄。但是，他值夜班的所有时间都没有发生任何事情。甚至没有体会到保安发现妻子出轨的兴奋。当她的丈夫潜入他们的公寓时，那个女孩总是一个人睡得正香。

约翰尼听说发生了强奸和谋杀案后，就去银行找他的朋友伯特。他问对方是否还有一把枪。

"当然，怎么了？"

"我想借用一下，伯特。"

"为什么，约翰尼？"

"有个家伙杀了我们街区的小女孩。"

"我希望他们抓住他，约翰尼。我当然希望他们能抓到那个浑蛋。"

"我自己也有女儿。"

"是的，是的，我知道，约翰尼。"

"所以我希望你能借我一把枪。"

"这违反了《沙利文法》。"

"你擅自离岗让我为你顶岗也是违法的。你怎么知道我就不可能是个强盗呢？"

"噢，不，约翰尼。"

"我想，如果我们已经违反了一条法律，那我们也可以违反另一条。"

"好吧，好吧，我借给你。"他打开桌子的抽屉，拿出一把左轮手枪，"现在我给你演示一下。当你想杀人的时候，就像这样对着他们。"他指着约翰尼，"然后扣动这个东西。"

"我明白了，让我试试。"轮到约翰尼了，他把枪口对准了伯特。

"当然，"伯特说，"我可从来没亲自开过枪。"

"这是我第一次拿枪。"约翰尼解释说。

"那你可得小心点，"保安轻声说，"子弹已经上膛了！"

约翰尼哆嗦了一下，小心翼翼地放下了枪。"伯特，我不知道子弹已经上膛了，我们差点误杀了对方。"

"天哪，你是对的。"守夜人颤抖着说。

"只要动动手指，一个人就死了。"约翰尼喃喃自语道。

"约翰尼，你不会是想自杀吧？"

"不，那还不如喝酒喝死。"约翰尼开始大笑，但突然停住了。当他拿着枪离开时，伯特说：

"如果你抓到那浑蛋，告诉我一声。"

"我会的。"约翰尼保证道。

"好的，再见。"

"再见，伯特。"

约翰尼把家人召集到身边，向他们解释了枪的事。他警告弗兰西和尼利不要碰它。"这个小圆筒里的东西决定着五个人的生死。"他戏剧性地解释道。

弗兰西觉得那把左轮手枪就像一只怪异的招魂手，在向人们伸出召唤死神的手指。当爸爸把它藏在枕头底下时，她很高兴。

这把枪在约翰尼的枕头下放了一个月，从未被动过。附近再没有发生过暴行。恶魔似乎已经转移了。母亲们开始放松警惕。不过，也有少数母亲像凯蒂一样，在孩子们放学回家后，继续在门口或走廊里守候。潜伏在黑暗的走廊里寻找受害者是凶手的习惯。凯蒂认为，小心驶得万年船。

当大多数人沉浸在安全感中时，变态狂再次出手了。

一天下午，凯蒂正在离自己家不远的第二栋房子的大厅里打扫卫生。她听到街上有孩子的声音，知道学校已经放学了。她在想，是否有必要像案发后一直做的那样，回到他们家的走廊里等弗兰西。弗兰西已经快十四岁了，到了可以照顾自己的年龄。此外，凶手通常会袭击六七岁的小女孩。也许他在别的街区被抓进了监狱，现在这个街区是安全的。但是……她犹豫了一下，还是决定回家。反正还有不到一小时她就需要回家换块新的肥皂继续工作，现在回家了，还可以一举两得。

她在街上东张西望，在放学的孩子中没有看到弗兰西，心里开始不安起来。后来她才想起来，弗兰西学校比较远，回家也比较晚。一进家门，凯蒂就决定把咖啡热一下，然后喝上一杯。到那时，弗兰西应该就到家了，她的心也会平静下来。她走进卧室，想看看枪是否还在枕头下面。当然还在，她觉得自己看这东西真傻。她喝了咖啡，拿了一块硫黄肥皂，就回去上班了。

弗兰西在正常时间回到家。她打开大厅的门，盯着狭长的大厅往里看了看，什么也没看到，然后走进去，关上了身后的实木门。现在，大厅里一片漆黑。她走过一小段走廊，走向楼梯。当她踏上第一个台阶时，她看到了他。

他从楼梯下的一个阴暗处走了出来，那里有一个通往地下室的入口。他脚步轻盈，但一瘸一拐。他身材瘦削，穿着一件破旧的深色西装，里面是一件无领的衬衫。他浓密的头发从额头上垂下来，几乎长到眉毛。他的鼻子长得像鸟嘴,嘴巴抿成一条弯弯曲曲的线。即使在半昏暗的环境中,弗兰西也能看到他那双湿漉漉的眼睛。她又走了一步,当她看清楚他时,她的双腿就像灌了水泥。她无法抬起腿迈出下一步!她的双手紧紧抓住栏杆。让她动弹不得的是,那个男人正裸着下半身向她走来。弗兰西惊恐地盯着他身体裸露的部分。那东西像蠕虫一样惨白,与他脸上和手上的肤色形成了鲜明对比。她感到一阵恶心,就像她曾经看到一群肥大的白色蛆虫在腐烂的老鼠尸体上爬行一样。她想喊"妈妈",但喉咙仿佛被堵住了,只能吐出空气。这就像一个可怕的梦,你想尖叫,却没有声音。她动弹不得!她动弹不得!她的手因为抓着栏杆而渐渐发痛。无关紧要的是,她想知道为什么这些栏杆没有因为她用力抓着而被折断。现在他正向她走来,而她却跑不动了!她跑不动了!她祈祷着,上帝啊,请让一些租客出现吧。

此时,凯蒂手里拿着一块硫黄肥皂,正悄悄地走下楼梯。当她走到最后一段楼梯的顶端时,她向下望去,看到那个男人正向弗兰西靠近,并看到弗兰西正僵在栏杆旁。凯蒂没有出声。两个人都没有看见她。她悄悄地转过身,跑上两层楼,来到自己的公寓。她稳稳地从垫子下面拿出钥匙,打开了房门。她争分夺秒,但意识不到自己在做什么,她把硫黄肥皂放在了浴缸盖上。她从枕头下拿出枪,瞄准,调好准星,把枪放在围裙下面。现在,她的手哆哆嗦嗦的。她把另一只手放在围裙下面,用两只手稳住枪。就这样拿着枪,她跑下了楼梯。

凶手走到楼梯脚下,跃上两级台阶,像猫一样敏捷地用一只手搂住弗兰西的脖子,用手掌捂住她的嘴,防止她尖叫。他用一只手搂住她的腰,开始拉扯她。他脚下一滑,身体裸露的部分碰到了她光着的腿。她的腿抽搐了一下,就像被火烧了一样。这时,她的腿恢复了知觉,挣扎着乱踢。凶手把身体紧贴着她,把她抵在栏杆上。他开始一根一根地掰开她紧握的手指。他掰开了她的一只手,把手压到她的背后,使劲抵在她的背上,同时开始弄她的另一只手。

一阵响动传来。弗兰西抬头一看,只见母亲正从楼梯上跑下来。凯蒂跑得很笨拙,两只手紧紧地抓着围裙,失去了平衡。那个男人看见了她。他没看见她有枪。他不情愿地松开手,退后两步,用湿漉漉的眼睛盯着凯蒂。弗兰西站在那里,一只手仍然抓着栏杆。她的手怎么也松不开。那人走下台阶,背靠着墙,开始朝地下室的门溜去。凯蒂停了下来,跪在台阶上,把围裙里的一个鼓包架到两根栏杆之间,盯着他身体裸露的部分,扣动了扳机。

随着凯蒂围裙上的破洞冒出的滚滚浓烟,巨大的爆炸声和布料烧焦的气味传了出来。凶手的嘴唇张开,露出了破碎的脏牙。他双手抱腹,摔倒在地。他的双手在落地时摊开,鲜血布满了他身上蠕虫一般原本白色的部分。狭窄的大厅里烟雾弥漫。

女人们尖叫起来。门被撞开了。大厅里脚步声杂乱。街上的人们开始拥入大厅。一瞬间,门口被堵得水泄不通,没有人能进出。

凯蒂抓住弗兰西的手,想把她拉上楼梯,但孩子的手已经僵硬了。她无法张开手指。无奈之下,凯蒂用枪托敲了敲弗兰西的手腕,麻木的手指终于放松了。凯蒂拉着她走上台阶,穿过大厅。她不断遇到从公寓里出来的女人。

"怎么了?怎么了?"她们尖叫道。

"现在没事了,现在没事了。"凯蒂告诉她们。

弗兰西走得跌跌撞撞,凯蒂不得不让她膝盖着地,拖着她走完最后一条走廊。她把弗兰西弄进公寓,放到厨房的沙发上。然后她把门锁上。当她小心翼翼地把枪放在硫黄肥皂旁边时,手不小心碰到了枪口。发现枪口是温热的时候,她吓坏了。凯蒂对枪一无所知,她从来没有开过枪。现在她觉得热量可能会让枪自己走火。她打开浴缸盖,把枪扔进浸泡着一些脏衣服的水里。因为那块硫黄肥皂和其他东西都混在一起，所以她也把它扔进了泡着枪的水里，然后去找弗兰西。

"他伤到你没有，弗兰西？"

"没有，妈妈，"她担心道，"但是他……他的……我是说……碰了我的腿。"

"哪里？"

弗兰西指了指她蓝色袜子上方的一块地方。那块皮肤白皙，没有受到任何伤害。

弗兰西惊讶地看着那里。她本以为那里的皮肤会被啃掉。

妈妈说："没什么大问题。"

"但我仍然能感觉到这里被那个东西碰到了。"她呻吟着，疯狂地喊道，"我要把我的腿砍下来！"

人们捶打着房门，想知道发生了什么事。凯蒂没有理睬他们，继续闩着门。她让弗兰西灌下一杯滚烫的黑咖啡。然后她在房间里走来走去。她现在浑身发抖，不知道下一步该怎么办。

枪声响起时，尼利正在街上闲逛。当他看到人们挤进走廊时，他也挤了进去。他爬上楼梯，越过栏杆向外张望。变态蜷缩在他倒下的地方。一群女人已经把他的裤子扯了下来，所有能靠近他的人都在用鞋跟踩他。其他人则对他拳打脚踢，向他吐口水。所有的人都在对他大声辱骂。尼利听到了姐姐的名字。

"弗兰西·诺兰？"

"是的，弗兰西·诺兰。"

"你确定？是弗兰西·诺兰？"

"我亲眼所见……"

"她妈妈去……"

"弗兰西·诺兰！"

他听到了救护车的鸣笛声。他以为弗兰西被杀了。他泣不成声地跑上楼梯。他拍打着房门，尖叫着："让我进去，妈妈让我进去！"

凯蒂让他进来了。当他看到躺在沙发上的弗兰西时，号啕大哭起来。弗兰西也开始号啕大哭。"闭嘴！停下来！"凯蒂尖叫着。她摇晃着尼利，直到他停止哭泣。

"快去找你父亲，即使掘地三尺也要把他找到。"

尼利在麦克加里蒂的酒吧中找到了父亲。约翰尼正欲悠然落座，打算消磨一个慵懒的午后时光，沉浸在醇香的酒液中。当他听到尼利说的事情时，扔下酒杯和他一起跑了出去。他们没能回到房子里。救护车就在门口，四名警察正在人群中给救护车开路，试图把急救医生带进来。

约翰尼和尼利穿过隔壁的地下室来到院子里，互相搀扶着翻过木板栅栏来到自己的院子里，然后爬上了防火梯。当凯蒂看到约翰尼的德比帽在窗外若隐若现时，她惊叫起来，疯狂地跑来跑去想要找枪。还好她忘记把枪扔到哪里了。

约翰尼跑向弗兰西，把她抱在怀里，就像抱着一个婴儿一样。他轻轻晃动着她，哄她睡觉。弗兰西一直坚持要把腿砍掉。

"他伤害弗兰西了吗？"约翰尼问。

"没有，我击伤了他。"凯蒂面无表情地说。

"你用手枪打的他？"

"没错。"她给他看了围裙上的洞。

"你打中他了吗？"

"我已经尽力了。但她一直在说她的腿。他的……"她的目光瞟了眼尼利，"……嗯，你知道的，碰了她的腿。她指了指那个地方。"约翰尼看了看，什么也没有。"发生在她身上，真是太糟糕了。"凯蒂说，"她记性极好，这或许会成为她婚姻路上的绊脚石，因为她会对此铭记于心。"

"我们会治好那条腿的。"爸爸保证说。

他把弗兰西放回沙发上,取来苯酚,用强力药拭擦那块地方。弗兰西感受到了酸液带来的灼痛。她感觉到,被触碰到的地方的邪恶正在被灼烧殆尽。

有人敲门。他们保持沉默,没有开门。他们不希望外人在这个时候进入他们的家。一个沉稳有力的爱尔兰声音响起:

"把门打开,依法办事。"

凯蒂打开了门。一名警察走了进来,后面跟着一名拎着袋子的实习救护医生。警察指了指弗兰西。

"这就是他想抓的那个孩子?"

"是的。"

"医生必须给她做个检查。"

"我不允许。"凯蒂反抗道。

"依法办事。"他低声回答。

于是,凯蒂和实习医生把弗兰西带进了卧室,这个吓坏了的孩子不得不接受检查所带来的屈辱。实习医生快速而仔细地做了检查。他直起身子,开始把仪器放回包里。他说:

"她没事。他没有靠近过她。"他用手摸了摸她肿胀的手腕,"这是怎么回事?"

"我只能用枪敲她的手腕,让她放开栏杆。"凯蒂解释道。

他注意到她膝盖上的伤痕:"这是怎么搞的?"

"我只能拖着她走过大厅。"然后,他指着她脚踝上方狰狞的灼伤处:"这到底是什么?"

"她父亲用苯酚清洗她的腿,那个男人摸过她这里。"

"我的天!"实习医生惊呼道,"你们想让她被重度烧伤吗?"他再次打开袋子,在烫伤处涂上药膏,然后包扎整齐。"我的天哪!"他又说,"你们两个人造成的伤害比罪犯还大。"他抚平弗兰西的衣服,拍拍她的脸颊说,"你会没事的,小姑娘。我会给你一些东西帮助你入睡。当你醒来时,就当你做了一个噩梦。这只是一个噩梦。听到了吗?"

"好的,先生。"弗兰西感激地说。她看到了一根蓄势待发的针。

她想起了很久以前的事情。她担心起来。她的手臂干净吗?他会说什么吗……

"真是个勇敢的女孩。"他边说边将针扎了进去。

"为什么他站在了我这边?"弗兰西迷迷糊糊地想。注射完药液后,她立即进入了梦乡。

凯蒂和医生来到厨房。约翰尼和警察正坐在桌边。警察的大手里攥着一支铅笔,他正悲痛地在一个小本子上做着笔记。

"孩子没事吧?"警察问道。

"很好。"实习医生告诉他,"只是受了惊吓,有些躁狂。"他对警察眨了眨眼睛,"等她醒了,"他对凯蒂说,"记得再次告诉她,她只是做了个噩梦。或者干脆就别提了。"

"我该给你多少钱,医生?"约翰尼问。

"不用,伙计。这是市政府的开支。"

"谢谢你。"约翰尼低声说。

实习医生注意到了约翰尼颤抖的双手。他从腰间的口袋里掏出一个一品脱的酒壶,塞给约翰尼。"给你!"约翰尼抬起头看着他。"喝吧,伙计。"实习医生坚持说。约翰尼感激地喝了一大口。实习医生把酒壶递给凯蒂,"你也是,女士。你看起来很需要它。"凯蒂也喝了一大口。警察开口了。

"你把我当成什么了?一个外人?"

当实习医生从警察手里拿回酒瓶时,里面只剩下一点点了。他叹了口气，把瓶子里的酒都喝光了。警察也叹了口气，转向约翰尼。

"现在，你把枪放在哪里的？"

"在我枕头下面。"

"去拿，我得把它送到警局去。"

凯蒂忘记了自己是如何处理枪的，她走进卧室查看枕头下面。她回来后，一脸担忧。

"为什么，它不在那里！"

警察笑了："当然了，你把它拿出来打跳蚤了。"

凯蒂过了很久才想起来，她把它扔进了洗衣盆。她把它捞了出来。警察把它擦干净，取出子弹。他问了约翰尼一个问题。

"你是合法持枪的吗，伙计？"

"不是。"

"那就有点难搞了。"

"这不是我的枪。"

"谁给你的？"

"不，没有谁。"约翰尼不想给伯特惹麻烦。

"那你是怎么拿到的？"

"我自己捡到的，是的，我在水沟里找到的。"

"还上好了油，装好了子弹？"

"我说的是实话。"

"这就是事情的来龙去脉？"

"这就是事情的来龙去脉。"

"我听着倒没什么问题，伙计。不过你要一直这么说。"

救护车司机在大厅里喊道，他已经把伤者送到医院后回来了，问医生准不准备离开。

"医院？"凯蒂问，"那就是说我没打死他？"

"不完全是,"实习医生说,"我们会让他站起来,这样他就能自己走向电椅。"

"对不起,"凯蒂说,"我就是想杀了他。"

警察说:"在他昏过去之前,我从他那里得到了一份证词。街区里的那个小孩是他杀的。他还跟另外两起案件有关。我拿到了他的证词,有签名和证人。"他拍了拍口袋。"如果局长知道了,那么我升职也不足为奇。"

"但愿如此。"凯蒂黯然神伤,"我希望有人能从中得到一些好处。"

当弗兰西第二天早上醒来时,爸爸告诉她这一切都是一场梦。随着时间的流逝,弗兰西觉得那确实是一场梦。它没有在她的记忆中留下任何恶心的痕迹。身体上的恐惧冲淡了她精神上的感知。当时在楼梯上感受到的恐惧很短暂,只有三分钟的时间,这恐惧感起到了麻醉的作用。再加上注射了药物,之后发生的事情在她的脑海中都变得很模糊。就连在法庭听证会上,她必须讲述事情的经过时,也感觉自己好像是一部虚幻的戏剧中的一个角色,只有寥寥几句台词。

虽然举行了听证会,但凯蒂事先被告知这只是走个流程。弗兰西记得不多,只记得她说了她的经历,凯蒂也说了自己的经历。两人都没有多说什么。

弗兰西做证说:"我当时正从学校回家,走到大厅时,一个男人冲了出来,我没来得及喊出声,他就抓住了我。当他试图把我拖下楼梯时,我母亲下来了。"

凯蒂说:"我从楼梯上下来,看到他拉着我的女儿。我跑上去拿了枪(没花多长时间),在他试图溜进地下室时,我跑下去,开枪打中了他。"

弗兰西想知道,妈妈会不会因为开枪打人而被捕。

但是没有,最后法官握了妈妈的手,也握了她的手。

报纸上出现了一则幸运的新闻。一位醉醺醺的记者每晚例行公事地打电话到警察局，询问警方通报的新闻，他得到了新闻，却把诺兰的名字和办案警察的名字弄混了。布鲁克林的一家报纸用半栏的篇幅，报道了威廉斯堡的奥利里夫人在自家的走廊里枪杀了一名变态。第二天，纽约的两家报纸用两栏的篇幅报道了此事，称威廉斯堡的奥利里夫人在家中走廊被一个变态用枪击中了。

最后，整件事逐渐淡出了人们的视线。凯蒂曾一度成为社区的女英雄。但随着时间的流逝，人们都忘记了那个变态杀人犯。他们只记得凯蒂·诺兰枪杀了一个人。说起她，大家都说她可不是能打架的对手，因为她一看到人就会开枪。

苯酚留下的疤痕没有从弗兰西的腿上淡去，但它逐渐缩小到一毛钱硬币的大小。时间久了，弗兰西也就习惯了，随着年龄的增长，她很少再注意到它。

至于约翰尼，他们罚了他五元钱，因为他违反了《沙利文法》——无证持枪。对了，伯特的年轻妻子最终和一个年龄相仿的意大利人私奔了。

几天后，麦克肖恩警长来找凯蒂。他看到她拖着一大桶垃圾走到路边，心中顿生怜悯。他帮她提了提垃圾桶。凯蒂向他道谢，抬起头看着他。

自从玛蒂·马霍尼胜出后，她只见过他一次，那天他问弗兰西凯蒂是不是她的母亲。另一次是他把约翰尼带回家的时候，当时约翰尼自己回不了家。

凯蒂听说麦克肖恩太太现在住在一家疗养院里，因为她得了不治之症——肺结核。估计她活不了多久了。"他以后会再结婚吗？"凯蒂问道。"他当然会。"她自问自答。"他长相英俊，品行端正，又有一份好工作，会有女人把他收走的。"麦克肖恩警长一边跟她说话，一边摘下了帽子。

"诺兰太太,警局里的人和我都很感谢你,谢谢你帮我们抓到了凶手。"

"不客气。"凯蒂礼貌地说。

"为了表达他们的谢意,伙计们除了向你脱帽致意外,还有点别的表示!"他拿出了一个信封。

"里面是钱?"她问。

"是的。"

"不用,你留着吧!"

"你的男人工作不稳定,养孩子的家庭总需要买这买那的,你肯定会需要的。"

"这不关你的事,麦克肖恩中士。你可以看到我工作很努力,我们不需要任何人的帮助。"

"好吧,那就依你。"

他把信封放回口袋,一直定定地看着她。他想,"这是个身材苗条的女人,皮肤白皙,头发乌黑卷曲。她有足够的勇气和自尊,她一个人可以抵同龄的六个人。我是个四十五岁的中年男人,"他继续想,"而她才不过是个小姑娘。"(凯蒂三十一岁,但看起来要年轻得多。)"我俩在结婚时都很倒霉。"没错,麦克肖恩了解约翰尼的一切,知道他活不了多久了。

他同情约翰尼,也同情自己的妻子莫莉。他不会伤害他们中的任何一个。他从来没有想过要在肉体上对他病弱的妻子不忠。"但在精神上,我是不是在伤害他们呢?"他问自己,"当然,还需要等待。要等几年?两年?五年?啊,好吧,我已经等了很久,却无望幸福。当然,我现在可以再等一等。"

他再次向她道谢,并正式道别。当他握住她的手时,他想,"有一天她会成为我的妻子,上帝和她都会愿意的。"

凯蒂不可能知道他在想什么。或许,也知道?因为有什么东西促使她叫住了他。

"我希望有一天你能得到你应得的幸福,麦克肖恩中士。"

34

当弗兰西听到茜茜姨妈告诉妈妈,自己要养一个孩子时,她很奇怪——为什么茜茜不像其他女人说的那样说"生孩子"。她发现茜茜说的是"养"而不是"生"是有原因的。

茜茜有过三任丈夫。在塞普拉斯山圣约翰公墓的一小片墓地里,有十块属于茜茜的小墓碑。每块墓碑上的死亡日期都与出生日期相同。茜茜已经三十五岁了,对没有孩子的现实感到绝望。凯蒂和约翰尼经常讨论这个问题,凯蒂担心茜茜有一天会去绑架一个孩子。

茜茜想领养一个孩子,但她的约翰不同意。

"我不会养别人的私生子,明白吗?"他这样说。"你不喜欢孩子吗,亲爱的?"她讨好地问。

"我当然喜欢孩子。但他们必须是我自己的,而不是其他流浪汉的。"他回答道,无意中也侮辱了自己。

在大多数事情上,她的约翰就像茜茜手中柔软的面团般任由她搓圆捏扁。但在这件事上,他拒绝让自己被她拿捏。他始终坚持,若要拥有孩子,那必须是出自他血脉的延续,而非他人的赠予。茜茜知道他是认真的。她甚至对他的态度有一种敬意。但她必须生下一个活生生的孩子,这是她的使命,也是她的渴望。

一次偶然的机会,茜茜发现马斯佩斯有个十六岁的漂亮女孩,女孩和一个有妇之夫纠缠不清,而且马上就要生孩子了。她的父母是西西里人，最近才从那边赶过来，他们把女孩关在一个黑暗的房间里，这样邻居们就看不到她"与日俱增的羞耻"了。

她的父亲让她只吃面包和水。他的理论是，这样会让她变得虚弱，她和她的孩子就会死于分娩。为了不让心软的母亲在他不在的时候给露西亚吃的，父亲早上去上班的时候不把钱留在家里。每天晚上回家时，他都会带回一袋日用品，并时刻关注，防止食物被偷偷地拿给了女孩。吃完饭后，他给女孩每天的食量是半条面包和一壶水。

茜茜听到这个关于饥饿和残忍的故事时，感到非常震惊。她想出了一个计划。她想，孩子出生后，这家人可能会很乐意把孩子送人。她决定去看看那些人。如果他们看起来健康正常，她就会主动提出带走孩子。

当她拜访时，这位母亲不让她进屋。第二天，茜茜又来了，她的外套上别着一枚徽章。她敲了敲门。门开了一条缝，她指着徽章，语气严厉地要求进门。母亲吓坏了，以为茜茜是移民局的，就让她进了门。这位母亲不识字，否则她会认出徽章上写着"鸡鸭检查员"。

茜茜开始检查。这位准妈妈惊慌失措、拼命反抗，她因为饥饿而变得非常消瘦。茜茜威胁女孩的母亲，如果她不对女孩好一点，就把她抓起来。

母亲流着泪，用蹩脚的英语讲述了自己的耻辱，以及父亲打算饿死女孩和胎儿的计划。茜茜与母亲和女儿露西亚进行了长达一天的谈话。谈话大多是打哑谜。最后，茜茜让她们明白，只要孩子一出生，她就愿意把孩子从她们手中接走。母亲终于明白了，她感激地亲吻茜茜的手。从那天起，茜茜就成了这家人最爱戴和信任的朋友。

早上约翰去上班后，茜茜收拾了一下公寓，给露西亚做了一锅饭菜，然后送到露西亚家里。她用爱尔兰和德国的混合菜把露西亚喂养得很好。她有一个理论——如果孩子在出生前吸收了这些异域的食物,出生后看上去就不会那么像意大利人了。

茜茜对露西亚的照顾无微不至。每当天气晴朗,她便会带着露西亚前往公园,她们尽情地沐浴在温暖的阳光之下。在她们不寻常的交往期间,茜茜是这个女孩忠实的同性朋友。露西亚非常喜欢茜茜,因为在这个新世界里,只有茜茜对她好。全家人(除了父亲,他不知道茜茜的存在)都喜欢茜茜。母亲和其他孩子欣然加入了一个阴谋,不让父亲知道。当她们听到父亲踏上楼梯的脚步声时,她们就会把露西亚锁在黑暗的房间里。

这家人不会说太多的英语,茜茜也不懂意大利语。但几个月过去了,她们从茜茜那里学会了一些英语,茜茜也从她们那里学会了意大利语,她们就能在一起聊天了。茜茜从来没有告诉过她们自己的名字,所以她们叫她"自由女神",取自她们在美国看到的第一件东西——手持火炬的女神的名字。

茜茜接管了露西亚、她未出生的孩子和这个家庭。当一切都安排妥当并达成一致后,茜茜向她的朋友和家人宣布,她又要生孩子了。没有人在意,因为茜茜总是在生孩子。

她找到了一个不起眼的助产婆,并预付了接生费用。她给了助产婆一张纸,让凯蒂在上面写上自己的名字、约翰的名字和茜茜的姓氏。她告诉助产婆,分娩后要立即把这张纸交给卫生局。这个无知的女人不会说意大利语(茜茜在雇用她时就确定了这一点),她以为递给她的纸上写着的就是孩子母亲和父亲的名字。茜茜希望出生证明能顺利办妥。

茜茜把自己假怀孕的事情做得非常逼真,以至于她在开始的几周里假装孕吐。当露西亚宣布她感觉到了胎动时,茜茜告诉约翰,她也感觉到了胎动。

露西亚开始阵痛的那天下午,茜茜回家躺在床上。当她的约翰下班回家时，她告诉他，孩子要出生了。他看着她。她的身材就像芭蕾舞演员一样苗条。他争辩着，但她非常坚持，于是他去叫来了她的母亲。玛丽·罗姆利看着茜茜，说她不可能有孩子。作为回答，茜茜发出了令人毛骨悚然的尖叫，并说她痛得要命。玛丽若有所思地看着她。她不知道茜茜在想什么，但她知道争论是没有用的。如果茜茜说她要有孩子了，那么她就是要有孩子了，就是这样。她的约翰提出了抗议。

"但你看她多瘦，肚子里没有孩子，看到了吗？"

"也许会从她的脑袋里出来。"玛丽·罗姆利说，"她的头已经够大了。"

约翰说："啊，好了，不要再说这种话了。"

"你凭什么这么说？"茜茜问道，"圣母玛利亚不也是在没有男人的情况下生下孩子的吗？如果她能做到，我相信我也能做到，并且更容易，因为我已经结婚了，有男人了。"

"谁知道呢？"玛丽说道。她转向被烦透的丈夫，温和地说，"有很多事情男人是不懂的。"她劝这个困惑的男人忘掉这一切，吃一顿她为他做的丰盛晚餐，然后上床好好睡一觉。

这个困惑的男人整晚都躺在妻子身边。他彻夜难眠，不时用胳膊肘撑起身子，盯着她，也不时用手抚摸她平坦的腹部。茜茜整晚都睡得很香。

当他第二天早上去上班时，茜茜宣布，在他当晚回来之前，他就会当爸爸。

"我投降了。"这个饱受折磨的人喊道，然后去杂志社工作了。

茜茜匆匆赶到露西亚家。孩子是在约翰离开一小时后出生的。这是一个健康漂亮的女孩。茜茜非常高兴。她说露西亚要给孩子喂十天奶，让孩子有个良好的开端，然后她就把孩子抱回了家。她出去买了一只烤鸡和一家面包店的馅饼。露西亚的母亲用意大利的方法烤鸡。茜茜从街区的意大利杂货店买了一瓶基安蒂葡萄酒,大家一起享用了一顿丰盛的晚餐。

家里就像过节一样。每个人都很开心。露西亚的肚子几乎又平了。她的肚子上再也没有任何"耻辱柱"了。现在,一切都和以前一样……或者说,当茜茜把孩子带走后,一切都会和以前一样。

茜茜每隔一小时就给孩子洗一次澡。一天中,她要给孩子换三次衣服和发带。不管需不需要,尿布每五分钟换一次。她给露西亚洗澡,让她变得干净可爱。她把露西亚的头发梳了又梳,直到她的头发像缎子一样光亮。她为露西亚和孩子做的远不止这些。当露西亚的父亲回来时,她不得不离开。

父亲回到家,走进黑暗的房间,给露西亚送去她每天仅有的一点食物。他点燃煤油灯,发现露西亚容光焕发,一个健康的胖娃娃正心满意足地睡在她身边。他大吃一惊。这一切都是靠面包和水维持的!他开始害怕起来。

这是一个奇迹!圣母玛利亚肯定为这位年轻的母亲做了什么。在意大利,她也曾创造过这样的奇迹。也许他会因为如此不人道地对待自己的骨肉而受到惩罚。忏悔之余,他给她端来了一盘面条。露西亚拒绝了,说她已经习惯了面包和水。母亲站在露西亚一边,解释说面包和水孕育了一个完美的婴儿。父亲越来越相信这是一个奇迹。他疯狂地想对露西亚好一点,家人却在惩罚他。他们不允许他对女儿表现出任何善意。

那天晚上,约翰回到家时,茜茜正安详地躺在床上。他开玩笑地问:

"你今天生孩子了吗?"

"是的。"她用微弱的声音回答。

"啊，继续装！"

"孩子是在你今早离开一小时后出生的。"

"胡言乱语！"

"我发誓！"

他环顾了一下房间："那孩子在哪？"

"在科尼艾兰的保温箱里。"

"在哪里？"

"那是个七个月大的婴儿，你知道的。只有三磅重，所以我才没带出来给你看。"

"你撒谎。"

"等我一恢复体力，我就带你去科尼艾兰，孩子就在那个保温箱里。"

"你想干什么？把我逼疯吗？"

"十天后我就把孩子带回家，等她长出指甲就带她回家。"这是她一时兴起说的。

"你怎么了，茜茜？你很清楚你今天早上没生孩子。"

"我生了个孩子。她只有三磅重，他们把她放在了保温箱里，这样她就不会死了，十天后我就能把她抱回来了。"

"我投降了！我投降了！"他喊道，然后出去喝得酩酊大醉。

十天后，茜茜把孩子带回了家。这是一个大宝宝，重达十一磅。她的约翰最后一次表达了自己的抗议：

"十天大的婴儿，这未免也太大了吧。"

"你也是个大块头，亲爱的。"她低声说。她看到他脸上露出欣慰的神情。她用双臂搂住他。"我现在很好，"她在他耳边说，"如果你想和我一起睡觉的话。"

"你知道，"他事后说，"这孩子确实有点像我。"

"尤其是耳朵周围。"茜茜昏昏欲睡地喃喃道。

几个月后,意大利人一家回到了故国。他们很高兴离开这,因为新世界带给他们的只有悲伤、贫穷和耻辱。茜茜再也没有听说过他们。

每个人都知道这不是茜茜的孩子,这也不可能是她的孩子。但她坚持自己的说法,既然没有其他合理的解释,人们也只好接受。毕竟,世界上确实发生过奇怪的事情。她给孩子取名莎拉,但后来大家都叫他小茜茜。

关于孩子身世的真相,茜茜只告诉了凯蒂一人。茜茜让凯蒂帮她写出生证明上的名字时,吐露了实情。啊,弗兰西也知道。夜里,她经常被声音惊醒,听到妈妈和茜茜姨妈在厨房里谈论孩子的事。弗兰西发誓将会永远保守茜茜的秘密。

约翰尼是唯一知道此事的其他人(意大利人一家除外)。凯蒂告诉了他。弗兰西听到他们在谈论这件事,当时他们以为弗兰西睡着了。爸爸站在茜茜丈夫这一边。

"对一个人来说,对任何一个人来说,玩这种把戏都太下流了。应该有人告诉他,我会告诉他的。"

"不!"妈妈尖声说,"他乐在其中,就让他这样吧。"

"乐在其中?把别人的孩子托付给他?我不明白。"

"他为茜茜疯狂,他总是担心她会离开他。如果她离开他,他就真的会死。你了解茜茜的。她从一个男人换到另一个男人,从一个丈夫换到另一个丈夫——总是想得到一个孩子。孩子出生之时,就是她快要离开这个男人的时候。从今往后,茜茜会是个不一样的女人。记住我的话,她会最终安定下来,回馈给他一个比他本应得的更好的妻子。管他这个约翰是谁?"她停顿了一下,"她会是个好母亲。孩子将是她的整个世界,她再也不用去追男人了。所以不要大费周章了,约翰尼。"

"对我们男人来说，你们罗姆利家的女人都心机深沉。"约翰尼下了结论。他突然有了一个想法，"说！你有没有这么对我？"

作为回答，凯蒂让孩子们下了床。她让他们穿着长长的白色睡衣站在他面前。"看看他们。"她命令道。约翰尼看着自己的儿子，仿佛在照一面镜子，在镜子里，他看到了一个完完全全的缩小版的自己。他又看了看弗兰西，除了眼睛像自己，整张脸都像凯蒂（只是更端庄了）。弗兰西一时冲动，拿起一个盘子，像约翰尼唱歌时拿帽子那样，把盘子放在心口上，唱了一首他经常唱的歌：

他们叫她轻浮的萨尔。
一个奇特的女孩……

弗兰西在表情与手势上，与约翰尼如出一辙，仿佛两人心灵相通。

"我知道了，我知道了。"爸爸低声说。他亲吻了孩子们，拍了拍他们的后背，让他们回去睡觉。他们走后，凯蒂拉着约翰尼，对他耳语了几句。

"不！"他惊讶地说。

"是的，约翰尼。"她轻声说。他戴上了帽子。"你要去哪儿，约翰尼？"

"出去。"

"约翰尼，回家的时候不要……"她望着卧室的门说。

"我不会的，凯蒂。"他保证道。他亲吻了她，然后走了出去。

弗兰西半夜醒来，想知道是什么把她从睡梦中惊醒。爸爸还没回家。爸爸还没回家，就是这样。在爸爸回家之前，她没法睡安稳觉。醒来后，她开始思考。

她的脑海中浮现出了茜茜孩子的身影,进而想到了生命的诞生。紧接着,她又联想到了生命诞生后所无法避免的归宿——死亡。她不愿去想死亡,不愿去想每个人生来就是为了死亡。就在她想着死亡的时候,她们听到爸爸轻轻地唱着歌上楼来了。当她听到他唱的是《茉莉·马龙》的最后一节时,她不禁打了个寒战。他从没唱过这一段。从来没有!为什么?……

她死于发烧,

没人能救她,

我就这样失去了甜美的茉莉·马龙……

弗兰西没有动。按照习惯,爸爸回家晚了,妈妈就得开门。她不想让孩子们被吵醒。歌声即将结束。妈妈没听见,她没有起床。弗兰西跳下床。她还没走到门口,歌曲就结束了。当她打开门时,爸爸正静静地站在那里,手里拿着帽子。他直直地看着她的头顶。

"你赢了,爸爸。"她说。

"是吗?"他问。他走进房间,没有看她。

"是的,你唱完了这首歌。"

"是的,我唱完了这首歌。"他坐在窗边的椅子上。

"爸爸……"

"熄灯,回去睡觉。"在他回来的时候,灯光一直隐隐地亮着。此刻,她熄了灯。

"爸爸,你……你生病了吗?"

"不,我没醉。"他在黑暗中清晰地说。弗兰西知道他说的是实话。

她上床后,把脸埋在枕头里。她不知道为什么,但她哭了。

35

又一次来到圣诞节前一周。弗兰西刚刚过完十四岁的生日。尼利,就像他说的那样,马上就要满十三岁了。看来这个圣诞节不会那么好过了。约翰尼有点不对劲。约翰尼没有喝酒。当然,约翰尼也偶尔不喝酒,但那是在他工作的时候。现在,他根本不喝酒,也不工作,约翰尼的问题在于他不喝酒,但他表现得像喝了酒一样。

他已经两个多星期没和家人说过话了。弗兰西记得爸爸最后一次跟她说话,是在他清醒地回家的那个晚上,他唱着《茉莉·马龙》的最后一小节。仔细想想,那晚之后他再也没唱过歌了。他进进出出都不说话,在外面待到深夜,然后清醒地回家。没人知道他在哪里度过了那段时间,他的手抖得厉害,吃饭时几乎拿不住叉子。突然间,他看起来显得很苍老。

昨天他们吃晚饭的时候,他进来了。他看着他们,好像要说什么。然而,他并没有说话,只是闭了一会儿眼睛,然后走进了卧室。他没有固定的作息时间。他在白天和晚上的零散时间走来走去。当他在家时,他会穿着衣服躺在床上,闭着眼睛。

凯蒂脸色惨白,安静地走来走去。她的身上笼罩着一种不祥的阴影,仿佛她的内心正上演着悲剧。她的脸很消瘦,脸颊凹陷,但她的身体却更加丰满。

圣诞节前的这一周,她多接了一份工作。她起得更早、干得更快,她下午的公寓清洁工作很早就完成了。她匆匆赶到格兰街波兰路口的戈林百货公司,在那里从四点工作到七点,为售货员们端上咖啡和三明治,因为圣诞大促,她们不能抽出时间出去吃晚饭。她的家人急需她每天挣来的七毛五分钱。

快七点了。尼利已经送完报纸回家,弗兰西也从图书馆回来了。公寓里没有生火。他们必须等到妈妈带着钱回家的路上去买一捆柴火。孩子们穿着大衣,戴着帽子,因为公寓里非常冷。弗兰西看到妈妈把衣服晾在晾衣绳上,就把它收了进来。衣服被冻成了奇形怪状的模样,没法从窗户收进来。

"来,让我看看。"尼利指着一套被冻住的里衣说。裤子的裤腿已经冻得叉开了,尼利使劲拉扯也无济于事。

"我要打断这该死的鬼东西的腿。"弗兰西说。她狠狠地捶打它,裤子噼里啪啦地掉下来了。她狠狠地抓住它。那一刻,她看起来就像凯蒂。

"弗兰西?"

"嗯?"

"你……你骂了脏话。"

"我知道。"

"上帝听到了。"

"哦,该死!"

"是的,他看到了,上帝能看到和听到一切。"

"尼利,你相信上帝就在这个小房间里吗?"

"当然相信。"

"别太肯定,尼利。他忙着照看小麻雀,怕它们掉下来,又担心小花苞不能破土而出,压根没时间来管我们。"

"别这么说,弗兰西。"

"我偏要。如果上帝像你说的那样,到处趴在别人家的窗户上往里看,上帝就会看到这里的情况。他会看到这里很冷,家里没有食物;他会看到妈妈不够强壮,不能这么辛苦地工作;他会看到爸爸的情况,会为爸爸做点什么。是的,他会!"

"弗兰西……"男孩不安地环视着房间。弗兰西看出了他的不安。

"我长大了,不能再逗他了。"她想。她大声说:"好吧,尼利。"他们一直聊到了凯蒂回家。

凯蒂急忙走了进来。她带了一捆两分钱的木块、一罐炼乳和装在袋子里的三根香蕉。她把纸和木块塞进炉子里,很快就生起了火。

"好了,孩子们,我想我们今晚得吃燕麦粥了。"

"又来?"弗兰西哀号道。

妈妈说:"没那么难吃,我们有炼乳,我还带了香蕉。"

"妈妈,"尼利命令道,"不要把我的炼乳和燕麦粥混在一起,就让它留在上面。"

"把香蕉切成片,和燕麦粥一起煮。"弗兰西建议道。

"我想把香蕉整个吃掉。"尼利抗议道。

妈妈终止了争论:"我给你们一人一根香蕉,你们想怎么吃就怎么吃。"

燕麦粥煮好后,凯蒂把两个汤盘装得满满的,放在桌子上,又在牛奶罐上打了两个洞,在每个盘子旁放了一根香蕉。

"妈妈,你不吃吗?"尼利问道。

"我待会再吃。我现在不饿。"凯蒂叹了口气。

弗兰西说:"妈妈,如果你不想吃东西,为什么不在我们吃饭的时候弹钢琴呢?"

"前厅很冷。"

"点上油炉。"孩子们高声说道。

"好的。"凯蒂从橱柜里拿出一个便携式油炉,"你们知道的,我技术不行。"

"妈妈,你弹得非常好。"弗兰西真诚地说。

凯蒂很高兴。她跪下来点燃了油炉:"你想让我弹什么?"

"《来吧,小树叶》。"弗兰西点了首曲子。

"《欢迎你,甜蜜的春天》。"尼利喊道。

"我先弹《来吧,小树叶》。"妈妈决定,"因为我没给弗兰西买生日礼物。"她走进冰冷的前厅。

"我想把香蕉切片放在燕麦粥上,我会把香蕉切得很薄,这样看起来就会有很多香蕉了。"弗兰西说。

"我要把我的香蕉整个吃掉。"尼利决定,"慢慢吃,这样可以吃很久。"

妈妈正在弹弗兰西点的曲子。这是莫顿先生教给孩子们的一首歌。弗兰西跟着音乐唱了起来:

来吧,小树叶,有一天风儿说。
和我一起在草地上玩耍吧。
穿上红色和金色的礼服……

"啊,这是一首摇篮曲。"尼利打断了她的话。弗兰西不再唱了。凯蒂弹完弗兰西点的曲子后,开始弹鲁宾斯坦的《F调旋律》。这曲子也是莫顿先生教他们的,叫《欢迎你,甜蜜的春天》。尼利开始唱了:

欢迎你,甜蜜的春天,我们用歌声迎接你。

在唱到"歌"的高音时,他的声音突然从男高音变成了男低音。

弗兰西咯咯地笑了起来,很快尼利就笑得唱不下去了。

"如果妈妈现在坐在这里,你知道她会说什么吗?"弗兰西问道。

"什么?"

"她会说,'春天不知不觉就来了'。"他们都笑了。

"圣诞节快到了。"尼利说道。

"还记得我们小时候吗?"刚刚告别十三岁的弗兰西说,"我们是怎么闻到圣诞节的气息来的?"

"让我们看看还能不能闻到它的气息。"尼利激动地说。他把窗户打开一条缝,用鼻子闻了闻。"是的。"

"是什么味道?"

"我闻到了雪的味道。还记得我们小时候常常仰望天空大喊'羽毛男孩,羽毛男孩,从天上抖几根羽毛下来'。"

"下雪的时候,我们以为上面有个羽毛男孩。让我闻闻看。"她突然说道。她把鼻子贴在窗户缝上,"是的,我能闻到它。闻起来像橘子皮和圣诞树的味道。"他们关上了窗户。

"当你说你叫玛丽的时候,我没有告发你。"

"没有。"弗兰西感激地说,"我也没有告发你,那次你用咖啡渣做香烟,抽的时候纸着火了,掉在你的上衣上,烧了一个大洞。我帮你藏起来了。"

"你知道吗,"尼利喃喃自语,"妈妈发现了那件上衣,在破洞上缝了个补丁,她从没问过我。"

弗兰西说:"妈妈真有趣。"她们对母亲高深莫测的做法沉思了一会儿。炉火渐渐熄灭了,但厨房里依然温暖如春。尼利坐在炉子的边上,那里不那么热。妈妈警告过他,坐在热炉子上会长痔疮。但尼利不在乎。他喜欢自己的后背暖暖的。

孩子们感觉很幸福。厨房里暖烘烘的,他们吃得饱饱的,妈妈的演奏让他们觉得安全而舒适。他们回忆起过去的圣诞节,或者用弗兰西的话说,他们谈论的是旧时光。

就在他们说话的时候,有人敲门。"是爸爸。"弗兰西说。

"不,爸爸总是唱着歌上楼,我们就会知道是他。"

"尼利,自从那晚之后,爸爸就再也没唱着歌回家了……"

"让我进去!"约翰尼大声喊道,他拍打着门,好像要把门撞开似的。妈妈从前厅跑了出来。她白皙的脸庞上,一双眼睛显得格外深沉。她打开了门。约翰尼冲了进去。他们瞪大了眼睛看着他。他们从没见过爸爸这个样子。从前的他总是那么整整齐齐,而现在他的燕尾服外套脏兮兮的,就像躺在水沟里一样,他的德比帽也破破烂烂的。他没穿大衣,也没有手套。他的手冻得通红,正在颤抖。他靠着桌子。

"不,我没醉。"他说。

"没人说……"凯蒂开始说。

"我终于戒了酒。我恨它,我恨它,我恨它!"他拍着桌子。他们知道他说的是实话,"从那天晚上起,我就滴酒不沾了……"他突然断断续续地说,"但再也没有人相信我了。没有人……"

"好了,约翰尼。"妈妈安慰道。

"怎么了,爸爸?"弗兰西问道。

"嘘!别打扰你爸爸。"妈妈说。她对约翰尼说:"今天早上的咖啡还没喝完呢,约翰尼。又香又热,我们今晚还有牛奶。我一直在等你回家,这样我们就可以一起吃饭了。"她倒了杯咖啡。

"我们已经吃过了。"尼利说。

"嘘!"妈妈对他说。她把牛奶倒进咖啡里,坐在约翰尼对面。"喝吧,约翰尼,快趁热喝。"

约翰尼盯着杯子。突然,他把杯子从他身边推开,杯子"哐当"一声掉在地上,凯蒂吓得倒吸了一口凉气。约翰尼把头埋在臂弯里,颤抖地抽泣起来。凯蒂走到他身边。

"怎么了,约翰尼,怎么了?"她安抚地问道。

终于,他泣不成声道:

"他们今天把我赶出了侍者工会。他们说我是个流浪汉,是个酒鬼。他们说只要我活着,就不会再给我分配工作。"他暂时控制住了自己的啜泣声,说到"只要我活着"时声音有些颤抖,"他们要我交出我的工会徽章。"他把手放在衣襟上的绿白相间的小徽章上。弗兰西的喉咙发紧,因为她想起他经常说他把它当作装饰品,当作一朵玫瑰。他为自己是一名工会会员而感到自豪。"但我不会放弃的。"他泣不成声。

"这没什么,约翰尼。你只要好好休息,重新站起来。他们会很高兴接纳你的。你是个好服务员,也是他们最好的歌手。"

"我已经不行了。我再也唱不下去了。凯蒂,现在我唱歌时他们都嘲笑我。我最后的几份工作,他们雇我来逗大家开心。现在已经这样了,我完了。"他疯狂地抽泣着,仿佛永远也停不下来。

弗兰西想跑进卧室,把头藏在枕头下。她向门口走去。妈妈看见了她。

"不许走!"她尖声说道。她又对爸爸说:"来,约翰尼。休息一会儿,你会感觉好些的。油炉点着了,我把它放在卧室里,会很暖和的。我会一直陪着你,直到你睡着。"她搂着他。他轻轻地把她的胳膊放了下来,独自走进卧室,更加小声地抽泣起来。凯蒂对孩子们说:"我要陪爸爸一会儿。你们继续聊天或者做你们想做的事吧。"孩子们木讷地看着她。"你们为什么这样看着我?"她的声音有些颤抖。"没什么。"他们把目光移开了。凯蒂走进前厅去拿油炉。

弗兰西和尼利久久没有对视。最后他说:"你还想聊旧时光吗?"

"不。"弗兰西说。

36

约翰尼在三天后去世了。

那天晚上,他上床睡觉,凯蒂一直坐在他身边,直到他入睡。后来为了不打扰他,凯蒂和弗兰西睡在了一起。夜里,不知什么时候他起了床,悄悄地穿好衣服走了出去。第二天晚上他没有回来。第三天,他们开始找他。他们找遍了所有的地方,但是约翰尼已经有一个星期没有出现在他经常去的地方了。

第四天晚上,麦克肖恩来接凯蒂去附近的天主教医院。在路上,他尽量温和地告诉她有关约翰尼的事。约翰尼是在那天清晨被人发现的,他蜷缩在门口。警察发现他时,他已经昏迷了。他的燕尾服外套的扣子都扣上了,警察看到他脖子上戴着圣安东尼徽章,就叫来了天主教医院的救护车。他身上没有任何可以识别身份的物品。后来,警察在局里汇报了情况,并描述了昏迷者的特征。在例行检查报告时,麦克肖恩看到了这段描述。他的第六感告诉他这个人是谁。他去医院一看,果然是约翰尼·诺兰。

当凯蒂急匆匆地抵达时,约翰尼尚存一息。医生向她透露,他正遭受肺炎的折磨,已经回天乏术,仅剩下几小时的寿命。他已沉入临终前的昏迷状态。他们引领凯蒂去见他,他的病榻位于一条狭长的病房走廊尽头。病房内还有其他五十张床位。凯蒂向麦克肖恩表达了感激,并道了别。麦克肖恩明白她希望与约翰尼独处,便离开了。

约翰尼的床周围有一扇屏风，意味着他是个濒死之人。他们给凯蒂搬来一把椅子，她一直坐在那里看着他。他呼吸急促，脸上有干涸的泪痕。凯蒂一直守在那里，直到他死去。他一直没有睁开眼睛，没有对妻子说过一句话。

她回家时已经是晚上了。她决定明天早上再告诉孩子们。"让他们多睡一晚。"她想。"多睡一晚无忧无虑的觉。"她只告诉孩子们，他们的父亲住院了，病得很重。她没有再多说什么。她的样子让孩子们不敢再问问题。

天刚蒙蒙亮，弗兰西就醒了。她穿过狭窄的卧室，看到妈妈坐在尼利的床边，正低头看着他的脸。她的黑眼圈很重，看起来好像整晚都坐在那里。看到弗兰西醒了，她让女儿马上起床穿衣服。她轻轻摇了摇尼利，叫醒他，也让他穿上衣服。她走出厨房。

卧室里灰暗阴冷，弗兰西穿上衣服后不禁打了个寒战。她在等尼利，不想一个人出去找妈妈。凯蒂坐在窗边。他们来到她面前，站着等待。

她告诉他们："你们的父亲已经死了。"

弗兰西麻木地站着。没有任何惊讶或悲伤的感觉。没有任何感觉。妈妈刚才说的话毫无意义。

"你不能哭。"妈妈命令道。她接下来的话也毫无意义，"他现在已经解脱了，也许他比我们幸运。"

医院的一名护理员被一名殡仪馆老板买通，一旦有人死亡，他就会立即通知殡仪馆。这位头脑灵活的殡葬从业者比他的竞争对手更有优势，因为在其他人等着生意上门的时候，他就已经开始抢生意了。这个有魄力的家伙一大早就拜访了凯蒂。

"诺兰夫人，"他说，然后指了指护理员给的写着她姓名和地址的字条，"我理解您沉痛的心情，我想告诉您的是：我们所有人与您一样悲痛。"

"你想做什么？"凯蒂直白地问。

"想跟您交个朋友。"他赶在她误解之前继续说道，"有些细节与……啊……遗体有关，我是说……"他再次快速地看了一眼字条，"我是说诺兰先生。请您把我当作朋友，在……在……谁会……好吧，我希望您把一切都交给我。"

凯蒂明白了："一个简单的葬礼要收多少钱？"

"现在您不用担心费用问题，"他说，"我会给他办一个最好的葬礼。我最尊敬的人莫过于诺兰先生了（其实他从没见过诺兰先生）。我会尽我所能，给他办最好的葬礼。不用担心钱的问题。"

"我不会，因为我根本没钱。"

他舔了舔嘴唇："当然，保险金除外。"这是一个问题，而不是陈述。

"保险金有一点。"

"啊！"他高兴地搓着手，"这就是我可以效劳的地方。领保险金有很多复杂的手续，要花很长时间才能拿到钱。现在，如果您（您知道我不会向您收费）让我来处理这件事。您只要签个字，"他从口袋里掏出一张纸，"把您的保单交给我。我会先垫付举办葬礼的钱，然后从保险费里扣除。"

所有的殡仪馆都提供这种"服务"。这是关于保险金的小把戏。一旦他们知道了保险金额，预估的葬礼费用就会占保险金额的百分之八十左右。为了让顾客满意，他们还得给对方留点钱买丧服。

凯蒂找出了保单。当她把保单放在桌子上时，他看清了保单上的金额：两百元。他装作没有看保单。凯蒂签完字后，他又谈了一会儿别的事情。最后，他好像做出了什么决定，说道：

"告诉您接下来的安排吧，诺兰夫人。我会给逝者安排一个上等的四轮大马车葬礼，搭配镍柄棺材，只要一百七十五元。这一套我一般算两百五十元的，这次我只要保本。"

凯蒂问："那你为什么要这么做？"

他一点也不生气。"我这么做是因为我欣赏诺兰先生。他是个杰出的人，也是个勤奋的人。"他注意到凯蒂惊讶的眼神。

"我不确定。"她犹豫了一下，"一百七十五……"

"包括做弥撒。"他急忙补充道。

"好吧。"凯蒂闷闷地说。她已经厌倦了谈论这件事。

殡仪馆老板拿起保单，假装第一次看到保单金额。"看看！两百块钱的保额。"他故作惊讶地说，"这意味着葬礼结束后，您还剩二十五元。"他伸直了腿，掏了掏口袋。"嗯，我总是说，在这种时候……如果您需要的话，在任何时候，一点现金都会派上用场。"他颇为理解地笑了笑，"所以，我就先从我自己的兜里给您预支余额吧。"他把二十五元新钞放在桌上。

凯蒂向他道了谢。他没有骗她，她也没有表达异议。她知道事情就是这样的。他只是在做他的工作。他让她去找主治医生拿死亡证明。

"请通知他们，我会来处理尸……我是说遗体……好吧，我会来接诺兰先生的。"

凯蒂再次去医院时，被带到了医生办公室。教区牧师也在那里。他正在为死亡证明提供信息。当他看到凯蒂时，画了一个十字架，然后和她握了握手。

"诺兰夫人比我知道的更多。"牧师说。

医生问了一些必要的问题：全名、出生地、出生日期等等。然后凯蒂问了他一个问题。

"您在写什么——我是说，他的死亡原因是？"

"急性酒精中毒和肺炎。"

"他们说他死于肺炎。"

"这是死亡的直接原因。但急性酒精中毒确实是一个诱因,如果你想知道真相的话,或许它才是死亡的主要原因。"

凯蒂慢条斯理地说:"我不希望您写下他死于酗酒,就写他死于肺炎吧。"

"夫人,我必须陈述全部的事实。"

"他已经死了,他死于什么原因对您来讲,有什么区别呢?"

"这是法律规定……"

凯蒂说:"我有两个好孩子。他们长大后会有出息的。他们的父亲……死于您所说的原因,这并不是他们的错。如果我能告诉他们,他们的父亲只是单纯死于肺炎,这将对我非常重要。"

牧师握住了医生的手。"你可以这么做,医生。"他说,"这样既不伤害自己,又能造福他人。别再为一个已经死了的可怜人再三犹豫了。写上肺炎,这不是撒谎,这位女士在今后很长一段时间里都会在祈祷时记起你。此外,"他还实事求是地补充道,"这对你没有什么坏处。"

突然,医生想起了两件事:牧师是医院董事会的成员,而他自己则有意成为医院的主任医师。

"好吧。"他同意了,"照您说的做。但别让这事传出去,这是我个人对您的尊重,牧师。"他在"死因"后面的空白处写下了"肺炎"。

于是,约翰·诺兰死于酗酒,但这没有留下任何记录。

凯蒂用那二十五块钱买了丧服。她给尼利买了一套新的黑色长裤西装。这是他的第一套长裤西装,尼利心中的骄傲、喜悦和悲痛交织在一起。凯蒂为自己买了一顶新的黑色帽子,并按照布鲁克林的习俗戴上了三英尺长的寡妇面纱。凯蒂还给弗兰西买了一双新鞋,这双鞋弗兰西早就需要了，但她没给弗兰西买黑色大衣，因为弗兰西长得快，明年冬天就穿不下了。凯蒂说，她那件旧的绿色大衣，再在胳膊上围一条黑色的带子就能穿了。弗兰西很高兴，因为她讨厌黑色，还担心妈妈会让她戴孝。买完东西后，剩下的一点钱都存进了存钱罐。

殡仪馆老板又来报告说，约翰尼在他的殡仪馆里，正在接受精心的护理，当天晚上就会被送回家。凯蒂受惊似的告诉他，不要告诉他们细节。

然后，打击降临了。

"诺兰太太，我必须拿到您那块地的地契。"

"什么地？"

"墓地，我需要地契来打开坟墓。"

"我以为那都在一百七十五元里了。"

"不，不，不！我已经给你算得很便宜了。光是棺材就花了我……"

"我不喜欢你。"凯蒂直截了当地说，"我不喜欢你做的生意。不过，"她又以惊人的淡然补充道，"我想总得有人埋葬死者。一块墓地多少钱？"

"二十元。"

"我到底要到哪里去……"她戛然而止，"弗兰西，去拿螺丝刀。"

他们撬开了存钱罐，里面的钱合计十八块六毛二分。

"这还不够。"殡仪馆老板说，"但我会出剩下的钱。"他伸手要钱。

"我会凑齐所有的钱。"凯蒂告诉他，"但在我拿到地契之前，我是不会把钱交出去的。"

他急得大吵大闹，最后走了，说他会把地契带回来。妈妈让弗兰西去茜茜家借两块钱。当殡仪馆老板拿着地契回来时，凯蒂想起了十四年前妈妈说过的话，她慢慢地、仔细地读起了地契。她让弗兰西和尼利也读了一遍。殡仪馆老板两只脚站着交换了好几次。当诺兰家的人都对地契的内容感到满意时,凯蒂才把钱递了过去。

"我为什么要骗您,诺兰太太?"他一边小心翼翼地把钱收好,一边平淡地问。

"为什么有人要欺骗别人?"她反问道,"但他们就是这么做了。"

存钱罐立在桌子中间,它已经有十四年的历史了,上面的条纹已经破败不堪。

"要我把它钉回去吗,妈妈?"弗兰西问。

"不。"妈妈慢慢地说,"我们不再需要它了。你看,我们现在拥有了一些土地。"她把折好的地契放在星形存钱罐上面。

弗兰西和尼利一直待在厨房里,棺材放在前厅。他们甚至睡在厨房。他们不想看到棺材里的父亲。凯蒂似乎理解他们,没有坚持让他们过去看父亲。

屋子里摆满了鲜花。不到一周前才把约翰尼赶走的侍者工会送来了一个巨大的白色康乃馨枕头,上面斜扎着一条紫色的丝带,丝带上写着金色的字"我们的兄弟"。分局的警察们为了纪念凶手被抓获,送来了红玫瑰十字架。麦克肖恩警长送来了一束百合花。约翰尼的母亲、罗姆利一家和一些邻居也送来了鲜花。还有凯蒂从未听说过的约翰尼的几十个朋友也送来了鲜花。酒吧老板麦克加里蒂送来了一个人造月桂叶花圈。

"我会把它扔进垃圾桶的。"艾薇看完花圈上的卡片后愤愤不平地说。"不,"凯蒂温和地说,"这事不怪麦克加里蒂。是约翰尼非要去那里的。"

(约翰尼死时欠麦克加里蒂三十八块钱。不知什么原因,酒吧老板对凯蒂只字未提。他默默地将债务一笔勾销了。)

公寓里弥漫着玫瑰、百合和康乃馨的香味。从那以后,弗兰西一直很讨厌这些花,但凯蒂知道人们是多么惦记着约翰尼,这让她很高兴。

在他们要给约翰尼盖上棺材盖的前一刻,凯蒂来到厨房,来到孩子们面前。她把手搭在弗兰西的肩膀上,低声说了几句话。

"我听到一些邻居在窃窃私语,他们说你们不愿意看你们的父亲,因为他不是个好父亲。"

"他是个好父亲。"弗兰西激动地说。

"是的,他是。"凯蒂同意道。她等待着,让孩子们自己做决定。

"来吧,尼利。"弗兰西说。孩子们手拉着手,走近父亲身边。尼利快速地看了一眼,然后害怕自己会哭出来,就跑出了房间。弗兰西站在那里,眼睛盯着地面,不敢看。然后,她抬起了眼睛。她不敢相信爸爸已经不在人世了!他穿着那套洗得干干净净的燕尾服,戴着崭新的领子和领花,还精心系着领结。他的衣襟上插着一朵康乃馨,上面是他的工会徽章。他的头发金黄闪亮,一如既往地卷曲着。有一绺头发不在原位,稍稍垂落在额头一侧。他闭着眼睛,好像在浅睡。他看起来年轻英俊,保养得很好。她第一次注意到他的眉毛弯弯的。他的小胡须修剪得整整齐齐,看上去一如既往地风度翩翩。所有的痛苦、悲伤和忧虑都从他的脸上消失了。他的脸很光滑,看起来像个孩子。约翰尼死时三十四岁。但他现在看起来更年轻,就像一个刚过二十岁的男孩。弗兰西看着他的双手,安详地交叉着放在银质十字架上。在他的无名指上有一个发白的圆环,那里曾经戴着凯蒂结婚时送给他的戒指(凯蒂把戒指取了下来,打算等尼利长大时再送给他)。看到爸爸的手一动不动,她觉得很奇怪,在她的记忆中,爸爸的手总是在颤抖。弗兰西注意到,爸爸的手看上去是那么修长细腻,手指又细又长。她定定地看着爸爸的手,仿佛看到它们在动。她心中涌起一阵恐慌,想要逃走。但房间里有很多人在看着她。他们会说她逃跑是因为……他是个好父亲。他是!他是!她用手抚摸他的头发,把那绺垂下来的头发放回了原位。茜茜姨妈走过来搂着她,轻声说:"是时候了。"弗兰西退后一步,和妈妈站在一起,她们盖上了棺盖。

做弥撒时,弗兰西跪在妈妈的一边,尼利跪在另一边。弗兰西的眼睛一直盯着地板,这样她就不用看祭坛前的架子上,那鲜花覆盖的棺材了。不经意间,她偷偷看了一眼母亲。凯蒂跪在地上,眼睛直直地盯着前方,寡妇面纱下的脸煞白而安静。

牧师走下来,绕着棺材走了一圈,在棺材的四个角上洒下圣水,坐在过道对面的一位女士大声抽泣起来。凯蒂嫉妒心很强,即使约翰尼人已经死了,她也有强烈的占有欲。她猛地转过身来,看着这个敢为约翰尼哭泣的女人。她好好地看了看那个女人,然后把头转了过去。她的思绪就像被撕碎的纸片,四处飘散。

"希尔迪·奥戴尔在这个年纪已经很显老了。"她想。"她的黄头发上好像撒了亮粉。但她比我大不了多少……三十二三岁。我十七岁时她十八岁。我们各走各的路吧。你是想说,我走我的路,而你走她的路吧?希尔迪,希尔迪……他是我男朋友!凯蒂·罗姆利……希尔迪,希尔迪……可她是我的闺密呀……我不是个好人,希尔迪……我不应该让你误解……你走你的……希尔迪,希尔迪。让她哭吧,让她哭吧。"凯蒂想。"一个爱约翰尼的人应该为他哭,而我不能哭。让她……"

凯蒂、约翰尼的母亲、弗兰西和尼利乘坐灵车后面的第一辆马车前往墓地。孩子们背对着车夫坐着。弗兰西很高兴,因为她看不到领头的灵车。她看到了跟在后面的马车。艾薇姨妈和茜茜姨妈坐在那辆车上。她们的丈夫不能来,因为他们都在工作,而外祖母玛丽·罗姆利则留在家里照看茜茜的新生儿。弗兰西希望自己能坐上第二辆马车。露西·诺兰一路上都在哭泣和哀叹。凯蒂静静地坐着。马车很闷,散发着潮湿的草料和陈年马粪的味道。这种气味,这种近距离倒着坐马车和紧张的气氛让弗兰西产生了一种陌生的不适感。

他们来到墓地，看到一个深坑旁放着一个普通的木箱。他们把盖着布的棺材和闪闪发光的把手放进一个普通的盒子里。当他们把棺材放进墓穴时，弗兰西别过头去。

天灰蒙蒙的，寒风呼啸。弗兰西的脚边飘起了冰冷的尘埃。在不远处一座一周前刚安置的坟墓前，一些人正在把枯萎的花朵从坟墓上堆放的花圈铁丝框中剥离出来。他们有条不紊地工作着，将枯萎的花朵整齐地堆放在一起，并小心翼翼地将铁丝框堆放好。他们的工作是光明正大的，因为他们从墓地管理者那里买下了这一特权，然后把铁丝框卖给花店，花店会反复使用这些铁丝框。没有人抱怨，因为这些人非常谨慎，不会撕坏，直到花朵完全枯萎才拆除铁丝框。

有人把一捧湿冷的泥土放到弗兰西的手里。她看到妈妈和尼利正站在坟墓边上，把手中的土丢进坟墓里。弗兰西慢慢走到边缘，闭上眼睛，慢慢张开手。过了一会儿，她听到"砰"的一声轻响，那种恶心的感觉又回来了。

葬礼结束后，几辆马车驶向不同的方向。每个吊唁者都被送回了自己的家。露西·诺兰和一些住在附近的吊唁者一起走了。她甚至连再见都没说。在葬礼上，她一直拒绝与凯蒂和孩子们说话。茜茜姨妈和艾薇姨妈上了马车，凯蒂、弗兰西和尼利也上了这辆马车。车厢里坐不下五个人，弗兰西只好坐在艾薇姨妈的腿上。在回家的路上，他们都很安静。艾薇姨妈试图讲一些威利叔叔和他的马的新故事来逗他们开心。但是没有人笑，因为没有人听。

妈妈把马车停在了离家不远的一家理发店门口。

"进去，"她对弗兰西说，"去拿你父亲的杯子。"

弗兰西不明白她的意思。"什么杯子？"她问。

"就是去拿他的杯子。"

弗兰西进去了。里面有两个理发师,但没有顾客。其中一个理发师坐在靠墙的一排椅子上。他的左脚踝搭在右膝盖上,手里拿着一把曼陀铃。他正在弹奏《我的太阳》。弗兰西知道这首歌。莫顿先生教过他们,曲名的意思是《阳光》。另一个理发师坐在一张理发椅上,正看着长镜子里的自己。女孩进来时,他从椅子上站了起来。

"什么事?"他问。

"我要我父亲的杯子。"

"名字?"

"约翰尼·诺兰。"

"啊,是的。太遗憾了。"他叹了口气,从架子上的一排杯子中拿出一个杯子。那是一个厚厚的白色杯子,上面用烫金花体大字写着"约翰尼·诺兰"。杯子底部有一块破旧的白色肥皂块,还有一把用旧的刷子。他拿出肥皂,把肥皂和刷子放进一个更大的无字杯里。他洗了下约翰尼的杯子。

弗兰西等待的时候,四处看了看。她从未进过理发店。店里弥漫着肥皂、干净毛巾和月桂朗姆酒的味道。店里有一台煤气取暖器,发出"咝咝"的响声。理发师唱完了那首歌,又重新开始。曼陀铃清脆的声音给温暖的店铺蒙上了一丝悲伤。弗兰西在心里唱着莫顿先生教她的歌词:

哦,亲爱的,

有什么比阳光灿烂的日子更美好呢?

暴风雨终于过去了。

天空湛蓝而晴朗。

她想,每个人都有自己的秘密生活。爸爸从不谈论理发店,但他每周都要来这里刮三次胡子。讲究的约翰尼给自己买了一个杯子，效仿那些条件好的人。他不会用普通杯子里的泡沫来刮胡子。那不是约翰尼的作风。当他有钱的时候，他每周都要去三次，坐在那些椅子上，照着镜子，和理发师聊天——也许——布鲁克林队今年是否有一支优秀的球队，或者民主党是否会像往常一样当选。也许他在另一个理发师弹曼陀铃的时候唱过歌。是的，她确信他唱过。对他来说，唱歌比呼吸更容易。她想知道，当他必须排队的时候，他是否会躺在长椅上阅读《警察公报》？

理发师把洗净晾干的杯子给了她。"约翰尼·诺兰是个好人，"他说，"告诉你妈妈，这是我，约翰尼的理发师说的。"

"谢谢你。"弗兰西感激地低声说。她在曼陀铃的悲鸣声中关上了门，走了出去。

回到车厢后，她把杯子递给凯蒂。"这是给你的。"妈妈说，"尼利会戴上爸爸的戒指。"

弗兰西看着父亲烫金的名字，五分钟内再一次感激地低声说了句"谢谢"。

约翰尼在世上生活了三十四年。不到一周前，他还走在这些街道上。现在，家里只剩下杯子、戒指和两件没有熨烫的服务员围裙，这些具体的物品都意味着一个人曾经活过。没有其他的实物可以让人们想起约翰尼的存在，因为他所有的衣服都已经随他一起下葬，还有他的耳钉和十四克拉的金领扣。

回到家后，他们发现邻居们已经进屋整理了公寓。前厅的家具已经摆回原位，枯叶和花瓣也被清扫干净。窗户被打开了，房间也通风了。他们搬来煤炭，在厨房的炉灶上生起了火，并在桌子上铺上了新的白桌布。泰莫尔家的小姐们端来了她们亲手烘焙的蛋糕，蛋糕放在盘子里，已经切好了。弗洛西·加迪斯和她的母亲买了一大堆腊肠片,要用两个盘子才能装得下。桌上放着一篮刚切片的黑麦面包和几个咖啡杯。炉子上热着一壶刚煮好的咖啡,有人在桌子中间放了一罐正宗的奶油。这一切都是他们趁诺兰一家不在时做的。做完后他们就离开了,锁上了门,把钥匙放在了垫子下面。

　　茜茜姨妈、艾薇姨妈、妈妈、弗兰西和尼利坐在桌旁。艾薇姨妈倒了些咖啡。凯蒂盯着杯子坐了很久。她想起了约翰尼上次坐在那张桌子旁的情景。她学着约翰尼的样子,用胳膊推开杯子,把头埋在桌子上,哭得丑陋不堪,撕心裂肺。茜茜用双臂搂着她,用她温柔的声音安慰说:

　　"凯蒂,凯蒂,别哭了。别哭得这么伤心,否则你即将来到世上的孩子也会愁眉苦脸的。"

37

葬礼后的第二天,凯蒂一直躺在床上,弗兰西和尼利在公寓里来回走动,眼神呆滞,不知所措。临近傍晚,凯蒂起床为他们做了些晚饭。吃完饭后,她催促孩子们出去散散步,说他们需要透透气。

弗兰西和尼利沿着格雷厄姆大道向百老汇方向走去。这是一个严寒而寂静的夜晚,但没有下雪。街上空无一人。这是圣诞节后的第三天,孩子们都在家里玩他们的新玩具。街灯的灯光很亮。一阵冰冷的小风从海上吹来,贴近地面。脏兮兮的纸屑沿着水沟漫卷而过。

在过去的几天里,他们已经向童年挥手告别。自从他们的父亲在圣诞节那天去世后,圣诞节就在不知不觉中过去了。尼利十三岁的生日也在这几天里不知去向了。

他们来到一座灯火通明的大型杂耍场门前。由于他们是爱看书的孩子,碰到什么就看什么,所以他们停下脚步,自动读起了本周演出的节目单。在第六场演出的节目单的下方,用大字写着一则公告。

"下周此地!恰西·奥斯本,甜美歌曲,甜歌王子。不要错过!"

甜歌王子……甜歌王子……

自从父亲去世后,弗兰西就再也没有流过一滴眼泪。尼利也没有。现在,弗兰西觉得她所有的眼泪都哽在喉咙里,形成了一个结实的肿块,而且这个肿块还在……不断扩大。她觉得如果这个肿块不尽快化开,变回眼泪,她也会死的。她看着尼利。眼泪从他的眼睛里流了出来。接着，她的眼泪也流了下来。

他们拐进一条昏暗的小街，坐在人行道的边上，双脚踩在水沟里。尼利虽然在哭泣，但还记得把手帕铺在路边，以免弄脏新买的长裤。他们紧挨着坐在一起，因为他们又冷又孤独。他们坐在寒冷的街道上，默默地哭了很久。最后，当他们再也哭不出来的时候，他们聊了起来：

"尼利，爸爸为什么要死？"

"我猜是上帝要他死。"

"为什么？"

"也许是为了惩罚他。"

"惩罚他什么？"

"我不知道。"尼利凄惨地说。

"你相信是上帝让爸爸来到这个世界的吗？"

"相信。"

"那么上帝应该想让他活下去，不是吗？"

"我想是的。"

"那为什么他死得这么早？"

"也许是为了惩罚他。"尼利重复道，不知道还能回答什么。

"如果这是真的，那又有什么用？爸爸已经死了，他不知道自己受到了惩罚。上帝把爸爸变成这样的，然后又自言自语说，'我看你敢对我怎么样。'我打赌他就是这么说的。"

"也许你不应该这么说上帝。"尼利忐忑不安地说。

"他们说上帝很伟大。"弗兰西轻蔑地说，"他无所不知，无所不能。如果他那么伟大，为什么不帮助爸爸，而要像你说的那样惩罚他？"

"我只是说也许。"

弗兰西说："如果上帝掌管着整个世界，掌管着日月星辰、飞禽走兽、花草树木和人类的话，上帝为什么还要花这么多时间去惩罚一个人——一个像爸爸这样的人。你不觉得他根本忙不过来吗？"

"我觉得你不应该这样说上帝。"尼利不安地说，"他可能会让你死无葬身之地。"

"那就让他来吧。"弗兰西凶狠地喊道，"让他把我打死在水沟里吧！"

他们恐惧地等待着。什么也没发生。弗兰西再次说话时，声音小了许多。

"我相信耶稣基督，还有他的母亲圣母玛利亚。耶稣曾经是个鲜活的婴儿。他光着脚，就像我们夏天一样。我看过一张照片，耶稣还是个孩子，没有穿鞋。当他长大成人时，他去钓鱼，就像爸爸曾经做的那样。人们会欺负他，但欺负不了上帝。耶稣不会到处惩罚人。他了解人。所以我会永远相信耶稣基督。"

他们像天主教徒提到耶稣的名字时那样，画了个十字。然后，她把手放在尼利的膝盖上，低声说了几句话：

"尼利，除了你，我不会告诉任何人，但我不再相信上帝了。"

"我想回家。"尼利颤抖着说。

当凯蒂让他们进来时，她看到他们的脸上带着疲惫，却很平静。

"好吧，他们已经哭出来了。"她想。

弗兰西看了看母亲，又迅速转过头去。"我们不在的时候，"她想，"她一定是哭啊哭，直到再也哭不出来为止。"她们谁也没有提哭鼻子的事。

"我以为你们回家的时候会很冷。"妈妈说，"所以我给你准备了一个温暖的惊喜。"

"什么？"尼利问道。

"你马上就知道了。"

惊喜是"热巧克力",它是将可可和炼乳调成糊状,再加入开水搅拌而成。凯蒂把浓稠的热巧克力倒进杯子里。她还说:"这还没完。"她从围裙口袋里的纸袋里拿出三块棉花糖,在每个杯子里放了一块。

"妈妈!"孩子们同时欣喜若狂地说。"热巧克力"是一件特别的东西,通常只在生日时才会出现。

弗兰西一边用勺子压着棉花糖,一边看着黑巧克力上化开的白色漩涡的纹路,心想:妈妈真是神通广大。她知道我们一直在哭,但她没有问我们。妈妈从来不……突然间,弗兰西想到了形容妈妈的恰当词语——妈妈从来不拖泥带水。

是的,凯蒂从不拖泥带水。当她用她那双形状优美但看起来很粗糙的手时,她用得很果断,不管是用一个精准的手势把一朵碎花扔进水桶里,还是用手麻利地拧干一块搓澡布。她说起话来字字珠玑。她的思路清晰,绝不动摇。

妈妈说:"尼利长大了,不能和姐姐睡一个房间了。所以我把你……"她几乎没有停顿地就说出了下一句话,"……你爸爸和我曾经住过的房间收拾出来了。现在那是尼利的房间。"

尼利的目光跳到了母亲的身上。一个属于他自己的房间!一个梦想成真了,两个梦想成真了,长裤和房间……一想到这些美好的东西是如何降临到自己身上的,他又不禁黯然神伤。

"我和你一起住,弗兰西。"凯蒂本能地运用了说话的技巧。她没有说,"你和我一起住。"

"真希望我也有自己的房间。"弗兰西嫉妒地想。"但我想,尼利拥有它是对的。这里只有两间卧室,他不能和妈妈一起睡。"

凯蒂知道弗兰西的想法,便说:"等天气暖和了,弗兰西就可以住前厅了。我们把她的小床放在那里，白天盖上漂亮的被子，那里就会像一间个人起居室。好吗，弗兰西？"

"好的，妈妈。"

过了一会儿，妈妈说："前几天晚上我们忘了读书，现在我们要重新开始。"

弗兰西从壁炉架上取下《圣经》，有点惊讶地想："这么说来，一切照旧。"

妈妈说："由于今年没过圣诞节，我们跳过该读的那部分，来读小耶稣的诞生。我们轮流读。你先读，弗兰西。"

弗兰西读道：

……就这样，他们在那里的时候，她分娩的时候到了。她把自己第一胎的儿子抱出来，用襁褓包好，放在马槽里，因为客栈里没有地方。

凯蒂突然叹了口气。弗兰西停止了阅读，抬起头问怎么了。

"没事。"妈妈说，"继续吧。"

"是的，没事。"凯蒂想。"孩子应该会有胎动了。"未出生的孩子在她体内动了动。她默默地想："是不是因为他知道有了这个孩子，才终于停止了酗酒？"她曾悄悄地告诉他，他们很快会有一个孩子。当他知道的时候，他有没有试着改变自己？知道后，他是因为想努力成为一个更好的男人而死的吗？"约翰尼……约翰尼……"她又叹了口气。

他们依次读着耶稣诞生的故事，读着读着，他们想到了约翰尼的死。但每个人都没有说出自己的想法。

当孩子们准备上床睡觉时，凯蒂做了一件很不寻常的事。之所以不寻常,是因为她不是一个善于表达的女人。她把孩子们紧紧抱在怀里,边亲吻着他们边道晚安。

"从现在起。"她说,"我是你们的母亲,也是你们的父亲。"

38

圣诞假期结束前,弗兰西告诉妈妈,她不打算回学校了。"你不喜欢上学吗?"妈妈问。

"我喜欢。但我已经十四岁了,很容易就能拿到工作证。"

"你为什么想去工作?"

"帮衬家里。"

"不,弗兰西。我想让你回学校,然后毕业。只剩几个月了,六月就快到了。你可以拿今年夏天的工作证。也许尼利也是。但你们秋天都要上高中了,所以别想工作证了,回学校去吧。"

"可是,妈妈,我们怎么能挨到夏天呢?"

"我们会有办法的。"

凯蒂并不像她说的那样自信。不管从哪方面来说,她都想念约翰尼。约翰尼从来没有稳定的工作,但周六或周日晚上会有意外的工作,能挣到三块钱。还有,当事情太糟的时候,约翰尼也有办法让自己暂时振作起来,让他们渡过难关。但现在,约翰尼不在了。

凯蒂盘算了一下。只要她能把那三栋房子打扫干净,就能付清房租。尼利每周有一块五的卖报钱,这些钱能让他们买上煤,不过只能在晚上生火。但是,等等!每周还要从中匀出两毛钱的保险费(凯蒂每周的保险费是一毛钱,每个孩子是五分钱)。好吧,少烧一点煤,早一点上床睡觉就能解决这个问题。衣服呢?想都别想。幸好弗兰西有双新鞋,尼利有套西装。那么最大的问题就是食物了。也许麦克加里蒂太太会让她再洗一次衣服。那样一周就还能再挣一块钱。然后她会在外面找一些清洁的工作。他们会过得很好的。

他们一直坚持到三月底。那时凯蒂的身子已经很笨重了。孩子五月时就要生了。她为之工作的女士们看到她大着肚子站在厨房的熨衣板前,或者看到她以笨拙的姿势手脚并用地擦洗地板时,都不禁皱起了眉头。出于同情,她们不得不帮助她。不久,她们意识到,无论如何,她们都要付钱给这个清洁女工,可是大部分工作还得自己做。于是,她们一个接一个地告诉她,她们不再需要她了。

一天,凯蒂没有两毛钱付给保险代理人。他是罗姆利一家的老熟人,知道凯蒂的情况。

"我不想看到你的保单失效,诺兰夫人。尤其是在你坚持了这么多年之后。"

"你不会因为我拖欠了一点钱就取消我的保单吧?"

"我不会。但公司会。说真的,你为什么不把孩子们的保险费领了呢?"

"我不知道还能这么做。"

"很少有人知道。他们没有继续交保险费,公司却闭口不谈。时间一长,公司就把已经交的钱扣下来。如果他们知道我告诉了你这件事,我会丢掉饭碗的。但我是这么想的,我为你的父亲和母亲,还有你们罗姆利家所有的女孩,还有你们的丈夫和孩子们代理保险,我给你们传话,并知道你们的家务事,我觉得自己就是这个大家庭的一员。"

凯蒂说:"我们都离不了你。"

"这就是你要做的,诺兰太太。把你孩子的保单换成现金,但保留你自己的保单。如果孩子们出了什么事,上帝保佑,你可以设法让他们入土为安。而如果你出了什么事，当然上帝保佑我说的是胡话，没有保险金，他们就没法给你办葬礼了，不是吗？"

"确实，他们没办法做到。我必须继续支付自己的保单。我可不想像个穷光蛋一样死后被简单埋葬。无论是他们自己，还是他们的孩子，或是他们孩子的孩子，都会因这件事而低人一等的。所以我还是继续支付保单，孩子们的事就听你的。告诉我该怎么做。"

凯蒂兑了这两份保险，拿到的二十五块钱让他们撑到了四月底。再过五个星期，孩子就要出生了。再过八个星期，弗兰西和尼利就要从初中毕业了。还有这八个星期要想办法熬过去。

罗姆利三姐妹围坐在凯蒂的厨房餐桌旁开会。"如果可以，我会帮忙的。"艾薇说，"但你知道自从那匹马踢了威尔，他在老板面前就不吃香，跟男人们也合不来，以至于没有一匹马愿意跟他出去。他们让他在马厩里干活，清扫粪便，收拾碎罐子。他们把他的工资减到了每周十八块，而这对三个孩子来说根本不够。我自己也在找打扫卫生的零活。"

"我看看我能不能想想办法。"茜茜开始说。

"不。"凯蒂坚定地说，"你把妈妈接过去和你一起住，已经做得够多了。"

"是的。"艾薇说，"凯蒂和我曾经非常担心她，她独居，还要出去打扫卫生赚点小钱。"

"妈妈不花钱，也不麻烦。"茜茜说，"我的约翰不介意她在身边。当然，他一周才挣二十块钱。现在还有孩子。我想重操旧业，但妈妈太老了，照看不了孩子和房子。她已经八十三岁了。我可以工作，但我得雇人照顾妈妈和孩子。如果我有工作，我可以帮你，凯蒂。"

"你不能这么做，茜茜。不行。"凯蒂说。

"只有一个办法。"艾薇说，"让弗兰西退学，让她拿到工作证明。"

"但我希望她能毕业。我的孩子将是诺兰家族中第一个拿到文凭的人。"

"文凭不能当饭吃。"艾薇说。

"你就没有能帮你的男性朋友吗?"茜茜问,"你是个非常漂亮的女人,你知道的。"

"或者说,等她恢复了身材,就会是这样了。"艾薇补充道。

凯蒂一瞬间想到了麦克肖恩中士。"没有。"她说,"我没有男性朋友。一直只有约翰尼,没有其他人。"

"我想艾薇是对的。"茜茜下定决心,"我也不想这么说,但你得让弗兰西去工作。"

凯蒂反对道:"一旦她没有毕业就离开学校,她就永远无法读高中了。"

"好吧。"艾薇叹了口气,"总还有天主教慈善机构。"

凯蒂轻声说:"真到我们得求助慈善机构的那一步,我会堵上门窗,等到孩子们都熟睡了,再打开屋子里的煤气。"

"别这么说。"艾薇尖声说道,"你想活下去,不是吗?"

"是的,但我想有意义地活着。我不想靠施舍的食物苟延残喘,然后再去讨更多的施舍。"

"然后又回到了这个问题上。"艾薇说,"弗兰西必须出去工作。必须是弗兰西,因为尼利只有十三岁,他们不给他工作证。"

茜茜把手放在凯蒂的胳膊上。"这并不可怕。弗兰西很聪明,读了很多书,那个女孩会想办法接受教育的。"

艾薇站了起来。"听着,我们得走了。"她把五毛钱的硬币放在桌上。她预料到凯蒂会拒绝,于是她故意挑衅地说道,"别以为这是白送你的,我可是要你还的。"

凯蒂笑了:"你不用这么叫嚷。我不介意拿我姐姐的钱。"

茜茜做事更直接。当她俯身亲吻凯蒂的脸颊道别时,她在凯蒂的围裙口袋里塞了一块钱。"如果你需要我,"她说,"我随叫随到,哪怕是半夜。但要叫尼利来接我。一个女孩走过那些黑漆漆的街道,经过煤场是不安全的。"

凯蒂独自坐在厨房的餐桌旁,直到深夜。"我只需要挨过两个月……就两个月。"她想。"亲爱的上帝,给我两个月吧,不需要太久。到那时,我的孩子就会出生,我就会康复。到那时,孩子们就可以从公立学校毕业了。当我能掌控自己的思想和身体时,我就不会向您求取任何事情。但现在我的身体掌控着我,我必须向您寻求帮助。两个月……两个月……"她等待着温暖的光芒降临,那意味着她已经与上帝达成了一致。但没有亮光出现。

她又试了一次。

"圣母玛利亚,耶稣之母,你知道是怎么回事。你也有过孩子。圣母玛利亚……"她等待着。但什么也没有发生。

她把茜茜的一块钱和艾薇的五毛钱放在桌子上。她想:这些钱够我们再过三天了。之后呢……她不知道自己在做什么,只低声说:"约翰尼……不管你在哪里,让我再振作一次。再一次……"她再次等待,这一次,光芒出现了。

就是这么巧,约翰尼帮了他们。

酒吧老板麦克加里蒂对约翰尼念念不忘。这倒不是说麦克加里蒂的良心不安,不,不是那样的。他没有逼别人进他的酒吧。除了把门铰链上好油,轻轻一碰就能轻松打开之外,他没有比其他酒吧老板给出更多的诱惑。他的免费午餐并不比他们的好,除了顾客自发进行的娱乐之外,他也没有其他诱人的娱乐活动。不,不是他良心不安。

他想念约翰尼,就是这样。不是因为钱,因为约翰尼一直欠他钱。他喜欢约翰尼在身边,因为约翰尼给这个地方带来了价值。看到那个苗条的年轻人风度翩翩地站在吧台前,和那些卡车司机、挖沟工人在一起,这的确是件妙事。"当然,"麦克加里蒂承认,"约翰尼·诺兰喝得太多了。但如果他不在这里喝,也会在别的地方喝。但他不是个酒鬼。他喝了几杯酒后,从来不会骂人或打架。是的,"麦克加里蒂断定,"约翰尼一直都很好。"

麦克加里蒂最想念的是与约翰尼聊天。"那家伙真会说话,"他想,"他给我讲南方的棉花田、阿拉比海岸或阳光明媚的法国,就像他去过那里一样,而不是从他熟悉的歌曲中臆想的。我很喜欢听他讲那些遥远的地方。"他喃喃自语,"但最重要的是,我喜欢听他谈论他的家人。"

麦克加里蒂曾经梦见过一个家庭。这个梦中的家庭住在离酒吧很远的地方,远到他不得不在清晨锁好酒吧的门后,坐电车回家。梦中,温柔的妻子在等待着他,为他准备了热咖啡和美味的食物。

吃完饭后,他们会聊天……聊些酒吧以外的事情。他梦中的孩子——干净漂亮,聪明伶俐。他们在成长的过程中,对父亲经营酒吧感到有些羞愧。他为他们的羞耻感感到骄傲,因为这意味着他有能力生出高雅的孩子。

那是他梦寐以求的婚姻。他娶了梅亚。她是一个身材窈窕、性感迷人的女孩,有着一头深红色的头发和大大的嘴巴。但结婚一段时间后,她就变成了一个粗鲁的暴发户,在布鲁克林被称为"酒吧婆娘"。婚后一两年的生活还算不错,但有一天早上醒来,麦克加里蒂发现情况不妙。梅亚不再是他梦中的妻子。她喜欢酒吧。她坚持要在酒吧楼上租房住。她不想要法拉盛的房子,也不想做家务。她喜欢日日夜夜地坐在酒吧的里屋,和客人们一起喝酒谈笑。梅亚给他生的孩子像流氓一样在街上乱跑,还吹嘘他们的父亲是酒吧老板。令他失望的是,他们还以此为荣。

他知道梅亚对他不忠。只要这件事没有传到男人们在背后嘲笑他的地步，他就不在乎。多年前，当他对梅亚不再有爱欲时，他也不再争风吃醋。他渐渐地对和她或其他女人睡觉毫无兴趣。不知怎的，在他的心目中，心灵相通才能产生欲望。他想要一个可以倾诉的女人，一个他可以向其倾诉所有心事的女人；他希望她能热情、睿智、亲密地与他交谈。他想，如果能找到这样一个女人，他就能重燃欲望。用他那直白的方式，将肉体与精神结合起来。随着岁月的流逝，跟一个与他亲密无间的女人进行亲密交谈的需求就变成了一种奢望。

从他的生意中，他观察人性并得出了一些结论。这些结论缺乏智慧和独创性；事实上，它们令人厌倦。但这些结论对麦克加里蒂来说却很重要，因为他自己是这样想的。在他们结婚的头几年，他曾试图把这些结论告诉梅亚，但她只说"我能想象"。有时她会说"我只是能想象"。渐渐地，由于他无法与她分享自己的内心世界，他失去了做丈夫的能力，而她也对他不忠。

麦克加里蒂是一个灵魂上背负着巨大罪恶感的人。他讨厌自己的孩子。他的女儿艾琳和弗兰西一样大。艾琳的眼睛是粉红色的，有一头淡红色的头发，也可以说是粉红色的。她既刻薄又愚蠢。她多次留级，十四岁时还在读六年级。他的儿子吉姆今年十岁，除了屁股太肥，总是穿不下马裤之外，没有什么突出的特点。

麦克加里蒂还做了一个梦，那就是梅亚跑来跟他说，孩子不是他的。这个梦让他很高兴。他觉得，如果他知道这些孩子是别人的，他就会爱他们。这样，他就能客观地对待他们的卑鄙和愚蠢；这样，他就能同情他们，帮助他们。但如果他知道他们是他的孩子，他就会讨厌他们，因为他在他们身上看到了自己和梅亚的所有劣根性。

在约翰尼光顾麦克加里蒂酒吧的八年里，他每天都对麦克加里蒂说凯蒂和孩子们的好话。在这八年里，麦克加里蒂玩了一个秘密游戏。他假装自己就是约翰尼,假装他麦克加里蒂也是这样说起梅亚和他的孩子们的。

"给你看样东西。"约翰尼从口袋里掏出一张纸,得意地说,"这是我的小女儿在学校写的作文,得了 A,她才十岁。听着,我念给你听。"

约翰尼一边读,麦克加里蒂一边假装作文是他的小女儿写的。又有一天,约翰尼带来了一对做工粗糙的木质书夹,他兴冲冲地把它们放在吧台上。

"给你看样东西,"他自豪地说,"这是我儿子尼利在学校做的。"

"这是我的儿子吉姆在学校里做的。"麦克加里蒂一边研究书夹,一边骄傲地自言自语。

还有一次,麦克加里蒂为了引他开口说话,问他:"你觉得我们会参战吗,约翰尼?"

"有意思。"约翰尼回答道,"凯蒂和我一直谈到天亮。最后我说服了她,威尔逊不会让我们参战的。"

麦克加里蒂想,如果他和梅亚彻夜不眠地讨论这个问题,如果她说"你是对的,吉姆",那会怎样呢?但他不知道会怎样,因为他知道这永远不可能发生。

所以约翰尼死后,麦克加里蒂失去了梦想。他试着一个人玩这个游戏,但没有成功。他需要约翰尼这样的人给他带路。

就在三姐妹坐在凯蒂的厨房里聊天的时候,麦克加里蒂想到了一个主意。他的钱多得花不完,除此之外一无所有。也许通过约翰尼的孩子们,他可以再次买回梦想之路。他怀疑凯蒂很穷。也许他可以给约翰尼的孩子们找点轻松的活儿在放学后干。他可以帮助他们……上帝知道他负担得起,也许他还能得到一些回报。也许他们会像跟父亲说话那样跟他说话。

他告诉梅亚，他要去找凯蒂，给孩子们找点活干。梅亚笃定地告诉他，他会被赶出来的。麦克加里蒂不认为他会被赶出来。他一边刮胡子，一边回忆起凯蒂那天来感谢他送花圈时的情景。

约翰尼的葬礼结束后，凯蒂四处感谢每一个送花的人。她径直走进了麦克加里蒂酒吧的正门，不屑于走标有"女士入口"的偏门。她无视吧台上盯着她看的男人们，径直来到麦克加里蒂所在的位置。看到她，他把围裙的一端塞进腰带里，表示他暂时下班了，并从吧台后面走出来迎接她。

她说："我是来感谢你送的花圈的。"

"哦，这样啊。"他松了一口气。他还以为她是来骂他的。

"你想得真周到。"

"我喜欢约翰尼。"

"我知道。"她伸出了手。他呆呆地看了一会儿，才明白她是想和他握手。他一边握着她的手，一边问："不恨我吗？"

"为什么？"她回答，"约翰尼是自由的，年满二十一周岁的白人。"说完，她转身走出了酒吧。

不，麦克加里蒂决定，如果他是出于好意，这样的女人是不会把他赶出去的。

他不自在地坐在厨房的一把椅子上和凯蒂聊天。孩子们本该在做作业。但弗兰西却在一旁埋头看书，听麦克加里蒂先生说话。

"我和我太太商量过了。"麦克加里蒂说，"她同意我的决定，我们可以雇佣你的女儿。不用干重活，你明白的，就是铺床、洗碗。我可以雇佣男孩在楼下帮忙，他负责剥鸡蛋，把奶酪切成块，你知道，晚上可以吃免费的晚餐。他不会靠近酒吧的，他会在后厨工作。放学后做一个小时左右，周六做半天，我每周付他们每人两块钱。"

凯蒂的心怦怦直跳。"每周四块钱，"她自言自语道，"再加上卖报的一块五。他们两个都可以继续上学了。我们就有足够的钱吃饭了,这能让我们渡过难关。"

"你怎么说,诺兰夫人?"他问。

"孩子们说了算。"她回答。

"怎么样?"他朝他们的方向喊道,"你们怎么说?"

弗兰西假装从书中抽离出来:"你说什么?"

"你想帮麦克加里蒂夫人做家务吗?"

"是的,先生。"弗兰西说。

"你呢?"他看着尼利。

"是的,先生。"男孩回答道。

"就这么定了。"他转向凯蒂,"当然,这只是暂时的,直到我们能找到一个正式的女工来接管家务和厨房的工作。"

凯蒂说:"无论如何,我宁愿这是暂时的。"

"你手头可能有点紧,"他把手伸进口袋,"所以我会预付第一周的薪水。"

"不,麦克加里蒂先生。如果他们赚到了钱,他们就有权利在周末自己把钱带回家。"

"好吧。"但他没有把手从口袋里拿出来,而是握紧了那卷厚厚的钞票。他想:我有这么多钱,却什么都买不到。而他们什么都没有。他想到了一个主意。

"诺兰太太,你知道我和约翰尼是怎么做生意的。我给他喝酒赊账,他把小费交给我。他死的时候,他的小费还剩了一点。"他拿出一卷厚厚的钞票。弗兰西看到这些钱,眼睛瞪得大大的。麦克加里蒂的想法是说约翰尼提前存了十二块钱,并把这笔钱给凯蒂。当他把橡皮筋从钞票上取下来的时候,他看着凯蒂。她的眼睛眯成了一条缝,他改变了主意,不说是十二块钱了,他知道她不会相信的。"当然,这并不多，"他随口说道，"就两块钱。但我想这是属于你的。"他抽出两张钞票递给她。

凯蒂摇了摇头。"我知道你没有欠我们钱。要说实话的话，其实约翰尼还欠你的钱。"麦克加里蒂为被拆穿而感到羞愧，他把厚厚的钱放回口袋，手放在大腿上，感觉很不舒服。"不过，麦克加里蒂先生，我还是要谢谢你的好意。"凯蒂说。

她最后的一句话让麦克加里蒂松了口气。他开始说话了，他谈到了他在爱尔兰的童年，谈到了他的父母和许多兄弟姐妹，谈到了他梦寐以求的婚姻，他告诉了她一切，这是他多年来的想法，他没有抨击他的妻子和孩子。他把他们完全排除在自己的故事之外。他讲述了约翰尼的故事，讲述了约翰尼是如何每天谈论他的妻子和孩子的。

"就拿那些窗帘来说吧。"麦克加里蒂挥舞着厚厚的大手，指着用黄色花布做成的半边窗帘，上面有红色玫瑰图案。"约翰尼告诉过我，你是怎么把你的一件旧衣服撕开来做成厨房窗帘的。他说这让厨房看起来很漂亮，就像吉卜赛马车内里一样。"

弗兰西放弃了假装学习，她想起了麦克加里蒂最后说的一个词。"吉卜赛马车。"她用新的眼光重新看着这些窗帘。"原来爸爸是这么形容的。我以为他当时没有注意到新窗帘。至少他什么也没说。但他注意到了，他在这个人面前赞美了窗帘。"听到约翰尼说的话，弗兰西几乎要相信他没有死。"原来爸爸对这个人说过那样的话。"她饶有兴趣地盯着麦克加里蒂。他是个矮胖的男人，有一双厚实的手，粗短的红脖子和稀疏的头发。"谁能想到，"弗兰西想，"他的外表和内心竟然有如此大的差异？"

麦克加里蒂滔滔不绝地讲了两个小时。凯蒂认真地听着。她不是在听麦克加里蒂说话。她是在听麦克加里蒂谈论约翰尼。当他停顿的时候，她会给他一些过渡性的回答，比如"是吗？""然后呢？"或者

"还有？……"当麦克加里蒂支支吾吾找不到形容词时，她就会给他补充一个词，他感激地采用了。

就在他说话的时候，一件非同寻常的事情发生了。他感觉到自己失去的男子雄风在体内涌动。这并不是因为凯蒂和他在一起。她的身体肿胀扭曲，他看着她，内心不禁畏缩。不是因为那个女人本身，而是和她说话的这种感觉。

房间里越来越暗。麦克加里蒂不再说话。他声音嘶哑，疲惫不堪。但那是一种新的平静的疲倦。他不情愿地想，他必须回去了。酒吧里会挤满了下班回家的男人，他们都是来喝杯酒的。他不喜欢当一群男人在酒吧时，梅亚守在吧台后面。他慢慢站了起来。

"诺兰太太，"他摸索着他的棕色德比鞋说，"我能偶尔上来说说话吗？"她慢慢地摇了摇头。"只是聊聊天？"他再一次恳求道。

"不行，麦克加里蒂先生。"她尽量温和地说。他叹了口气，走开了。

弗兰西很高兴能这么忙。这让她不会太想念爸爸。她和尼利早上六点起床，帮妈妈打扫两个小时的卫生，然后就准备上学了。妈妈现在不能再辛苦工作了。弗兰西擦亮了三个前庭的门铃底座，用涂油的抹布擦干净了每根栏杆。尼利清扫了地下室，扫了铺着地毯的楼梯。两人每天都把装满垃圾的垃圾桶放到路边。这一直是个问题，因为他们两个人加起来也搬不动这么重的桶。弗兰西想出了一个主意：把垃圾桶翻过来，把垃圾倒在地下室的地板上，然后把空桶搬到路边，再用煤桶重新装垃圾。虽然这意味着要从地下室到路边上上下下地跑很多趟，但效果还不错。这样就只剩下铺着油毡的大厅需要妈妈擦洗了。有三位房客主动提出在凯蒂生孩子之前自己擦洗走廊，这可帮了大忙。

放学后，孩子们必须去教堂接受"指教"，因为那年春天两个孩子都要接受坚信礼。指教结束后,他们为麦克加里蒂工作。正如他所承诺的,工作很轻松。弗兰西整理了四张乱糟糟的床,洗了几个早餐用的盘子,打扫了房间。她只用了不到一个小时。

尼利的作息时间和弗兰西一样,只是多了一项送报的任务。有时他八点钟才回家吃晚饭。他在麦克加里蒂酒吧后面的厨房工作。他的工作是剥四打水煮鸡蛋的蛋壳,把硬奶酪切成一英寸见方的小方块,在每个小方块上插上一根牙签,再把腌黄瓜纵向切片。

麦克加里蒂等了几天,直到孩子们习惯了为他工作。然后,他决定是时候让孩子们像约翰尼那样跟他说话了。他走进厨房,坐下来,看着尼利工作。麦克加里蒂想:"他和他父亲简直一模一样。"他等了很久,让男孩适应了他的存在,然后他清了清嗓子。

他问:"最近有没有做木质书夹?"

"不……没有,先生。"尼利被这个奇怪的问题吓了一跳,结结巴巴地说。

麦克加里蒂等着。这孩子怎么不说话了?尼利剥鸡蛋壳的速度更快了。麦克加里蒂又试了一次:"你觉得威尔逊会让我们远离战争吗?"

"我不知道。"尼利说。

麦克加里蒂等了很久。尼利以为他是在检查他的工作方式。由于急于求成,男孩干得很快,提前完成了任务。他把最后一个剥了壳的鸡蛋放进玻璃碗里,然后抬起头。"啊!现在他要跟我说话了!"麦克加里蒂想。

"这就是你要查看的全部内容吗?"尼利问道。

"就这些。"麦克加里蒂仍在等待。

"那我就走了。"尼利冒昧地说。

"好吧,孩子。"麦克加里蒂叹了口气。他看着男孩从后门走了出去。"如果他能转过身来,说几句……几句……私人的话就好了。"他想。但尼利没有回头。

第二天,麦克加里蒂对弗兰西进行了"审讯"。他来到楼上的公寓,坐下来一言不发。弗兰西有点害怕,开始向门口挪动。她想:如果他冲我来,我可以跑出去。麦克加里蒂安静地坐了很久,他以为自己正在让弗兰西适应他。他不知道自己吓到了她。

"最近写过什么 A 等、一等的作文吗?"他问。

"没有,先生。"

他等了一会儿:"你觉得我们会卷入这场战争吗?"

"我……我不知道。"她走近门边。

他想:我吓着她了。她以为我会像走廊里的那个变态一样。他大声说:"别害怕,我要走了。你可以在我走后锁门,如果你愿意的话。"

"好的,先生。"她说。他走后,弗兰西想:我猜他只是想聊聊天,但我对他无话可说。

梅亚·麦克加里蒂到酒吧楼上来过一次。当时弗兰西正跪在地上,试图从水槽下的水管后面抠出一些脏东西。梅亚让她站起来,放弃这项任务。

"上帝爱你,孩子。"她说,"别在工作中折磨自己了。在你我死后很久,这间公寓还会存在于这里。"

她从冰箱里拿出一坨玫瑰色的果冻,切成两半,把其中的一部分放在另一个盘子里。她用鲜奶油做了大量的装饰,把两个勺子放在桌子上,然后坐下,示意弗兰西也坐下。

"我不饿。"弗兰西撒谎说。

梅亚说:"无论如何都要吃,这样才能社交。"

这是弗兰西第一次吃果冻和鲜奶油。它太好吃了,她必须注意自己的礼仪,不能狼吞虎咽。她边吃边想:为什么,麦克加里蒂太太很好,麦克加里蒂先生也很好。只是我猜他们对彼此并不好。

梅亚和吉姆·麦克加里蒂独自坐在酒吧后面的一张小圆桌前,像往常一样匆匆忙忙、一言不发地吃着晚餐。不料,她把手放在了他的胳膊上。他被这突如其来的触碰弄得浑身发抖。他那双浅色的小眼睛望着她那双红木色的大眼睛,从中看到了怜悯。

"不会有结果的,吉姆。"她温柔地说。他心中涌起一阵激动。"她知道!"他想。"为什么……为什么……她明白这一切。"

"有句老话,"梅亚接着说,"钱不能买到一切。"

"我知道。"他说,"那我就让他们走吧。"

"等到她孩子出生几周后吧,先做个秀。"她起身走向吧台。

麦克加里蒂坐在那里,心如刀绞。"我们进行了一次谈心。"他惊奇地想。"没有提到名字,也没有说什么确切的话。但她知道我在想什么,我也知道她在想什么。"他急忙追上妻子。他想继续抓住这种心的交流。他看到梅亚站在酒吧的尽头。一个粗壮的工人搂着她的腰,在她耳边说着什么。她用手捂住嘴,忍住笑声。当麦克加里蒂进来时,那名工人羞怯地拿开胳膊,走下来和一群人站在一起。麦克加里蒂走到吧台后面,看着妻子的眼睛。她的眼神很空洞,没有一丝理解之色。在开始今晚的工作时,麦克加里蒂的脸上又浮现出大为失望的表情。

玛丽·罗姆利老了。她再也不能独自去布鲁克林了。她渴望在被关在家里之前见到凯蒂,于是她给保险代理人捎了个口信。

"一个女人分娩时,"她告诉他,"死神会抓住她一会儿。有时他不会放手。告诉我的小女儿,在她生产之前,我会再见她一面。"

代理人传达了信息。第二个星期天,凯蒂带着弗兰西去看望母亲。尼利恳求说,他已经答应去为滕艾克街的球队投球了,他们想在空地里搞一场球赛。

茜茜家的厨房又大又温暖,阳光充足,一尘不染。外祖母玛丽·罗姆利坐在炉子边的矮摇椅上。这是她从奥地利带来的唯一一件家具,这件家具已经在她家小屋的炉边摆放了一百多年。

茜茜的丈夫坐在窗边,一边抱着孩子,一边给孩子喂奶。弗兰西和凯蒂向玛丽和茜茜打过招呼后,也向他问好。

"你好,约翰。"

"你好,凯蒂。"

"你好,约翰叔叔。"

"你好,弗兰西。"

整个探望期间,他再也没有说过一句话。弗兰西盯着他,对他产生了怀疑。家人认为他只是茜茜的临时情人,就像他们看待茜茜的其他丈夫和情人一样。弗兰西不知道他自己是否也觉得他是临时的。他的真名是史蒂夫,但茜茜总是称他为"我的约翰",而当家人提起他时,他们称他为"约翰"或"茜茜的约翰"。弗兰西想知道他上班的出版社的同事是否也叫他约翰。他有没有反抗过?他有没有说过:"听着,茜茜。我叫史蒂夫,不叫约翰。告诉你的姐妹们也叫我史蒂夫。"

"茜茜,你越来越胖了。"妈妈说。

茜茜一脸正经地说:"女人生完孩子后胖一点是很正常的。"她对弗兰西笑了笑,"你想抱抱孩子吗,弗兰西?"

"哦,是的!"

茜茜高大的丈夫一言不发地站起身,把孩子和奶瓶交给弗兰西,然后依然一言不发地走出了房间。没有人对他的离去发表意见。

弗兰西坐在他空出的椅子上。她以前从未抱过婴儿。她用手指抚摸着婴儿柔软圆润的脸颊,就像她看到乔安娜时所做的那样。一阵战栗从指尖开始，顺着手臂，传遍全身。她决定：等我长大了，我一定要让家里一直都有新生儿。

她一边抱着孩子，一边听着妈妈和外祖母说话，看着茜茜做能吃一个月的面条。茜茜拿起一团硬硬的黄色面团，用擀面杖把它擀平，然后把擀平的面团卷起来，就像卷果冻一样。她用一把锋利的小刀将面团切成薄如纸的条状，然后将面条摊开，挂在厨房灶台前用细木棍做成的架子上。这是为了让面条风干。

弗兰西觉得茜茜有些与众不同。她不再是以前那个茜茜姨妈了。这并不是说她比之前胖了一些，她的与众不同与外貌无关。弗兰西百思不得其解。

玛丽·罗姆利希望了解每一件事，凯蒂就从头到尾一五一十地告诉了她。她先说了孩子们在麦克加里蒂家工作的情况，以及孩子们带来的钱是如何养活他们的。然后，她又讲回到麦克加里蒂坐在厨房里谈论约翰尼的那天发生的事情。最后她说：

"我告诉你，妈妈，如果麦克加里蒂没有出现，我不知道会发生什么事。我当时情绪很低落，就在那之前的几个晚上，我还祈求约翰尼来帮助我，那太傻了。我知道的。"

"不傻。"玛丽说，"他听到了，是他帮了你。"

"鬼魂帮不了任何人，妈妈。"茜茜说。

"鬼魂不走寻常路。"玛丽·罗姆利说，"凯蒂说过，她丈夫曾经和这个酒吧老板聊过天。在这些年的交谈中，约翰尼把自己生活的一部分告诉给了这个人。当凯蒂向她的男人求助时，这一部分就在这个男人身上汇聚，而正是这个酒吧男人灵魂深处的约翰尼听到了她的声音，并前来帮助她。"

弗兰西在心里反复琢磨着。"如果真是这样，"她想，"那么麦克加里蒂先生在长篇大论地谈论爸爸时，把爸爸的那些片段都还给了我们。现在他身上已经没有爸爸的影子了。也许这就是为什么我们不能用他期待的方式和他交谈。"

离开的时候，茜茜给了凯蒂一盒子面条，让她带回家。当弗兰西向外祖母吻别时，玛丽·罗姆利紧紧地抱住她，自言自语地低声说道：

"在未来的一个月里，你要给予你的母亲更多的顺从和尊重。她非常需要爱和理解。"

弗兰西完全听不懂外祖母的话，但她还是回答说："好的，外祖母。"

坐电车回家时，弗兰西把盒子放在膝盖上，因为妈妈现在的肚子已经很大了。一路上，弗兰西思绪万千。"如果外祖母玛丽·罗姆利说的是真的，那就没有人会死，真的。爸爸走了，但某种意义上他还活着。他活在和他长得一模一样的尼利身上，也活在和他相识已久的妈妈身上。他的母亲是他的启蒙老师，现在依然健在。也许有一天，我也会有一个男孩，长得像爸爸，拥有爸爸所有的优点，却不酗酒。那个男孩也会有一个儿子，儿子还会再生一个儿子。也许没有真正的死亡。"她想到了麦克加里蒂，"真难相信他身上竟然有爸爸的影子。"弗兰西又想到了麦克加里蒂太太，她是如何让自己放轻松下来吃果冻的。弗兰西的脑海里有什么东西一闪而过！她突然知道茜茜有什么不一样了。她跟妈妈说了：

"茜茜姨妈不再用那种味道浓烈的香水了，对吗？妈妈。"

"是的，她不必再那么做了。"

"为什么？"

"她现在有了自己的孩子，还有一个男人照顾她和孩子。"

弗兰西想问更多的问题，但妈妈闭着眼睛，头靠在座椅上。她脸色苍白，神情疲惫。弗兰西决定不再打扰她。她必须自己想办法。

"一定是。"她想,"使用浓烈的香水,与女人想要孩子、找到一个能让她生孩子的男人、并照顾孩子和她,这之间有某种联系。"她把这个小知识点和她不断收集的其他知识点一起储藏了起来。

弗兰西开始头疼了。她不知道这是因为抱着孩子带来的兴奋、电车的颠簸、对爸爸的思念还是因为发现了茜茜香水的奥秘。也许是因为她现在每天起得太早,整天都忙忙碌碌的。也许是因为这是她这一个月中最容易头疼的时候。

"好吧,"弗兰西断定,"我想让我头疼的是生活,而不是别的。"

"别傻了。"妈妈轻声说,仍然闭着眼睛靠在椅背上,"茜茜姨妈家的厨房太热了。我自己也头疼。"

弗兰西跳了起来。难道妈妈闭着眼睛也能看穿她的心思?后来她才想起来,她忘了自己在思考,还大声说出了最后那个关于生活的想法。自从爸爸去世后,她第一次笑了,妈妈也睁开眼睛笑了。

39

弗兰西和尼利在五月完成了坚信礼。弗兰西当时差不多十四岁半,尼利只比她小一岁。茜茜是个裁缝专家,她为弗兰西做了一条简单的白色薄纱裙。凯蒂想办法给她买了一双白色羔羊皮拖鞋和一双白色长丝袜。这是弗兰西的第一双丝袜。尼利穿上了为父亲葬礼准备的那套黑色西装。

这一带有个传说,就是在坚信礼当天许下的三个愿望都会实现。一个必须是不可能实现的愿望,另一个是你自己可以实现的愿望,第三个必须是你长大后的愿望。弗兰西不可能实现的愿望是她的棕色直发变成像尼利一样的金色卷发。第二个愿望是她能像妈妈、艾薇和茜茜一样有一副好嗓子。第三个愿望是她长大后能周游世界。尼利的愿望是:第一,他能变得非常富有;第二,他能在成绩单上得到更好的分数;第三,他长大后不会像爸爸那样酗酒。

在布鲁克林有一个雷打不动的约定俗成的规矩,那就是孩子们在受坚信礼时,必须由正规的摄影师为他们拍照。凯蒂没钱照相。她让弗洛西·加迪斯拍一张快照,她有一台盒式照相机。弗洛西把弗兰西和尼利安排在人行道边上,然后拍下照片,没想到在曝光的瞬间,一辆手推车驶了过来。她把快照放大并装框,作为礼物送给了弗兰西。

照片送来时,茜茜也在场。凯蒂拿着照片,他们都围在她身后看照片。

弗兰西以前从未拍过照片。这是她第一次看到别人眼中的自己。她僵硬笔直地站在路边，背对着水沟，她的裙子在风中摇曳。尼利站在离她很近的地方，比她高出一个头，穿着熨烫笔挺的黑色西装，显得非常富有和英俊。太阳斜斜地照在屋顶上，尼利站在阳光下，脸庞清晰明亮，而弗兰西则在阴影中显得阴沉而愤怒。在两人身后，是一辆驶过的模糊电车。

茜茜说："我敢打赌，这是世界上唯一一张有电车出现的坚信礼照片。"

"这张照片不错。"凯蒂说，"他们站在街上比站在摄影师用纸做的教堂橱窗前更自然。"她把照片挂在壁炉架上。

"你取了什么名字，尼利？"茜茜问。

"爸爸的名字。现在我叫科尼利厄斯·约翰尼·诺兰。"

凯蒂说："这是一个很好的外科医生的名字。"

"我用了妈妈的名字。"弗兰西认真地说，"现在我的全名是玛丽·弗兰西斯·凯瑟琳·诺兰。"弗兰西等待着妈妈评价。妈妈并没有说这是一个好作家的名字。

"凯蒂，你有约翰尼的照片吗？"茜茜问道。

"没有，只有我们结婚那天拍的那张。怎么了？"

"没什么，只是感慨时光流逝，不是吗？"

"是的。"凯蒂叹了口气，"这是我们能确定的为数不多的事情之一。"

坚信礼结束了，弗兰西再也不用去听指教了。她每天多了一个小时的时间，可以用来写小说，她要向新来的老师——加恩德小姐证明，她确实懂得审美。

自从父亲去世后，弗兰西就不再写鸟儿、树木和个人感悟了。因为太想念爸爸了，她开始写一些关于他的小故事。她试图证明，尽管父亲有缺点，但他是一个好父亲，是一个和蔼可亲的人。她写了三篇这样的作文，都被标上了"C"，而不是往常的"A"。第四篇作文后面附上了一行字，让她放学后留下来。

其他的孩子都回家了。加恩德小姐和弗兰西二人待在放着那本大词典的房间里。弗兰西的最后写的四篇作文放在了加恩德小姐的桌子上。

"你的作文怎么回事，弗兰西斯？"加恩德小姐问。

"我不知道。"

"你是我最好的学生之一。你写得非常好。我很喜欢你的作品。但最后这些……"她轻蔑地扫了一眼。

"我检查了拼写，还认真地写了字，而且……"

"我指的是你的主题。"

"你说我们可以自由选题。"

"但贫穷、饥饿和酗酒是丑陋的主题。我们都承认这些事情的存在，但我们不会去写它们。"

"那应该写什么呢？"不知不觉中，弗兰西学会了老师的用语。

"人们喜欢深入想象，发现美。作家和艺术家一样，必须永远追求美。"

"什么是美？"孩子问道。

"我认为没有比济慈的'美即真理，真理即美'更好的诠释了。"

弗兰西鼓起勇气说："这些故事都是真的。"

"胡说！"加恩德小姐脱口而出。然后她又放软了语气，继续说道，"我们所说的真的，是指星星永恒，太阳永远升起，人类的高尚，母爱的伟大以及对国家的热爱。"

"我明白了。"弗兰西说。

加恩德小姐继续说着，弗兰西在心里痛苦地回答她。

"醉酒既不是真理,也不是美。它是一种恶习。醉汉属于监狱,不属于故事。贫穷也是。贫穷不是借口,只要想工作,就有足够的工作。人们之所以贫穷,是因为他们懒得工作,懒惰并不美丽。"

(难道妈妈也是懒惰的人吗!)

"饥饿并不美丽。它也是不必要的。我们有完善的慈善机构。没有人需要挨饿。"

弗兰西咬牙切齿。她的母亲对"慈善机构"一词的憎恨超过了语言中的任何一个词,她也把自己的孩子培养成了憎恨这个词的人。

"现在,我不是一个势利小人。"加恩德小姐说,"我并非来自富裕家庭。我的父亲是一名牧师,薪水很低。"

(尽管很低,但那也是薪水,加恩德小姐)。

"我母亲唯一的帮手就是一帮没受过训练的女仆。她们大多是乡下姑娘。"

(我明白了,您不穷,加恩德小姐,穷人是请不起女仆的。)

"很多时候我们都没有女仆,我母亲不得不自己做所有的家务。"

(可是,加恩德小姐,我的母亲不仅要自己做所有的家务,是的,还要做比这多十倍的清洁工作。)

"我想上国立大学,但我们家负担不起。我父亲不得不把我送到一所小教会学校。"

(也就是说,您上大学并不困难。)

"相信我,上了这样的大学,你就是穷人。我也知道什么是饥饿。我父亲的薪水一次又一次地被拖欠,我们没钱吃饭。有一次,我们不得不靠茶和烤面包维持了三天的生活。"

(所以您明明也知道饥饿的滋味。)

"但如果我只写贫穷和饥饿,那我就太无趣了,不是吗?"弗兰西没有回答。"不是吗?"加恩德小姐加重了语气,重复道。

"是的,老师。"

"现在,你的毕业演出剧本,"她从办公桌抽屉里拿出一份薄薄的手稿,"有些部分写的确实非常好,但有些部分,你却走了样。比如,"她翻开了一页,"命运在这里说:'青年,你的志向是什么?'男孩回答:'我想成为一名医生,我要治愈人们破碎的身体。'这个想法很好,弗兰西斯。但你在这里破坏了它。命运:'这就是你的理想。但你看!这才是你应该成为的样子。'灯光照耀着正在修理垃圾桶底部的老人。老人:'啊,曾经我以为自己是个救死扶伤的人。现在我修理的却是……'"加恩德小姐突然抬起头,"你不会是在开玩笑吧,弗兰西斯?"

"哦,不,老师。"

"经过我们的谈话,你就知道为什么我们不能用你的剧本来做毕业演出了。"

"我明白了。"弗兰西几乎心碎了。

"比阿特丽斯·威廉姆斯有一个可爱的想法。她写道:一个仙女挥动魔杖,穿着盛装的男孩和女孩就会出来,一年中的每个节日都会有一个仙女,每个仙女都会念一首她所代表的节日的小诗。这是个好想法,可惜比阿特丽斯不会押韵。难道你不愿意把这个想法写成诗吗?比阿特丽斯不会介意的,我们可以在节目单上注明:创意来自她。这很公平,不是吗?"

"是的,老师。但我不想用她的想法。我想用我自己的想法。"

"当然,这是值得称赞的事,那我就不坚持了。"她站了起来,"我已经花这么多时间给你辅导,因为我真的觉得你有前途。既然我们已经把话说开了,我相信你不会再写那些污秽的小故事了。"

污秽。弗兰西把这个词翻了个遍,她的字典里没有这个词。"'污秽'是什么意思?"

"我——怎——么——教——你——的，遇——到——生词——该——怎——么——办。"加恩德小姐滑稽地唱道。

"哦！我忘了。"弗兰西翻开大字典，查到了这个词。污秽："肮脏的"。肮脏的？她想到了父亲一生中每天都要穿上新衣服，戴上新领子，还要把破皮鞋擦得锃亮，甚至一天擦两次。"肮脏的"。爸爸在理发店有自己的杯子。污秽还有个意思是"低劣的"。弗兰西不知道这是什么意思，就把它忽略了。第三个意思是"恶心的"。不！爸爸会跳舞，他身材修长，动作敏捷。他的身体不恶心。污秽还有个意思是"下贱的"。她记得父亲对她的百般温柔和体贴，她记得每个人都是那么爱他。她的脸变得滚烫。她看不清接下来的字，因为书页在她的眼皮底下变红了。她转向加恩德小姐，脸上的表情因愤怒而扭曲。

"不许您用这个词来形容我们！"

"我们？"加恩德小姐茫然地问，"我们在谈论你写的东西。为什么，弗兰西斯！"她的声音很震惊，"我很惊讶！像你这样乖巧的女孩竟然会说这种话。如果你妈妈知道你对老师无礼，她会怎么说？"

弗兰西吓坏了。在布鲁克林，对老师不敬几乎等同于犯罪。"对不起，对不起。"她卑微地重复道，"我不是故意的。"

"我明白。"加恩德小姐温和地说。她搂着弗兰西，把她领到门口，"看来我们的谈话给你留下了深刻的印象。污秽是个难听的词，我很高兴你对我用这个词表示反感。这说明你理解我。也许你不再喜欢我了，但请相信我是为你好。总有一天你会记得我说的话，你会为此感谢我的。"

弗兰西希望大人们不要再对她说这些了。她已经被未来要感谢的东西压得喘不过气来。她想，她长大后得花费人生中最美好的年华，不停地去找人，告诉他们，他们说的是对的，并向他们表示感谢。

加恩德小姐把"污秽"的作文和剧本递给她，说："回家后，把这些放进炉子里烧掉。自己用火柴点着。当火焰升起时,你要不停地说'我在燃烧污秽,我在燃烧污秽'。"

走在放学回家的路上,弗兰西试图弄清整件事的来龙去脉。她知道加恩德小姐并不刻薄,是为她好。只是弗兰西觉得这并不好。她开始明白,她的生活可能会让一些受过教育的人感到反感。她想知道,当她受过教育后,她会不会为自己的出身感到羞耻?为自己的家人感到羞耻?为英俊、善解人意的爸爸感到羞耻?为勇敢、诚实的妈妈感到羞耻?妈妈是多么以自己的母亲为荣,尽管外祖母不识字。还是会为诚实的尼利感到羞耻?不!不会!如果接受教育会让她感到羞耻,那她宁愿不要接受教育。"但我要让加恩德小姐看看,"她发誓,"我要让她看到我的想象力,我一定要让她看看。"

自那天以后,她开始了她的小说创作。小说的女主人公是雪莉·诺拉,一个在极度奢华的环境中孕育、出生和长大的女孩。故事的名字叫《这就是我》,是弗兰西生活中不真实的故事。

弗兰西现在已经写了二十页。到目前为止,这些文字细腻地描述了雪莉家的豪华陈设和她精致的服饰,以及女主人公所享用的一道道美味佳肴。

小说写完后,弗兰西打算让茜茜的约翰把书拿到他的公司,帮她出版。弗兰西做了一个美梦,梦见了她把书送给加恩德小姐时的情景。这样的场景在她的脑海里都构想好了。她复习了一遍台词。

弗兰西(把书交给加恩德小姐):我相信你不会发现其中有什么污秽的东西。请将它视为我的毕业作业。希望您不会介意它的发表。(加恩德小姐瞠目结舌,弗兰西却毫不在意。)阅读印刷品更容易一些,您觉得呢?(在加恩德小姐阅读时,弗兰西若无其事地望着窗外。)

加恩德小姐(读完):怎么做到的,弗兰西斯!这太棒了!

弗兰西:什么?(开始回忆)哦,小说。我在不经意间就把它写完了。写一些不了解的东西并不需要多少时间。如果写的是真实的事情,那就需要很长时间,因为必须得先亲身经历一番。

弗兰西把这句话画掉了。她不想让加恩德小姐怀疑她的感情受到了伤害。她重写了一遍。

弗兰西:什么?(回忆)哦,小说。很高兴您喜欢。

加恩德小姐(怯怯地):弗兰西斯,能……能请你给我签个名吗?

弗兰西:当然(加恩德小姐打开钢笔的笔帽,将笔尖朝向自己,递给弗兰西。弗兰西写道:"M.弗兰西斯·K.诺兰的致意")。

加恩德小姐(检查签名):多么独特的签名啊!

弗兰西:这是我的法定名字。

加恩德小姐(紧张地):弗兰西?

弗兰西:请像以前一样随意地与我交谈。

加恩德小姐:我能请你在签名上方写上"致我的朋友穆里尔·加恩德"吗?

弗兰西(在几乎无法察觉的停顿之后):为什么不呢?(带着扭曲的微笑)我总是按照你的要求来写。(写下题词)。

加恩德小姐:谢谢。

弗兰西:加恩德小姐……现在这不重要了……但你能为这份作品评分吗……看在过去的分上。

(加恩德小姐拿起红笔,在书上写下大大的"A+"。)

这是个多么美好的梦啊!弗兰西兴奋地开始了下一章的写作。她写了又写,很快就写完了,好让梦想成真。她写道:

"帕克,"雪莉·诺拉问她的贴身女仆,"厨师今晚给我们准备了什么晚餐?"

"我想是罐焖野鸡胸肉配温室芦笋,进口蘑菇和菠萝慕斯,雪莉小姐。"

"听起来太无聊了。"雪莉说。

"是的,雪莉小姐。"女仆恭敬地答应道。

"你知道,帕克,我想放纵一下我的奇思妙想。"

"您的奇思妙想就是这个家的命令。"

"我想要很多简单的甜点,然后从中挑选出我的晚餐。请给我一打夏洛特俄式甜点、一些草莓酥饼、一夸脱巧克力味的冰激凌、一打手指饼和一盒法式巧克力。"

"很好,雪莉小姐。"

一滴水落在书页上。弗兰西抬起头。不,屋顶没有漏水,只是她的嘴在流口水。她非常非常饿。她走到炉子旁,看着锅里。锅里有一块熬得发白的骨头,周围都是清汤寡水。面包盒里有一些面包。虽然有点硬,但比没有要好。她切了一片,倒了一杯咖啡,把面包蘸上咖啡软化。她一边吃,一边读着刚才写的东西。她有了一个惊人的发现。

"弗兰西·诺兰,"她对自己说,"在这个故事里,你写的和加恩德小姐不喜欢的那些故事里写的一模一样。在这里,你写的是你非常饿,只不过是用一种曲折迂回的愚蠢方式来写的。"

她被这本小说激怒了,把这本仿品撕成碎片,塞进了火炉。当火焰开始舔舐本子时,她的怒火更盛了,她跑过去从床底下拿出一箱手稿。她小心翼翼地把关于父亲的四本手稿放在一边,然后把剩下的都塞进了火炉。她把所有"A"级的作文都烧掉了。在一张张纸变黑、碎裂之前,句子瞬间变得清晰起来。"一棵巨大的白杨树,高大挺拔,在天空的映衬下显得宁静而苍凉。""蔚蓝的天空在头顶轻轻拱起。这是一个完美的十月天。""……冬青像蒸馏过的夕阳,飞燕草像天堂的拱门。"

"我从未见过白杨树,我在某处读到过关于天空拱门的文章。除了在种子目录里,我从未见过那些花朵。我得了 A,因为我很会撒谎。"她摆弄了一下本子,让它们烧得更快些。当它们化为灰烬时,她念道,"我在燃烧污秽,我在燃烧污秽。"当最后一束火苗熄灭时,她对着炉子戏剧性地宣布,"我的写作生涯就这样结束了。"

突然间,她感到恐惧和孤独。她想要爸爸,她想要爸爸。他不会死的,他不会死的。过一会儿,他就会唱着《茉莉·马龙》跑上楼来。她打开门,他会说:"你好,我的小歌后。"她会说:"爸爸,我做了个可怕的梦,我梦见你死了。"然后她会告诉他,加恩德小姐说了什么,他就会想办法让她相信一切都没事了。她等着,听着。也许这只是个梦。但不是,没有一个梦能持续这么久。这是真的,爸爸永远离开了。

她把头埋在桌子上,泣不成声。"妈妈不像爱尼利那样爱我。"她哭着说,"我试了又试,想让她爱我。我坐在她身边,她去哪儿我就去哪儿,她让我做什么我就做什么。但我无法让她像爸爸那么爱我。"

然后,她在电车车厢里看到了妈妈的脸,当时妈妈仰着头,闭着眼睛坐着。她记得妈妈的脸色是那么苍白和疲惫。妈妈真的爱她,当然爱她。只是妈妈不能像爸爸那样表达出来。妈妈很好。看,她随时都有可能生产,但她还在外面工作。如果妈妈生孩子的时候死了呢?想到这里,弗兰西的血液变得冰冷。没有了妈妈,尼利和她该怎么办?他们能去哪儿呢?艾薇和茜茜太穷了,没钱收留他们。他们没地方住,除了妈妈,他们一无所有。

"亲爱的上帝。"弗兰西祈祷道,"不要让妈妈死去。我知道我对尼利说过我不相信您。但我现在信了!我信!我刚才说过了。不要惩罚妈妈。她没做什么坏事,不要因为我说过我不相信您,您就把她带走。如果您放她一条生路,我就把我的作品交给您。只要您让她活着,我就再也不写故事了。圣母玛利亚,求您的儿子耶稣,求上帝不要让我母亲死。"

但她觉得自己的祈祷毫无用处。上帝记得她说过她不相信他,他会惩罚她,像带走爸爸一样带走妈妈。她吓得歇斯底里,想到妈妈已经死了。她冲出公寓去找妈妈。凯蒂没有在家里打扫卫生。她走进第二栋房子,跑上三楼,喊着:"妈妈!"她不在那栋房子里,弗兰西走进第三栋,也是最后一栋房子。妈妈不在一楼,妈妈不在二楼,只剩下一层了。如果妈妈不在那里,她一定是死了。她尖叫起来:

"妈妈!妈妈!"

"我在上面,"凯蒂安静的声音从三楼传来,"别这么大声。"

弗兰西如释重负,几乎瘫倒在地。她不想让她的母亲知道她一直在哭。她在找手帕,没找到,她就在衬裙上擦干眼泪,慢慢走上最后一节楼梯。

"你好,妈妈。"

"尼利出什么事了吗?"

"不,妈妈。"(她总是先想到尼利。)

"那么,你好。"凯蒂微笑着说。凯蒂猜想,弗兰西一定是在学校里出了什么事,惹她生气了。好吧,如果她想告诉她……

"你喜欢我吗,妈妈?"

"如果我不喜欢我的孩子,我就是个可笑的人,不是吗?"

"你觉得我像尼利一样好看吗?"她焦急地等待着妈妈的回答,因为她知道妈妈从不说谎。妈妈的回答让她等了很久。

"你有一双漂亮的手和一头浓密的长发。"

"但你觉得我像尼利一样好看吗?"弗兰西坚持问,哪怕母亲说谎。

"听着,弗兰西,我知道你在纠结什么,我太累了,不想再讨论了。在孩子出生之前，你要有点耐心。我喜欢你和尼利，我觉得你们俩都是不错的孩子。现在请尽量不要让我操心。"

弗兰西立刻悔恨不已。当她看到即将生产的母亲笨拙地跪在地上时，怜悯之心油然而生。她跪在母亲身边。

"起来，妈妈，让我把这个大厅擦完。我还有时间。"她把手伸进水桶里。

"不！"凯蒂尖声叫道。她把弗兰西的手从水里拿了出来，然后在围裙上擦干。"别把手放进水里。里面有苏打和碱。看看我的手都成什么样了。"她伸出那双均称但布满伤痕的手，"我不希望你的手变成这样。我希望你永远有一双漂亮的手。而且，我马上就完工了。"

"如果我帮不上忙，我可以坐在楼梯上看吗？"

"如果你没事做的话就可以。"

弗兰西坐在一旁看着妈妈。她坐在那里，知道妈妈还活着，就在身边，这感觉真好，就连擦地的声音也是安全而悦耳的。刷子"唰唰唰"地响着，抹布"呼呼呼"地擦着。当妈妈把刷子和抹布扔进桶里时，"砰砰"的声音响了起来；当妈妈把桶推到下一个地方时，又"邦邦"地响了起来。

"你没有女性朋友可以倾诉吗，弗兰西？"

"没有，我讨厌女人。"

"这可不对，多和同龄女孩聊天，会对你有好处的。"

"妈妈，你有女性朋友吗？"

"没有，我讨厌女人。"凯蒂说。

"看吧，你和我一样。"

"但我曾经有个女性朋友。我通过她认识了你父亲。所以你看，女性朋友有时也很有用。"她说的是玩笑话，但手上的刷子慢了下来。"你走你的路，我走我的路。"她忍住了眼泪。"是的，"她继续说，"你需要朋友。除了尼利和我,你从来不和别人说话,你光顾着读你的书,写你的故事。"

"我已经放弃写作了。"

凯蒂当时就知道,无论弗兰西在想什么,都和她的写作有关。"你今天的作文考得不好吗?"

"没有。"弗兰西撒谎说,她对母亲的猜测一如既往地感到惊讶。她站了起来,"我想我该去麦克加里蒂家了。"

"等等!"凯蒂把刷子和抹布放进桶里,"我今天的活干完了,"她伸出双手,"扶我起来。"

弗兰西抓住母亲的手。凯蒂笨拙地站起来时,重重地拉住了她的手。"和我一起走回家吧,弗兰西。"

弗兰西提着桶。凯蒂一只手扶着栏杆,另一只手搂着弗兰西的肩膀。她重重地靠在女孩身上,慢慢地走下楼,弗兰西跟随着母亲不稳的脚步。

"弗兰西,我随时都有可能生产。如果你一直在我身边,我会感觉好些。跟紧我,我工作的时候,你要时不时地来找我,看看我好不好。我无法告诉你,我有多么依赖你。我不能指望尼利,因为这种时候男孩是没用的。我现在非常需要你,当我知道你就在我身边时,我会感觉更安全。所以你要跟紧我一段时间。"

弗兰西心中涌起了对母亲的无限柔情。她说:"妈妈,我永远不会离开你。"

"这才是我的乖女儿。"凯蒂按了按她的肩膀。

"也许,"弗兰西想,"她不像爱尼利那样爱我。但她需要我多于需要他,我想,被人需要和被人爱是一样的。而且被人需要也许更好。"

40

有两天,弗兰西回家吃了午饭,下午就没再回学校。妈妈躺在床上。尼利被叫回学校后,弗兰西想去找茜茜或艾薇,但妈妈说还没到分娩时间。

弗兰西觉得自己一个人做主很重要。她打扫公寓,检查家里的食物,计划晚餐。每隔十分钟,她就会给妈妈垫好枕头,问她要不要喝水。

三点刚过不久,尼利就气喘吁吁地跑了进来,把书本扔在角落里,问是不是该去找人了。凯蒂看着他急切的样子,笑了笑,说不到万不得已,不能让艾薇和茜茜分心。尼利去上班了,他问麦克加里蒂,既然弗兰西要在家陪他们的母亲,他是否可以把弗兰西的工作也当成自己的工作来做。麦克加里蒂不仅同意了,还帮他做了免费午餐,这样尼利在四点半就完成了所有的工作。他们很早就吃了晚饭。尼利越早开始送报,就越能尽快完成。妈妈说她什么都不想吃,只想喝杯热茶。

弗兰西泡好茶后,妈妈就不想喝了。弗兰西很担心,因为她什么都不吃。尼利走后,弗兰西端来一碗吃的,想让妈妈吃。凯蒂推开了弗兰西,说别烦她,说她想吃东西的时候,自己会说。弗兰西把吃的倒回锅里,努力忍住伤心的泪水——她只是想帮忙而已。妈妈又叫了她,似乎不再生气了。

"现在几点了?"凯蒂问。

"五点多。"

"你确定时钟没有慢吗?"

"没有,妈妈。"

"也许是快了。"她似乎很担心,弗兰西从前窗看了看珠宝商沃罗诺夫旁边的大街钟。

弗兰西汇报说:"我们的时钟是准的。"

"外面天黑了吗?"凯蒂无从得知,因为即使在明亮的正午,通风井里也只能透出暗淡的灰光。

"不,天还亮着。"

"这里太黑了。"凯蒂焦急地说,"我去点夜烛吧!"

墙上挂着一个小架子,架子上放着一座石膏像,石膏像上的圣母玛利亚身披蓝袍,双手虔诚地伸出。雕像脚下是一个厚厚的红色玻璃杯,里面装满了黄蜡和蜡芯。旁边是一个花瓶,里面插着纸质红玫瑰。弗兰西用火柴点燃蜡烛。烛光透过厚厚的玻璃发出暗淡的红宝石色光芒。

"现在几点了?"过了一会儿,凯蒂问道。

"六点十分。"

"你确定时钟准确吗?"

"完全准确。"

凯蒂似乎很满意。但五分钟后,她再次询问时间。她好像有一个重要的约会要参加,害怕迟到。

六点半,弗兰西再次告诉她时间,并补充说尼利一小时后就会到家。

"他一回来,就让他去找艾薇姨妈。告诉他不要花时间走路,给他找辆五分钱的车。告诉他找艾薇姨妈,因为她比茜茜住得近。"

"妈妈,如果孩子突然出生,我不知道该怎么做,怎么办?"

"我不可能那么幸运,想生的时候就生。现在几点了?"

"六点三十五分。"

"确定?"

"我确定,妈妈,即使尼利是个男孩,如果他和你在一起也会比和我在一起更好。"

"为什么?"

"因为他总是给你莫大的安慰。"她说这话时没有恶意,也没有嫉妒。这只是一个简单的事实陈述,"而我……我……只是不知道该说些什么才能让你感觉好些。"

"现在几点了?"

"六点三十六分。"

凯蒂沉默了很久。当她开口说话时,她说得很小声,像是在自言自语。"不,男人不应该在女人生产的时候出现。但是女人却让他们站在自己的身边。她们想让男人听到每一声呻吟,看到每一滴血,听到每一声肉体撕裂的声音。让男人和她们一起受苦,她们从中得到了什么扭曲的快感?她们似乎在报复,因为上帝让她们成为女人。现在几点了?"不等回答,她继续说道,"在结婚之前,如果男人看到她们卷头发或脱掉紧身胸衣,她们会死的。但当她们有了孩子,她们就想让男人看到她们最丑陋的样子。我不知道为什么,我也不知道为什么。男人一想到他们在一起给她带来的痛苦和折磨,就觉得不再美好了。这就是为什么很多男人在女人生了宝宝之后开始不忠……"凯蒂几乎没有意识到自己在说什么。她是如此思念约翰尼,为他不在身边找理由,"此外,还有这一点:如果你爱一个人,你宁愿独自承受痛苦,也不愿让他受苦。所以,当你的分娩时刻到来时,别让你的男人进屋。"

"是的，妈妈。现在是七点过五分。"

"看看尼利来了没有？"

弗兰西看了看，不得不汇报说尼利还没出现。凯蒂的脑海里又浮现出弗兰西说过的话：尼利是个会安慰人的人。

"不，弗兰西，现在你才是我的安慰。"她叹了口气，"如果是个男孩，我们就叫他约翰尼。"

"妈妈，等我们再有四个人的时候就好了。"

"是的，会的。"之后，凯蒂半天没说话。当她下一次问时间时，弗兰西告诉她已经七点一刻了，尼利很快就会回家。凯蒂吩咐她用报纸包好尼利的睡衣、牙刷、一条干净的毛巾和一点肥皂，因为尼利今晚要留在艾薇家过夜。

弗兰西腋下夹着包袱又往街上跑了两趟，才看到尼利过来。他正在街上奔跑。她跑过去迎接他，把包袱、车费和妈妈的话转交给他，让他快点。

"妈妈怎么样？"他问。

"很好。"

"你确定？"

"当然，我听到电车来了。你最好快跑。"尼利跑了起来。

弗兰西回来时，看到母亲的脸上满是汗水，下嘴唇上有血迹，好像被咬了一口一样。

"哦，妈妈，妈妈！"她握着妈妈的手，把它贴在自己的脸颊上。

"用冷水拧一块布，给我擦擦脸。"妈妈低声说。弗兰西给她擦完脸后，凯蒂又继续做她心中未完成的事，"当然，你是我的安慰。"她的思绪又飘到了一些看似无关紧要，其实不然的事情上，"我一直想读你的 A 等作文，但一直没有时间。现在我有点时间了。你愿意读一篇给我听吗？"

"不能。我把它们都烧了。"

"你构思情节,写作,上交给老师,老师给你批分数,然后又再次构思,最后却把它们烧掉了。从头到尾,我连一篇也没读过。"

"没关系,妈妈。它们也不是什么好东西。"

"可我于心不忍。"

"它们没什么用。妈妈,我知道你从来都没时间。"

凯蒂想:但我总是有时间陪尼利做任何事。我为他腾出了时间。她继续说:"但是,尼利需要更多的鼓励。你可以像我一样,用你内心所拥有的一切继续前进。但他需要更多来自外界的鼓励。"

"没关系,妈妈。"弗兰西重复道。

凯蒂说:"我没法做出任何改变,但我的良心会永远不得安宁。现在几点了?"

"快七点半了。"

"再来一条毛巾,弗兰西。"凯蒂的脑子里似乎在想着什么,"不是还有一篇能读吗?"

弗兰西想到了关于她父亲的那篇作文,以及加恩德小姐对它们的评价,然后回答说:"没有了。"

"那就读读莎士比亚的书。"弗兰西拿到了书。"读读'在这样的夜晚'吧,我想在孩子出生前,在脑海里留下美好的回忆。"

字很小,弗兰西不得不点燃煤气灯才能看清。当灯光亮起时,她看清了母亲的脸。她的脸灰白而扭曲,看起来不像自己了。她看起来就像痛苦中的外祖母玛丽·罗姆利。凯蒂吓得赶紧躲开灯光,弗兰西也赶紧关上了灯。

"妈妈,这些剧本我们已经读过很多遍了,我都快背下来了。我不需要灯光或书,妈妈。听!"她朗诵道:

月光皎洁！在这样的夜晚，
当甜美的风轻轻地亲吻着树木，
它们没有发出任何声响。
在这样的夜晚，特洛伊罗斯……

"几点了？"
"七点四十。"

我想这就是特洛伊城墙，
他的灵魂向着希腊人的帐篷叹息，
克蕾西达就在那里过夜。

"你知道特洛伊罗斯是谁吗，弗兰西？还有克蕾西达？"
"是的，妈妈。"
"有一天你一定要告诉我，当我有时间听的时候。"
"我会的，妈妈。"

凯蒂发出了低吟声。弗兰西再次为她擦去汗水。凯蒂伸出两只手，就像那天在大厅里一样。弗兰西握住她的手，用脚支撑着身体。凯蒂用力一拉，弗兰西以为她的胳膊会从肩膀上掉下来。然后妈妈放松了——松开了手。

就这样，一个小时过去了。弗兰西背诵着她熟记于心的段落——鲍西娅的演讲、马克·安东尼的葬礼演说、"明日复明日"——这些莎士比亚作品中广为流传的东西。凯蒂有时会提问。有时她用手捂着脸呻吟。她不知道自己在做什么，也没有注意到答案，只是不停地问时间。弗兰西时不时地给她擦擦脸，一个小时里，她有三四次向弗兰西伸出了手。

当艾薇在八点半到达时，弗兰西几乎要松一口气了。"茜茜姨妈半小时后就到。"艾薇一边宣布一边冲进卧室。看了一眼凯蒂，艾薇从弗兰西的小床上扯下床单，把一头系在凯蒂的床柱上，另一头放在凯蒂的手里。"试着拉一拉，换换方法。"她提出了建议。

"几点了？"凯蒂拽了拽床单，低声问道，她脸上的汗水又一次冒了出来。

"关心这个干吗？"艾薇愉快地回答，"你哪儿也去不了。"凯蒂开始笑了，但一阵疼痛把她的笑容抹去了。"我们可以照得更亮一点。"艾薇决定道。

"但是煤气灯会伤害她的眼睛。"弗兰西反对道。

艾薇从客厅的灯座上取下灯泡，在外面涂上肥皂，然后把它固定在卧室的灯座上。当她点燃煤气灯时，柔和的散射光并不刺眼。尽管五月的夜晚温暖宜人，艾薇还是在炉子里点起了火。她吩咐弗兰西。弗兰西急忙把水壶装满水，放在火上。她把搪瓷洗脸盆洗干净，倒了一瓶橄榄油，放在炉子后面。脏衣服从洗衣篮里倒出来，里面铺上一条破烂但干净的毯子，放在两把椅子中间，靠近炉子。艾薇把所有的餐盘都放进烤箱加热，并嘱咐弗兰西把热盘子放进篮子里，冷却后取出，再换上其他的热盘子。

"你妈妈有婴儿的衣服吗？"她问。

"你以为我们是怎样的人？"弗兰西一边自嘲地说，一边展示着她和尼利小时候接连穿过的一套简朴的衣服，包括四件手工制作的法兰绒和服、四条带子、一打手工缝制的尿布和四件破旧的衬衫。弗兰西自豪地承认："除了衬衫，其他的都是我自己做的。"

"嗯，我看你妈妈还盼着是个男孩。"艾薇看着衣服上的蓝色羽毛状缝制的针脚，评论道，"好吧，我们拭目以待。"

茜茜来了之后，和艾薇一起走进卧室，命令弗兰西在外面等着。

弗兰西听着她们的谈话。

"是时候去找助产婆了。"茜茜说,"弗兰西知道她住哪儿吗?"

"我没有做安排。"凯蒂说,"家里没有五块钱请助产婆。"

"好吧,也许我和茜茜能筹到钱。"艾薇开始说,"如果……"

"听着。"茜茜说,"我生了十个孩子。你生了三个,凯蒂生了两个。我们一共有十六个孩子。我们应该有足够的知识来接生孩子。"

"好吧,我们自己接生孩子。"艾薇决定道。

然后她们关上了卧室的门。现在弗兰西能听到她们的声音,却听不到她们说了什么。她很反感姨妈们这样把她关在门外,尤其是在她们来之前,她一直都是全权负责妈妈的事情的。她从篮子里拿出凉的盘子,放入烤箱中,又拿出两个热盘子。她觉得世界上只有她一个人。她希望尼利在家,这样他们就可以聊聊旧时光了。

弗兰西猛地睁开眼睛。她想,她不可能打瞌睡的,她不可能打瞌睡的。她摸了摸篮子里的盘子。它们是冷的。她迅速地换上了热盘子。为了孩子,篮子必须保持温暖。她听着卧室里传来的声音。自从她眯了会儿后,这些声音都变了。屋内不再有人悠闲地来回走动,不再有平静的对话。她的姨妈们似乎在来回跑动,步子很快,声音也很短促。她看了看时钟,九点半。艾薇走出卧室,关上身后的门。

"这是五毛钱,弗兰西。出去买四分之一磅甜黄油,一盒苏打饼干和两个脐橙。告诉对方你要脐橙,就说是给生病的女士买的。"

"但所有的商店都关门了。"

"去犹太城,他们总是开门的。"

"我明早再去。"

"照我说的做。"艾薇尖声说道。

弗兰西不情愿地走了。在下最后一级楼梯时,她听到了一声嘶哑的尖叫。她停了下来,不知道是往回跑还是继续往外走。她想起了艾薇严肃的命令，于是继续下楼。当她走到门口时，又传来一声更加痛苦的尖叫。她来到了街上。

在其中一栋公寓里，一个傲慢的工人命令他不情不愿的妻子准备上床。听到凯蒂的第一声尖叫后，他脱口而出："上帝啊！"当第二声尖叫传来时，他说："我希望她不会让我整晚睡不着。"他那幼稚的新娘一边哭一边解开衣服。

弗洛西·加迪斯和她的母亲坐在厨房里。弗洛西正在缝制一套服装，一套白色缎子的服装，是为她和弗兰克迟来的婚礼准备的。加迪斯太太正在为亨尼织一只灰色的袜子。当然，亨尼已经去世了，但他的母亲一直在为他织袜子，她就是放不下这个习惯。当第一声尖叫传来时，加迪斯夫人的袜子织漏了一针。

弗洛西说："男人享受快乐，而女人只有痛苦。"母亲什么也没说。接下来凯蒂哭起来的时候，她颤抖了一下。弗洛西说："做一件有两只袖子的服装真麻烦。"

"是的。"

她们默默地做着事，做了一会儿，弗洛西才再次开口："我想知道他们值得吗？我是说孩子们。"

加迪斯夫人想起了已故的儿子和女儿萎缩的手臂。她什么也没说，弯着腰在织袜子。她在漏针的地方用心地补了一针。

悠闲的泰莫尔姐妹俩躺在坚硬的床上，她们摸着彼此的手。

"姐姐，你听见了吗？"玛吉小姐问道。

丽兹小姐回答说："她要生了。"

"这就是为什么哈维很久以前向我求婚时，我没有嫁给他。我害怕那样，非常害怕。"

"我不知道。"丽兹小姐说，"有时候我觉得，苦乐交织，去搏斗，去尖叫，甚至去忍受那种可怕的痛苦，都比……安安稳稳的要好。"

她一直等到下一声尖叫消失后又说,"至少她知道自己还活着。"

玛吉小姐没有回答。

诺兰家对面的公寓空着。另外的那套房子里住着一个波兰码头工人、他的妻子和四个孩子。听到凯蒂的声音时,他正在把桌上的一罐啤酒倒满了杯子。

"女人!"他发出了一声轻蔑的冷哼。

"你别说话!"他的妻子咆哮道。

每当凯蒂哭喊时,屋子里所有的女人都会绷紧神经,和她一起承受痛苦。这是她们唯一的共同点……对分娩痛苦的确切了解。

弗兰西在曼哈顿大道上走了很远才找到一家犹太人开的奶制品店。她还得去另一家商店买饼干,然后找到一个卖脐橙的水果摊。回来时,她瞥了一眼克尼普药店的大钟,发现已经快十点半了。她并不关心现在是几点,只是觉得这对母亲来说非常重要。

当她走进厨房时,她感觉到了不同。有一种新的安静的感觉,还有一种说不清道不明的味道,新奇而又淡淡的芬芳。茜茜站立着,背对那只篮子。

"感觉如何?"她说,"你有妹妹了。"

"妈妈怎么样?"

"你妈妈很好。"

"所以这就是派我去商店的原因。"

"我们觉得你懂得太多了,你十四岁了。"艾薇从卧室里走出来说。

"我只有一个问题想要弄清楚。"弗兰西激动地说,"是妈妈让我出去的吗?"

"是的,弗兰西,是她的意思。"茜茜温柔地说,"她说不愿让所爱之人一同承受苦难。"

"那好吧。"弗兰西受到了安慰。

"你不想看看孩子吗?"

茜茜走到一旁。弗兰西上前掀开婴儿头上的毯子。是个漂亮的小家伙,皮肤雪白,额头上是绒毛般的黑色卷发,与妈妈如出一辙。婴儿的眼睛短暂地睁开了。弗兰西注意到她的眼睛是乳蓝色的。茜茜说明道,所有新生儿的眼睛都是蓝色的。"她看起来像妈妈。"弗兰西说。

"我们也是这么认为的。"茜茜说。

"没什么问题吧?"

"很完美。"艾薇告诉她。

"没有畸形或者别的什么吗?"

"当然没有。你怎么会有这种想法?"

弗兰西没有告诉艾薇,她多么害怕孩子生下来会是畸形的,因为妈妈一直手忙脚乱地工作到最后一刻。

"我能进去看看妈妈吗?"她谦恭地问道,感觉在自己家里就像个陌生人。

"你可以把盘子端进去给她。"弗兰西把盛着两块黄油饼干的盘子端到母亲面前。

"你好,妈妈。"

"你好,弗兰西。"

妈妈看起来又像妈妈了,只是非常疲惫。她抬不起头来,所以弗兰西在她吃饼干的时候得喂她。饼干吃完后,弗兰西端着空盘子站在一旁。妈妈什么也没说。在弗兰西看来,她和妈妈又变得陌生了,前几天的亲密感荡然无存。

"妈妈,你已经选好了男孩的名字。"

"是的,但我不介意是一个女孩,真的。"

"她很漂亮。"

"她会有一头黑色卷发。尼利有一头金色卷发。可怜的弗兰西是棕色直发。"

"我喜欢棕色的直发。"弗兰西不屑地说。她很想知道孩子的名字,但妈妈现在看起来像个陌生人,她不想直接问,"要我把信息写出来寄给卫生局吗?"

"不,牧师会在她洗礼的时候把信息送去。"

"哦!"

凯蒂听出了弗兰西语气中的失望。"把墨水和本子拿来,你来写下她的名字。"

弗兰西从壁炉架上拿起《圣经》,这是茜茜十五年前偷来的。她看了看扉页上的四排字。前三排是约翰尼的笔迹。

1901 年 1 月 1 日,凯瑟琳·罗姆利和约翰尼·诺兰结婚。
1901 年 12 月 15 日,弗兰西斯·诺兰出生。
1902 年 12 月 23 日,科尼利厄斯·诺兰出生。

第四排字是凯蒂用力的笔迹。

1915 年 12 月 25 日,约翰尼·诺兰去世,享年三十四岁。

茜茜和艾薇跟着弗兰西进了卧室。她们也很好奇凯蒂会给孩子取什么名字。莎拉?伊娃?露丝?伊丽莎白?

"把我说的写下来。"凯蒂口述,"1916 年 5 月 28 日,"弗兰西用笔在墨水瓶里蘸了蘸,"安妮·劳瑞·诺兰出生。"

"安妮!这么普通的名字。"茜茜叫道。

"为什么,凯蒂?为什么?"艾薇耐心地问。

凯蒂解释说："约翰尼曾经唱过的一首歌。"

当弗兰西写下这个名字时，她听到了和弦和父亲的歌声："安妮·劳瑞就在那里。"……爸爸……爸爸……

"……他说，这首歌属于一个更美好的世界，"凯蒂接着说，"他一定会很开心孩子能用他的歌命名。"

弗兰西说："劳瑞是个好名字。"

于是，劳瑞就成了新生儿的名字。

41

　　劳瑞是个好宝宝。她大部分时间能够安然入睡。醒着的时候,她会静静地躺着,努力把她那双褐色的眼睛盯在她那小小的拳头上。

　　凯蒂给孩子喂奶,不仅因为这是本能,还因为没钱买鲜奶。因为不能让孩子一个人待着,凯蒂早上五点就开始工作,先打扫另外两间远一些的房子。她一直干到将近九点,等弗兰西和尼利上学去了,她再打扫自己住的这栋房子,她把房门半掩着,方便时刻听着劳瑞的动静。凯蒂每晚吃完晚饭就上床睡觉了,弗兰西很少能见到妈妈,好像妈妈不在家一样。

　　麦克加里蒂没有按计划在孩子出生后解雇他们。他现在非常需要他们,因为在1916年的春天,他的生意突然兴隆起来。他的酒吧里总是人满为患。国家发生了巨大的变化,他的顾客们,就像各地的美国人一样,不得不聚在一起商量事情。街角的酒吧是他们唯一的聚会场所,穷人的俱乐部。

　　弗兰西在酒吧楼上的公寓里工作,透过薄薄的地板听到了他们的高声喧哗。她常常停下手中的活,侧耳倾听。是的,世界在迅速变化,而这一次她知道是世界在变化,而不是她自己。她在倾听这些声音的同时,也听到了世界的变化:

　　这是事实。他们会停止酿酒,再过几年,这个国家就会禁酒了。

努力工作的人有权喝酒。

把这话告诉总统，看你能走到哪一步。

这是一个人民的国家。如果我们不想让它禁酒，它就不会禁酒。

当然，这是一个人民的国家，但他们会把禁酒令塞进你的喉咙。

上帝啊，那我就自己酿酒吧。我老爸以前在老家酿过酒。你用一蒲式耳的葡萄……

去死吧！他们永远不会给妇女投票权。

不要下任何赌注。

如果到那时候，我妻子必须和我投一样的票，否则我会扭断她的脖子。

我的老太婆不会去投票站，她只会和一群流浪汉还有酒鬼混在一起。

……一位女总统。那可能是。

他们不会让女人掌管政府的。

现在就有一个。

像地狱一样！

威尔逊不能随心所欲地去上厕所，除非他问威尔逊太太是否可以。

威尔逊自己也是个老太婆。

他让我们远离战争。

那个大学教授！

我们在白宫需要的是一位稳健的政治家，而不是一个教书匠。

……汽车出现。马车很快就会成为历史了。底特律的那个家伙造的汽车非常便宜，很快每个工人就都能拥有一辆了。

一个工人开着自己的车！你活得到那个时候吗！

飞机！只是一种疯狂的时尚。不会长久的。

电影冲击波将继续。布鲁克林的三家剧院正在一家接一家地关闭。就拿我来说吧，我宁可看查理·卓别林，也不愿看我老婆看的科塞特·佩顿。

……无线。有史以来最伟大的发明。对话是通过空气传播的，当然，不需要电线。你需要一种机器来获取它，还需要耳机来收听……

他们称之为"麻醉休眠"，生孩子时，女人不会有任何感觉。所以当这位朋友告诉我妻子时，她说是时候发明这种东西了。

你在说什么？煤气灯已经过时了，连最便宜的公寓里都装上了电灯。

不知道现在的年轻人怎么了。他们都在疯狂地跳舞。跳舞……跳舞……跳舞……

于是我把名字从舒尔茨改成了斯科特。法官说，你为什么要这么做？舒尔茨是个好名字。他自己就是德国人，明白吗？听着，麦克，我说……我就是这么跟他说的，管他法官不法官。我说，我受够这个故国了。在他们对比利时的婴儿做了那些事之后，我说，我不想再和德国有任何瓜葛了。我现在是美国人了，我说，我想要一个美国名字。

我们正直奔战争而去，伙计，我能预见到它的到来。

我们要做的，就是在今年秋天再次选举威尔逊，他会让我们远离战争。

不要把赌注押在他们的竞选承诺上。当你有了一位民主党总统，你就有了一位战争总统。

林肯是共和党人。

但南方有一位民主党总统，是他们挑起了南北战争。

我问你，我们还要忍受多久？那些浑蛋又击沉了我们一艘船。在我们鼓足勇气过去舔他们的屁股之前，他们还要击沉多少艘？

我们必须置身事外。这个国家现在这样很好，让他们打自己的仗，别拖我们下水。我们不想打仗。

如果宣战了，我第二天就去参军。

你就在这吹牛吧。你已经五十多岁了，他们不会要你的。

我宁愿进监狱也不愿上战场。

一个人必须为他认为正确的事情而战，我很乐意去。我没什么好担心的，我得了双侧疝气。

让战争来临吧，他们需要我们这些工人来造船造炮。他们需要农民来种植粮食。然后看他们剥削我们。我们工人将扼住该死的资本家的喉咙。他们不会告诉我们，我们会告诉他们的。天哪，我们会让他们汗流浃背的。战争来得太快，不适合我的计划。

就像我告诉你的那样，一切都是机器化。前几天我听到一个笑话。一个家伙和他的妻子到处去拿食物、衣服，所有东西都是从机器里拿出来的。他们来到一台婴儿机器前,小伙子把钱放进去,出来一个婴儿。于是他转过身说,让我回到过去美好的旧时光吧。

过去的美好时光,是啊,我想它们已经一去不复返了。
再加满,吉姆。

弗兰西停顿了一下,静静地听着,她试图把一切都拼凑起来,试图理解这个在混乱中旋转的世界。在她看来,从劳瑞呱呱坠地后到她完成学业的这段时光,整个世界都变了。

42

弗兰西还没来得及适应劳瑞的存在，毕业典礼就到了。凯蒂不能同时参加两个毕业典礼，所以她决定去尼利的毕业典礼。这是对的，尼利不应该因为弗兰西转学而被剥夺这个机会。弗兰西表示理解，但还是觉得有点伤心。如果爸爸还活着，他一定会去看她毕业的。最后，茜茜和弗兰西一起去，艾薇则留下来照看劳瑞。

在1916年6月的最后一个夜晚，弗兰西最后一次踏上了通往她深爱的学校的路程。茜茜自从有了孩子后就变得安静了，她沉默地走在弗兰西身边。两名消防员经过，茜茜连看都没看，曾经有一段时间，她无法抗拒制服的诱惑。弗兰西希望茜茜没有改变。这让她感到孤独。她的手悄悄地伸向茜茜，茜茜捏了捏她的手。弗兰西感到安慰。茜茜依旧是那个熟悉的茜茜。

毕业生坐在礼堂的前排，来宾坐在后排。校长向孩子们发表了恳切的讲话，讲述了他们将如何走向一个动荡的世界，以及他们将如何在战后建立一个新世界，而这个新世界必将降临美国。他敦促孩子们接受高等教育，以便更好地建设这个世界。弗兰西被深深地打动了，她在心里暗暗发誓，一定要像他说的那样高举火炬。

接着是毕业演出。弗兰西的眼睛里闪烁着未干的泪花。当平淡无趣的对白一直喋喋不休时，她想："我的剧本会更好。我会把写了垃圾桶的部分删去。只要老师让我写剧本，我就什么都愿意做。"

演出结束后,毕业生列队上台,领取了毕业证书后就算毕业了。最后向国旗宣誓效忠和高唱《星条旗之歌》,一切就结束了。

现在到了考验弗兰西的时候了。

向女毕业生赠送花束是学校的惯例。由于礼堂内不允许摆放鲜花,所以鲜花会被送到教室,由老师摆放在受赠者的课桌上。

弗兰西不得不回到教室拿成绩单,还得从书桌上拿铅笔盒和签名簿。她站在外面紧张地等待着,因为她知道只有她的课桌上没有鲜花。她很肯定,因为她没有告诉妈妈这个习俗,因为她知道家里没有钱买这些东西。

她决定速战速决,进去后直接走向老师的办公桌,不敢看自己的桌子。空气中弥漫着浓郁的花香。她的耳畔传来女孩们兴奋地讨论着自己的花朵的声音,并高兴地尖叫着。她听到了自豪的赞美声。

她拿到了成绩单:四个 A 和一个 C⁻。C⁻ 是她的英语成绩。她曾是学校里作文写得最棒的学生。但在此刻,她的英语成绩勉强及格。突然间,她恨透了这所学校和所有的老师,尤其是加恩德小姐。她不在乎得不到鲜花。她不在乎。反正这也是个愚蠢的习俗。"我得去课桌那里取我的东西。"她下定决心。"如果有人跟我说什么,我就让他们闭嘴。然后我会永远走出这所学校,不跟任何人说再见。"她抬起眼睛,"没有花的课桌就是我的。"但是没有空课桌,每张课桌上都摆放着花。

弗兰西走到课桌前,推测是一个女孩把她多的一束花暂时放在了这里。弗兰西打算把它拿起来,还给花的主人,然后冷淡地对她说:"你不介意吧?我得从课桌里拿点东西。"

她拾起花朵——一束绿叶衬着两朵暗红色的玫瑰。她像其他女孩一样把它们用胳膊抱住,暂时假装它是自己的。她在卡片上寻找主人的名字。但卡片上有她的名字!卡片上写着:

送给弗兰西的毕业贺卡。爱你的爸爸。

爸爸!

字是爸爸用心写的,用的是家里橱柜里放着的黑色墨水。然后,一切都成了一场梦,一场混杂的长梦。劳瑞是个梦,在麦克加里蒂的酒吧工作是个梦,毕业演出是个梦,英语成绩不好也是个梦。她现在醒来了,一切都将好转。爸爸会在大厅里等着她。

但大厅里只有茜茜一个人。

"爸爸确实是死了。"她说。

"是的。"茜茜说,"已经六个月了。"

"但这不可能,茜茜姨妈。他给我送花了。"

"弗兰西,大约一年前,他给了我那张写好的卡片和两块钱。他说,'等弗兰西毕业了,帮我送她一束花,以防我忘了。'"

弗兰西开始哭泣。这不仅是因为她现在确信一切都不是梦,还因为她工作太辛苦了,太担心妈妈了,因为她没有机会写毕业剧本,因为她的英语成绩不好,因为她做好了收不到鲜花的充分准备。

茜茜带她进了女洗手间,轻轻地将她推进了一个小隔间。"大声地、用力地哭。"她命令道,"快点。你妈妈会好奇我们干什么干了这么久。"

弗兰西站在隔间里,紧紧地抱着玫瑰,泣不成声。每当洗手间的门打开,叽叽喳喳的女孩们进来时,她就冲一下马桶,让水声淹没她的啜泣声。很快,她就释然了。当她出来时,茜茜递给她一块被冷水打湿的手帕。弗兰西擦眼睛时,茜茜问她是否觉得好一些了。弗兰西点头答应,并请求她在告别时稍等片刻。

弗兰西走进校长办公室,与校长握手。"别忘了母校,弗兰西斯。

有空回来看看我们。"他说。

"我会的。"弗兰西答应道。她去和班主任老师道别了。

"我们会想你的,弗兰西斯。"老师说。

弗兰西从书桌里拿出铅笔盒和签名簿。她开始和女孩们道别。她们围着她。一个搂着她的腰,另外两个亲吻着她的脸颊。她们说着再见。

"要来我家看我,弗兰西斯。"

"要写信给我,弗兰西斯,让我知道你过得怎么样。"

"弗兰西斯,我们现在有电话了,有空给我打电话吧。明天就给我打电话。"

"在我的签名簿上写点什么吧,弗兰西斯?这样等你出名了,我就可以卖了。"

"我要去夏令营。我会写下我的地址。写信给我,听到了吗,弗兰西斯?"

"我九月就要去女子高中了。你也来女子中学吧,弗兰西斯。"

"不,跟我去东区高中。"

"女子高中!"

"东区高中!"

"伊拉斯谟·霍尔高中是最好的。你去那里,弗兰西斯,跟我一起。我们会在高中一直做朋友的。除了你,我再也没有别的朋友了。如果你愿意来就好了。"

"弗兰西斯,你怎么不让我在你的签名簿上写字?"

"我也是。"

"给我,给我。"

她们在弗兰西空空如也的本子上写字。"她们很好。"弗兰西想。"我本来可以一直和她们做朋友的。我以为她们不想做朋友。一定是我错了。"

她们在书上写字。有的写得又小又潦草,有的写得又散又乱。但所有的字都像孩童般稚嫩。弗兰西一边看她们写,一边读着:

祝你好运,祝你快乐。
我首先祝你生个男孩。
当你孩子的头发开始打卷时,我再祝你生个女宝宝。
——弗洛伦斯·菲茨杰拉德

当你结婚了,如果你丈夫家暴你,
就用铁棍子打他,
然后离婚。
——珍妮利

当夜幕降临,星星点缀夜空,
记住,我仍然是你的朋友。
尽管你可能跋涉过万水千山。
——诺琳·奥利里

比阿特丽斯·威廉姆斯翻到最后一页,写道:

我在后面看不见的地方,
签上自己的名字,只是为了泄愤。

她在上面签了名,"你的作家同行,比阿特丽斯·威廉姆斯"。"她说的竟然是作家同行。"弗兰西想,她还在为毕业剧本介怀。

弗兰西终于离开教室。她在大厅里对茜茜说:"还要再和一个人道别。"

"你花了最长的时间毕业。"茜茜调侃道。

在灯火通明的房间里,加恩德小姐独自一人坐在书桌前。她在学校里并不受欢迎,到目前为止还没有人来向她道别。弗兰西进来时,她急切地抬起了头。

"你是来和英语老师道别的,对吧?"她高兴地说。

"是的,老师。"

加恩德小姐不能就这样算了。她必须拿出一名教师的腔调。"关于你的分数,你这学期没交作业,我本该让你不及格的。但在最后一刻,我决定让你及格,这样你就能和全班同学一起毕业了。"她等待着。弗兰西一言不发。"怎么样?你不打算感谢我吗?"

"谢谢你,加恩德小姐。"

"你还记得我们那次的谈话吗?"

"当然记得,老师。"

"那你为什么变得这么顽劣,不再交作业?"

弗兰西无话可说。这是她无法向加恩德小姐解释的事情。她伸出了手。"再见,加恩德小姐。"

加恩德小姐吃了一惊。她说:"那么,再见了。"她们握了握手。"以后你就会知道我是对的,弗兰西斯。"弗兰西一言不发。"你不会吗?"加恩德小姐厉声问道。

"会的,老师。"

弗兰西走出了房间。她不再恨加恩德小姐了。弗兰西不喜欢她,但会为她感到难过。加恩德小姐什么都不懂,只觉得自己是多么正确。

詹森先生站在学校的台阶上。他握着每个孩子的手说:"再见,上帝保佑你们。"他还为弗兰西写了一句话:"好好学习,努力工作,为学校争光。"弗兰西保证她会的。

在回家的路上,茜茜说:"听着!别告诉你妈妈是谁送的花,这会让她想起约翰尼的。她在生了劳瑞之后，就快康复了。"她们达成一致，说是茜茜买的花。弗兰西取出卡片，把它放进铅笔盒里。

当她们告诉妈妈关于花的谎言时，她说："茜茜，你们不该乱花钱。"但弗兰西能察觉到母亲内心的欣喜。

大家欣赏了两张毕业证书，一致认为弗兰西的毕业证书最漂亮，因为詹森先生的字写得很好。

凯蒂说："这是诺兰家的第一张文凭。"

"但希望不是最后一张。"茜茜说。

"我要让我的每个孩子都有三张。"艾薇说，"小学文凭、高中文凭和大学文凭。"

茜茜说："再过二十五年，我们家的文凭就会堆成这么高。"她踮起脚尖，比了一下离地面六英尺的高度。

妈妈最后一次检查成绩单。尼利的手工课是 B，体育也是 B，其他科目都是 C。妈妈说："很好，儿子。"她忽略了弗兰西的 A，把注意力集中在 C⁻ 上。

"弗兰西！我很惊讶怎么会这样？"

"妈妈，我不想谈这个。"

"还是英语。你最擅长的科目。"

弗兰西的声音越来越高，她重复道："妈妈，我不想谈这个。"

凯蒂向姐妹们解释说："她在学校里总是能写出最好的作文。"

"妈妈！"几乎是一声尖叫。

"凯蒂，别说了！"茜茜尖声命令道。

"那好吧。"凯蒂投降了，她突然为自己的唠叨感到羞愧。

艾薇突然话锋一转。"我们到底要不要参加那个派对？"她问。

凯蒂说："我要戴上帽子。"

茜茜陪着劳瑞，艾薇、妈妈和两位毕业生则去了谢弗利冰激凌沙龙参加派对。冰激凌沙龙里挤满了参加毕业派对的人。孩子们带着毕业证书，女孩们还带着花束。每张桌子上都坐着一位母亲或一位父亲，有些是两位。诺兰家一行人在房间后面找到了一张空桌。

这里到处都是大喊大叫的孩子、满脸笑容的父母和匆匆忙忙的服务员。有些孩子十三岁，有些十五岁，但大多数和弗兰西一样大——十四岁。大多数男孩是尼利的同学，他在房间里大声招呼，玩得很开心。弗兰西几乎不认识这些女孩，但她还是兴高采烈地向她们挥手、打招呼，就像她们是多年的好朋友一样。

弗兰西心中充满了对妈妈的自豪感。其他的母亲头发都白了，而且大多很胖，屁股都快翘到椅子边上去了。妈妈则是保持着苗条的身姿，看起来远比她将近三十三岁的实际年龄要年轻许多。她的皮肤光滑白皙，头发乌黑卷曲，一如往常。弗兰西想，"让她穿上白裙子，怀里抱着一束玫瑰，她看起来就像一个十四岁的毕业生一样，除了她眉头之间的那条皱纹。自从爸爸去世后，这条皱纹就更深了。"

她们点了吃的。弗兰西在脑子里列出了所有苏打水的口味。她在往下看，这样她就可以说她尝遍了世界上所有口味的苏打水了。接下来是菠萝味，她点了这个。尼利点了巧克力苏打水，凯蒂和艾薇则点了香草冰激凌。

艾薇编了一些关于这里的人的小故事，逗得弗兰西和尼利哈哈大笑。弗兰西不时地看看妈妈。妈妈听了艾薇的笑话却没有笑。她慢慢地吃着冰激凌，眉间的皱纹加深了，弗兰西知道她在琢磨着什么。

凯蒂心想："我的孩子们十三四岁时所受的教育比我三十二岁时还多。但还是不够。想想我在他们这个年纪是多么无知。是的，甚至在我结婚生子的时候也是。想象一下那时我还相信巫婆的咒语。助产婆告诉我关于鱼市那个女人的事。他们比我早开始接受教育，他们没那么无知。"

"我让他们从初中毕业。我不能再为他们做什么了。我所有的计划……尼利当医生,弗兰西上大学……现在都无法实现了。劳瑞宝宝……他们有足够的能力独自去到某个地方吗?我不知道。《莎士比亚》……《圣经》……他们会弹钢琴,但现在已经不练了。我教他们做人要清白,要诚实,不要拿别人的东西,不要别人的施舍。但这就够了吗?"

"他们很快就会有老板要讨好,有新的人要相处。他们会走上其他道路。好的?坏的?如果他们整天工作,晚上就不会在家里陪我了。尼利会去找他的朋友,弗兰西呢?阅读……去图书馆……看演出……听免费的讲座或乐队音乐会。当然,我会带着孩子。孩子。她会有个更好的开始。当她毕业时,另外两个可能会看着她读完高中。我给劳瑞的,必须比给他们的更好。他们吃不饱穿不暖,我做得再好也不够。现在他们不得不出去工作,而他们还是小孩子。哦,要是今年秋天能让他们上高中就好了。上帝保佑。我愿意付出二十年的时间,我会夜以继日地工作。当然,我不得不在家照看孩子。"

她的思绪被席卷而来的歌声打断。有人唱起了一首流行的反战歌曲,其他人也跟着唱了起来:

我没有把我的孩子培养成一名士兵。
我把他培养成了我的骄傲和快乐……

凯蒂继续思考。"没有人能帮助我们,没有人。"她短暂地想起了麦克肖恩中士。劳瑞出生时,他送了一大篮水果。她知道他九月就要从警队退休了。他准备在下届大选中竞选皇后区的众议员,那儿是他的家乡。大家都说他一定能当选。听说他妻子病得很重,可能活不到丈夫当选了。

"他会再婚的。"凯蒂想,"当然了,某个对社交生活了如指掌的女人……帮助他……就像政治家的妻子必须做的那样。"她盯着自己那双布满工作伤痕的手看了很久,然后把它们放在桌子下面,好像她为自己的手感到羞耻。

弗兰西注意到了。"她在想麦克肖恩中士。"她猜测道,想起很久以前在郊游时,当麦克肖恩看着她时,妈妈是如何戴上棉手套的。"他喜欢她。"弗兰西想,"不知道她是否知情?她肯定心里有数。她好像什么都知道。如果她愿意,肯定能嫁给他。但不要想我会叫他爸爸。我爸爸已经死了。不管妈妈嫁给谁,他对我来说都只是某某先生。"

他们唱完了这首歌:

今日没有战争,

如果母亲们都能说,

我没有把我的孩子培养成一名士兵。

"……尼利,"凯蒂想,"十三岁了,如果战争真的来了,在他长大到可以参军之前,战争就结束了,感谢上帝。"

现在,艾薇姨妈正轻声唱给他们听,她在恶搞这首歌。

谁敢在他的肩膀上贴胡子?

"艾薇姨妈,你太可怕了。"弗兰西一边说,一边和尼利哈哈大笑起来。凯蒂从思绪中回过神来,抬起头微笑着。然后服务员结了账,他们都沉默了,看着凯蒂。

"我希望她不会傻到给他小费。"艾薇想。

"妈妈知道应该留五分钱小费吗?"尼利想,"但愿如此。"

"无论妈妈做什么，"弗兰西想，"都会是正确的。"

在冰激凌沙龙里没有给小费的习惯，除非是在特殊的聚会上才需要留下五分钱。凯蒂看到小票上是三毛钱。她的旧钱包里躺着一枚五毛硬币，她把它放在了小票上。服务员拿走了硬币，又拿回来四个五分硬币，他把它们摆成一排。他在附近徘徊，等待凯蒂捡起其中的三枚。她看了看那四个硬币。她想，"四个面包。"四双眼睛注视着凯蒂的手。凯蒂把手放在钱上时，从不犹豫。她做了一个肯定的手势，把四个硬币推给了服务员。

"不用找了。"她郑重其事地说。

弗兰西竭尽全力才没有站起来欢呼。"妈妈是个大人物。"她不停地对自己说。服务员高兴地拿起硬币，匆匆离开了。

"那可以买两杯苏打水。"尼利呻吟道。

"凯蒂，凯蒂，太傻了。"艾薇抗议道，"我打赌这是你最后的钱了。"

"是的，但这可能也是我们最后一次毕业了。"

"麦克加里蒂明天会付给我们四块钱。"弗兰西为母亲辩护说。

"他明天也会解雇我们。"尼利补充道。

"在他们找到工作之前，就只有这四块钱了。"艾薇总结道。

"我不在乎。"凯蒂说，"就这一次，我想让我们觉得自己是百万富翁。如果两毛钱能让我们感到富有，那就太值得了。"

艾薇回忆起凯蒂是如何让弗兰西把咖啡倒进水槽里，然后一言不发的。她对妹妹有很多不理解的地方。

宴会正在散场。阿尔比·西德摩尔，一个双腿修长的富裕杂货店老板的儿子，来到他们桌前。

"明天和我一起去看电影吗？弗兰西。"他鼓起勇气问道，"我会付钱的。"他急忙补充道。

(一家电影院允许毕业生参加周六周日的两场五分钱的电影,只要他们带着毕业证书作为证明。)

弗兰西注视着母亲,母亲则点头表示同意。"当然,阿尔比。"弗兰西接受了。

"再见,明天见。"他走了。

"你的第一次约会。"艾薇说,"许个愿吧。"她伸出小拇指钩了钩。弗兰西用手指钩住了艾薇姨妈的手指。

"我希望自己能永远穿着白裙子,手捧红玫瑰,我们可以永远像今晚这样慷慨挥霍。"弗兰西许愿道。

第四章

圣诞节期间，诺兰家几乎就像回到了从前。但新年过后，一切又回到了现实的生活轨道上，自从约翰尼去世后，他们的生活有了新的节奏。

43

"你现在明白了。"女领班对弗兰西说,"假以时日,你会成为一名出色的缠线工。"她走后,弗兰西就开始了她的第一份工作,开始了第一天上班的第一个小时。

按照女领班的指示,她的左手拿起一根一英尺长的闪亮金属丝。同时,她的右手拿起一条墨绿色的窄纸条。她把纸条的一端沾一下潮湿的海绵,然后用两只手的大拇指、食指和中指,把纸条缠绕在金属丝上。她把包好的金属丝放在一边。现在,这已经是一根花朵的茎了。

每隔一段时间,满脸痘痘的杂役男孩马克就会把花茎分给"花瓣工",由她们把纸质玫瑰花瓣绑在花茎上。另一个女孩再把花萼穿到玫瑰下面,然后把玫瑰交给"叶片工"。"叶片工"从叶片堆中选出一簇叶子,即短茎上的三片油亮的深色叶子,把叶簇用线固定在茎上,然后把玫瑰交给"修饰工"。"修饰工"把一条质地更厚的绿色纸条缠绕在花萼上,再顺着花茎缠绕下去。这样,花茎、花萼、花瓣与叶片就能形成一体,宛如自然生成。

弗兰西的背很疼,肩膀也传来阵阵剧痛。她想,她一定已经完成上千根花茎了。午饭时间肯定到了。她转过身看了看表,发现自己只工作了一个小时!

"怎么老是看钟。"一个女孩揶揄道。弗兰西愕然抬头,但什么也没说。

她的工作有了节奏，似乎变得更容易了。第一步，她把缠好的金属线放在一旁。第一步半，她拿起一根新金属线和一条纸。第二步，她把纸弄湿。第三、四、五、六、七、八、九、十步，金属线就都包好了。很快，这种节奏就变成了本能，她不必数数，也不必集中精力。她的背部放松了，肩膀也不再疼痛。她的思想得到了解放，开始想其他东西。

"这可能就是我的一生。"她想，"每天工作八个小时包线，赚钱买食物，买睡觉的地方，这样你才能继续活下去，回来包更多的线。有些人出生后直到死，一直都会在这里。当然，有些女孩会嫁人，嫁给过着同样生活的男人。她们会得到什么呢？她们可以在工作和睡觉之间的晚上的几个小时里找个人聊天。"但她知道，这种情况不会长久。她见过太多工作的夫妻，在孩子出生、负债累累之后，除了痛苦的咆哮，他们很少相互交流。她想，"这些人被困住了。为什么呢？因为……"（她想起了外祖母反复强调的信念），"他们没有受过足够的教育。"弗兰西的恐惧感越来越强烈。也许她永远也上不了高中；也许她永远也无法获得比之前更多的教育；也许她的一生都要为金属线……为金属线……第一步……第一步半……第二步……第三、四、五、六、七、八、九、十步。当她还是一个十一岁的孩子时，在洛舍面包店看到那个有着污秽双脚的老人时，她的内心也产生了同样的恐惧。慌乱中，她加快了节奏，以便集中精力工作，让自己没有思考的余地。

"新苦力。"一位"修饰工"冷嘲热讽道。

"想在老板面前露一手。"这是一个"花瓣工"的看法。

很快，即使是加速也变成了自动的，弗兰西的思想再次获得了自由。她偷偷地观察着长桌旁的十几个女孩。她们有的是波兰人，有的是意大利人。最小的看上去只有十六岁,最大的三十岁,而且个个肤色黝黑。不知什么原因,她们都穿着黑色的裙子,显然没有意识到黑色与黝黑的皮肤是多么不相称。弗兰西是唯一一个穿着格子水洗布连衣裙的人,她觉得自己像个傻孩子。眼尖的工人们注意到了她迅速瞪大的眼睛,于是用她们自己独特的欺侮方式进行报复。桌头的女孩开始了:"这张桌子上有的人脸很脏。"她宣称道,"不是我。"其他人一个接一个地回答。轮到弗兰西时,她们都停下了工作,静静地等待着。弗兰西不知道该怎么回答,只好保持沉默。"新来的女孩什么也没说,"领头人总结道,"所以她的脸很脏。"弗兰西的脸变得火辣辣的,但她还是加快了干活的速度,希望她们不要再提这件事了。

"有人脖子不干净。"又开始了,"不是我。"女孩们依次回答。轮到弗兰西时,她也说"不是我"。但这并没有安抚她们,反而给了她们更多的话头。

"新来的女孩说她的脖子不脏。"

"她居然敢说!"

"她怎么知道?她能看到自己的脖子吗?"

"如果是脏的,她会承认吗?"

"她们想让我做点什么。"弗兰西疑惑地想,"但是什么呢?她们想让我生气然后诅咒她们吗?她们想让我放弃这份工作吗?还是她们想看我哭,就像很久以前我看着那个小女孩拍打黑板擦时那样?不管她们想要什么,我都不干!"她把视线集中在金属线上,手指飞快地干活。

令人厌烦的游戏持续了一上午。唯一的喘息机会是杂役男孩马克进来的时候。然后,她们转移了炮火,对准了马克。

"新来的女孩,小心马克。"她们警告她,"他曾两次因强奸被捕,一次因拐卖人口被捕。"

考虑到马克明显的娘娘腔，这些指责真是荒谬。弗兰西看到这个不幸的男孩每次被奚落时脸都涨得通红，她为他感到难过。

一上午的时间就这样过去了。就在她觉得似乎永远不会结束的时候，铃声响起，宣布午餐时间到了。女孩们放下手中的活儿，拿出装午餐的纸袋，撕开袋子铺成桌布，摊开洋葱装饰的三明治，开始吃饭。弗兰西的手又热又黏。她想洗洗再吃，于是问邻座的人洗手间在哪里。

"我不会说英语。"一个女孩用夸张的蹩脚方言回答道。

"听不懂。"另一个整个上午都在用英语奚落她的人说。

"洗手间是什么？"一个体型丰满的女孩提出问题。

"就是'洗手'的地方吧。"一个机灵鬼回答道。

马克在收箱子。他站在门口，双臂负重，喉结上下起伏了两下，弗兰西第一次听到他说话：

"耶稣基督为你这样的人死在了十字架上。"他激情澎湃地说，"现在你却不告诉新来的女孩厕所在哪里。"

弗兰西惊讶地望着他。然后，她情不自禁地大笑起来——这听起来太有趣了。马克咽了口唾沫，转身消失在大厅里。这时，一切都变了。餐桌上响起了一阵嘈杂声。

"她笑了！"

"嘿，新来的女孩笑了！"

"笑了！"一个年轻的意大利女孩挽着弗兰西的胳膊说，"来吧，新来的女孩。我带你去看看厕所。"

在厕所里，她为弗兰西打开水龙头，打开装有肥皂液的玻璃碗，然后讨好地在弗兰西身边徘徊，自己也洗了手。弗兰西本想在雪白的、明显没用过的滚筒毛巾上擦干双手，却被领路女孩一把夺了过去。

"别用那条毛巾,新来的。"

"为什么?它看起来很干净。"

"这很危险。有些在这里工作的女孩很不自爱,如果你用毛巾的话,会被传染的。"

"那我该怎么办?"弗兰西挥舞着湿漉漉的双手。

"像我们一样用衬裙。"

弗兰西在衬裙上擦干了手,惊恐地盯着那条"致命的毛巾"。

回到工作间,她发现她们已经把她的纸袋压平,并摆上了妈妈为她准备的两个腊肠三明治。她看到有人在她的纸上放了一个漂亮的红番茄。女孩们笑着欢迎她回来。那个带头嘲笑了她一上午的女孩从威士忌酒瓶里喝了一大口,然后把酒瓶递给弗兰西。

"喝一杯吧,新来的。"她命令道,"光吃三明治太干了。"弗兰西往后缩了缩,匆忙拒绝。"喝吧!这只是冷茶。"弗兰西想到洗手间的毛巾,断然摇头说"不"。"啊!"女孩惊呼道,"我知道你为什么不喝我瓶子里的茶了。在厕所,安娜塔西亚吓着你了。你别相信她,新来的姑娘。话是老板传出来的,这样我们就都不会用毛巾了,他就能每周省下洗毛巾的几块钱。"

"是吗?"安娜塔西亚说,"我没看到你们谁用过毛巾。"

"见鬼,我们只有半小时吃午饭。谁想浪费时间洗手?新来的女孩,喝吧。"

弗兰西拿起瓶子喝了一大口。冰凉的茶很浓,沁人心脾。她感谢了那个女孩,然后又想感谢西红柿的赠送者。大家立即否认了赠送西红柿的事实。

"你在说什么?"

"什么西红柿?"

"我没看到什么西红柿。"

"新来的女孩带了个西红柿来吃午饭,却一点都不记得。"

她们在笑她。但现在,这种戏弄有了一种温馨的陪伴感。弗兰西很享受这段午餐时间,她很高兴自己发现了她们想从她身上得到什么。她们只是想让她笑——如此简单的一件事,却如此难以发现。

接下来的一天过得很愉快。姑娘们告诉她不要累坏了脖子——这是季节性工作,秋季订单完成后,她们都会被解雇。订单完成得越快,她们就会被解雇得越快。弗兰西很高兴能得到这些年长的、更有经验的工人的信任,于是就放慢了脚步。她们讲了一下午的笑话,弗兰西都笑了,不管是好笑的还是下流的。当她和其他人一起折磨马克这个殉道者时,她的良心才稍稍有点不安,因为马克不知道,只要他笑一次,他在车间里的麻烦就会消失。

星期六中午刚过几分钟,弗兰西站在百老汇电车法拉盛大道站的站台等着尼利。她手里拿着一个信封,里面装着五块钱——她第一个星期的工资。尼利也带了五块钱回家。他们说好一起回家,然后把钱交给妈妈,举行一个小小的仪式。

尼利在纽约市中心的一家经纪公司当跑腿。茜茜的约翰通过一个已经在那里工作的朋友帮他找到了这份工作。弗兰西很羡慕尼利。每天,他穿过威廉斯堡大桥,去到陌生的大城市,而弗兰西则步行去布鲁克林北边上班。尼利在餐馆吃饭。和弗兰西一样,他第一天也带了午餐,但男孩们取笑他,说他是布鲁克林来的乡下人。从那以后,妈妈每天给他一毛五分钱吃午饭。他告诉弗兰西,他是如何在一个叫"自助餐厅"的地方吃饭的,在那里,你把五分钱放进一个槽里,咖啡和奶油就会一起出来——不会太少,也不会太多,只要一杯就够了。弗兰西希望自己能骑车过桥去上班,在自助餐厅吃饭,而不是从家里带三明治。

尼利沿着车轨跑过来。他腋下夹着一个扁平的包裹。弗兰西注意到他是如何把脚放在车轨上的,这样整个脚都在车轨上,而不只是脚跟部分。这让他站得很稳。爸爸总是这样下楼梯的。尼利不肯告诉弗兰西包裹里装的是什么,说那样做会破坏惊喜。他们在附近的一家银行门口停了下来,这家银行正好要关门了,他们请求出纳员给他们新的一元纸币,来换他们手上的旧纸币。

"您要新钞干什么?"出纳员问道。

"这是我们的第一笔工资,我们换成新钱带回家。"弗兰西解释说。

"第一笔工资,是吗?"出纳员说,"这让我想起了过去。这当然让我回想起过去。我还记得我第一次领薪水的时候还是个孩子……在长岛曼哈塞特的一家农场干活。嗯,先生……"排队的人不耐烦地摇头晃脑时,他开始了自传式的讲述。最后,他说,"……当我把第一笔工资交给母亲时,她的眼泪夺眶而出。是的,先生,泪水在她眼眶里打转。"

他撕开一捆新钞的包装纸,用它们换了旧钞。然后他说:"这是给你们的礼物。"他从现金抽屉里拿出一个新铸的金色硬币给他们。"1916年的新硬币,"他解释说,"这附近的第一批。现在不要花掉它们。省着点用。"他从口袋里掏出两个旧铜板,放进抽屉里,以弥补不足。

弗兰西向他道谢。当他们离开时,她听到排在后面的那个男人边说边把胳膊肘靠在柜台上:

"我还记得,我把我的第一笔工资带回家给我的老妈。"

他们出门时,弗兰西在想,排队的每个人是否都会把他的第一笔工资说出来。"每个工作的人,"弗兰西说,"都有同一件心事——他们还记得把第一笔工资带回家的事。"

"是啊。"尼利同意道。

当他们转过一个街角时，弗兰西喃喃自语道："'泪水在她眼眶里打转'。"她以前从未听过这种说法，这引起了她的注意。

"怎么可能？"尼利想知道，"眼泪没有腿，它们无法站立。"

"他不是那个意思，他的意思就像人们说'我在床上站了一整天'一样。"

"但'站'不是那个意思。"

"是这样的。"弗兰西反驳道，"在布鲁克林，'站'就像'待'的过去式。"

"我也觉得。"尼利同意道，"我们沿着曼哈顿大道走吧，别走格雷厄姆大道了。"

"尼利，我有个主意，我们瞒着妈妈做一个存钱罐，把它钉在你的衣柜里。我们先把这些新硬币存起来，如果妈妈给我们零花钱，我们就每人每周存一毛。圣诞节的时候再打开，给妈妈和劳瑞买礼物。"

"也要给我们买。"尼利规定。

"好啊，我给你买一个，你给我买一个，到时候我会告诉你我想要什么。"

两人达成一致。

他们走得很慢，比那些从废品回收站回家的闲逛的孩子还要慢。经过斯科尔斯街时，他们朝卡尼的店看了看，发现便宜查理店外人头攒动。

"都是小屁孩。"尼利轻蔑地说，叮叮当当地从口袋里掏出一些硬币。

"还记得吗，尼利，我们以前去卖废品的时候？"

"那是很久以前的事了。"

"是的。"弗兰西同意道。事实上，他们把最后一批废品拖到卡尼家卖掉，不过是发生在两周以前的事。

尼利把一个四四方方的包裹交给了妈妈。他说:"给你和弗兰西的。"妈妈拆开了包裹。那是一磅装的洛夫特花生酥。"这也不是我用工资买的。"尼利神秘地解释道。他们让妈妈进卧室休息了一会儿,然后把十张新钞放在桌子上,随后,他们将妈妈唤了出来。

"给你的,妈妈。"弗兰西挥挥手说。

"哦,天哪!"妈妈说,"我简直不敢相信。"

"还不止这些。"尼利说。他从口袋里掏出八毛钱的零钱放在桌上。"这是跑腿的小费。"他解释说,"我存了一个星期。本来还有更多,但我买了糖果。"

妈妈把桌上的零钱递给尼利。她说:"你赚的所有小费都留着花吧。"

(就像爸爸之前一样,弗兰西想。)

"噢,我得给弗兰西分两毛五分钱。"

"不。"妈妈从破裂的杯子里拿出一个五毛钱硬币,给了弗兰西。"这是弗兰西的零花钱。每周五毛钱。"弗兰西很高兴。她没想到会有这么多零花钱。孩子们向母亲连声道谢。

凯蒂看了看糖果,又看了看新钞,然后看了看她的孩子们。她咬了咬嘴唇,突然转身走进卧室,随手关上了门。

"她是不是在生什么气?"尼利低声问道。

"不。"弗兰西说,"她没有生气。她只是不想让我们看到她哭。"

"你怎么知道她哭了?"

"因为当她看着钱的时候,我注意到她眼眶中闪烁着泪光。"

44

裁员时，弗兰西已经工作了两周。女孩们交换了一下眼神，老板解释说只是几天而已。

"几天，长达六个月。"安娜塔西亚拆穿说。

姑娘们要去一家绿点区的工厂，那里需要人手做冬季订单——圣诞红花和人造冬青花环。一旦那里裁员，她们就会去另一家工厂。以此类推。她们是布鲁克林的流动工人，随着季节性的工作从一个区到另一个区。

她们劝弗兰西和她们一起去，但她想尝试新的工作。她想，既然必须工作，那就换个工作，让工作变得丰富多彩。然后，就像尝遍苏打水口味一样，她可以说她已经尝试了所有的工作。

凯蒂在《世界报》上发现了一则广告，上面说要招一名档案员；初学者可考虑，年龄十六岁以上，要信仰新教。弗兰西花一分钱买了一张纸和一个信封，认真地写了一份申请表，并按照广告上的邮箱号码寄了过去。虽然她只有十四岁，但她和母亲一致认为她可以很容易地冒充十六岁。因此，她在信里写到自己十六岁了。

两天后，弗兰西收到了一封回信，信笺令人兴奋，上面的图案是一把剪子放在一张折叠的报纸上，旁边还有一壶糨糊。这封信来自纽约运河街的模范剪报局，信上要求诺兰小姐到局里报到并接受面试。

茜茜陪弗兰西去逛街，帮她买了一条成熟稳重的裙子和第一双高跟鞋。当她试穿新衣服时，妈妈和茜茜发誓，除了头发，她看起来就像十六岁。她的辫子让她看起来很幼稚。

"妈妈，求求你让我把它剪短吧。"弗兰西恳求道。

"你花了十四年才长出这头发。"妈妈说，"我不会让你把它剪掉的。"

"哎呀，妈妈，你真是落伍。"

"为什么你要像男孩一样留短发？"

"这样更容易打理。"

"打理头发应该是女人的乐趣。"

"但是，凯蒂，"茜茜抗议说，"所有的女孩现在都是披着头发的。"

"那她们就是傻瓜。女人的头发是她的秘密。白天，她可以把头发绾起来。但到了晚上，和男人独处时，散开头发，头发就会像闪亮的披肩一样披散开来，这会让她在男人面前有一种神秘感。"

"晚上，所有的猫看起来都是灰色的，美丑都一样。"茜茜打趣道。

"没你的事！"凯蒂厉声说道。

"如果我留短发，看起来就像艾琳·卡塞尔了。"弗兰西坚持说。

"男人们让犹太妇女在结婚时剪掉头发，这样就不会有其他男人看上她们。修女剪掉头发是为了证明她们和男人断绝了关系。为什么年轻女孩非要留短发呢？"弗兰西正要回答，妈妈又说，"我们不必再争论了。"

"好吧。"弗兰西说，"但等我十八岁了，我就可以自己做决定了。您就拭目以待吧。"

"等你到了十八岁，你就可以剃光头了。同时……"她把弗兰西的两条粗辫子盘在头上，用从自己头发上取下的骨质发卡把它们固定住。"好了！"她退后一步，打量着女儿，"看起来就像一顶闪亮的皇冠。"她夸张地说道。

"这确实让她看起来至少有十八岁。"茜茜承认。

弗兰西照了照镜子。她很高兴，因为妈妈给她打理的头发让她看起来很成熟。她虽然心里高兴，但她不肯认输。

她抱怨说："我一辈子都会为带着这堆头发而头疼。"

妈妈说："你真幸运，如果这都能让你一辈子头疼的话。"

第二天一早，尼利护送姐姐前往纽约。当火车驶离马西大道站，而后驶上威廉斯堡大桥时，弗兰西注意到车厢里的许多人都不约而同地站了起来，然后又坐下了。

"他们为什么这么做，尼利？"

"就在你上桥的地方，有一家银行，上面有一座大钟。人们站起来看时间，以便知道自己上班是早了还是晚了。我敢打赌，每天有一百万人在看那座钟。"尼利猜测说。

弗兰西想自己经过威廉斯堡大桥时会很兴奋，她满心期待。但是，这趟旅程还没有第一次穿上大人的衣服来得令人激动。

面试时间很短。她被录用进入试用期。工作时间是九点到五点半，半小时的午餐时间，工资是每周七块钱。谈妥之后，老板带她到剪报局进行参观。

十位阅报员坐在长长的斜桌旁，各自阅读着各州的报纸。每天每小时都有来自全美各州各城市的报纸被送进局里。女孩们将选出的报纸做上标记并装箱，然后在扉页上方写下它们的总数和自己的工号。

做了标记的报纸被收集起来，送到印刷工那里。印刷工面前有一台手动印刷机，上面有一个可调节日期的装置，还有一排活字。印刷工在印刷机上调整报纸的日期，插入写有报纸名称、城市和州的活字，印出多少张字条，就标记多少个项目。

随后，那些字条和报纸被送往剪报工人那里。剪报工站在一张大斜桌子前，用一把锋利的弯刀将标有标记的字条和报纸剪下（尽管信笺上有剪刀印记,这里却没有一把剪刀)。剪报工一边剪,一边将废纸扔到地上,每隔十五分钟,报纸的海洋就会涨到她腰部那么高。一个男人收集了这些废纸,并把它们打包带走。

剪下的物品和字条被交给贴纸员,贴纸员将剪报贴在字条上。接着,它们被整理归档、汇集起来,并装进信封里邮寄出去。

弗兰西很容易就掌握了档案系统。两周后,她就记住了档案盒上的两千多个名称或标题。随后,她又接受了如何使用读卡器的培训。又过了两个星期,她什么也没做,只是研究客户的卡片,这些卡片比档案盒上的标题更详细。当非正式考试证明她已经记住了订单时,她就拿到了俄克拉荷马州的文件来阅读。在她的文件被送往剪报机之前,老板会仔细检查,并指出她的错误。当她熟练到不需要检查时,宾夕法尼亚州的文件又被加了进来。不久,她又拿到了纽约州的报纸,现在她有三个州的报纸要读了。到八月底,她阅览的报纸和标记的项目都超过了局里的其他阅报员。她对工作充满热情,有一双明亮的眼睛(她是唯一一个不戴眼镜的阅报员),而且很快就练就了一双鹰眼。她一眼就能看清一个项目,并能立即注意到它是否值得标记。她每天阅读一百八十到两百份报纸。比她慢的阅报员平均每天阅读一百到一百一十份报纸。

是的,弗兰西是局里读报最快的人,也是工资最低的人。虽然在她开始读报时,她的周薪已经涨到了十块钱,但第二名每周能拿到二十五块钱,其他阅报员每周能拿到二十块钱。由于弗兰西从来没有和这些女孩好好相处过,没有得到她们的信任,所以她根本不知道自己的工资有多低。

虽然弗兰西喜欢读报,也为每周能挣十块钱而自豪,但她并不开心。她曾为去纽约工作而兴奋不已。既然图书馆内棕色碗里的一朵花那么小的东西都能让她如此兴奋,她期望纽约这座伟大的城市能让她兴奋百倍。但事实并非如此。

大桥是第一个让她失望的地方。从她家的屋顶上看大桥，她曾以为穿过大桥会让她感觉自己就像在空中飞舞的轻纱仙子。但实际经过大桥的感觉和在布鲁克林街道上的感觉没什么不同。大桥上铺着人行道和车道，就像百老汇的街道一样，铁轨也是一样的铁轨。火车驶过大桥时没有任何不同的感觉。纽约令人失望。这里的建筑更高，人群更密集，除此之外，与布鲁克林没有什么不同。她想，从现在开始，所有的新事物都会令人失望吗？

她常常细看美国地图，在脑海中巡游美国的广袤平原、连绵山脉、无垠沙漠以及蜿蜒河流。这似乎是一件美妙的事情。现在，她想知道自己是否也会对此感到失望。她想，假设她要步行穿越这个伟大的国家。比如说，她早上七点出发，向西走。当她向西走的时候，她会注意自己的脚步，并意识到她的脚步是一条始于布鲁克林的足迹，她可能根本不会想到她所遇到的就是那些平原、山脉、沙漠和河流。她所注意到的只是，有些东西很奇怪，因为它们让她想起了布鲁克林，而另一些东西很奇怪，又因为它们与布鲁克林如此不同。"我想，世界上没有什么新鲜事了。"弗兰西不高兴地决定。"如果有什么新的或不同的东西的话，它的某些部分一定在布鲁克林，而我一定已经习惯了它，即使遇到它也不会注意到。"就像亚历山大大帝一样，弗兰西深信没有新的世界可以征服，因而悲伤不已。

她让自己适应了纽约人上下班的快节奏。去办公室是一种紧张的折磨。如果她在九点前一分钟到达，她就自由了。如果晚到一分钟，她就会担心，因为如果老板那天心情不好，她就会不出意外地成为老板的眼中钉。因此，她学会了如何节省零碎的时间。早在列车停靠她要下车的车站之前，她就推开车门，成为车门推开后最先下车的人之一。下了火车，她像小鹿一样绕过人群，第一个跑上通往街道的楼梯。走在通往办公室的路上，她紧贴着建筑物，以便能快速转弯。她以"小猫转角"的方式穿过街道，这样就可以省去一些时间。到了大楼，尽管操作员大喊"电梯满了！"，她还是挤进了电梯。所有的这一切，都是为了提前一分钟到达，而不是九点以后！

曾经有一回，为了有更多的时间，她提前十分钟出门。尽管不需要着急，她还是挤出了火车，飞快地跑上台阶，快速地穿过街道，挤进了满员的电梯。她提前了十五分钟。偌大的房间里空无一人，她感到凄凉和失落。当其他工人在九点前几秒钟匆匆赶来时，弗兰西觉得自己像个叛徒。第二天早上，她又多睡了十分钟，恢复了原来的时间。

她是局里唯一的布鲁克林女孩。其他人分别来自曼哈顿、霍博肯、布朗克斯，还有一位从新泽西州的巴约恩通勤而来。其中两位年龄最大的阅报员是姐妹，她们来自俄亥俄州。弗兰西在局里工作的第一天，其中一个姐妹对她说："你有布鲁克林口音。"这句话听起来像是惊世骇俗的指责，让弗兰西对自己的言谈举止产生了自卑感。她开始小心翼翼地发音，以免把"女孩"说成"努孩"，把"预约"说成"与约"。

在局里，只有两个人她可以毫不尴尬地与之交谈。一个是老板。他毕业于哈佛大学，尽管乱用万能的量词"一个"，但他讲话很平实，他的语言体系不像阅报员们，因为从多年的阅读中获得大量的词汇而受到影响，这些阅报员中的大多数是高中毕业。另一位是阿姆斯特朗小姐，她是唯一一位大学毕业生，除了老板之外。

阿姆斯特朗小姐是市里的特殊阅报员。她的书桌位于房间最偏僻的角落，那里有一扇北窗和一扇东窗，光线最适合阅读。她只读芝加哥、波士顿、费城和纽约的报纸。纽约市的报纸每期刚一出刊，就有专门的信使给她送来。当她的报纸被读完时，她不必像其他阅报员一样，去帮助那些落后的女孩。她在等待下一版的同时，还可以钩钩毛线或修剪指甲。她的工资最高，每周能拿到三十块钱。阿姆斯特朗小姐是个和蔼可亲的人，她对弗兰西多有帮助，并试图吸引弗兰西与她交谈，这样她就不会感到孤独了。

有一次在洗手间，弗兰西无意中听到有人说阿姆斯特朗小姐是老板的情人。弗兰西听说过"情人"，但从未见过这样的人。于是，她立刻仔细打量起阿姆斯特朗小姐这个情人来。她看到阿姆斯特朗小姐并不漂亮，她的脸几乎像猿猴一样，嘴巴宽大，鼻孔扁平粗大，身材也只是过得去。弗兰西看了看她的双腿。她的腿修长纤细，线条优美。她穿着最纯洁无瑕的丝袜，昂贵的高跟鞋为她那双弧度优美的脚增添了色彩。弗兰西总结道："美丽的双腿，就是成为情人的秘诀。"她低头看了看自己瘦削的双腿。"我想，我永远也做不到。"叹了口气，她认命地过起了无罪的生活。

局里有一种阶级制度，它是由切纸工、印刷工、装订工、打包工和送货员形成的。这些工人不识字，但很聪明，不知为何自称为"俱乐部"，他们认为受过良好教育的阅报员看不起他们。为了报复，他们会尽可能地在阅报员中挑起事端。

弗兰西的忠诚是分裂的。从背景和教育来看，她属于俱乐部阶层，但从能力和智慧来看，她属于阅报员阶层。俱乐部精明地察觉到弗兰西的这种分裂，试图利用她作为中间人。他们把办公室里的流言蜚语告诉她，希望她能转告阅报员，制造不和。但弗兰西与阅报员之间的关系不够友好，无法与她们交流流言蜚语，谣言也就随她而去了。

因此，有一天，当切纸工告诉她阿姆斯特朗小姐将在九月离开，而她，弗兰西，将被提拔为城市阅报员时，弗兰西觉得这像是个故意散布的谣言，目的是激起其他阅报员的妒意，因为如果阿姆斯特朗小姐辞职，其余的人都希望能得到这份工作。她觉得这太荒谬了，她一个只有初中文化的十四岁女孩，竟然被认为有资格接替像阿姆斯特朗小姐那样的三十岁的大学毕业生的工作。

八月底快到了，弗兰西很担心，因为妈妈只字未提她上高中的事。她非常想回到学校。多年来，她从妈妈、外祖母和姨妈那里听到的关于高等教育的话题，不仅让她渴望接受更多的教育，也让她对自己目前缺乏教育感到自卑。

她深情地回忆起那些在她的签名簿上签名的女孩。她想再次成为她们中的一员。她和她们经历了同样的生活，却没有更进一步。她的本职工作是和她们一起上学，而不是和年长的女性一起竞争。

她不喜欢在纽约工作。蜂拥而至的人群让她战战兢兢。她觉得自己正在被推向一种她还没有准备好的生活方式。在纽约工作，她最害怕的就是拥挤的火车。

有一次在车上，她被吊在一根带子上，紧紧地夹在人群中，连手臂都无法放下来，她感觉到一只男人的手。无论她如何扭动，都无法摆脱那只手。当汽车转弯时，她随着人群摇摆，那只手就贴得更紧了。她无法扭头去看是谁的手。她绝望地站着，无助地忍受着屈辱。她本可以大声呼喊并提出抗议，但她羞于让公众注意到她的困境。似乎过了很久，人群才渐渐散去，她才得以换到车厢内的另一个地方。自那以后，在拥挤的车厢里站立变成了一种难以忍受的煎熬。

有一回，当她和妈妈带着劳瑞在星期天去看望外祖母时，弗兰西把车上那个男人的事告诉了茜茜。本以为茜茜会安慰她，姨妈却把这当成了一个天大的笑话。

"所以有个男人在车上掐了你。"她说，"我不会让这种事困扰我。这说明你的身材很好，有些男人无法抗拒女人的身材。瞧吧！我一定是老了！已经很多年没人在车上掐我了。曾经有一段时间，我从人群中出来，回家时身上都是青一块紫一块的。"她自豪地说。

"这有什么值得炫耀的吗？"凯蒂问道。

茜茜对这句话置若罔闻。"这一天总会到来的,弗兰西。"她说。"当你四十五岁的时候,身材就像一个中间被绑着绳子的袋子。到那时,你会回首往事,怀念过去男人想掐你的日子。"

凯蒂说:"如果她回想起来,那也是因为你让她记住了,而不是因为有什么美好的回忆。"她转向弗兰西,"至于你,学会站在车上,不要抓着带子。把你的手放下来,在口袋里放一根锋利的长针。如果你感觉到有男人的手搭在你身上,就用针好好扎一下。"

弗兰西按照妈妈说的做了。她学会了在不抓紧带子的情况下保持平衡。她的手紧紧握住外衣口袋里的一根长针。她希望有人会再掐她。她希望这样,那么她就可以用针刺他了。"茜茜说身材好被人掐是好事,但我不喜欢被人掐。等我到了四十五岁,我当然希望能有比被陌生人掐更美好的事情让我回想和憧憬。茜茜应该感到羞愧……"

"我到底怎么了?我站在这里批评茜茜——茜茜她一直对我很好。我对我的工作不满意,我本应该感到幸运的,因为我的工作很有趣。试想一下,我这么喜欢读书,却要以此谋生。每个人都认为纽约是世界上最棒的城市,而我却连喜欢纽约都做不到。看来我是全世界最不满足的人了。哦,真希望我又回到年轻的时候,一切都那么美好!"

劳动节前夕,老板把弗兰西叫到他的私人办公室,告诉她,阿姆斯特朗小姐要结婚了。他清了清嗓子,补充道,事实上,阿姆斯特朗小姐是要嫁给他。

弗兰西对情人的概念破灭了。她一直认为男人从不娶情人,他们会把情人像破手套一样扔在一边。所以阿姆斯特朗小姐要成为妻子而不是一只破手套。好吧!

"所以我们需要一个新的城市阅报员。"老板说,"阿姆斯特朗小姐亲自建议我们……啊……试试你,诺兰小姐。"

弗兰西的心怦怦直跳。她,城市阅报员!局里最令人羡慕的工作！俱乐部的传言是真的。又一个先入为主的想法消失了，她曾坚信所有的流言都纯属虚构。

老板打算给她十五块钱一周的工资，他认为只要给她一半的工资，她就会像他未来的妻子一样阅报。这姑娘也该高兴死了，这么年轻就能一周赚十五块钱。她说她已经十六岁了，但她看起来只有十三岁。当然，只要她能干，她的年龄与他无关。法律不会管他雇用未成年人，他只要说她在年龄上欺骗了他就行了。

他和蔼地说："这份工作会给你加一点薪水。"弗兰西开心地笑了，他却忧心忡忡。他想，"我是不是提前招了？也许她没想到会加薪。"他急忙掩饰自己的失误，"……等我们看了你的工作情况后，再给你加一点工资。"

"我不知道……"弗兰西开始怀疑。

"要是等到她超过十六岁，"老板想，"她会让我加更多的薪水的。"为了阻止她说下去，他说："我们每周给你十五块钱，从……"他犹豫了一下，心想不能太好说话，"……从十月一号开始。"他靠在椅子上，感觉自己就像上帝一样和蔼可亲。

"我是说，我想我不会在这里待太久了。"

"她是想要更多的钱。"他想。然后他大声地问："为什么？"

"我想劳动节后我就要回学校了。我打算等我的计划定下来就告诉你。"

"大学？"

"高中。"

"那我只得让平斯基来做城市阅报员了。"他内心思考着。"她现在已经二十五岁了，一旦她胜任这个工作就会要价三十块钱，一切就又回到原点了。诺兰比平斯基好多了。该死的厄玛！她怎么会认为女人婚后不应该工作？她可以继续工作……把钱留在家里……用钱买房子。"然后他对弗兰西说:"哦!很遗憾听到这个消息。我不是不赞成人接受高等教育。但我认为读报是一种很好的教育。它是一种不断发展的现代教育。而学校里……只有书本,死读书。"他轻蔑地说。

"我……我得和我妈妈商量一下。"

"当然,你可以告诉她,你的老板是怎么谈及教育的。告诉她,我说,"他闭上眼睛,犹豫再三后说,"我们每周付你二十块吧。从十一月一号开始。"他往后延了一个月。

"那可是一大笔钱。"她实话实说。

"我们相信给工人高薪,他们才会留在我们这里。还有……啊……诺兰小姐,请不要提及你未来的薪水。这比其他人拿到的都多。"他撒了个谎,"如果被人发现……"他摊开双手做了个无奈的手势。"你明白吗?不准在洗手间说闲话。"

弗兰西向他保证,她绝不会在洗手间里背叛他,这让他放心不少。老板开始在信上签字,表示谈话结束。

"就这样,诺兰小姐。我们必须在劳动节的第二天做出决定。"

"好的,先生。"

每周二十块!弗兰西惊呆了。两个月前,她还在为每周能挣五块钱而高兴。威利叔叔一周只挣十八块钱,而他已经四十岁了。茜茜的约翰很聪明,一周也不过挣二十二块五。在她的邻居中,很少有男人的周薪能达到二十块钱,而且他们都有家庭。

"有了这笔钱,我们的麻烦就解决了。"弗兰西想,"我们可以在某个地方租一套三室一厅的房子,妈妈就不用出去工作了,劳瑞也不会经常一个人待着了。我想,如果我能做这样的事,我就会变得非常重要了。"

"但我想回学校!"

她回忆起家里对教育的喋喋不休。

外祖母:它会让你出人头地的。

艾薇:我的三个孩子每人将获得三张文凭。

茜茜:等妈妈走了——但愿上帝保佑,还要等很久——孩子大到可以上幼儿园了,我就再出去工作。我会把工资存起来,等小茜茜长大了,我会送她上最好的大学。

妈妈:我不希望我的孩子也过着和我一样辛苦的生活。教育会解决这个问题,让他们的生活更轻松。

"确实这份工作很好。"弗兰西想,"但也只是现在很好。工作会让我的眼睛疲劳。所有干久了的阅报员都得戴眼镜。阿姆斯特朗小姐说过,一个阅报员的眼睛能撑多久,她就厉害多久。其他阅报员刚开始的时候也很快,就像我一样。但现在他们的眼睛……我必须保护我的眼睛……不能放弃读书去工作。"

"假如妈妈得知我一周能挣二十元,她或许就不会坚持让我回学校了,我不能责怪她。毕竟,我们已经生活在贫困中很久了。妈妈对所有事情都很公平,但这笔钱可能会让她对事情有不同的看法,这不是她的错。在她决定让我上学之前,我不会告诉她加薪的事。"

弗兰西跟妈妈说了学校的事,妈妈说"好的",她们得谈谈这个问题。当晚吃完晚饭后,她们就讨论了这个问题。

喝完晚间的咖啡后,凯蒂毫无必要地宣布(因为大家都知道),学校下周就要开学了。"我希望你们两个都能上高中,但今年秋天只有一个人能上学。我正在从你们的工资里省下每一分钱,这样明年你们俩就都能重返校园了。"她在等待。她等了很久。两个孩子都没有回答,"怎么样?你们不想上高中吗?"

弗兰西说话时嘴唇僵硬。妈妈的一举一动都牵动着她的心,她希望自己的话能给妈妈留下好印象。"是的,妈妈。我这辈子最想做的事就是回学校去。"

"我不想去。"尼利说,"别逼我回学校,妈妈。我喜欢工作,今年年初我就能加薪两块钱了。"

"你不想当医生吗?"

"不,我想当经纪人,像我老板一样赚大钱。有一天我会进入股市,赚一百万。"

"我的儿子会成为一名伟大的医生。"

"你怎么知道?我可能会变成毛杰街的胡勒医生那样,在地下室有一间办公室,总是像他一样穿着脏衬衫。总之,我知道的事够多了。我不需要再回学校了。"

"尼利不想回学校。"凯蒂说。她几乎是恳求地对弗兰西说,"你知道这意味着什么,弗兰西。"弗兰西咬着嘴唇。哭是不行的。她必须保持冷静。她必须保持清晰的思维。"这意味着,"妈妈说,"尼利必须回学校。"

"我不回去!"尼利喊道,"不管你说什么,我都不回去!我在工作,在赚钱,我想继续下去。我现在是有同事的人了。如果我回学校,我就又是个小混混了。再说,你需要我的钱,妈妈,我们不想再过穷日子了。"

"你会回到学校去的。"凯蒂轻声宣布,"弗兰西赚的钱足够生活了。"

"为什么他不想去,你却让他去,"弗兰西喊道,"为什么我那么想去,你却不让我去上学!"

"是的。"尼利同意道。

"因为如果我不逼他,他就永远回不去了。"妈妈说,"而你,弗兰西,会自己奋力拼搏,想方设法回去的。"

"你为什么总是这么肯定?"弗兰西抗议道,"再过一年,我的年龄就太大了,回不去了。尼利才十三岁。明年他还是很年轻。"

"胡说,你明年秋天才十五岁。"

"十七岁,"弗兰西纠正道,"快十八岁了,太老了,不能上学。"

"这是什么傻话?"

"不傻。在工作中,我是十六岁。我必须看起来像十六岁,而不是十四岁。明年我就十五岁了,但我的生活方式要比现在的大两岁,我已经长大了,不可能再变回女学生了。"

"尼利下周就要回学校,弗兰西明年也要回去。"凯蒂固执地说。

"我恨你们两个。"尼利喊道,"如果你们逼我回去,我就离家出走。是的,我会的!"他摔门而去。

凯蒂的脸上浮现出痛苦的表情,弗兰西为她感到难过。"别担心,妈妈。他不会离家出走的。他只是说说而已。"母亲脸上瞬间浮现的欣慰让弗兰西很生气,"但我才是要走的那个人,我不会为此大放厥词。到时候你不需要我挣的钱了,我就走。"

"我的孩子们以前那么乖,现在怎么了?"凯蒂凄然地问。

"岁月侵蚀了我们。"凯蒂一脸疑惑。弗兰西解释道,"我们从未领到过工作许可证。"

"但是很难弄到。牧师对每张洗礼证书要收一块钱,而我必须和你一起去市政厅。我每两小时就要给劳瑞喂一次奶,所以去不了。我们都觉得你们俩自称十六岁更容易些,也不用大惊小怪。"

"这其实还好。但说我们十六岁,我们就得有十六岁的样子,而你却把我们当成十三岁的孩子。"

"我希望你父亲在这里,他能理解我无法理解的事情。"弗兰西心中一阵刺痛。痛苦消散后,她告诉母亲,十一月一日她的工资将翻倍。

"二十元钱!"凯蒂惊讶地张大了嘴,"哦,我的天!"这是她对任何事情感到惊讶时的惯常表情,"你什么时候知道的?"

"星期六。"

"你到这时候才跟我说。"

"没有。"

"你是不是觉得，如果我之前就知道这些，就不会让你继续工作了。"

"是这样的。"

"但当我说尼利应该回到学校的时候，我并不知道。你可以看到，我做了我认为正确的事，钱并不重要。难道你看不出来吗？"她恳切地问。

"不，我看不出来。我只看到你偏爱尼利胜过我。你为他解决了一切，却告诉我，我可以自己想办法。总有一天我会骗过你的，妈妈。我会做我认为对我来说正确的事，但在你看来可能并不正确。"

"我不担心，因为我知道我可以信任我的女儿。"凯蒂说得如此朴实庄重，让弗兰西自愧不如，"我也信任我的儿子。他现在因为做了他不想做的事而生气。但他会克服的，而且会在学校里好好学习。尼利是个好孩子。"

"是的，他是个好孩子。"弗兰西承认道，"但即使他很坏，你也不会注意到。但对我来说……"她的声音因抽泣而变得粗重。

凯蒂猛地叹了口气，但什么也没说。她起身开始收拾桌子。她的手伸向一个杯子，弗兰西有生以来第一次看到母亲的手在摸索。她的手颤抖着，怎么也握不住杯子。弗兰西把杯子放到妈妈手里。她发现杯子上有一条很大的裂缝。

弗兰西想："我们的家庭过去就像一个坚固的杯子。它完整、健全，能很好地承载一切。爸爸去世后，第一道裂缝出现了。今晚的争吵又让它出现了另一条裂缝。很快就会有很多裂缝，杯子就会破碎，我们就会变成碎片，而非一个整体。我不希望这样的事情发生，但我还是故意制造了一条深深的裂缝。"她强烈的叹息和凯蒂一样。

母亲走到洗衣篮前,尽管说话声很刺耳,但婴儿却在里面安然入睡。弗兰西看到母亲仍在摸索的双手从篮子里抱出了熟睡的孩子。凯蒂坐在窗边的摇椅上,紧紧地抱着孩子摇晃着。

弗兰西愧疚得几乎失明。"我不应该对她这么刻薄。"她心想,"除了辛苦和麻烦,她还有什么?现在她不得不向她的孩子寻求安慰。也许她在想,她深爱的劳瑞,现在如此依赖她,长大后也会像我现在这样背叛她。"

她尴尬地把手放在母亲的脸颊上。"没关系,妈妈。我不是故意的。你是对的,我会照你说的做。尼利必须去上学,你和我会看着他完成学业。"

凯蒂把手放在弗兰西的手上。"这才是我的乖女儿。"她说。

"别生我的气,妈妈,虽然我反抗过你。是你教我为我认为正确的事情而战,而我……我认为我是对的。"

"我明白,我也很欣慰你能争取那些本应属于你的东西。不管发生什么,你都会没事的。你就像我一样。"

"这就是问题的症结所在。"弗兰西想道,"我们太像了,无法理解对方,因为我们甚至无法理解自己。爸爸和我太不一样了,但我们互相理解。妈妈理解尼利,因为他和她不同。我希望我也能像尼利那样与众不同。"

"那我们之间现在就没事了?"凯蒂笑着问道。

"当然。"弗兰西回以微笑,并亲吻了母亲的脸颊。

但是,在她们的内心深处,两个人都知道,她们之间的关系并不融洽,而且再也不会融洽了。

45

又到了圣诞节。但今年有余钱可以买礼物了,冰箱里装满了食物,公寓里也总是暖暖的。弗兰西从寒冷的街上走进来时,她觉得这种温暖就像情人的双臂般环绕着她,把她吸引进房间。顺便说一句,她想知道情人的怀抱到底是什么感觉。

弗兰西没有重返校园,因为她意识到自己赚的钱让他们的生活变得更轻松了。妈妈非常公平。当弗兰西的周薪涨到二十块钱时,妈妈每周给她五块钱,用于支付车费、午餐费和服装费。此外,凯蒂每周还以弗兰西的名义在威廉斯堡储蓄银行存五块钱,她解释说是为了上大学。凯蒂把剩下的十块钱和尼利贡献的一块钱管理得井井有条。虽然不是大富大贵,但1916年的物价很低,诺兰一家生活得很好。

当尼利发现他的许多老同学都考上了东区高中时,他就兴高采烈地去上学了。他在麦克加里蒂酒吧找到了以前的课余工作,妈妈从他挣的两块钱中拿出一块钱给他。他在学校里是个人物。他的零花钱比大多数男孩子要多,而且他对《尤利乌斯·恺撒》倒背如流。

当他们打开存钱罐时,看见大约有四元。尼利又加了一块钱,弗兰西加了五块钱,这样他们就有十块钱可以用来买圣诞礼物了。圣诞节前一天下午,他们三人带着劳瑞一起去购物。

首先,他们决定去帽子店给妈妈买新帽子。他们站在妈妈坐的椅子后面,妈妈把孩子抱坐在腿上,试戴帽子。弗兰西想给她买一顶翠绿色的天鹅绒帽子，但在威廉斯堡找不到这种颜色的帽子。妈妈觉得她应该买一顶黑色的帽子。

"帽子是我们买的，不是你。"弗兰西告诉她，"我说了，不要再戴丧帽了。"

"试试这顶红色的，妈妈。"尼利建议道。

"不，我要试试橱窗里那顶深绿色的。"

"这是一种新色调。"女老板说着，从橱窗里拿了出来。"我们叫它苔绿色。"她直接把帽子戴在凯蒂的眉毛上方。凯蒂不耐烦地用手轻轻一拨，帽子就遮住了一只眼睛。

"就是这样！"尼利宣布。

"妈妈，你真漂亮！"这是弗兰西的评价。

"我喜欢。"妈妈决定道，"多少钱？"她问那个女人。那女人长长地吸了一口气，诺兰一家便准备讨价还价。

"是这样的……"女人开始说。

"多少钱？"凯蒂生硬地重复道。

"在纽约，同样的商品你可以花十块钱买到。但是……"

"如果我要花十块钱，我会去纽约买顶帽子。"

"哪有这样说话的？一模一样的帽子，在瓦纳梅克店要七块五，"女人停顿了一下，"我给你一模一样的帽子，只要五块钱。"

"我正好有两块钱买帽子。"

"滚出去，离开我的店！"女人大声喊道。

"那好吧。"凯蒂一边说着，一边把孩子搂进怀里，随后站了起来。

"你一定要这么匆忙吗？"女人把她推回椅子上，"我让你以四块五的价格把它带回家。相信我，我自己的婆婆都不可能用这个价钱买下它！"她把帽子塞进纸袋里。

"我相信你，"凯蒂想，"尤其是如果她是我的婆婆。"她提高了声音说,"帽子很好看,但我只付得起两块钱。有很多其他的帽子店,我应该可以以那个价格买一顶帽子,虽然没有这顶好,但也足够挡风了。"

"我希望你能听我说。"女人的声音低沉而真诚,"他们说,对犹太人来说,钱就是一切。而我不一样,当我有一顶漂亮的帽子,和一个漂亮的顾客在一起时,我的心里会很舒服。"她把手放在心口上,"我得到的……利润不算什么。我不图这个。"她把袋子推到凯蒂手里,"这顶帽子四块钱。这是我的批发价。"她叹了口气,"相信我,我不应该成为一个商人。我更应该是个画画的。"

价格谈判依然在进行中。凯蒂知道,当价格最终达到两块五时,那女人不会再让了。她假装要离开,以此试探对方。但这一次,那个女人并没有试图阻止她。弗兰西向尼利点了点头。他给了那个女人两块五毛钱。

"你们不应该告诉别人你们买得多么便宜。"女人警告道。

"我们明白。"弗兰西保证道。

"把帽子放进盒子里。"

"盒子要多加一毛钱,这是我的批发价。"

"一个袋子就好。"凯蒂抗议道。

"这是你的圣诞礼物,"弗兰西说,"放在盒子里。"

尼利又拿出一毛钱。帽子被纸巾包好,放了一个盒子里。"我把它便宜给你了,你下次买帽子的时候再来吧。不过下次可别指望有这么便宜的东西了。"凯蒂笑了。他们离开时,女人说:"戴上它,祝你健康。"

"谢谢。"

当门在他们身后关上时,女人痛苦地低声说:"该死的!"然后朝他们吐了一口唾沫。

尼利在街上说:"难怪妈妈等了五年才买到一顶新帽子,要是买东西这么麻烦的话。"

"麻烦?"弗兰西说,"为什么,这很有趣!"

接下来,他们去赛格勒杂货店为劳瑞买了一套羊毛衣服作为圣诞礼物。

当赛格勒看到弗兰西时,他放声痛斥。

"你终于来我店里了!是不是别的杂货店没有的东西,你才来我店里买?也许其他店的东西便宜点,但货品有损坏,不是吗?"他向凯蒂解释道,"这么多年来,这个女孩一直来我这里给爸爸买牛仔裤和纸领子。现在她已经整整一年没来了。"

"她父亲一年前去世了。"凯蒂解释说。

赛格勒先生用手掌狠狠地敲了一下自己的额头。"哎哟!我这个大嘴巴,说话总是用脚趾而不过脑子。"他道歉道。

"没关系。"凯蒂安慰道。

"没人告诉我,我到现在才知道。"

"事情总是这样的。"凯蒂说。

"现在,"他轻快地问,进入正题,"你要点什么?"

"给七个月大的婴儿穿的毛衣。"

"我这里有特大号的。"

他从箱子里拿出一套蓝色羊毛衣服。但当他们把衣服拿给劳瑞看的时候,毛衣只到她的肚脐,紧身裤只到她的膝盖以下。他们又量了量其他尺码,发现两岁孩子的尺码正好合适。塞格勒先生欣喜若狂。

"我做杂货生意二十年了,十五年在格兰德·斯特里特,五年在格雷厄姆-阿姆耶尔,从没见过七个月的孩子长这么大的。"听完这话,诺兰一家的得意溢于言表。

没有讨价还价的余地,因为赛格勒杂货店是不讲价的商店。尼利数出了三块钱。他们当场就给孩子穿上了衣服。她把帽子拉下来盖住耳朵，看起来很可爱。鲜艳的蓝色衬托出她皮肤的红润。你会以为她懂事了——她表现得很高兴，肆意地笑着，露出两颗牙齿。

"啊，亲爱的。"赛格勒双手合十祈祷着，"她穿上之后一定健健康康。"这一次，这个祝福没有因为店主向他们吐唾沫而被抵消掉。

妈妈带着孩子和她的新帽子回家了，尼利和弗兰西则继续他们的圣诞购物。他们给弗利特曼一家买了小礼物，还给茜茜的宝宝买了些东西。然后就是他们自己的礼物了。

"我告诉你，我想要什么，你可以帮我买。"尼利说。

"好吧，你想要什么？"

"鞋套。"

"鞋套？"弗兰西的声音中带着一丝惊讶，音调不由自主地升高了几分。

"珍珠灰的。"他坚定地说。

"如果这是你想要的……"她开始怀疑。

"中号。"

"你怎么知道尺寸？"

"我昨天去试穿了。"

他给了弗兰西一块五，她买了鞋套，并让人把它们包在一个礼品盒里。在大街上，她把盒子送给了尼利，两人皱着眉头看着对方。

"我送给你的。圣诞快乐！"弗兰西说。

"谢谢。"他颇有仪式感地回答道，"现在，你想要什么？"

"联合大道附近那家商店橱窗里的一套黑色蕾丝舞蹈套装。"

"那是女士用品吗？"尼利不安地问。

"对。腰围二十四，胸围三十二。售价两块钱。"

"你自己买吧。我不要去买那种东西。"

弗兰西买下了一套梦寐以求的舞蹈套装——用黑色缎带将黑色蕾丝碎片拼接起来的热裤和胸衣。尼利对这些东西没兴趣,并不客气地对向他道谢的弗兰西嘟囔了一句"不用谢"。

他们经过圣诞树市场。"还记得那次吗,"尼利说,"我们让那个人把最大的圣诞树扔给我们?"

"当然!每次我头痛的时候,被树砸到的地方还隐隐作痛呢。"

"还有爸爸帮我们把树搬上楼时唱的歌。"尼利回忆道。

那天,爸爸的名字或对他的想念出现了好几次。每一次,弗兰西都会感到一阵温柔,而不是以往的刺痛。她想:"我是不是已经开始忘记他了?随着时间的流逝,我会不会渐渐难以回忆起关于他的点点滴滴?就像外祖母玛丽·罗姆利说的,'随着时间的推移,一切都会过去。'第一年难以忘记,因为去年大选他还投了票。去年感恩节,他和我们一起吃饭。但是明年,他去世就已经是两年前的事了……随着时间的流逝,我们会越来越难记住和记录。"

"快看!"尼利抓住她的胳膊,指着木盆里一棵两英尺高的冷杉树。

"它还在继续生长!"她喊道。

"你觉得呢?树一开始不都是这么的吗。"

"我知道。不过,它们总是被砍掉,你们总觉得被砍就是它们的命运。我们买下它吧,尼利。"

"它太小了。"

"但它有根。"

当他们把树带回家时,凯蒂仔细端详着这棵树,当她想通了什么时,眼角的皱纹更深了。"是的,"她说,"圣诞节后,我们会把它放在防火梯上,让它晒晒太阳,浇浇水,每个月还可以施一次马粪。"

"不,妈妈。"弗兰西抗议道,"你不能把捡马粪的事丢给我们。"

小时候，捡马粪是他们最害怕做的家务之一。外祖母玛丽·罗姆利在窗台上种了一排猩红色的天竺葵，它们长得又壮又鲜艳，因为弗兰西或尼利每个月都要拿着雪茄盒上街去装两排整齐的粪球。外祖母拿到货后会支付两分钱给他们。弗兰西一直以收集马粪为耻。有一次，她向外祖母提出抗议，外祖母的回答是：

"哎，我们家第三代可真是血脉稀薄。在奥地利的时候，我的好兄弟们用大车装粪，他们是威猛强壮的人。"

"他们确实应该如此。"弗兰西想，"才能以此谋生。"

凯蒂说："现在我们拥有了一棵树，我们就得好好照顾它，让它茁壮成长。如果你们觉得羞耻，可以在晚上去捡马粪。"

"现在马太少了，大部分是汽车，很难找到。"尼利争辩道。

"在鹅卵石街道上看看。如果没有粪便，就等一匹马，跟着它，直到有粪便为止。"

"天哪，"尼利抗议道，"真后悔买了这棵树。"

"我们怎么没想到呢？"弗兰西说，"现在跟以前不一样了。我们现在有钱了。我们只需要给街区里的某个家伙五分钱，他就会帮我们收集马粪。"

"是的。"尼利如释重负地表示同意。

"我想，"妈妈说，"你会想亲手照顾你的树的。"

弗兰西说："富人和穷人的区别在于，穷人用自己的双手做一切事情，而富人则是雇人做事。我们不再是穷人了。我们可以花钱让人帮我们做一些事情。"

"那我想继续当穷人，"凯蒂说，"因为我就喜欢用我的双手自力更生。"

尼利和往常一样，在母亲和姐姐开始她们各抒己见的对话时感到无聊。为了转移话题，他说："我打赌，劳瑞一定和那棵树一样高。"

她们把孩子从篮子里抱出来,对着那棵树比了比。

"一样高。"弗兰西模仿赛格勒先生说。

"我想知道谁会长得更快?"尼利说。

"尼利,我们从没养过小猫小狗,不如我们就用这棵树做宠物吧。"

"没人把树当宠物。"

"为什么不能?它有生命,有呼吸,不是吗?我们给它取个名字吧,安妮。树叫安妮,孩子叫劳瑞,他们合起来就是一首歌。"

"你知道吗?"尼利问道。

"怎么了?"

"你疯了,就是这样。"

"我知道,这不是很好吗?今天,我感觉自己不再是十七岁的诺兰小姐了,也不是模范剪报局的首席阅报员。现在就像回到了捡破烂的旧时光,我觉得自己还是个孩子。"

"你本来就是。"凯蒂说,"一个刚满十五岁的孩子。"

"是吗?等你看到尼利给我买的圣诞礼物,你就不会这么想了。"

"是你让我给你买东西的。"尼利纠正道。

"给妈妈看看你让我给你买的圣诞礼物,小聪明,快给她看看。"弗兰西催促道。

当尼利拿出礼物让妈妈看时,凯蒂的声音就像弗兰西当时的声音一样,她高声说:"鞋套?"

"只是为了让我的脚踝保持温暖。"尼利解释说。

弗兰西展示了她的衣服。"哦,我的天!"妈妈惊讶道。

"你觉得这是成熟女性穿的衣服吗?"弗兰西满怀期待地问。

"如果她们这样做,我敢肯定她们都会得肺炎。现在我们看看,晚饭该吃什么?"

"你不反对吗？"弗兰西很失望，因为妈妈并没有大惊小怪。

"不，所有女人都会经历一段'悄咪咪'的时光。你比大多数人的来得早，也会更快过去。我想我们把汤热一下，然后吃汤里的肉和土豆……"

"妈妈以为她什么都知道。"弗兰西愤恨地想。

圣诞节早晨，他们一起做弥撒。凯蒂正在为约翰尼的灵魂安息祈祷。

她戴着新帽子，看起来非常漂亮。劳瑞穿着新衣服也很漂亮。尼利穿着他的新鞋，很有男子气概地坚持抱着孩子。他们经过斯塔格街时，一些在糖果店前闲逛的男孩冲尼利叫嚣。他的脸涨得通红。弗兰西知道他们在取笑他，为了不让他伤心，她假装他们是因为他抱着孩子才冲他喊的，并提出要带劳瑞离开。他拒绝了这个提议。他和她一样清楚，他们是在取笑他的鞋子，他对威廉斯堡人的狭隘充满了愤懑。他决定回家后把鞋套放进盒子里，直到他们搬到一个更体面的社区为止。

弗兰西穿着舞蹈套装，冻得直打哆嗦。每当冰冷的风吹开她的外衣，穿过她单薄的裙子时，她就像没穿里衣一样。她哀叹道："我真希望——哦，我真希望我还穿着法兰绒长裤。妈妈是对的。这可能会得肺炎。但我不想让她知道。我得把这些蕾丝花边的东西收起来，到夏天再说。"

在教堂里，他们把劳瑞整个人放在座位上，抢先占了一整条前排座椅。几个迟到的人以为有空位，就在座位入口示意准备进去。当他们看到婴儿占了两个位置时，凶狠地瞪了凯蒂一眼，凯蒂则稳如泰山，并以加倍的凶狠目光回敬。

弗兰西认为这是布鲁克林最漂亮的教堂。它由古老的玄武石砌成,双尖塔直冲云霄,高过最高的公寓楼。教堂内部,高耸的拱形天花板、狭长的深嵌式彩色玻璃窗和精雕细琢的祭坛,使它成为一座宏伟而精致的大教堂。弗兰西为中间的祭坛感到骄傲,因为左边的祭坛是半个多世纪前外祖父罗姆利雕刻的,当时他还是一个刚从奥地利来的年轻人,勉为其难地把自己的一滴血汗献给了教会。

这位勤俭节约的人捡起了被刨出的碎木头,把它们带回家。他固执地将这些废料拼接黏合在一起,并用这些经过祝福的木头雕刻出三个小十字架。玛丽在她的女儿们结婚时分别送给她们每人一个,并嘱咐她们将十字架传给下一代的第一个女儿。

凯蒂的十字架高高地挂在家里壁炉台上方的墙上。弗兰西结婚后,这将是她的,她很自豪,因为雕刻它所使用的木头来自那座精美的祭坛。

今天,祭坛上摆放着成排的大红色一品红和冷杉枝,点燃的细长白蜡烛的金色光点在树叶闪闪发光,显得格外可爱。茅草托架就放在祭坛的栏杆里。弗兰西知道,马利亚、约瑟夫、国王和牧羊人的手工雕刻小像围着马槽里的圣婴,依然与一百年前从故土带来时别无二致。

牧师走进来,祭坛侍童紧随其后。在法衣外面,他穿着一件白色的缎面大氅,前后都有一个金色的十字架。弗兰西知道,这件大氅象征着耶稣的一件无缝的衣服,据说是玛利亚织的,他们在把耶稣钉上十字架之前,把这件衣服从他身上脱了下来。据说在耶稣受难的骷髅地,士兵们不想破坏这件衣服,就在耶稣临死前用骰子掷出了这件衣服归谁保管。

弗兰西沉浸在自己的思绪中,错过了弥撒的开始。她现在开始做弥撒,听着熟悉的从拉丁文翻译过来的经文:

"上帝啊,我的上帝,我要用竖琴赞美你。你为何悲伤,我的灵魂，你为何让我不安。"牧师用他低沉浑厚的嗓音吟唱道。

"希望面见上帝，因为我仍将赞美他。"祭坛男孩回应道。

"荣耀归于圣父、圣子和圣灵。"

"就像开始一样，现在，永远，无尽的世界。阿门。"人们回应道。

"我要去神的祭坛。"祭司吟诵道。

"上帝给了我青春的欢乐。"人们回应道。

"我们的回馈则是奉主之名。他创造了天地。"牧师鞠躬并诵读了《忏悔录》。

弗兰西全心全意地相信，祭坛就是骷髅地，耶稣又一次作为祭品被献上。当她聆听献祭时，一个是献给耶稣的身体，另一个是献给耶稣的血，她相信牧师的话就像一把剑，神秘地将血与身体分开。她不知道怎么解释原因，但她知道耶稣的身体、血液、灵魂和神性完全存在于金杯中的葡萄酒和金盘上的面包中。

"这是一个美丽的宗教。"她喃喃自语，"我希望我能更了解它。不，我并不想完全理解它。它之所以美丽，是因为它始终是一个谜，就像上帝本身就是一个谜。有时我说我不相信上帝。但我只有在生他气的时候才会这么说……因为我信！我相信！我相信上帝、耶稣和玛利亚。我是个不称职的天主教徒，因为我偶尔会错过弥撒，当我做错事时，在忏悔时我会抱怨。但无论好坏，我都是一个天主教徒，我永远不会成为别的什么人。"

"当然，我并没有被要求生来就是天主教徒，就像我没有被要求生来就是美国人一样。但我很高兴我同时拥有这两种身份。"

牧师沿着弧形台阶登上讲坛。"请为约翰尼·诺兰的灵魂安息祈祷。"他用洪亮的声音说道，"请为约翰尼·诺兰的灵魂祈祷，愿他安息。"

"诺兰……诺兰……"叹息声在拱形天花板上回荡。

近千人跪在地上,为一个只有十几个人认识的人的灵魂祈祷。弗兰西开始为炼狱中的灵魂祈祷:

"仁慈的耶稣啊,你的慈爱之心曾为他人的悲伤而忧虑,请怜惜我们在炼狱中的亲人的灵魂。哦,爱惜子民的主啊,请听到我的恳求……"

46

"再过十分钟,"弗兰西宣布,"就到 1917 年了。"

弗兰西和弟弟并排坐在炉子旁,脚上穿着丝袜。妈妈则躺在床上休息,她下达了严格的命令,要求在午夜前五分钟叫她起床。

"我有预感,"弗兰西继续说,"1917 年将比我们以往经历的任何一年都重要。"

"你每年都这么说。"尼利说,"首先,1915 年是最重要的一年。然后是 1916 年,现在是 1917 年。"

"这很重要。首先,在 1917 年,我将真正长到十六岁,而不仅仅是在办公室里。其他重要的事情也已经开始了,房东正在安装电线,几周后我们就能用上电而不是煤气了。"

"适合我们。"

"然后他就会拆掉这些炉子,换上暖气供暖。"

"哎呀,我会想念这个老炉子的。还记得两年前,我经常坐在炉子上吗?"

"我曾经害怕你会着火。"

"我现在就想坐在火炉上。"

"去吧。"他坐在离火箱最远的地方。这里温暖宜人,但并不热。"还记得吗,"弗兰西接着说,"我们是怎么在炉子底板上写字的。爸爸给我们买了一块真正的黑板擦,然后这块石头就像学校里的黑板一样,只不过是躺着的?"

"是啊。那是很久以前的事了。但是听着!你不能说1917年会很重要,因为我们即将有的电力和暖气,别的公寓早就有了,这没什么重要的。"

"今年最重要的是我们要参战。"

"什么时候?"

"快了,下周……下个月。"

"你怎么知道?"

"我每天都看报纸,弟弟,两百多份呢。"

"哦,千万不要打到我得入伍的时候。"

"谁要入伍?"他们惊愕地环顾四周。妈妈此刻正站在卧室门口。

"我们只是在聊天,妈妈。"弗兰西解释道。

"你们忘了叫我。"妈妈责备道,"我好像听到了哨声。现在一定是新年了。"

弗兰西推开了窗户。这是一个无风的霜夜,万籁俱寂。对面院子里,房屋的后面黑沉沉的。当他们站在窗前时,听到了教堂里欢快的钟声。紧接着,其他钟声在第一声钟声的基础上叠加。哨声传来。警笛鸣响着。漆黑的窗户被撞开了。铁皮喇叭声也混入其中。有人发射了空包弹。欢呼声此起彼伏。

1917!

声音消失了,空气中充满了等待。有人开始唱:

怎能忘记旧日朋友
心中能不怀念……

诺兰一家跟着唱这首歌。邻居们一个接一个地加入进来。他们都唱了起来。但就在他们唱的时候，混进了一些杂音。一群德国人唱起了圆舞曲。德语歌词挤进了《友谊天长地久》里：

是的，这是一座花园别墅，花园别墅。
啊，杜鹃花，啊，杜鹃花。
啊，多么漂亮的花园别墅。

有人喊道："闭嘴，你们这些恶心的家伙！"作为回应，德国人的歌声激昂，淹没了《友谊天长地久》。

为了报复，爱尔兰人在黑暗的后院唱出了这首歌的模仿曲：

是啊，这是一首该死的歌，该死的歌。
哦，真糟糕，哦，真糟糕。
哦，都是些烂歌。

犹太人和意大利人逐渐撤退，可以听到窗户关闭的声音。战斗留给了德国人和爱尔兰人，德国人唱得更起劲，更多的声音加入进来，直到他们战胜了模仿曲，就像他们战胜了《友谊地久天长》一样。德国人赢了，他们在胜利的欢呼声中结束了无休止的轮唱。

弗兰西打了个寒战。"我不喜欢德国人。"她说，"他们太……太执着了，当他们想要什么的时候，他们总是要抢在前面。"

夜晚再次恢复了宁静。弗兰西抓住了母亲和尼利。她命令道："现在一起行动。"他们三人趴在窗口大喊大叫：

"大家新年快乐！"

一瞬间的寂静，然后从黑暗中传出浓重的爱尔兰口音喊道："新年快乐，诺兰全家！"

"那是谁?"凯蒂不解地问。

"新年快乐,你这个肮脏的爱尔兰佬!"尼利回敬道。

妈妈用手捂住他的嘴,把他拉开,弗兰西则猛地把窗子关上。三个人都笑得歇斯底里。

"现在你成功了!"弗兰西喘着粗气说,笑得眼泪都出来了。

"他知道我们是谁,他会跑到这里来打……打……"凯蒂咯咯地笑着,笑得浑身无力,不得不扶着桌子,"是谁……是谁?"

"奥布莱恩老头。上周他把我骂出了他的院子,那个肮脏的爱尔兰人……"

"嘘!"妈妈说,"你要知道,新年伊始,无论你做什么,你都要做一整年的。"

"你也不想像破唱片一样到处说'肮脏的爱尔兰佬'吧?"弗兰西问,"再说,你自己也是个爱尔兰佬。"

"你也是。"尼利指责道,"我们都是爱尔兰人,除了妈妈。"

"我是爱尔兰姻亲。"妈妈说。

"那么,我们爱尔兰人在除夕夜喝不喝酒?"弗兰西提议道。

"当然,"妈妈说,"我来调点喝的。"

麦克加里蒂在圣诞节时,送给诺兰一家一瓶上好的老白兰地。现在凯蒂在三个高脚杯里各倒了一小杯白兰地。她把打散的鸡蛋和牛奶混在一起,再加一点糖,把每个杯子剩下的部分都补满了。她还磨碎了肉豆蔻撒在上面。

她认为今晚的饮酒是一件至关重要的事情,操作这些时双手很稳当。她一直担心孩子们会继承诺兰对酒的痴迷。她曾试图在家庭中对喝酒这件事立威。她觉得,如果她宣扬反对喝酒,孩子们那些难以捉摸的个人主义就会认为喝酒既然是被禁止的,那一定是令人着迷的。另一方面,如果她对此毫不在意,他们可能会认为醉酒是一件很自然的事。因此，她决定既不轻描淡写，也不讳疾忌医，就当喝酒只是一种应当的放纵。新年就是这样的时候。她递给每人一杯酒，想看看他们有什么表现。

"我们为什么祝酒？"

"祝希望，"凯蒂说，"希望我们一家人能永远在一起，就像今晚这样。"

"等等！"弗兰西说，"叫上劳瑞，让她也和我们一起。"

凯蒂把熟睡中的婴儿从婴儿床中抱出来，抱进温暖的厨房。劳瑞睁开眼睛，抬起头，露出两颗牙齿，茫然地笑了笑。然后她的头靠在凯蒂的肩膀上，又睡着了。

"现在！"弗兰西举起酒杯说，"为永远在一起干杯！"他们碰杯庆祝，一饮而尽。

尼利尝了一口酒，皱了皱眉头，说还是喝纯牛奶吧。他把酒倒进了水槽，又用另一个杯子装满了冷牛奶。凯蒂忧心忡忡地看着弗兰西把杯中的酒一饮而尽。

"很好喝，"弗兰西说，"相当不错。但还不及香草冰激凌汽水的一半好喝。"

"我在担心什么呢？"凯蒂在心里想着，"毕竟，他们除了是诺兰家的人之外，还是罗姆利家的人，而我们罗姆利家的人是不会沉迷于醉酒的。"

"尼利，我们到屋顶上去吧，"弗兰西冲动地说，"看看一年之初的世界是什么样子的。"

"好吧。"他同意了。

"先穿鞋，"妈妈命令道，"再穿外套。"

他们颤巍巍地爬上摇摇晃晃的木梯，尼利把屋顶盖推到一边，他们就上了屋顶。

夜色朦胧，寒意袭来，静谧无风。星光灿烂，闪耀在夜空中。星星太多了，它们的光芒让夜空呈现出深邃的钴蓝色。没有月亮，但星光胜过月光。

弗兰西踮起脚尖，张开双臂。"哦，我想拥抱这一切！"她喊道，"我想拥抱这夜晚——没有寒冷的风。星星是那么近，那么闪亮。我想紧紧抱住这一切，直到它喊出说'让我走！放开我！'"

"别站得离边缘那么近。"尼利不安地说，"你可能会一不小心从屋顶上掉下去。"

"我需要一个人。"弗兰西绝望地想，"我需要一个人。我需要有人紧紧拥抱我。我需要的不仅仅是拥抱。我需要有人理解我现在的感受。理解必须是拥抱的一部分。"

"我爱妈妈、尼利和劳瑞。但我需要以一种不同于我爱他们的方式去爱别人。""如果我跟妈妈说起这件事，她会说，'是吗？好吧，当你有这种感觉的时候，不要和男孩们在黑暗的走廊里徘徊。'她也会担心，以为我会变成茜茜以前那样。但这不是茜茜姨妈的问题，因为大家都明白，我想要的几乎比我所想的更多。如果我告诉茜茜或艾薇，她们会跟妈妈说一样的话，虽然茜茜十四岁结婚，艾薇是十六岁。妈妈结婚时还是个女孩，但她们已经忘了……她们会说我还太小，不该有这种想法。也许我还小，才十五岁。但在某些事情上，我比那些年长的人更成熟。但是，没有人可以让我依靠，没有人可以理解我。也许有一天……有一天……"

"尼利，如果人终有一死，现在死不是很好吗——在你还相信一切都很完美的时候，如同今夜。"

"你知道吗？"尼利问道。

"不知道，什么？"

"你被牛奶灌醉了。就是这样。"

她握紧双手，向他逼近。"你别这么说，你永远不许这么说！"

他向后退去，被她的凶猛吓到了。"没……没……没关系。"他结结巴巴地说，"我自己也喝醉过一次。"

她因好奇而失去了愤怒。"是吗，尼利？真的吗？"

"是啊。其中一个家伙带了几瓶啤酒，我们就下楼去喝了。我喝了两瓶就醉了。"

"是什么感觉？"

"一开始，感觉整个世界天翻地覆。然后，一切就像——你知道的，那种花一分钱买来的万花筒吧，你看着小的那头，然后转动大的那头，彩色的纸片就会不停地掉下来，而且永远不会以同样的方式掉下来两次。不过，主要是头晕，之后我就吐了。"

"那我也喝醉过。"弗兰西承认道。

"喝啤酒？"

"不，去年春天，在麦卡伦公园，我有生以来第一次看到郁金香。"

"你从没见过郁金香，你怎么知道它就是？"

"我看过照片。当我看到它生长的样子，它的叶子，花瓣是多么纯粹的红色，里面是黄色的花蕊，世界都颠倒了，一切就像你说的万花筒里的颜色一样。我头晕得不得不坐在公园的长椅上。"

"你也吐了吗？"

"没有。"她回答道，"今晚在屋顶上，我也有同样的感觉。我知道这不是牛奶的作用。"

"哎呀！"

她想起了什么。"妈妈给我们递酒和牛奶的时候试探过我们。我明白了。"

"可怜的妈妈。"尼利说，"但她不用担心我。我再也不会喝醉了，因为我不喜欢呕吐。"

"她也不用担心我。我不需要喝酒就能醉,我可以在郁金香和今晚这样的事情上醉倒。"

"我想这是个美妙的夜晚。"尼利同意道。

"它是如此静谧、明亮……近乎……圣洁。"

她在等待。如果爸爸现在和她在一起……

尼利唱道:

寂静之夜,神圣之夜。

一切平静,一切明亮。

"他就像爸爸一样。"她高兴地想。

她眺望布鲁克林,星光若隐若现。她眺望着高低不平的平屋顶,偶尔从老房子的斜屋顶处陷下去。屋顶上的烟囱……在一些屋顶上,隐约可见鸽笼的影子……有时,隐约听到鸽子睡意浓重的咕咕声……教堂的双尖顶,遥遥地笼罩着黑暗的公寓……在街的尽头,大桥横跨了东河,消失在……消失在……对岸。桥下是漆黑的东河,远处是纽约灰色的天际线,看上去就像裁纸板拼出的城市。

"没有其他地方能像这里一样。"弗兰西说。

"像什么?"

"布鲁克林。这座神奇的城市,但它并不真实。"

"这跟其他地方没什么区别。"

"不一样!我每天都去纽约,纽约不一样。有一次我去巴约讷看一个同事,她生病在家。巴约讷也不一样。布鲁克林很神秘,就像——是的——就像一个梦。房子和街道都不真实,人们也不真实。"

"他们足够真实——他们互相争吵谩骂的样子,还有他们贫穷肮脏的样子。"

"但这就像一个贫穷但奋斗的梦想。他们并没有真正感受到这些。这一切就像发生在梦里一样。"

"布鲁克林和其他地方没什么不同。"尼利坚定地说,"只是你的幻想让它与众不同。不过没关系。"他宽宏大量地补充道,"只要它能让你感觉如此快乐就好。"

尼利如此像妈妈,也如此像爸爸,尼利身上的每一个优点都是最好的。她爱她的弟弟。她想搂着他亲吻他。但他和妈妈一样。他讨厌别人情感外露。如果她想亲他,他会生气,把她推开。所以,她伸出了手。

"新年快乐,尼利。"

"你也一样。"

他们郑重地握了握手。

47

圣诞节期间,诺兰家几乎就像回到了从前。但新年过后,一切又回到了现实的生活轨道上,自从约翰尼去世后,他们的生活有了新的节奏。

首先,没有钢琴课了。弗兰西已经好几个月没练琴了。尼利晚上在附近的冰激凌沙龙里弹钢琴。他是弹拉格泰姆舞曲的专家,爵士乐更是他的拿手好戏。他能让钢琴说话,人们都这么说,而且他很受欢迎。他演奏之后就能喝到汽水。有时,谢弗利会在周六晚上给他一块钱,让他演奏一整晚。弗兰西不喜欢这样,就跟妈妈说了这件事。

"我不会让他去的,妈妈。"她说。

"但这有什么坏处呢?"

"你不想让他养成为免费酒水点心而演奏的习惯吧,就像……"她犹豫了一下。凯蒂接过了话茬。

"像你父亲一样?不,尼利永远不会像他。你父亲从不唱他喜欢的歌,比如《安妮·劳瑞》或《夏日最后的玫瑰》,他唱的都是人们想听的,还有《甜蜜的艾德琳》和《老磨坊溪边》。尼利则不同,他总是唱自己喜欢的歌,而不在乎别人是否喜欢。"

"你是说,爸爸只是个艺人,而尼利是个艺术家。"

"嗯……是的。"凯蒂承认道。

"我觉得这样的母爱有点过头了。"

凯蒂皱了皱眉头，弗兰西也就不再提这个话题了。

自从尼利上高中以来，他们就不再读《圣经》和莎士比亚的作品了。他报告说，他们正在学习《尤利乌斯·恺撒》，校长在每次集会时都会朗读《圣经》，这对尼利来说已经足够了。弗兰西恳求不要在晚上读书，因为她读了一整天书，眼睛很累。凯蒂没有坚持，她觉得他们现在已经长大了，可以按照自己的意愿读或不读。

弗兰西的夜晚是孤独的。诺兰一家只有在吃晚饭的时候才会聚在一起，就连劳瑞也会坐在高脚椅上。吃完晚饭，尼利就出去了，要么和他的伙伴们在一起，要么去冰激凌沙龙玩。妈妈读完报纸，八点钟就和劳瑞上床睡觉了。（凯蒂仍然五点起床，以便在弗兰西和尼利可以在公寓里带孩子时完成大部分清洁工作）。

弗兰西很少去看电影，因为电影画面跳来跳去，很伤眼睛。现在没有演出可看了。大多数剧院已经倒闭了。此外，她曾在百老汇看过巴里摩尔主演的加尔斯沃西的《正义》，从那以后，她就对剧团宠爱有加。去年秋天，她看了一部她喜欢的电影：纳齐莫娃主演的《战争新娘》。她希望能再看一遍，但从报纸上看到，由于战争迫在眉睫，这部电影已被禁映。在她的美好回忆中，她曾前往布鲁克林一个陌生的地方，观看在凯斯杂耍馆演出的独幕剧，戏剧由伟大的莎拉·伯恩哈特出演。这位伟大的女演员已经年过七旬，但在舞台上看起来只有实际年龄的一半。弗兰西听不懂法语，但她知道这出戏是围绕女演员的截肢写的。伯恩哈特扮演的是一位在战争中失去一条腿的法国士兵。弗兰西不时听到"德国佬"这个词。弗兰西永远不会忘记伯恩哈特那火红的头发和金嗓子。她把节目单珍藏在剪贴簿里。

但那三个独特的夜晚，只是这几个月以来为数不多的存在。

那年春天来得早，甜美温暖的夜晚让她辗转反侧。她在街上和公园里走来走去。无论走到哪里，她都能看到一个男孩和一个女孩在一起；他们或是手挽手走在一起，或是坐在公园的长椅上，互相搂着对方的胳膊，或是紧紧地站在前厅里，沉默不语。除了弗兰西，世界上其他人都有爱人或朋友。她似乎是布鲁克林唯一孤独的人。

1917年3月。邻居们所能想到或谈论的就是战争的不可避免。住在公寓里的一位寡妇有一个独子。她担心他会去参军，然后在战争中被打死。她给他买了一把小号，让他去学，想让他加入军乐队，只在阅兵式和检阅时演奏，远离前线。楼里的人被他不停摸索的小号练习折磨得很痛苦。有人受不了了，因而想出一个损招。那人告诉他母亲，说他有内部消息，说军乐队会带领士兵作战，而且总是最先阵亡的。惊恐万分的母亲立即典当了小号，并销毁了当票。从此，再也没有可怕的音乐声了。

每晚吃饭时，凯蒂都会问弗兰西："战争开始了吗？"

"还没，但随时都有可能。"

"我希望它快点开始。"

"你希望打仗吗？"

"不，我不知道。但如果必须这样做，那么越快越好。开始得越早，结束得越快。"

后来，茜茜引起了巨大的轰动，战争话题暂时被推到了幕后。

茜茜已经结束了狂野的过去，本该安享中年之前的平静，她却疯狂地爱上了与她结婚五年多的约翰，使家庭陷入混乱。不仅如此，她还在十天的时间里先后丧偶、离婚、结婚和怀孕。

一天下午，威廉斯堡最受欢迎的报纸《标准联盟报》像往常一样，在下班时间送到弗兰西的办公桌上。像往常一样，她把报纸带回家，让凯蒂在晚饭后阅读。第二天早上，弗兰西再把报纸带回办公室，阅读并做上记号。由于弗兰西从不在办公时间以外阅读报纸，所以她无法知道晚上带回家的报纸的内容。

晚饭后，凯蒂坐在窗边翻看报纸。刚翻到第三页，她就发出了"哦，天哪！"的一声惊呼。弗兰西和尼利跑过去，从她的肩膀上看过去。凯蒂指着一个标题：

英雄消防员在商场大火中丧生。

下面是一个小标题"本计划下月领取养老金退休"。

弗兰西读完这则消息后发现，这位英雄消防员是茜茜的第一任丈夫。照片上有一张茜茜二十年前的照片——她梳着高耸的蓬松发髻，穿着宽袖子的上衣——十六岁的茜茜。茜茜的照片下有个说明："英雄消防员的遗孀。"

"哦，天哪！"凯蒂重复道，"然后他就再也没有结过婚。他一定一直保留着茜茜的照片，他死后，一定有人翻看了他的东西，发现了茜茜的这张照片！"

"我得马上过去。"凯蒂摘下围裙，去拿帽子，解释说，"茜茜的约翰会看到报纸。茜茜告诉他，她离婚了。现在他知道真相了，他会杀了她的。至少会把她赶出去。"她修正道，"她会带着孩子和母亲，无处可去。"

"他看起来是个好人，"弗兰西说，"我想他不会那么做的。"

"我们也不知道他会怎么做。我们对他一无所知。他是家里的陌生人，一直都是。祈祷上帝别让我赶不及。"

弗兰西坚持要一起去，尼利同意在家带孩子，条件是要把发生的每一件事都告诉他。

当他们赶到茜茜家时，发现她满脸兴奋。外祖母玛丽·罗姆利抱着孩子退到前厅，坐在黑暗中祈祷一切顺利。

茜茜的约翰向他们讲述了不久前发生的事。

"我去店里干活了,明白吗?这些人来家里对茜茜说'你丈夫刚牺牲了',明白吗?茜茜以为他们说的是我。"他突然转向茜茜,"你哭了吗?"

"你隔一条街区都能听到我的哭声。"她向他保证。他似乎很满意。

"他们问茜茜该怎么处理尸体。茜茜问有没有保险,明白吗?原来是有的,五百块钱,十年前就买了,还是用茜茜的名字买的。那么茜茜去做了什么呢?她让他们把他安置在斯派克特殡仪馆,明白吗?她订了一个五百块钱的葬礼。"

"我必须做出安排。"茜茜道歉道,"我是他唯一活着的亲人。"

"这还不是全部。"他接着说,"现在他们又要给茜茜发养老金了。我不同意!"他突然吼道,"我娶她的时候,"他更平静地继续说,"她告诉我她是个离过婚的女人。现在事实证明她不是。"

"但天主教不允许离婚。"茜茜坚持说。

"你不是在天主教堂结婚的。"

"我知道,所以我从不觉得我已经结婚了,也从没想过要离婚。"

他举起双手,呻吟道:"我放弃了!"当茜茜坚持说孩子是她生的时,他也是这样绝望地喊道,"我诚心诚意地娶了她,看到了吗?她做了什么?"他反问道,"她转头就让我们变成了奸夫淫妇!"

"别这么说!"茜茜尖声说道,"我们不是通奸,我们只是重婚。"

"现在必须停止,明白吗?第一次婚姻让你守了寡,第二次婚姻必须离掉,然后再嫁给我,明白吗?"

"是的,约翰。"她温顺地说。

"我不叫约翰!"他吼道,"我叫史蒂夫!史蒂夫!史蒂夫!"每重复一次他的名字,他就狠狠地拍一下桌子,以至于蓝色玻璃糖碗和碗沿上挂着的勺子互相撞击着。他用手指着弗兰西的脸。

"还有你！从现在起，我就是史蒂夫叔叔，明白吗？"

弗兰西目瞪口呆地看着他，感觉他像变了一个人似的。

"怎么样？你怎么说？"他叫道。

"好……好的，史蒂夫叔叔。"

"这还差不多。"他被说服了。他从门后的挂钩上取下帽子，戴在头上。

"你要去哪儿，约翰……我是说，史蒂夫？"凯蒂担心地问。

"听我说！我小的时候，当有人来家里做客时，我老爸总是出去买冰激凌。这是我的房子，看到了吗？有人来了，所以我要出去买一夸脱草莓冰激凌，明白吗？"他走了。

"他是不是很棒？"茜茜叹道，"一个女人会爱上这样的人。"

"看来罗姆利家族终于有男人了。"凯蒂干巴巴地说道。

弗兰西走进黑暗的前厅。借着路灯的光亮，她看到外祖母坐在窗前，膝上抱着茜茜熟睡的孩子，颤抖的手指上挂着琥珀色的念珠。

"你现在可以停止祈祷了，外祖母。"她说，"一切都很好，他出去买冰激凌了，看到了吗？"

"荣耀归于圣父、圣子和圣灵。"玛丽·罗姆利赞美道。

史蒂夫以茜茜的名义写信给她的第二任丈夫，地址是他从茜茜那得来的，并在信封上注明"请转交"。茜茜请求他同意离婚，这样她就可以再婚了。一周后，一封厚厚的信从威斯康星州寄来。茜茜的第二任丈夫告诉她，他很好，七年前在威斯康星州办了离婚手续，很快就再婚了，并在威斯康星州安了家，有一份不错的工作，现在是三个孩子的父亲。他在信中写道，他非常幸福，并挑衅地画了一条线威胁说，他打算一直幸福下去。他随信附上了一份旧的剪报，以证明茜茜已通过出版物合法获悉离婚诉讼。他还附上了一份判决书的影印件，离婚的理由是遗弃,以及三个蹦蹦跳跳的孩子的快照。

茜茜很高兴这么快就离婚了,她送给他一个镀银的泡菜盘作为迟到的结婚礼物。她觉得自己还得写一封贺信。史蒂夫拒绝为她写信,于是她请弗兰西代笔。

"写上我希望他会很幸福。"茜茜口述道。

"但是茜茜姨妈,他已经结婚七年了。不管他幸福与否,现在都已经定下来了。"

"当你刚听说有人结婚时,礼貌地祝福他们幸福。写下来。"

"好吧,"她记下来了,"还有什么?"

"写写他的孩子……他们有多可爱……之类的……"这句话卡在了她的喉咙里。她知道他寄照片,来证明茜茜生的死胎不是他的错。这让茜茜很伤心。"写上我是一个健康漂亮女婴的母亲,在健康下面画一行线。"

"但史蒂夫的信上说你只打算结婚。这个男人可能会觉得你这么快就有了孩子很可笑。"

"照我说的写,"茜茜命令道,"写上我预计下周会有另一个孩子出生。"

"茜茜!你不会,认真点!"

"当然不会,但还是写下来吧。"弗兰西写了下来,"还有别的吗?"

"说谢谢你的离婚协议书,然后说我在他离婚前一年就离婚了。只是我忘了。"她蹩脚地总结道。

"但那是谎言。"

"我确实比他先离婚的,我心里有数。"

"好吧,好吧。"弗兰西投降了。

"写下我很高兴,并打算一直幸福下去,像他那样在这些字下面画上一行线。"

"天哪，茜茜，你一定要说最后这些话吗？"

"是的，就像你妈妈的性格一样，还有艾薇和你。"弗兰西没有再反对。

史蒂夫领了结婚证，重新娶了茜茜。这次的婚礼由卫理公会的牧师主持。这是茜茜第一次在教堂举行婚礼，她终于相信自己是真正的已婚人士，直到死亡才能将他们分开。史蒂夫非常高兴。他爱茜茜，一直害怕失去她。她离开了她的其他丈夫，随随便便，无怨无悔。他一直害怕她也会离开他，带走他深爱的孩子。他知道茜茜相信教会……任何教会，天主教或新教，她永远不会离开教会承认的婚姻。在他们的关系中，他第一次感到幸福、安全和有主见。茜茜发现自己疯狂地爱上了他。

一天晚上，凯蒂上床睡觉后，茜茜来了。她让凯蒂不要起床，自己坐在卧室里和她说话。弗兰西坐在厨房的桌子旁，在旧笔记本上粘贴诗歌。她在办公室里放了一个刀片，裁下她喜欢的诗歌和故事做剪贴簿。她有一系列的剪贴簿。一本名为《诺兰古典诗集》，另一本是《诺兰当代诗集》，第三本是《安妮·劳瑞之书》，弗兰西在书中收集了童谣和动物故事，准备等劳瑞长大懂事后读给她听。

从黑暗的卧室里传出的声音节奏舒缓。弗兰西边贴边听。茜茜在说：

"……史蒂夫，如此优秀和正派。当我意识到这一点时，我就恨我自己，因为那些男人，我是说，我丈夫以外的男人。"

"你没告诉他那些男人的事吗？"凯蒂忐忑不安地问。

"我看起来像个傻瓜吗？但我衷心希望他是第一个，也是唯一一个。"

"一个女人这么说话，"凯蒂说，"说明她的生活要发生改变了。"

"你是怎么看出来的？"

"如果她从未有过任何情人，那么当发生变化时，她就会犹豫不决。想到她本可以拥有、却没有拥有、现在也不能拥有的所有乐趣。如果她有很多情人，她会说服自己相信她做错了，她现在很抱歉。她这样做是因为她知道，很快她的女人味就会消失……消失殆尽。如果她相信和男人在一起从一开始就不是什么好事，她反而能从改变中得到安慰。"

"我不会改变生活的。"茜茜愤愤地说，"首先，我还太年轻。其次，我也不认可这些话。"

凯蒂叹了口气说："总有一天，我们所有人都会遇到这种情况。"

茜茜的声音里充满了恐惧。"再也不能生孩子了……变成半个女人……变胖……下巴上长毛。我会自杀的！"她激动地喊道，"不管怎么说，"她沾沾自喜地补充道，"我离改变还差得远呢，因为我又要怀孕了。"

黑暗的卧室里传来一阵沙沙声。弗兰西可以想象到母亲用胳膊肘撑起自己的样子。

"不，茜茜！不，茜茜！你不能再这样了，已经发生十次了——十个孩子都夭折。这次会更难，因为你快要三十七岁了。"

"这个年龄生孩子还不算太老。"

"不，你已经有一定的年纪了，无法承受再一次的打击。"

"你不必担心，凯蒂。这孩子会活下去的。"

"你每次都这么说。"

"这次我很确定，因为我觉得上帝站在我这边。"她平静而肯定地说。过了一会儿，她说，"我告诉了史蒂夫，我是怎么得到小茜茜的。"

"他说了什么？"

"他一直都知道不是我生的，但我一直这么说，他就被弄糊涂了。

他说没关系，只要我不是和其他男人生的孩子。而且因为把孩子从小就带在身边，他觉得她就是他的孩子。有趣的是，孩子长得很像他。她有一双和他一样的黑眼睛，和他一样圆圆的下巴、紧贴着头的小耳朵。"

"她那双黑眼睛是从露西亚那里遗传来的。世界上有一百万人都有圆下巴和小耳朵，但如果史蒂夫觉得孩子长得像他，会很开心，那也没关系。"沉默了许久，凯蒂才再次开口，"茜茜，你有没有从那个意大利家庭那里打听到孩子的父亲是谁？"

"没有。"茜茜也等了很久才继续说，"你知道是谁告诉我那个女孩有麻烦，还有她住在哪里的吗？"

"谁？"

"史蒂夫。"

"哦，我的天！"

两人都沉默了很久。然后凯蒂说："当然，那是意外。"

"当然。"茜茜同意道，"是他店里的一个伙计告诉他的，那个伙计就住在露西亚的街区。"

"当然。"凯蒂重复道，"你知道吗，在布鲁克林会发生一些有趣的事情，这些事情根本没有任何意义。比如有时候我走在街上，会想起一个五年未见的人。然后我转过一个街角，那个人就朝我走来了。"

"我知道。"茜茜回答，"有时候，我明明在做一件我这辈子都没做过的事，突然间，我就觉得我以前也做过同样的事，也许是在另一个世界……"她的声音渐渐消失了，过了一会儿，她说，"史蒂夫总是说，他永远不会要别人的孩子。"

"所有男人都这么说。生活很有趣。"凯蒂接着说，"几件偶然的事情凑在一起，一个人就能从中得到很多。你认识那个女孩只是个意外。那个家伙一定告诉了店里的十几个人。史蒂夫是无意中跟你说的,你和那家人在一起只是个意外。孩子的下巴是圆的而不是方的,也是个意外。这比意外还要更意外,这……"凯蒂停了下来,想找一个词来形容。

厨房里的弗兰西变得非常感兴趣,以至于忘记了自己不应该听她们说话。当她知道母亲在思考一个词的时候,她就会不假思索地提供它。

"你是说巧合吗,妈妈?"她叫道。

卧室里传来一阵令人震惊的沉默。随后,谈话又重新开始——但这次是小声交谈。

48

弗兰西的桌子上放着一份报纸。这是一份"号外"报纸,是直接从印刷厂送来的。标题上的墨水还湿漉漉的。报纸已经放在那里五分钟了,但她还没有拿起笔来做记号。她盯着日期:

1917 年 4 月 6 日

标题的"战争"有六英寸高。三个字母的边缘污迹斑斑,"战争"一词似乎在摇晃。

弗兰西眼前出现一个幻想的场景。五十年后,她会告诉她的孙子们,她这一天是如何来到办公室,坐在阅报员桌前,在例行工作中读到宣战的消息的。听了外祖母的话,她知道,老年人的生活就是由这样的青春回忆组成的。

但她并不想回忆往事。她想活得真切,或者作为一种妥协,重新生活而不是回忆。

她决定在这一瞬间将这段时光完全定格。也许这样,她就能把它当作一个鲜活的东西来保存,而不会让它变成一种名为记忆的东西。

她把眼睛凑到书桌前,仔细观察木头的花纹。她的手指沿着搁置铅笔的凹槽摸索,将凹槽的感觉固定在脑海中。她用刀片在铅笔上划了一道口子,然后打开报纸。她将橡皮筋放在手心,用食指触摸它,发现它打着卷。她把它扔进金属垃圾桶，数着它落下的时间。她仔细地听着，以免错过它几乎无声无息地"啪"的一声。

它触底了。她把指尖按在墨迹未干的标题上，端详着潮湿的指尖，然后在一张白纸上按下了手印。

她顾不上第一页和第二页可能会提到的客户，撕下报纸的头版，小心翼翼地将报纸折成长方形，用大拇指压出折痕。她把它放进局里用来邮寄剪报的一个结实的马尼拉信封里。

弗兰西仿佛是第一次听到她打开抽屉拿钱包时发出的声音。她注意到皮包的卡扣装置——咔嗒咔嗒的声音。她摸着皮革，记下了它的味道，又开始研究黑色摩尔纹丝绸衬里的轮廓。她读着零钱包里硬币上的生产年份。有一枚新的1917年硬币，她把它放进了信封。她揭开口红的盖子，用口红在指纹下画了一条线。口红的颜色、质地和香味让她很满意。她依次检查了粉盒里的粉末、指甲锉上的棱角、梳子钝角的样子以及手帕上的线头。包里有一张破旧的剪报，是她从俄克拉荷马州的报纸上撕下来的一首诗。这首诗的作者是一位诗人，他曾住在布鲁克林，上过布鲁克林的公立学校，年轻时还编辑过《布鲁克林鹰报》。她第二十次重读这篇文章，在脑海中琢磨每一个字：

我很老，又很年轻；我很愚蠢，又很聪明。
不管别人如何，永远要关心别人。
我是一个母亲，也是一个父亲，我是小孩，也是大人。
我粗俗不堪，却又冰雪聪明。

那首破旧的诗被放进了信封。她对着小巧的镜子，看着自己的发辫——发辫缠绕在头上。她注意到她笔直的黑色睫毛长短不一。然后，她又检查了她的鞋子。她的手顺着丝袜往下摸，第一次注意到丝袜的手感是粗糙而不是光滑的。她裙子的布料是用细线做成的。她把裙子下摆往外翻，发现裙子的窄蕾丝边是菱形的。

她想："如果我能把这段时间的每一个细节都定格在脑海中，我就能永远留住这一刻。"

她用刀片割下自己的一绺头发，包在印有自己指纹和口红印的方形纸里，折叠好，放进信封，封好信封。她在外面写道：

弗兰西斯·诺兰，十五岁零4个月。1917年4月6日。

她想："如果五十年后我打开这个信封，我就会像现在一样，不会再变老。离五十年还有很长很长的时间……几百万个小时的时间。但从我坐在这里开始，一个小时已经过去了……我的生命又少了一个小时……我生命中的所有时间又少了一个小时。"

"亲爱的上帝，"她祈祷道，"让我生命中的每分每秒都有所作为。让我快乐，让我悲伤。让我寒冷，让我温暖。让我饥饿，让我饱腹。让我衣衫褴褛，也让我衣着光鲜。让我真诚，让我欺骗。让我诚实，让我说谎。让我光荣，也让我犯罪。让我每时每刻都有所作为。当我睡觉时，让我一直做梦，这样就不会失去生活的一点一滴。"

送货员走过来，把另一份城市报纸放在她的桌子上。这份报纸的标题只有两个字：

宣战！

似乎地动山摇，眼前光怪陆离，她把头埋在墨迹未干的纸上，无声地哭了起来。一位年长的阅报员从洗手间回来，在弗兰西的书桌旁停了下来。她注意到了标题和哭泣的女孩。她想她明白了。

"啊，战争！"她叹了口气，"我想，你有爱人或兄弟吧？"她用她那呆板的阅读式的口吻问道。

"是的，我有一个弟弟。"弗兰西如实回答。

"我深表同情，诺兰小姐。"阅报员回到了她的办公桌前。

"我又喝醉了，"弗兰西想，"这次是为了报纸头条。而且这次很糟糕——我又开始哭了。"

战争导致模范剪报局的销量骤减，公司变得不如从前。首先，作为业务骨干的客户——每年为巴拿马运河等剪报支付数千块钱的人——在宣战后的第二天来信说，由于他的地址暂时不确定，他将每天亲自打电话索取剪报。

几天后，两个行动迟缓、脚步沉重的人进来找老板。其中一个人把手伸到老板面前，手掌里的东西让老板脸色大变。他从最重要客户的文件箱里拿出厚厚一沓剪报。脚步沉重的那两个人看了看，然后把它们还给了老板。老板把它们装进了一个信封，然后把信封放到了他的办公桌上。两个人走进老板的厕所，门虚掩着。他们在里面等了一整天。中午，他们派人去买了一袋三明治和一盒咖啡，就在厕所里吃午饭。

巴拿马运河报的客户四点半就来了。老板慢条斯理地把硕大的信封递给他。就在客户把信封放进大衣内袋时，那两个大块头从厕所里走了出来。其中一个人碰了碰客户的肩膀。他叹了口气，从口袋里掏出信封，交了出来。第二个大块头也碰了碰他的肩膀。客户闭拢双腿，僵硬地鞠了一躬，被两人架着走了出去。老板声称自己急性消化不良，然后回家了。

那天晚上，弗兰西告诉妈妈和尼利，一个德国间谍就在办公室里被抓了。

第二天，一个看起来很爽快的人提着公文包来了。老板需要回答很多问题，而这位脚步轻快的男子则在打印好的表格上的空白处写下了答案。接下来就是令人伤心的部分了。老板不得不开出一张近四百块的支票——这是客户取消订单后，老板欠的余款。脚步轻快的人离开后，老板冲了出去，他不得不借钱来让支票能如期兑现。

从那以后，一切都乱套了。老板不敢接见新客户，无论他们看起来多么无辜。剧院演出季即将结束，演员客户也减少了。春季出版的大量书籍带来了数百名订购五元刊的作家客户和数十名订购百元刊的出版商客户，但这些并不是大客户，只是杯水车薪。各家出版社都推迟了重要出版物的出版，直到情况稍微稳定下来。许多研究人员注销了他们的账户，以防被征召入伍。即使业务正常，局里也无法应付，因为工人们开始离职。

政府预计会出现人手短缺，于是在三十四街大邮局举行了女工公务员考试。许多阅报员参加并通过了考试，立即被召去工作。体力劳动者"俱乐部"几乎成群结队地前往战争临时工厂工作。他们的收入不仅增加了两倍，还因其无私的爱国主义精神受到了广泛赞誉。老板娘又来阅报了，老板解雇了除了弗兰西以外的其他阅报员。

巨大的阁楼里回荡着空荡荡的声音，他们三人试图独自开展业务。弗兰西和老板娘阅读、归档、处理办公室的工作。老板无精打采地撕着报纸，打印着模糊不清的单据，粘贴着歪歪扭扭的物品。

六月中旬，他放弃了。他安排出售了办公设备，解除了租约，并以一句"让他们告我去吧"简单粗暴地解决了向客户退款的问题。

弗兰西给她所知的纽约另一家剪报局打了电话，询问他们是否需要一名阅报员。对方告诉她，他们从不雇用新阅报员。"我们对阅报员很好，"一个声音争辩说，"从来不需要更换。"弗兰西觉得这样的理由很好，于是就挂断了电话。

她在局里的最后一个上午都在查看招聘广告。她知道自己又得从档案员做起，所以跳过了办公室的工作。除非你是速记员和打字员，否则在办公室是没有机会的。

总之，她更喜欢工厂的工作。她更喜欢工厂里的人，她喜欢在用手工作的时候保持头脑清醒。但妈妈当然不会再让她去工厂工作了。

她发现了一则广告，似乎是工厂和办公室的完美结合；在办公室环境中操作机器。一家通信公司愿意教女孩们如何操作电传打字机，并在她们学习期间每周付给她们十二块五。工作时间是下午五点到午夜一点。如果她能得到这份工作，至少可以让她晚上有事可做。

当她去向老板道别时，老板告诉她，他还得欠她上周的工资。他说他有她的地址，会寄给她的。弗兰西告别了老板，告别了他的妻子，也告别了她最后一周的工资。

通信公司在摩天大楼里有一间办公室，从那里可以俯瞰纽约市中心的东河。弗兰西和其他十几个女孩一起，在递交了她前老板的一封热情洋溢的推荐信后，填写了一份申请表。她参加了一场能力测试，回答了一些看似愚蠢的问题——比如一磅铅和一磅羽毛哪个更重。显然，她通过了测试，因为她得到了一个编号和一把储物柜的钥匙，她必须为此支付四分之一的押金，并被告知第二天五点钟来报到。

弗兰西回到家时还不到四点。凯蒂正在家里打扫卫生，看到弗兰西上楼来，她显得很不安。

"别这么担心，妈妈。我没生病。"

"哦。"凯蒂松了口气，"有那么一瞬间，我还以为你丢了工作。"

"是的。"

"哦，我的天！"

"我也拿不到上周的工资了。但我找到了另一份工作……明天开始……每周十二块五。我希望能及时加薪。"凯蒂开始发问。"妈妈，我累了。妈妈，我不想说。我们明天再谈。我不想吃晚饭。我只想睡觉。"她上楼去了。

凯蒂坐在台阶上，开始担心起来。战争开始后，食品和其他东西的价格都飞涨了。在过去的一个月里，凯蒂一直没能给弗兰西的银行账户增加存款。每周十块钱根本不够用。劳瑞每天都要喝一夸脱鲜牛奶，而牛奶添加剂又很贵。还有橙汁。现在一周十二块五……除去弗兰西的开销，钱就更少了。很快就要放假了，尼利可以在夏天工作，但秋天怎么办？尼利会回到高中，弗兰西也必须在那个秋天上高中。怎么去？怎么去？她坐在那里忧心忡忡。

弗兰西看了一眼熟睡的孩子，便脱掉衣服上床睡觉。她双手抱头，凝视着通风管道那灰蒙蒙的一片。

"我在这儿，"她想，"十五岁，一个漂泊者。我工作还不到一年，就已经做过三份工作了。我曾经以为从一份工作到另一份工作会很有趣。但现在我害怕了。我已经被解雇两次了，都不是我的错。每一次我都尽力工作。我付出了我能付出的一切。而现在，我又要在别的地方重新开始。只是现在我很害怕。这一次，当新老板说'走一步'时，我会走两步，因为我害怕失去这份工作。我害怕，因为他们要靠我赚钱。在我工作之前，我们是怎么相处的？那时还没有劳瑞呢。尼利和我个子都比较小，可以用更少的钱。当然，爸爸也帮了一些忙。"

"嗯……再见了，大学。再见了，一切都再见了。"她把脸转向灰暗的灯光，闭上了眼睛。

弗兰西坐在一个大房间里的打字机前。机器上方有一个金属遮板，这样她就看不到键盘了。房间前面贴着一张巨大的键盘图。弗兰西一边查看图表，一边摸索遮板下的字母。这是第一天。第二天，她收到了一沓旧电报，让她打出副本。当她的手指摸索着字母的位置时，她的眼睛从复印件上移到了图表上。第二天结束时，她已经记住了字母在机器上的位置，不用再看图表了。一周后，他们取下了遮板。现在已经没什么区别了。弗兰西已经可以不看键盘打字了。

一位教员讲解了电传打字机的工作原理。在一天的时间里，弗兰西练习了收发假信息。然后，她被安排接听纽约·克利夫兰的电报。

她认为这是一个了不起的奇迹，她可以坐在机器前打字，而文字却可以在几百英里之外的俄亥俄州克利夫兰的机器滚筒上的一张纸上显示出来！同样神奇的是，一个在克利夫兰打字的女孩竟然让弗兰西使用的机器的印锤敲出了字。

工作很轻松。弗兰西发送一个小时，然后接收一个小时。每班有两次十五分钟的休息时间，九点钟还有半小时的"正餐"时间。当她去接线时，她的工资已经增加到每周十五块钱。总之，这份工作还不错。

家里适应了弗兰西的新作息时间。她每天下午四点多出门，凌晨两点前回家。在进入走廊前，她会按三次门铃，这样妈妈就能提高警惕，确保弗兰西不会被走廊里潜伏的人袭击。

弗兰西早上一直睡到十一点。妈妈不用起得那么早了，因为弗兰西和劳瑞一起住在公寓里。她先在自己的房子里开始打扫。等她做好其他两间房子的清洁时，弗兰西已经起床照顾劳瑞了。弗兰西周日晚上要上班，但周三晚上休息。

弗兰西很喜欢这个新安排。这既让她孤独的夜晚有了安排，又帮了妈妈的忙，还让弗兰西每天有几个小时可以和劳瑞一起坐在公园里。温暖的阳光对她们都有好处。

一个计划在凯蒂的脑海中成形，她向弗兰西谈起了这个计划。

"他们会让你上夜班吗？"她问道。

"他们会的！他们很可恶。没有女孩愿意上夜班，所以他们才把工作推给新来的女孩。"

"我在想，也许秋天你可以继续上夜班，白天去上高中。我知道这很难，但可以想办法做到。"

"妈妈，不管你说什么，我都不会去上高中。"

"但你去年拼了命也要去。"

"那是去年。那是正确的时间。现在太晚了。"

"还不晚,别太固执。"

"但我现在在高中能学到什么呢?哦,我不是自负什么的,但毕竟我每天读八个小时的书,读了将近一年,我学到了东西。我对历史、政府、地理、写作和诗歌都有自己的想法。我读了太多关于人的书——他们做什么,他们怎么生活。我读过关于犯罪和英雄的故事。妈妈,我什么都读过。我现在无法静静地坐在教室里,和一群稚气未脱的孩子一起听一个年迈的女老师滔滔不绝地讲这讲那。我会一直跳起来纠正她。要不然,我就会乖乖地把它咽下去,然后我就会恨我自己……嗯……吃泥巴而不是面包。所以,我不会去上高中。但总有一天我会上大学的。"

"但你必须先读完高中,他们才会让你上大学。"

"高中四年……不,五年,因为总会有事情耽误我。然后是四年大学。在我完成学业之前,我已经是个二十五岁的干瘪老处女了。"

"不管你愿不愿意,不管你做什么,你都会按时长到二十五岁的。你不妨一边接受教育,一边朝着这个方向前进。"

"一劳永逸,妈妈,我不上高中了。"

"那就以后再说。"凯蒂有点生气地说。

弗兰西没有再说什么。但她看上去和她母亲一样生气。

不过,这次谈话让弗兰西有了一个想法。既然妈妈认为她可以晚上工作,白天上高中,那她为什么不能这样上大学呢?她研究了一份报纸广告。布鲁克林历史最悠久、最有声望的大学正在刊登暑期课程广告,这些课程面向希望提前学习或补课的大学生,以及希望提前获得大学学分的高中生。弗兰西认为自己可能属于后一种情况。她并不完全是高中生,但她有资格成为高中生。她去拿了课程目录。

从目录中，她选择了三门下午上课的课程。她可以像往常一样睡到十一点，然后去上课，之后从学院直接去上班。她选择了初级法语、初级化学和一门叫作"戏剧复兴"的课程。她算了一下学费，加上实验费，一共六十多块钱。她的储蓄账户里有一百零五块钱。她去找凯蒂。

"妈妈，我能从你为我存的钱中拿六十五块钱来上大学吗？"

"干什么？"

"当然是上大学。"她故意说得很随意，以示漫不经心。当妈妈的声音随着弗兰西一起提高时，她感觉达到了目的：

"大学？"

"暑期大学。"

"但是——但是——但是——"凯蒂说。

"我知道。我没上高中。但如果我告诉他们，我不想要文凭或任何成绩——我只想上课，也许就能进去。"凯蒂从衣柜架子上取下她的绿帽子。"妈妈，你要去哪儿？"

"去银行取钱。"

弗兰西被母亲急切的心情逗笑了。"现在是下班时间。银行已经关门了。再说也不急。离开始报名还有一个星期呢。"

这所学院位于布鲁克林高地，是弗兰西要探索的布鲁克林另一个奇怪的区域。在填写报名表时，她的笔在"教育经历"这一栏上徘徊。有三个选项后面有空白：小学、中学和大学。想了想，她画掉了这几个字，在上面的空白处写道："私立学校。"

"说到底，这也不是谎言。"她向自己保证似的说。

令她感到无比欣慰和惊讶的是，她没有受到任何质疑。收费员收了她的钱，给了她一张学费收据。她得到了一个注册号、一张图书馆通行证、一份课程表和一份她需要的教科书清单。

她随着人群来到街区另一头的大学书店。她看了看自己的书单，买了一本《法语入门》和一本《初级化学》。

"新的还是二手的？"店员问道。

"怎么了，我不清楚。我应该买哪种？"

"新的。"店员说。

有人碰了碰她的肩。她转过身，看到一个衣着光鲜的英俊男孩。他说："买二手的吧。和新的用途一样，价格只要一半。"

"谢谢。"她转向店员，"二手书。"她坚定地说。她开始为戏剧课程选两本书。她的肩膀再次被碰了一下。

"嗯哼，"男孩随意地说，"你可以在上课前、下课后和被罚站时在图书馆看这些书。"

"再次感谢您。"她说。

"不客气。"他回答道，然后大步走开了。

她的目光追随着他走出商店。"天哪，他又高又帅。"她想。"大学真是太棒了。"

在去办公室的路上，她坐在电车上，手里紧紧拿着两本教科书。火车在铁轨上飞驰，节奏似乎是：大学——大学——大学。弗兰西开始感到恶心。尽管她知道上班要迟到了，但她还是不得不在下一站下车。她靠在一台硬币称重机旁，想知道自己到底是怎么了。不可能是吃坏了东西，因为她忘了吃午饭。这时，她突然冒出一个念头。

"我的祖父母从不识字。他们的前辈也不会读写。我母亲的妹妹不会读写。我的父母甚至连小学都没毕业。我从未上过高中。但我，玛丽·弗兰西斯·凯瑟琳·诺兰，现在正在上大学。你听到了吗，弗兰西？你上大学了！"

"天哪，我想吐。"

49

弗兰西从她的第一堂化学课的课堂上兴致勃勃地走出来。在一个小时里,她知道了万物都是由不断运动的原子组成的。她明白了没有任何东西会丢失或毁灭。即使某样东西被烧毁或腐烂,它也不会从地球上消失;它会变成其他东西——气体、液体和粉末。弗兰西在听完第一堂课后认为,万物都充满生机,化学中没有死亡。她不明白为什么有学问的人不把化学当作一种信仰。

她在家学习莎士比亚之后,觉得复兴时期的戏剧,除了需要耗费大量时间阅读之外,还是很容易驾驭的。她对这门课和化学课都不担心。但到了法语入门课,她就不知所措了。这并不是真正意义上的法语入门。老师认为他的学生要么以前学过这门课但不及格,要么在高中时就已经学过这门课,所以就敷衍了事,直接开始翻译。弗兰西在英语语法、拼写和标点符号方面已经够蹩脚了,在法语方面根本没有机会。她永远无法通过这门课程的考试。她所能做的就是每天背单词,努力坚持下去。

她在车上不停学习。她在休息时间学习,吃饭时把书放在面前的桌子上。她在通信公司教学室的一台机器上敲打作业。她从不迟到或缺席,她只要求至少通过两门课程。

在书店与她结识的男孩成了她的守护天使。他叫本·布莱克,是个了不起的家伙。他是马斯佩斯高中的高三学生。还是校刊的编辑,是班长，在橄榄球队担任中后卫，还是一名优等生。在过去的三个暑假里，他一直在学习大学课程。高中毕业时，他就能完成一年多的大学学业。

除了学校的功课，他还利用下午时间为一家律师事务所工作。他起草辩护状、送达传票、检查契约和记录、查找先例。他熟悉本州的法规，完全有能力在法庭上审理案件。除了在学校表现出色，他每周还能挣二十五块钱。他所在的事务所希望他高中毕业后到事务所做全职律师，和他们一起读法律，并最终参加律师资格考试。但本对没有上过大学的律师很蔑视。他已经选好了一所不错的中西部大学。他计划完成学士学位的学习，然后进入法学院。

十九岁那年，他的人生被规划得很清晰。通过律师资格考试后，他准备接管一家乡村律师事务所。他相信，一个年轻律师在小镇执业会有更多的政治机会。他甚至已经选好了执业地点。他将继承一位远房亲戚的事业，这位远房亲戚是一位年事已高的乡村律师，执业经验丰富。他与未来的前辈一直保持着联系，每周都会收到他的指导长信。

本打算接手这家律师事务所，等待轮到自己担任县检察官。（根据协议，这个小县里的律师将轮流担任检察官）。这将是他从政的起点。他会努力工作，让自己声名远播，得到人们的信任，最终当选为本州的众议员。他会忠实地服务，并再次当选。然后他再回来，努力当上州长。这就是他的计划。

整个想法的奇妙之处在于，了解本·布莱克的人都确信，一切都会按照他的计划进行。

与此同时，在1917年的那个夏天，他的雄心壮志所指向的目标，那个广袤的中西部州，正躺在炎热的草原阳光下做着梦——躺在它那大片的麦田和无尽的苹果园中做着梦——却毫无察觉，那个计划以最年轻州长身份入驻白宫的人,此刻还是布鲁克林的一个男孩。

这就是本·布莱克,他衣着光鲜,充满活力,英俊潇洒,才华横溢,自信满满,深受男孩子们的喜爱,所有的女孩子也都为他疯狂——弗兰西·诺兰也深深地爱上了他。

她每天都能见到他。他用钢笔批改她的法语作业。他还会检查她的化学作业,为她讲解复兴戏剧中的不懂之处。他帮她规划下一个暑假的课程,还主动地为她规划余下的人生。

夏末将至,有两件事让弗兰西感到难过——她很快就不能每天见到本了,而且她的法语课程也过不了关。她把后一件事告诉了本。

"别傻了。"他轻松地对她说,"你付了学费,整个暑假都在上课,你不是白痴。你会通过考试的,Q.E.D.(拉丁语保证的缩写)。"

"不,"她笑着说,"我会不及格的,P.D.Q(拉丁语很快的缩写)。"

"那我就得在期末考试前给你补习了。我们需要一整天的时间,现在我们能去哪儿?"

"我家?"弗兰西怯生生地问道。

"不,家里会有人。"他想了一会儿,"我知道个好地方,周日早上九点在盖茨街和百老汇街口见吧。"

她下车时,他正在等她。她想知道他到底会把她带到那个街区的什么地方。他把她带到了百老汇剧院的舞台门前,那里是许多戏剧第一次演出的地方。他只对坐在门旁阳光下躺椅上的白发男人说了一声"早上好,爸爸",就通过了那扇神奇的门。弗兰西这才发现,这个神奇的男孩是这家剧院周六晚上的引座员。

她以前从未去过后台,她兴奋得几乎体温上升。舞台似乎很宽阔,剧院的屋顶似乎消失了,看上去很高。当她走过舞台时,她改变了步伐,像她记忆中哈罗德·克拉伦斯走路时那样,缓慢板正地走着。当本说话时,她缓缓地转过身,带着戏剧性的紧张,从喉咙挤出声音说,"你"(停顿:然后语气变得耐人寻味)"说话了?"

"想看点什么吗?"他问。

他拉开幕帘,她看到石棉幕帘慢慢地被卷了起来。他打开了脚灯的开关,她走到舞台上,望着那上千个漆黑空旷的座位。她仰起头,对着观众席的最后一排掷地有声地开始说话。

"喂,你好!"她叫道,在空旷的黑暗中,她的声音似乎被放大了一百倍。

"瞧,"他善意地问,"你是对剧院感兴趣,还是对你的法语更感兴趣?"

"当然是剧院。"

这是真的。就这样,她放弃了所有其他的抱负,回到了她的初恋——舞台。

本一边笑着,一边关掉了脚灯。他拉下幕帘,把两把椅子面对面地放好。通过某种方式,他拿到了五年前的试卷。他用这些试卷中最常出的题目和很少出的题目做了一份试卷。一天中的大部分时间,他在给弗兰西讲解这些问题和答案。然后,他让她背诵莫里哀的《塔尔图夫》中的一页及其英译本。他解释道:

"明天的考试中有一道题,对你来说绝对是天书。不要试图回答它。你可以坦率地说你无法回答这道题,但你可以用莫里哀的节选和翻译来代替它,然后把你背过的东西写下来,你就可以蒙混过关了。"

"但假设他们在常规问题中问的正是这段话呢?"

"他们不会的。我选了一段非常晦涩难懂的话。"

显然,她侥幸通过了法语考试。的确,她以最低的分数通过了考试,但她安慰自己,及格就是及格。她的化学和戏剧考试成绩都很好。

按照本的指示,她一周后回来拿成绩单,并按照安排和他见了面。他带她去赫勒餐厅喝了一杯巧克力苏打水。

"你多大了,弗兰西?"他边喝汽水边问。

她飞快地计算着。她在家时十五岁,工作时十七岁。本十九岁。如果他知道她只有十五岁,就再也不会理她了。他看出了她的犹豫,于是说:

"你所说的一切都可能对你不利。"

她鼓起勇气,声音颤抖,大胆地说道:"我……十五岁。"她羞愧地垂下头。

"嗯,我喜欢你,弗兰西。"

"我爱你。"她想。

"我喜欢你,就像我认识的所有女孩一样。当然,我没时间陪女孩。"

"星期天里的一个小时也不行吗?"她冒昧地问。

"我为数不多的空闲时间属于我的母亲,我是她的全部。"

在此之前,弗兰西从未听说过布莱克夫人。但弗兰西恨她,因为她抢占了本的空闲时间,而这些空闲时间本可以让弗兰西感到快乐。

"但我会想你的。"他继续说,"如果有时间,我会写信给你。"(他住的地方离她有半个小时的车程)"但如果你需要我,当然不是因为任何琐事,请给我留言,我会设法见你的。"他给了她一张公司的名片,角落里写着他的全名:本杰明·富兰克林·布莱克。

他们在韦勒家门外热情地握手告别。"明年夏天见。"他边走边说道。

弗兰西一直站在后面看着他,直到他转过街角。明年夏天,现在才九月份,明年夏天似乎还遥遥无期。

她非常喜欢暑期学校,想在那年秋天进入这所大学学习,但她没有办法筹集到所需的三百多块钱的学费。在纽约四十二街图书馆研究目录的一个上午,她发现了一所对纽约居民免学费的女子学院。

她拿着成绩单去注册。她被告知,没有高中学历不能注册。她解释了自己是如何获准上暑期学校的。啊！那不一样。那里的课程只提供学分。暑期班不提供学位。她问，难道她现在就不能选修课程而不指望获得学位吗？不行，如果她过了二十五岁，就可以作为特殊学生入学，选修课程，但不申请学位。弗兰西遗憾地承认，她还没有过二十五岁。不过，还有一个选择。如果她能通过入学考试或注册考试，无论高中学分如何，她都可以入学。

弗兰西参加了考试，除了化学，其他科目都不及格。

"哦，好吧！我早该知道的。"她对母亲说，"如果人们那么容易就能考上大学，就不会有人再去读高中了。不过你不用担心，妈妈。我现在知道入学考试是什么了，我会买书复习，明年参加考试。明年我一定会通过考试的，我可以做到的，我会做到的。你会看到的。"

即使她能考上大学，也不会成功，因为她被安排上了白班。她现在是一名快速而专业的接线员，他们需要她在交通最繁忙的白天工作。他们向她保证，如果她愿意，夏天还可以再上夜班。她又加薪了，现在每周能挣十七块五。

又是孤独的夜晚。秋天的夜晚，弗兰西漫步在布鲁克林的街道上，想起了本。

（"如果你需要我……请给我留言，我会设法见你的。"）

是的，她需要他，但她确信，如果她写下"我很孤独，请来陪我走走，和我说说话"的话，他是不会来的。在他雷打不动的生活时间表上没有"孤独"这一项。

街区看似相同，实则不同。一些唐人楼的窗户上出现了金色的星星。晚上，男孩们仍聚在街角或一分钱糖果店前。但现在，经常会有一个男孩穿着卡其色的衣服。

男孩们站在一旁和声。他们唱了《老棚户区的棚户》《当你戴着郁金香》《亲爱的老姑娘》《对不起，我让你哭了》等歌曲。

有时年轻的士兵会带领他们唱战歌《在那边》《凯蒂之歌》和《无人区的玫瑰》。

但无论他们唱什么，最后都会以布鲁克林自己的民歌结尾：《妈妈宝贝》《当爱尔兰人的眼睛在微笑时》《让我叫你甜心》或《乐队进行曲》。

晚上，弗兰西从他们身边走过，不明白为什么所有的歌听起来都那么悲伤。

50

茜茜的预产期在十一月底。凯蒂与艾薇尽量避免在茜茜面前提及此事。她们深信,这或许会再次遭遇不幸,诞下一个无法存活的孩子,并且她们认为,越少提及此事,茜茜日后的记忆或许就越模糊。然而,茜茜却做出了一个革命性的决定,迫使她们不得不正视这个话题。她郑重宣布,在生产的时候,她将前往医院寻求医生的协助。

她的母亲和姐妹们全都惊愕万分。罗姆利家的女人从未有人在分娩时请过医生,这在她们眼中,似乎是大为不妥的。你可以请助产婆、邻居家的女人或你的母亲,你可以秘密地、关起门来完成这件事,不让男人插手。生孩子是女人的事。至于医院,大家都知道,一旦踏进去,便与死神相距不远了。

茜茜告诉她们,她们已经落伍了,助产婆已经是过去式了。此外,她还傲慢地告诉她们,在这件事上没得商量。她的史蒂夫坚持要去医院看医生。不仅如此,茜茜要去看的还是一个犹太医生!

"为什么,茜茜?为什么?"她的姐妹们震惊地问。

"因为在这种时候,犹太医生比基督教医生更有同情心。"

"我并不反感犹太人,"凯蒂开始说,"但是……"

"听着!亚伦斯坦医生祈祷时看六芒星,我们祈祷时看十字架,这与他是不是好医生没有关系。"

"但我认为,在……(凯蒂本想说死,但及时进行了自我检讨)

出生的时候,你会希望身边有一位与你信仰相同的医生。"

"哦,是嘛!"茜茜轻蔑地说。

"人以群分。你不会看到犹太人找来基督教医生看病的。"艾薇说,她觉得自己说得很有道理。

"他们为什么要这么做?"茜茜反驳道,"因为他们和其他人都知道,犹太医生更聪明。"

茜茜的分娩过程一如既往地顺畅,医生的精湛技艺让她感到前所未有的轻松。孩子出生后,她下意识地紧闭双眼,不敢看孩子。她一直坚信这个孩子能够活下来,但在此刻,她却打心眼儿里不相信。最终,她鼓起勇气睁开了眼睛,只见婴儿静静地躺在旁边的桌子上,一动不动,脸色发青。她无法直视,只能默默地转过头去。

"又来了。"她心里暗自叹息,"是的,又来了,这已经是第十一次了。哦,上帝啊,为何您就不能让我成功一次呢?哪怕就这一次也好?再过几年,我可能就无法再尝试生育了。一个女人终将走向凋零……因为她知道自己从未真正拥有过一个孩子。哦,上帝,您为何要如此待我,让我承受这无尽的诅咒?"

然后,她听到了一个词。她听到了一个从未听过的词——"氧气"。

"快,吸氧气!"她听到医生说。

她注视着他为她的孩子治疗。眼前发生的一切简直是个奇迹,甚至超越了她母亲讲述过的那些圣人创造的奇迹。她目睹着孩子原本青紫的脸色渐渐恢复了红润。她看到一个仿佛失去生命迹象的孩子重新开始了呼吸。她第一次听到了自己亲生孩子的啼哭声。

"他……他还活着吗?"她不可置信地问。

"不然呢?"医生不可置信地耸了耸肩,"你的孩子是我见过的最好的。"

"你确定他会活下来?"

"为什么不呢？"医生又是耸肩，"除非你让他从三层楼的窗户摔下去。"

茜茜握着他的手，用力亲吻着他的手。亚伦·亚伦斯坦医生并没有像非犹太医生那样为她的感情用事感到尴尬。

她给孩子取名为斯蒂芬·亚伦。

凯蒂说："这无一例外全都成功了。让一个膝下无子的女人领养一个孩子，不出一两年，她肯定会有自己的孩子。就好像上帝终于认可了她的善意。很高兴茜茜有两个孩子要抚养，因为单独照顾一个孩子是不行的。"

"小茜茜和斯蒂芬只差两岁。"弗兰西说，"就跟我和尼利差不多。"

"是的，他们会互相陪伴。"

在威利·弗利特曼叔叔成为新话题之前，茜茜活下来的儿子一直是家里的一大奇迹。威利想应征入伍，却遭拒之门外，于是，他辞去了牛奶公司的工作，回到家中，宣布自己是一名彻底的失败者，随后便蒙头大睡。接连两天，他都沉浸在沮丧中，不愿从床上爬起。他扬言，余生将长卧不起，直至生命的尽头。他哀叹自己的人生一败涂地，如今要以失败者的身份终结一生，且越快越好。

艾薇叫来了她的姐妹们。

艾薇、茜茜、凯蒂与弗兰西围绕着那张泛着黄铜光泽的大床站立，床上躺着那位失意的人。威利扫视了一圈这群坚韧不拔的罗姆利家族的女人。

"我是个失败者。"他拉起毯子盖在头上。

艾薇将丈夫托付给了茜茜，而弗兰西则在一旁注视着茜茜围绕着他忙碌的身影。她温柔地拥他入怀，将这个小个子紧紧贴在胸前。茜茜耐心地劝慰他，让他明白，并非所有的英勇之士都身陷战壕——无数英雄每日于军工厂中，同样以生命为赌注，默默奉献于国家的胜利。她反复诉说着,直至威利深信自己也能为战争出力,这份信念令他激动万分,他猛地跳下床榻,央求着艾薇姨妈为他四处寻找衣物与鞋子。

史蒂夫现在是摩根大道一家军需品工厂的领班。他在那里给威利找了一份薪水不错的工作,加班费是平时薪资的一半。

罗姆利家有个不成文的规矩,那就是男人们挣来的小费和加班费都归个人所有。威利便用他人生中的第一张加班费支票,为自己购置了一架低音鼓和一副钹。每当夜晚降临,且无须加班之时,他便会在前厅里练习击鼓与敲钹。圣诞节时,弗兰西赠予他一架价值一块钱的口琴。威利别出心裁,将口琴固定在一根棍子上,再将棍子绑在腰间,如此一来,他便能像骑自行车不用扶把手一般,直接吹奏口琴了。他甚至尝试着同时操控吉他、口琴、鼓和钹,仿佛是在练习一个人的乐队演奏。

于是,他晚上就坐在前厅。吹口琴,弹吉他,敲大鼓,敲铜钹。他为自己是个失败者而悲伤。

51

遇到天气严寒不宜外出散步的日子,弗兰西便会前往社区服务机构,参加两个夜校课程:缝纫与舞蹈。

她渐渐掌握了阅读纸样以及操作缝纫机的技巧,心中期盼着有朝一日能亲手制作衣物。

在舞蹈课上,她学会了"交际舞",尽管她和舞伴从未萌生过踏入"交际舞厅"的念头。有时,她的舞伴是那位头发油亮的邻居牧师,他舞步灵动,时常提醒她注意节奏与步伐;有时,则换成了一个穿着短裤的十四岁小男孩,她同样会细心纠正他的舞步。弗兰西热爱跳舞,这份热爱仿佛是与生俱来的。

这一年逐渐接近尾声。

"你在学什么书,弗兰西?"

"尼利的几何书。"

"什么是几何?"

"上大学必须通过的考试,妈妈。"

"别学得太晚。"

"我母亲和姐姐们近况如何?"凯蒂向保险代理人询问。

"我先给你姐姐的孩子莎拉和斯蒂芬买了份保险。"代理人回答。

"但她从他们一出生就给他们投保了呀——每周五分钱。"

"这是另一种类型的保险,是定期的投资理财险。"

"这能带来什么好处呢?"

"被保险人在生前就能领取到收益。等他们年满十八岁,每人可以拿到一千块钱,作为他们上大学的储备金。"

"我的天哪!先是找医生和医院生孩子,现在又来一个大学保险。接下来还有什么?"

"妈妈,有信件吗?"弗兰西下班回家后,像往常一样问道。

"没有,只有一张艾薇寄的卡片。"

"她怎么说?"

"没什么,只是说因为威利的鼓声,他们又得搬家了。"

"他们现在要去哪里?"

"艾薇在赛普拉斯山找到一户独栋的房子,不知道是不是在布鲁克林?"

"就在纽约东区——布鲁克林和皇后区交界的地方。就在新月街附近,百老汇电车的最后一站。我的意思是它曾经是最后一站,后来他们把电车延伸到牙买加了。"

玛丽·罗姆利躺在一张狭小的白色床铺上,她头顶上方,光秃秃的墙壁上挂着一个醒目的十字架。此刻,她的三个女儿以及长外孙女弗兰西正站在床边守候。

"唉,我都已经八十五岁了,感觉这次病得不轻,恐怕是最后一次了。我用尽一生积攒的勇气来面对即将到来的死亡。我不想对你们说些虚伪的话:'我走了,你们别难过。'我深爱着我的孩子们,也尽力做好一个母亲的角色,你们为我感到悲伤是理所当然的。但请你们让这份悲伤温柔一些,也短暂一些。让哀伤在不经意间慢慢消散。你们要明白,我终将获得幸福。因为我会亲眼见到我一生中挚爱的那些伟大圣徒。"

弗兰西在娱乐区向一群女孩展示了一些快照。

"这是安妮·劳瑞,我的小妹妹。她才十八个月大,却能到处跑,你们真该听听她说话!"

"她很可爱。"

"这是我弟弟,科尼利厄斯。他将成为一名医生。"

"他也很可爱。"

"这是我妈妈。"

"她很可爱而且很年轻。"

"这是我在屋顶上。"

"屋顶很可爱。"

"我很可爱。"弗兰西自嘲地说。

"我们都很可爱。"女孩们笑了,"我们主管的那辆老马车很可爱,我希望她吃饭时噎着。"

她们哈哈大笑。

"我们都在笑什么?"弗兰西问。

"没什么。"她们笑得更厉害了。

"弗兰西,你去吧。上次我说要买德国酸菜,结果店家直接把我轰了出来。"尼利抱怨着。

"现在你得改口叫它'自由卷心菜'了,你这家伙。"弗兰西调侃道。

"你俩别互相指责了。"凯蒂心不在焉地打断道。

"听说他们把汉堡大道的名字改成威尔逊大道了,你知道吗?"弗兰西问道。

"战争总能让人干出些离奇的事来。"凯蒂叹息道。

"这事儿你要告诉妈妈吗?"尼利小心翼翼地问道。

"不,不过你还小,不适合跟那种女孩约会。听说她性格很野。"弗兰西告诫道。

"谁想要一个乖乖女?"

"我无所谓,只是你对性这方面完全不了解。"

"至少我比你清楚。"他把手搭在臀部,用一种刻意的尖细嗓音说:"哎,妈妈!要是有个男人只是亲了我一下,我会怀孕吗?会不会,妈妈?我会不会怀孕啊?"

"尼利!你那天偷听了我们的对话!"

"当然!我就躲在外面大厅,一字不落地全听见了。"

"你真够阴险的……"

"你也经常偷听。我很多次都撞见你了,妈妈和茜茜或者艾薇姨妈聊天时,你本该乖乖在床上睡觉呢。"

"那不一样。我是为了弄清楚事情的真相。"

"这有啥区别!还不是一样偷听!"

"弗兰西,弗兰西!七点了,起床了!"

"怎么了?"

"你八点半得去上班。"

"能不能说点新鲜话啊,妈妈。"

"你今天十六岁了。"

"告诉我点新鲜的。我已经过了十六岁有两年了。"

"那你还得再过一年才十六岁。"

"我可能一辈子都是十六岁。"

"这也没什么好惊讶的。"

"我根本没有偷看。"凯蒂愤愤不平地说,"我只是想给加油工多五分钱,以为你不会介意。毕竟,你经常在我的钱包里找零钱。"

"这不一样。"弗兰西反驳道。

凯蒂手里握着一个紫色的小盒子,里面装着金头香烟,里面少了一支。

"好吧,现在最糟糕的事情你也已经知道了。"弗兰西坦白道,"我抽了一根米洛香烟。"

"它们闻起来确实挺香的。"凯蒂说道。

"妈妈,你就快点教训我吧。"弗兰西央求道。

"那么多士兵在法国牺牲,世界不会因为你偶尔抽根烟就毁灭的。"

"哎呀,妈妈,你把所有的乐趣都剥夺了——比如你都没提我去年那件黑色蕾丝舞蹈套装的事。算了,你还是把烟扔了吧。"

"我不会扔的!我要把它们放在抽屉里,让它们把我的睡衣都熏得香喷喷的。"

"我在想啊,"凯蒂开口说,"与其今年咱们互送圣诞礼物,不如把钱凑一块儿,买只烤鸡,去面包店挑个大蛋糕,再来一磅上好的咖啡,之后嘛……"

"咱们手头上有的是钱买吃的。"弗兰西提出异议,"根本不用动准备买圣诞礼物的钱。"

"我的意思是,把这些当作圣诞礼物送给泰莫尔家的姑娘们。现在都没人请她们上课了——大家都说她们跟不上时代了。她们连饭都吃不饱,可丽兹小姐以前一直对我们挺好的。"

"嗯,好吧。"弗兰西虽然不太乐意,但还是同意了。

"哼!"尼利气呼呼地踢了一脚桌腿。

"别担心,尼利。"弗兰西笑着安抚道,"你会收到礼物的,我给你买。"

"啊,你少说两句!"

"你俩别老说'少说两句'。"凯蒂心不在焉地打断道。

"妈妈,我有点事想听听您的意见。暑期学校时,我结识了一个男生,他说可能会给我写信,但一直没动静。我在想,要是我给他寄张圣诞贺卡,会不会显得太冒昧了?"

"冒昧?根本不存在!要是你觉得合适,就寄。我特别反感那些女人玩儿的暧昧把戏。人生短暂,要是遇到了心仪的男生,就别在犹豫中虚度光阴。直接走到他面前,告诉他,'我爱你,咱们结婚吧?'当然,这要在,"她瞥了女儿一眼,急忙补充道,"你长大成人,有自己的主意之后。"

"我会寄的。"弗兰西决定道。

"妈妈,尼利和我商量好了,打算用咖啡来代替牛奶饮品。"

"行,没问题。"凯蒂边说边把白兰地酒瓶归置回橱柜。

"咱们把咖啡煮得浓浓的,热热的,然后在杯子里兑上一半咖啡和一半热牛奶。就用这咖啡加牛奶的方式,来纪念1918年吧。"

"随意啦。"尼利顺便用法语说了一句。

"对,对,没错。"妈妈也用法语回应着,"我也会几句法语呢。"

凯蒂一手提着咖啡壶,一手端着一锅热牛奶,同时往杯子里倾倒。"我记得,"她回忆道,"以前家里没牛奶的时候,你爸爸就会在咖啡里搁一块黄油——当然,那得是有黄油的时候。他说黄油本质上就是奶油,搁在咖啡里味道也一样好。"

"爸爸!……"

52

弗兰西十六岁那年春天,一个阳光明媚的日子,她五点钟走出办公室。刚迈出门口,她便瞧见了与她同排操作接线机的女孩安妮塔,正与两位士兵站在通信大楼的入口处。其中一位士兵身材矮胖,满脸笑意,紧紧挽着安妮塔的胳膊;而另一位则高大健壮,显得有些局促。安妮塔支开了士兵,把弗兰西拉到一边。

"弗兰西,你得帮帮我。乔伊在部队出国前的最后一次休假时,我们订了婚。"安妮塔急切地说。

"嘿,既然你已经订了婚,那你想做啥就做啥,哪还用得着我帮忙呀。"弗兰西笑着打趣道。

"我是说帮另一个家伙。乔伊非得带他一起来,真该死。看来他们是好兄弟,一个去哪儿,另一个就去哪儿。另一个家伙来自宾夕法尼亚州的一个乡巴佬小镇,在纽约一个人都不认识,我知道他会赖着不走,那样我就永远不能和乔伊独处了。你得帮帮我,弗兰西。已经有三个女孩拒绝我了。"

弗兰西看了一眼站在十英尺外的宾夕法尼亚人。他看起来不怎么样。难怪其他三个女孩会拒绝帮安妮塔。然后,他的目光和她对视了一下,慢慢地露出了羞涩的微笑,不知为何,虽然他长得不好看,却很友善。这个羞涩的微笑让弗兰西下定了决心。

"听着,"她对安妮塔说,"如果我能在我弟弟工作的地方找到他,我就让他带个口信给我妈妈。如果他走了,我就得回家。因为,如果我不回去吃晚饭,我妈妈会担心的。"

"那就快点。给他打电话。"安妮塔催促道,"给!"她从口袋里掏出钱包。"我给你五分钱的电话费。"

弗兰西在街角的雪茄店打了电话。刚好尼利还在麦克加里蒂的店里,她让他带了口信。当她回来时,发现安妮塔和她的乔伊已经走了。带着羞涩笑容的士兵孤身一人站着。

"安妮塔呢?"她问。

"我想她已经离开了,她跟乔伊走了。"

弗兰西很沮丧。她本以为这是一次四人约会。她现在到底该拿这个高个子陌生人怎么办呢?

"我不怪他们。"他说,"他们想独处。我自己也订过婚。我知道是怎么回事。最后一次休假——又是唯一在相处的女孩。"

"订过婚,嗯?"弗兰西想,"至少他不会做任何暧昧的举动了。"

"但这不是让你陪着我的理由。"他接着说,"如果你能告诉我去三十四街的地铁怎么走——我在这座城市里是个陌生人——我就回酒店房间。我想,一个人在无事可做的时候,总是可以写信的。"他露出了孤独羞涩的微笑。

"我已经打电话给我的家人说我不回家。所以,如果你愿意……"

"愿意?天哪!今天真是我的幸运日。哦,谢谢你,小姐……"

"诺兰。弗兰西斯·诺兰。"

"我叫李·雷诺。其实是里欧,但大家都叫我'李'。很高兴见到你,诺兰小姐。"他伸出了手。

"很高兴见到你,雷诺下士。"他们握了握手。

"哦,你注意到我的军衔了。"他开心地笑了,"我猜你饿了,工作了一整天。你想去什么特别的地方吃晚饭……我是说晚餐吗?"

"晚餐没问题。不过没有什么特别的地方。你有什么想吃的吗？"

"我想尝尝我听说过的炸猪排。"

"四十二街附近有个好去处，还有音乐。"

"我们走吧！"

在去电车站的路上，他问："诺兰小姐，介意我叫你弗兰西斯吗。"

"不介意，不过大家都叫我弗兰西。"

"弗兰西！"他重复着这个名字，"弗兰西，还有一件事，你介意今晚假装是我的女朋友吗？"

"嗯？"弗兰西心想，"难道这就是快餐式的恋爱？"

他让她打消了这个念头。"我猜你觉得我太着急了，其实是这样的：我已经有将近一年没有和女孩约会了，再过几天我就要坐船去法国了，之后我就不知道会发生什么了。所以这几个小时，如果你不介意的话，我就当你帮了我一个大忙。"

"我不介意。"

"谢谢。"他指了指自己的胳膊，"挽住我的胳膊吧，女朋友。"当他们即将进入电车时，他停了一下。"你叫我'李'吧"。他命令道。

"李。"她说。

"你说，'你好，李。很高兴再次见到你，亲爱的。'"

"你好，李。很高兴再次见到你……"她羞涩地说。他夹紧了手臂。红宝石餐厅的服务员给他们上了两碗炖排骨和一壶浓茶。

"你给我倒茶，这样更有家的味道。"李说。

"加多少糖？"

"我不加糖。"

"我也不加。"

"看！我们的口味完全一样，不是吗？"他说。

两个人都非常饿，为了专心吃东西，他们不再说话。每次弗兰西抬头看他,他都会微笑。每次他低头看她时,她也会开心地笑。吃完炖排骨、米饭又喝完茶后,他靠在椅背上,拿出一包香烟。

"你会抽烟吗?"

她摇了摇头。"我试过一次,好像不喜欢。"

"那就好,我不喜欢抽烟的女孩。"

然后他开始说话。他把自己能记得的事情都告诉了她。他向她讲述了自己在宾夕法尼亚州一座小镇的童年生活。(她记得那座小镇,她曾在剪报局读过那里的周报)。他告诉她关于他的父母和兄弟姐妹的事情。他谈到他的学生时代、他参加过的聚会、他做过的工作。他告诉她,他今年二十二岁,告诉她二十一岁时他是如何应征入伍的,告诉她,他在军营里的生活——他是如何成为一名下士的。他把自己的一切都告诉了她。除了他在老家订婚的那个女孩。

弗兰西向他讲述了自己的生活。她只说了开心的事:爸爸有多英俊,妈妈有多聪明,尼利是个多好的弟弟,她的小妹妹有多可爱。她告诉他图书馆书桌上的棕色碗,告诉他新年的晚上她和尼利在屋顶上聊天。她没有提到本·布莱克,因为他完全没有进入她的脑海。她说完后,他说:

"我的一生都是如此孤独。在拥挤的派对上我很孤独,在和女孩接吻时我很孤独,在营地里我很孤独,尽管周围有很多伙伴。但现在我不再孤独了。"他露出了他特有的缓慢而羞涩的微笑。

"我也是这样的。"弗兰西承认道,"只是我从来没有亲吻过任何男孩。现在我也第一次感觉不再孤单。"

服务员再次为他们添满了水杯。弗兰西知道,这是在暗示他们在这里坐得太久了。客人们都在等着上桌。她问李几点了。快十点了!他们已经聊了将近四个小时!

"我得回家了。"她遗憾地说。

"我送你回家。你住在布鲁克林大桥附近吗？"

"不，是威廉斯堡大桥。"

"我希望那是布鲁克林大桥。我想如果有一天我到了纽约，我想走过布鲁克林大桥。"

"为什么不现在试试呢？"弗兰西建议道，"从布鲁克林那头坐格雷厄姆大道的电车，就能直接到我家附近的街角。"

他们乘坐地铁前往布鲁克林大桥，下车后开始步行过桥。走到一半时，他们停了下来，俯瞰东河。他们紧紧站在一起，他握着她的手。他抬头仰望曼哈顿的地平线。

"纽约！我一直想去看看，现在终于见到了。他们说得没错，这是世界上最美妙的城市。"

"布鲁克林比这好多了。"

"它没有纽约那样的摩天大楼，不是吗？"

"没有，但有一种感觉，我无法解释。你得住在布鲁克林才知道。"

"有一天我们会住在布鲁克林。"他轻声说。她的心跳了一下。

她看到一名在大桥上巡逻的警察朝她们走来。"我们最好快走。"她不安地说，"布鲁克林海军船坞就在那边，停在那伪装的船是运输船。警察一直在注意附近是否有间谍。"

当警察走到他们面前时，李说："我们不会炸掉任何东西，我们只是在看东河。"

"当然，当然。"警察说，"难道我不知道五月的夜晚是怎样的吗？我自己不也曾年轻过吗？不过那是你们想象不到的很久以前的事了。"

他对他们微笑。李回以微笑，弗兰西也对他们俩咧嘴一笑。

警察瞥了一眼李的衣袖。

"那么，再见了，军官。"警察说，"等你到了那里，给他们点颜色看看。"

"我会的。"李答应道。

警察走了。

"他是好人。"李评论道。

"大家都很好。"弗兰西高兴地说。

当他们走到布鲁克林这边时,她说他不能再送她了。她解释说,她上夜班时经常深夜独自回家。如果他从她家附近出发回纽约的话,很容易迷路。布鲁克林的路很难走。她说,一个人只有住在那里,才能找到回家的路。

事实上,她不想让他看到她住的地方。她爱她的邻里,她并不以此为耻。但她觉得,对于一个不了解这里的陌生人来说,这里可能是一个又穷又破的地方。

首先,她告诉他在哪里乘坐返回纽约的地铁。然后,他们走到她要坐地铁的地方。他们经过一家只有一扇窗户的文身店。店里坐着一个卷着袖子的年轻水手。文身师坐在他面前的凳子上,旁边放着一盘墨水。他正在水手的手臂上刺出一颗箭穿过的心。弗兰西和李停下脚步,注视着窗内。水手用空闲的手臂向他们挥手。他们也挥了挥手。文身师抬起了头,做了个欢迎他们进入的手势,弗兰西皱起眉头,摇了摇头:"不。"

经过文身店,李带着惊奇说道:"那个家伙真的在文身!天哪!"

"你可千万别让我抓到你文身。"她嬉皮笑脸地说。

"不会的,妈妈。"他温顺地回答,他们都笑了。

他们站在街角等待电车。两人之间陷入了令人尴尬的沉默。他们分开站着,他不停地点烟,烟还没抽到一半就扔掉了。终于,一辆电车出现在眼前。

"我的车来了。"弗兰西说。她伸出右手。"晚安,李。"

他扔掉了刚刚点燃的香烟。

"弗兰西?"他伸出双臂。

她走到他身边,他吻了她。

第二天一早,弗兰西穿上了她新买的海军蓝薄纱套装,配上白色乔治特克里普衬衫和星期天穿的漆皮高跟鞋。她和李没有约会,也没有安排再见面。但她知道他会在五点钟等她。尼利从床上爬起来时,她正要离开。她让他告诉妈妈,她不回家吃晚饭了。

"弗兰西终于找到了男朋友!弗兰西终于找到男朋友了!"尼利高声喊道。

他走到坐在窗边高脚椅上的劳瑞身边。托盘上放着一碗燕麦粥,孩子正忙着用勺子舀出燕麦粥,然后倒在地上。尼利挑了一下她的下巴。

"嘿!小笨蛋!弗兰西终于有男朋友了。"

当这个两岁的孩子试图理解尼利说的话时,她的右眉内侧出现了一条淡淡的线(凯蒂称之为"隆美尔线")。

"弗兰——妮?"她疑惑地说。

"听着,尼利,我把她弄好收拾下床,给她吃了燕麦粥。现在该你喂她了,别叫她笨蛋。"

当她走出走廊来到街上时,听到有人叫她的名字。她抬起头,尼利正穿着睡衣趴在窗口。他唱得声嘶力竭:

她踮起脚尖,

盛装出席,

穿着星期天的着装……

"尼利,你太讨厌了!太讨厌了!"她对着窗户叫道。他假装听不懂。

"你说他很讨厌吗？你是说他有大胡子和秃头吗？"

"你最好去给孩子喂粥。"她大声回道。

"你说过你要生孩子吗，弗兰西？"

一个男人从街上经过，向弗兰西眨了眨眼睛。两个手挽手走过来的女孩咯咯地笑个不停。

"你这臭屁孩！"弗兰西气急败坏地叫道。

"你骂人！我要告诉妈妈，我要告诉妈妈，我要告诉妈妈，你骂我了！"尼利高喊着。

她听到电车来了，不得不跑过去。

她下班时，他正在等她。他微笑着迎接她。

"你好，我的女朋友。"他把她的胳膊搂在怀里。

"你好，李。很高兴再次见到你。"

"……亲爱的。"他提示道。

"亲爱的。"她补充道。

他们在自助餐厅用餐，这也是他想去的另一个地方。由于那里不允许吸烟，而李又不能长时间坐着不吸烟，所以喝完咖啡、吃完甜点后，他们就没有再逗留聊天。他们决定去跳舞。他们在百老汇附近找到了一个跳舞的地方，军人在那里可以享受半价优惠。他花一块钱买了二十张票，然后他们开始跳舞。

他们刚进入场地跳了一半，弗兰西就发现他只是表面上看起来笨拙。其实他的舞步流畅而娴熟。他们紧紧地抱在一起跳舞，无声胜有声。

管弦乐队正在演奏弗兰西最喜欢的歌曲之一——《某个星期天的早晨》。

某个天气晴朗的周日早晨，

弗兰西跟着主唱唱起了副歌。

穿上格子布衣服，
我将成为多么美丽的新娘。

她感到李的手臂紧紧地搂住了她。

我知道我的闺密们，
她们会羡慕我的。

弗兰西高兴极了。再一次绕着舞池转了一圈，然后主唱再次唱起了副歌，这一次为了向在场的士兵致敬，副歌略有变化。

穿上卡其色的衣服，
你一定会是个好新郎。

她的手臂紧紧搂住他的肩膀，脸颊靠在他的外衣上。她产生了和凯蒂十七年前与约翰尼跳舞时一样的想法——只要能永远拥有这个男人，她愿意接受任何牺牲和艰辛。和凯蒂一样，弗兰西也没有考虑过孩子们是否会跟着吃苦。

一群士兵正要离开大厅。按照惯例，管弦乐队中断了正在演奏的曲目，开始演奏《直到我们再次相遇》。所有人都停止了跳舞，唱着歌向士兵们告别。弗兰西和李手拉手唱了起来，尽管两人都不太确定歌词。

……云卷云舒时，我会回到你身边，
那么天空就会显得更加蔚蓝……

道别声此起彼伏："再见了，士兵！""祝你好运，士兵！""再重逢！"然后，离开的士兵们站成一队，唱起了这首歌。李拉着弗兰西向门口走去。

"我们现在要走了。"他说，"让这一刻成为完美的回忆。"

他们慢慢走下楼梯，歌声跟随着他们。到了街上，他们一直等到歌声消失。

……每晚为我祈祷，
直到我们重逢。

"让它成为我们俩的歌，"他低声说，"每次听到它都要想起我。"

走着走着，天开始下雨，他们不得不跑到一家空置商店的门口躲雨。

他们站在被遮住的黑暗的门口，握着对方的手，看着雨滴落下。

"人们总以为幸福是一种遥不可及的东西，"弗兰西想，"是一种复杂而难以获得的东西。然而，无论多么微不足道的东西都能让人感到幸福；下雨时有一个避雨的地方；忧郁时有一杯浓浓的热咖啡；对男人来说，有一支烟就能满足；孤独时有一本书可读——只要能和你爱的人在一起。这就是幸福。"

"我明天一早就走。"

"不去法国？"她突然从幸福中惊醒。

"不，是回家。我妈妈想让我在……之前待上一两天。"

"哦！"

"我爱你，弗兰西。"

"但你订婚了。这是你告诉我的第一件事。"

"订婚了。"他痛苦地说，"每个人都订婚了。小镇上的每个人都订婚了，或者结婚了，或者遇到麻烦了。在小镇上没有别的事可做。"

"你去上学。你开始和一个女孩一起走回家——也许不为别的，只因为她住在你家附近。你长大了。她邀请你参加她家的聚会。你去参加其他聚会——人们让你带她一起去；你要带她回家。很快，就没人再带她出去了。每个人都认为她是你的女人，然后……如果你不带她到处走走，你就会觉得自己像个小人。没办法，你就结婚了。如果她是个正经姑娘，当然，大多数情况下她是正经姑娘，而你又是个半正经的男人，一切都会很顺利。没有轰轰烈烈的激情，只有一种亲切的满足感。然后生子，对孩子投射亏欠的爱。从长远来看，孩子们也会受益。"

"是的，我已经订婚了。但我和她之间的感情，与你我之间的感情是不一样的。"

"但你会娶她吗？"

他等了很久才回答。

"不会。"

她又开心起来。

"说出来，弗兰西，"他低声说，"说出来。"

她说，"我爱你，李。"

"弗兰西……"他的声音有些急切，"我可能回不来了，我害怕……害怕。我可能会……可能会死，因为我从来没有……从来没有……弗兰西，我们就不能在一起一会儿吗？"

"我们现在就是在一起的呀。"弗兰西天真地说。

"我是说在一个房间里……单独……一直到早上我离开？"

"我……不能。"

"你不想吗?"

"我不想。"她诚实地回答。

"可是为什么……"

"我只有十六岁。"她勇敢地承认,"我从来没有和任何人……在一起过。我不知道该怎么做。"

"这没什么不一样的。"

"我从来没有在外留宿。我妈妈会担心的。"

"你可以告诉她,你和一个女性朋友过了一夜。"

"她知道我没有女性朋友。"

"你可以想个借口……明天再说。"

"我不需要想什么借口。我会告诉她事实。"

"告诉她事实?"他惊讶地问。

"我爱你。如果我和你在一起,我不会……感到羞耻。我会感到骄傲和幸福,我不想为此撒谎。"

"我不知道,我不知道。"他低声自言自语。

"你不会希望它是什么……地下恋情吧?"

"弗兰西,原谅我。我不该跟你说这些的。我不知道。"

"不知道什么?"弗兰西不解地问。

他搂着她,紧紧地抱着她。她看到他哭了。

"弗兰西,我害怕……非常害怕。我害怕如果我走了,就会失去你……再也见不到你。告诉我,你不回家,我也留下。我们还有明天和后天,我们一起吃饭,一起散步,或者坐在公园里,坐在公共汽车顶上聊天,待在一起。你别走。"

"我想你必须得走。我想你应该在……之前再看你妈妈一眼。我不知道,但我想这是对的。"

"弗兰西，战争结束后，如果我回来，你愿意嫁给我吗？"

"等你回来，我就嫁给你。"

"你愿意吗，弗兰西？……求求你，愿意吗？"

"愿意。"

"再说一遍。"

"等你回来，我就嫁给你，李。"

"弗兰西，我们会住在布鲁克林。"

"你想住哪儿我们就住哪儿。"

"那我们就住在布鲁克林。"

"只要你愿意就好，李。"

"你会每天给我写信吗？每天？"

"每天。"她保证。

"你今晚回家后会写信给我吗？告诉我，你有多爱我，这样我回家时信就会等着我了。"她答应了。"你能保证永远不让别人吻你吗？永远不和任何人约会吗？等我……不管等多久？如果我回不来，你也不会想嫁给别人？"

她答应了。

他向她索要一生，就像索要一个约会一样简单。而她托付给了他一生，就像她伸出手来问候或告别一样简单。

过了一会儿，雨停了，星星也出来了。

53

那天晚上,她完成了她的承诺——一封信,她在信中倾诉了她所有的爱,并重复了她的承诺。

为了有时间把信从三十四街邮局寄出,她提前了一点下班。窗口的职员向她保证,信会在当天下午到达目的地。那天是星期三。

周四晚上,她一直在等信来,但尽量不去期待。没有时间了——除非他也在他们分别后立即写信。当然,他可能要收拾行李,早起赶火车。(而她已经挤出了时间。)周四晚上没有来信。

星期五,她不得不连续工作——十六个小时的轮班——公司因流感而人手不足。当她凌晨两点前回到家时,厨房桌子上的糖碗旁放着一封信。她迫不及待地撕开了信。

"亲爱的诺兰小姐。"

她的幸福逝去了。这不可能是李写的,因为他会写"亲爱的弗兰西"。她翻过那一页,看着签名"伊丽莎白·雷诺夫人"哦!应该是他的母亲,或者是嫂子。也许他病了,不能写字。也许军队有规定,即将出国的人不能写信。他让别人帮他写信。肯定是,就是这样。她开始读信。

"李告诉了我关于你的一切。我要感谢你在他去纽约期间对他的友善。他星期三下午到家了,但他不得不在第二天晚上动身前往营地。他只在家待了一天半。我们的婚礼非常安静,只有家人和几个朋友……"

弗兰西放下了信。"我已经连续工作了十六个小时。"她想。"我累了。今天我读了成千上万封邮件,现在说什么都没有意义了。总之,我在局里养成了阅读的坏习惯——一目十行地阅读每一个专栏,每个专栏只看其中的一个字。首先,我会洗掉眼睛里的睡意,喝点咖啡,然后再读一遍这封信。这次我一定要读准。"

咖啡热好后,她用冷水泼了泼脸,想着当她读到信中写到"婚礼"的部分时,她会继续读下去,接下来的话会是:"李是伴郎。我嫁给了他哥哥,你知道的。"

凯蒂躺在床上没睡着,听到弗兰西在厨房里走来走去。

她紧张地躺着……等待着。她不知道自己在等待什么。

弗兰西又读了一遍信。

"……婚礼,只有家人和几个朋友。李让我写信,解释他为什么没有给你回信。再次感谢您在他逗留贵城期间对他的款待。此致,伊丽莎白·雷诺夫人。"

还有一个后记。

"我读了你寄给李的信。他假装爱上你的行为是很卑鄙的,我已经告诉他了。他说他非常抱歉。"

弗兰西剧烈地颤抖着。她的牙齿发出轻微的咬合声。

"妈妈。"她呻吟着,"妈妈!"

凯蒂听到了来龙去脉。"该来的终于来了,"她想,"你不能再保护你的孩子们免受心痛。家里食物不够时,你假装自己不饿,让他们多吃一点。在寒冷的冬夜,你起身把自己的毯子盖在他们的床上,这样他们就不会冷了。你会杀死任何试图伤害他们的人——我曾竭尽全力杀死走廊上的那个男人。然后在一个阳光明媚的日子里,他们天真无邪地走出家门,却又陷入了巨大的悲痛,你不惜牺牲生命也要拯救他们。"

弗兰西把信给了她。她慢慢地读了起来,读着读着,她觉得自己知道是怎么回事了。这是个二十二岁的男人,显然用茜茜的一句话来说"他是个惯犯"。

这是一个十六岁的女孩,比他小六岁。尽管她涂着鲜红的口红,穿着成熟的衣服,在各种地方汲取了很多知识,但她仍然天真得令人震惊;尽管她面对着这个世界上的一些罪恶和大多数艰难困苦,但她仍然奇妙地没有被这个世界所玷污。是的,凯蒂可以理解女孩对他的吸引力。

她能说什么呢?说他一无是处,或者充其量只是个软弱的男人,无论和谁在一起,都很容易见异思迁?不,她不能这么残忍地揭露。再说,无论如何,弗兰西也不会相信她的话。

"说话啊!"弗兰西要求道,"你为什么不说话?"

"我能说什么呢?"

"说我还年轻,我会熬过去的。说吧,说吧,撒谎吧。"

"我知道人们都这么说,你会熬过去的。我也会这么说。但我知道那不是真的。哦,你会重新快乐起来的,别担心。但你不会忘记。每次你坠入爱河,都是因为这个男人身上的某些特质,让你想起了他。"

"母亲……"

母亲!凯蒂想起来了。她一直叫自己的母亲为"妈妈",直到有一天她告诉母亲,她要嫁给约翰尼。她说:"母亲,我要嫁给……"从那以后,她再也没叫过"妈妈"。当她不再用"妈妈"称呼她母亲的时候,她就已经长大了。现在,弗兰西……

"母亲,他让我陪他过夜。我应该去吗?"

凯蒂思绪万千,四处寻找话语。

"不要编造谎言,妈妈。告诉我真相。"

凯蒂找不到合适的词句。

"我向你保证,如果我结婚了,我绝不会在没有结婚之前和男人在一起。如果我觉得我必须结婚,我会先告诉你。这是一个庄严的承诺。所以你可以告诉我真相,不用担心我知道了会犯错。"

"有两个真相。"凯蒂最后说,"作为一个母亲,我要告诉你,一个女孩和一个陌生人——一个她认识还不到四十八小时的男人——上床是一件可怕的事情。可怕的事情可能会发生在你身上。你的一生可能就这样毁了。作为你的母亲,我会这么说。"

"但作为一个女人……"她犹豫了一下,"我会以一个女人的身份告诉你真相。这本来是一件非常美好的事情。因为那样的爱只有一次。"

弗兰西想:"当时我应该跟他走的。我再也不会那么爱一个人了。我想跟他走,但我没走。现在我再也不想要他了,因为他现在是她的了。但我想去却没去,现在一切都太迟了。"她把头伏在桌子上,哭了起来。

过了一会儿,凯蒂说:"我也收到了一封信。"

她的信几天前就到了,但她一直在等待合适的时机提及此事。她觉得现在就是一个好时机。

"我收到一封信。"她重复道。

"谁……谁写的?"弗兰西抽泣道。

"麦克肖恩先生。"

弗兰西抽泣得更大声了。

"你不感兴趣吗?"

弗兰西试图停止哭泣。"好吧。他怎么说?"她无精打采地问。

"没什么。只是他下周会来看我们。"她等待着。弗兰西没有表现出进一步的兴趣,"你想让麦克肖恩先生做你的父亲吗?"

弗兰西的头猛地抬了起来。"母亲!一个男人写信说他要来家里。你就胡思乱想。你凭什么认为自己什么都知道?"

"我不知道。我什么都不知道,真的。我只是感觉。当感觉足够强烈时,我就说我知道了,但我其实不知道。那么,你觉得他这个父亲怎么样?"

"我已经把自己的生活弄得一团糟了,"弗兰西苦涩地说,但凯蒂没有笑,"我不愿意给别人提建议。"

"我不是在征求你的建议。只是如果我知道我的孩子们对他的看法,我会更清楚该怎么做。"

弗兰西怀疑母亲谈论麦克肖恩是为了转移她的注意力,她很生气,因为这一招几乎奏效了。

"我不知道,妈妈。我什么都不知道。我不想再谈任何事了。请你走吧,请走开,让我一个人静一静。"

凯蒂回到床上。

人一般不会哭得太久,哭完就会做点别的事了。五点钟了。弗兰西觉得根本睡不着,七点钟还得起床。她发现自己非常饿。从前一天中午开始,她就没吃过任何东西,只在白班和夜班之间吃过一个三明治。

她煮了一壶新鲜咖啡,烤了一些吐司,还炒了几个鸡蛋。她惊奇地发现,所有东西的味道都非常好。但就在她吃饭的时候,她的眼睛看到了那封信,眼泪又流了下来。她把信放在水槽里,然后划了一根火柴,把它点燃。她打开水龙头,看着黑色的灰烬流入下水道,继续吃她的早餐。

之后,她从柜子里拿出一盒信纸,坐下来写了一封信。她写道:
"亲爱的本,你说过,如果我需要你,就写信给你。所以我写……"

她把信纸撕成了两半。

"不！我不需要任何人。我要别人依靠我……我要别人依靠我。"

她又哭了，但这次哭得没那么伤心。

54

这是弗兰西第一次看到不穿制服的麦克肖恩。她觉得他穿着那套剪裁考究的双排扣灰色西装,看起来很有气势。当然,他不像爸爸那么英俊,不过他更高大、更强壮。弗兰西认为,他有他自己英俊的地方,尽管他的头发已经花白。不过,天哪,他对妈妈来说太老了。的确,母亲也不年轻了。她快三十五岁了。但也比五十岁年轻多了。不管怎么说,有麦克肖恩做丈夫,女人都不会觉得羞耻。虽然他看上去是个精明的政客,但他说话的声音却很温和。

他们正在喝咖啡,吃蛋糕。弗兰西难过地注意到,麦克肖恩正坐在她父亲的位置上。凯蒂刚刚向他讲述了约翰尼去世后发生的一切。麦克肖恩似乎对他们的变化感到惊讶。他看着弗兰西:

"去年夏天,这个小丫头上了大学!"

"今年夏天她又要去了。"凯蒂自豪地宣布。

"这对你来说太棒了!"

"她还上班挣钱,现在每周能挣二十块钱。"

"这么能干,而且还健健康康的?"他惊讶地问道。

"尼利高中都读了一半。"

"怎么可能!"

"他在下午和晚上干点兼职。有时他每周校外收入高达五块钱。"

"好小伙。真是最优秀的小伙子之一。看看他身体多壮实。"

弗兰西不明白，他为什么总是关注他们早已习以为常的健康问题。于是，她想起了他的孩子，他的孩子大多数生来就有病，还没长大就夭折了。难怪他认为健康是一件了不起的事。

"小宝宝呢？"他问道。

"去抱她，弗兰西。"凯蒂说。

劳瑞在前厅的婴儿床上。这本来是弗兰西的房间，但大家都认为孩子需要睡在空气流通的地方。弗兰西抱起熟睡的孩子。她睁开眼睛，马上有了精神。

"再见，弗兰妮？公园？去不去公园？"她问。

"不，亲爱的。只是给你介绍一个大人。"

"大人？"劳瑞疑惑地说。

"是的，一个了不起的大人物。"

"大人物！"孩子高兴地重复道。

弗兰西把她带到厨房。孩子的样子真是美极了。她穿着粉红色的法兰绒睡衣，眼睛湿漉漉的。她的头发是一团柔软的黑色卷发。她那双大大的黑眼睛炯炯有神，脸颊上泛着淡淡的玫瑰色。

"啊，小宝宝，小宝宝。"麦克肖恩吟唱道，"她是一朵玫瑰，一朵野玫瑰。"

"如果爸爸在这里，"弗兰西想，"他会开始唱《我的爱尔兰野玫瑰》。"她听到妈妈的叹息声，不知道她是否也是在想……

麦克肖恩抱起了孩子。孩子坐在他的膝盖上，僵硬地背对着他，疑惑地盯着他。凯蒂希望她不要哭。

"劳瑞！"她说，"这是麦克肖恩先生。说'麦克肖恩先生'。"

孩子低下头，透过睫毛看了一眼，露出会心的微笑，摇了摇头："不。"

"不要。"她说，"大人！"她骄傲地说着，"大人物！"她对麦克肖恩笑了笑，然后说，"劳瑞说再见？去公园？去公园吗？"然后她把脸颊靠在他的大衣上，闭上了眼睛。

"哦，哦，睡觉觉。"麦克肖恩喃喃自语。

孩子在他的怀里睡着了。

"诺兰太太，你应该在想我今晚为什么来。别再想了，我是来问一个私人问题的。"弗兰西和尼利起身要走。"不，别走，孩子们。这个问题既关系到你们，也关系到你们的母亲。"他们又坐下了。他清了清嗓子，"诺兰太太，你丈夫……已经很久了——愿他安息。"

"是的，两年半。愿上帝让他的灵魂安息。"

"愿上帝让他的灵魂安息。"弗兰西和尼利附和道。

"还有我的妻子，她已经去世一年了，愿她安息。"

"愿上帝让她的灵魂安息。"诺兰一家附和道。

"我已经等了很多年，现在时机已到，说出来不再是对死者的不敬。凯瑟琳·诺兰，我想和你在一起，在秋天举行婚礼。"

凯蒂迅速看了弗兰西一眼，皱起了眉头。妈妈到底怎么了？弗兰西根本没想过要笑。

"我有能力照顾你和三个孩子。我有退休金、工资和在伍德黑文和列治文山的房地产收入，每年有一万多块钱。我还有保险。我愿意供这两个孩子上大学。我保证，将来会像过去一样，我会做一个忠诚的丈夫。"

"你考虑清楚了吗，麦克肖恩先生？"

"我不需要思考。五年前，我在马霍尼郊游时第一次见到你，我就下定决心了。当时我问那个女孩，你是不是她妈妈。"

"我是一个没有受过教育的清洁女工。"她说的是事实，并不为此感到自卑。

"教育！想想，谁教我读书写字的？都是我自学的。"

"但像你这样的男人，在公开场合，需要一个懂得社交的妻子——

一个能招待他有影响力的商业伙伴的妻子。我不是那种女人。"

"谈生意在办公室就够了。我的家是我生活的地方。我不是说你不是我的好帮手,你会做得很好。但我的生意不需要女人帮忙,我自己能处理,谢谢你。需要我说,我爱你吗……"他犹豫了一下,还是直呼了她的名字,"……凯瑟琳?现在你考虑好了吗?"

"不,我不需要时间考虑了。我愿意嫁给你,麦克肖恩先生。不是为了你的钱。虽然我并不看重,但一年一万块钱确实是一大笔钱。但对我们这样的人来说,这和一千块没什么区别。我们的钱不多,生活井井有条,不用钱也能过得很好。这些钱不是用来供孩子们上大学的。你的帮助会让这一切变得容易,但如果没有帮助,我知道我们也能做到。会有办法的,虽然有一个值得骄傲的丈夫也不错,但这么做不是为了你的公职。"

"我会嫁给你,因为你是个好人,我想让你做我的丈夫。"

这是真的。凯蒂下定决心要嫁给他——如果他向她求婚的话——只是因为没有人爱她的生活是不完整的。这与她对约翰尼的爱无关。她永远爱他。她对麦克肖恩的感情比较平静,她钦佩他,尊敬他,她知道自己会是他的好妻子。

"谢谢你,凯瑟琳。当然,一下子拥有一个年轻漂亮的妻子和三个健康的孩子,我付出的已经够少了。"他诚恳谦虚地说。

他转向弗兰西:"作为孩子中的老大,你同意吗?"

弗兰西看着母亲,母亲似乎在等她说话。她看着弟弟。尼利点了点头。

"我想我弟弟和我想让你当……"想到父亲,她的眼泪夺眶而出,再也说不出一句话。

"现在,现在,"麦克肖恩安慰道,"我不会勉强你的。"他转向凯蒂。

"我不是要让两个孩子叫我'爸爸'。他们有爸爸，他是上帝所造的最棒的人——他总是唱着歌。"

弗兰西感到喉咙发紧。

"我不会要求他们用我的姓氏——诺兰是个好姓氏。"

"但我现在抱着的这个小宝贝——她从未见过父亲的面，你愿意让她叫我爸爸吗？让我合法收养她，给她取个你我共同的名字？"

凯蒂看着弗兰西和尼利。他们会怎么想——她们的妹妹姓麦克肖恩而不是诺兰？弗兰西点头同意。尼利也点头同意。

"我们让孩子跟你姓。"凯蒂说。

"我们不能叫你'父亲'，"尼利突然说，"但我们也许会叫你'爸爸'。"

"感谢你们。"麦克肖恩简短地说。他放松下来，对他们微笑，"现在我想知道我是否可以抽根烟？"

"怎么，你随时都可以抽烟，不用问我。"凯蒂惊讶地说。

"我不想在我被授权之前就享受特权。"他解释说。

弗兰西为了让他抽烟，把熟睡的孩子从他身边抱走了。

"帮我哄她睡觉，尼利。"

"为什么？"尼利非常享受，不想离开。

"整理一下婴儿床的毯子。我抱着她，得有人去整理。"难道尼利什么都不知道吗？难道他不知道麦克肖恩和妈妈想单独待一会儿吗？

在前厅的黑暗中，弗兰西小声地问弟弟："你觉得怎么样？"

"对妈妈来说，这确实是能让她松一口气。当然，他不是爸爸……"

"不，没人能成为……爸爸。但除此之外，他是个好人。"

"劳瑞的日子会很轻松。"

"安妮·劳瑞·麦克肖恩！她永远不会过我们过的那种苦日子，不是吗？"

"是的，但她也永远不会享受到我们的快乐。"

"天哪!我们确实很快乐,不是吗,尼利?"
"是啊!"
"可怜的劳瑞。"弗兰西怜悯地说。

第五章

安妮,那棵被诺兰家的人浇水、修剪过的冷杉树,早已病死了。但是,院子里的这棵树,这棵被人们砍倒的树……这棵被人们围着生起篝火,试图烧掉树桩的树,却活了下来!它还活着!没有什么能摧毁它。

55

有人拍弗兰西的肩膀,她吓了一跳。然后她放松下来,露出了笑容。当然!现在是午夜一点钟,她已经做完了所有的事情,她的"救兵"来接管机器了。

"让我再发一次吧。"弗兰西恳求道。

"有些人就是工作狂!""救兵"笑道。

弗兰西缓慢而充满温情地敲打着最后一条信息。她很高兴这是一条出生通知,而不是死亡通知。这条信息是她的告别信。她没有告诉任何人她要离开。她担心如果到处去道别,自己会崩溃大哭。就像她的母亲一样,她害怕当着别人的面伤感。

她没有直接去储物柜,而是在休息大厅停了下来,那里有几个女孩趁着十五分钟的休息时间在充分地放松自己。她们围着一个弹钢琴的女孩,唱着"你好,中央,请给我一片无人区"。

当弗兰西走进来时,钢琴师又弹起了另一首曲子,灵感来自弗兰西的灰色新秋装和她的灰色绒面高跟鞋。女孩们唱道"教友镇里有个教友"。一个女孩搂着弗兰西,把她拉进了人群里。弗兰西和她们一起唱:

在内心深处,我知道她并不迟钝……

"弗兰西,你怎么会想到穿全灰的衣服?"

"哦,我不知道,是小时候看过的某个女演员。我不记得她的名字了,只记得那部剧叫《牧师的甜心》。"

"真可爱!"

我那教友镇的小教友,

她的眼睛像在说话,

我们待会儿见吧。

嘟嘟嘟,哦哦哦,女孩们的和声压轴出场。

接下来,她们唱起了《你会在法国找到古老的迪克西兰》。弗兰西走到大窗前,那里可以从二十楼高的位置看到东河。这是她最后一次从那扇窗户看到东河。任何事物的最后一次都具有死亡般的凄美。她想,我现在看到的一切,以后再也看不到了。哦,最后一次,你会多么清楚地看到一切,就像放大镜照过一样。当你每天都拥有它时,却没有紧紧抓住它,这让你悲伤不已。

外祖母玛丽·罗姆利说什么来着?"看待任何事物,都要像第一次或最后一次看到它一样,这样你在世上的时光才会充满荣耀。"

外祖母玛丽·罗姆利!

她在病痛中还躺了好几个月。但那一天还是来临了,史蒂夫在黎明前来告诉他们消息。

"我会想念她的。"他说,"她是位伟大的女士。"

"应该说,是一个伟大的女人。"凯蒂说。

弗兰西不解,威利叔叔为什么会选择这个时候离开家人?她看着一艘小船从桥下滑过,才继续思考。是不是因为少了一个罗姆利女人在身边,他就觉得更自由了?是她的死让他产生了逃避的想法?还是就像艾薇说的那样,他可以利用外祖母的葬礼造成的混乱逃离家庭?不管是什么,威利还是走了。

威利·弗利特曼!

他拼命练习,直到能同时演奏所有乐器。然后,他作为一个单人乐队,在不上班的晚上在一家电影院与其他人比赛。他赢得了一等奖,赚了十块钱。

他再也没有带着奖金和乐器回家,从此家里再也没有人见过他。

他们不时听说他的事迹。他似乎是在布鲁克林的大街上游荡,靠他的单人乐队卖艺挣得的钱谋生。艾薇说大雪纷飞的时候他会回家,但弗兰西对此表示怀疑。

艾薇在他以前工作过的工厂找到了一份工作。她每周能挣三十块钱,日子过得还不错,除了晚上。晚上的时候,像所有的罗姆利女人一样,她发现没有男人在身边,日子会过得很艰难。

弗兰西站在窗前,俯瞰着河面,回想起威利叔叔总是像做梦一样。不过,对她来说,很多事情都像梦一样。那天走廊上的那个男人,那肯定是个梦!麦克肖恩这些年一直在等妈妈,那也是个梦。爸爸死了,那一直是个梦,但现在爸爸就像一个从未出现过的人一样。劳瑞就像从梦中走出来的一样,她是死去五个月的父亲留下的孩子。布鲁克林就是一个梦。这里上演着一切本不可能发生的事情。一切都是梦。还是说,这一切都是真实的,只是她自己才是那个做梦的人?

好吧,等她到了密歇根就知道了。如果密歇根有同样的梦境的感觉,那么弗兰西就会知道,她才是那个做梦的人。

安娜堡!

密歇根大学就在那里。再过两天,她就要坐上开往安娜堡的火车了。暑期班结束了。她已经通过了她选修的四个科目。在本的帮助下,她还通过了大学入学考试。这意味着,十六岁半的她现在可以进入大学了，而且她已经修完了新生所需要的半年的学分。

她曾想去纽约的哥伦比亚大学或布鲁克林的阿德尔菲大学，但本说教育的一部分就是让自己适应新环境。她的母亲和麦克肖恩都同意了。就连尼利也说，让她去远一点的地方上大学是件好事——这样她也许就能摆脱布鲁克林口音了。但弗兰西不想摆脱这种口音，就像她不想摆脱自己的名字一样。这意味着她属于某个地方。她是一个布鲁克林女孩，有着布鲁克林的名字和布鲁克林的口音。她不想变来变去，一会儿这样，一会儿那样。

本建议她选择密歇根大学。他说那是一所学风自由的州立大学，英语系很好，学费也很低。弗兰西想知道，既然这么好，为什么他不去那里读书，而要去中西部另一个州的大学。他解释说，他最终会在那个州执业，进入那个州的政界，他不如早点和那个州未来的杰出人士成为同学。

本已经二十岁了。他参加了所在大学的后备军官训练团，穿着军装的他看起来非常帅气。

本！

她看着左手无名指上的戒指。本的高中戒指，正面刻着"M.H.S.1918年"记录了学校和毕业年份，侧面刻着"B. B. 赠 F. N."。他告诉她，他了解自己的想法，但她还太年轻，不知道自己的想法。他给了她这枚戒指，以证实他们之间的默契。当然，他说还要再过五年才能结婚。到那时，她已经成熟到可以了解自己的想法了。到那时，如果他们还有默契，他就会请她接受另一种戒指。弗兰西有五年的时间来下定心，所以关于是否嫁给本的纠结心理，并没有压得她喘不过气来。

了不起的本！

他于1918年1月高中毕业，随即进入大学，选修了数量惊人的课程，并回到布鲁克林的暑期学校参加更多的工作，而且——正如他在课程结束时坦白的那样——是为了再次和弗兰西在一起。现在，1918年9月，他又回到了大学，开始了他的大三生活！

好男孩本！

正派、可敬、才华横溢。他知道自己的想法。他绝不会今天刚向一个女孩求婚，第二天转头就和另一个女孩结婚。他绝不会让她写下她的爱，然后让别人读。本不会……本不会。是的，本很好。她以有他这个朋友为荣。但她想到了李。

李！

李现在在哪里？

他乘坐的运输船就像她现在看到的那艘驶出港口的船一样，驶向法国——长长的船身涂满了迷彩，一千名士兵的脸上都是沉寂的苍白，从她站的地方看去，就像许多白头针插在一个长长的难看的针垫里。

（"弗兰西，我害怕……非常害怕。我害怕如果我走了，就会失去你……再也见不到你。告诉我你不回家……"）

（"我想你必须得走。我想你应该在……之前再看你妈妈一眼。我不知道……"）

他是"彩虹"师的一员——该师现在正向阿贡森林挺进。他现在是不是已经死在法国，躺在一个普通的白色十字架下？如果他死了，谁会告诉她？不会是宾夕法尼亚州的那个女人。

（"伊丽莎白·雷诺夫人"）

安妮塔几个月前就离开了，去了别的地方工作，也没有留下地址。

没有人问……没有人告诉她。

她强烈希望李死掉，这样宾夕法尼亚州的那个女人就永远也得不到他。下一秒，她祈祷道："上帝啊，不要让他被杀死，不管他在谁手里，我都不会抱怨。求求你……求求你！"

哦，时间……时间，让我忘记吧！

（"你会重新快乐起来的，别担心。但你不会忘记。"）

妈妈错了。她一定是错了。弗兰西想忘记她认识他已经有四个月这个事实，但她忘不了。（"重新快乐起来……但你不会忘记。"）如果不能忘记，她怎么能重新快乐起来呢？

哦，时间，伟大的医治者，请过来吧，让我忘却。

（"每次你坠入爱河，都是因为这个男人身上的某些特质，让你想起了他。"）

本也有着同样缓缓露出的笑容。但去年，在见到李之前，她一直以为自己爱上了本。但这也无济于事，她还是忘不了李。

李，李！

娱乐时间结束了，又来了一群新的女孩。现在是她们的娱乐时间。她们围着钢琴，开始了一连串的"微笑曲"。弗兰西知道接下来会发生什么。

快跑，快跑，你这个傻瓜，趁着伤痛的浪潮还没开始袭来。

但她动弹不得。

她们唱了泰德·刘易斯的歌《当我的宝贝对我微笑》，她们还要唱《总有笑颜让你快乐》。

很快，歌声就传来了：

微笑，
你悲伤地亲吻了我……

（"每次听到它都要想起我。"）

她跑出了房间。从储物柜里拿起她的灰色帽子、新买的灰色钱包和手套。她跑向电梯。

她上下打量着峡谷般的街道。街道黑暗而冷清。一个穿着制服的高个子男人站在下一栋楼门口的阴影处。他从黑暗中走出来，带着羞涩孤独的微笑向她走来。

她闭上了眼睛。外祖母说过，罗姆利家的女人能看到她们挚爱的亡灵。弗兰西从未相信过，因为她从未见过爸爸的亡灵。但现在……现在……

"你好，弗兰西。"

她睁开了眼睛。不，他不是亡灵。

"我早料到你会感到忧郁——你工作的最后一个晚上——所以我来接你回家。惊讶吗？"

"不惊讶，我料到你会来的。"她说。

"饿了吗？"

"饿死了！"

"你想去哪儿？想去自助餐厅喝杯咖啡，还是想吃炸鸡排？"

"不！"

"儿童乐园？"

"是的，我们去儿童乐园吃奶油蛋糕、喝咖啡吧。"

他拉起她的手，将她的手臂环过他的手臂。

"弗兰西，你今晚看起来很奇怪。你不是在生我的气吧？"

"没有。"

"很高兴我来？"

"是的，"她轻声说，"很高兴见到你，本。"

56

星期六,也是他们在原来的家的最后一个周六。第二天是凯蒂的婚礼,他们要从教堂直接去新家。周一早上,搬家公司就会来搬他们的东西。他们把大部分家具留给了新来的清洁工。他们只带走个人物品和前厅的家具。弗兰西想要绣着粉色玫瑰的绿色地毯、乳白色蕾丝窗帘和可爱的小钢琴。这些东西都会放在他们的新家,放在为弗兰西预留的房间里。

最后一个星期六早上,凯蒂坚持像往常一样工作。当妈妈拿着扫帚和桶出门时,她们都笑了。麦克肖恩给了她一个存款一千块钱的支票账户作为结婚礼物。按照诺兰家的标准,凯蒂现在已经很有钱了,不用再干别的活了。然而,她坚持在最后一天工作。弗兰西怀疑她对这些房子有感情,想在离开前最后好好打扫一下。

弗兰西从母亲的钱包里翻出了支票簿,查看了那本精美文件夹里唯一的一张存根。

编号:1

日期:1918年9月20日

致:艾薇·弗利特曼

缘由:因为她是我姐姐

共计:1000.00

本次支付金额：200.00

余额：800.00

弗兰西想知道为什么是这个数目？为什么不是五十块钱或五百块钱？为什么是两百？后来她明白了。两百块钱是威利叔叔保险的赔付金额，一旦他死了，艾薇就会收到两百块钱。毫无疑问，凯蒂认为威利已经死了。

没有给凯蒂的婚纱开具的支票。她解释说，在她和送礼人结婚之前，她不想为自己花钱。为了买婚纱，她借用了自己为弗兰西存的钱，并承诺婚礼一结束就把钱还给她。

在最后一个星期六的早晨，弗兰西把劳瑞放在她的双轮推车上，带她上街。她在街角站了很久，看着孩子们拖着他们的破烂走在曼哈顿大道上，去卡尼的废品店。然后她走到那条路上，趁着生意冷清的时候走进了查理便宜店。她在柜台上放了一块五毛钱的硬币，然后宣布她要买下所有的奖券。

"啊，弗兰西！哎呀，弗兰西。"他说。

"我不必费心挑选。只要把黑板上的东西都给我就行了。"

"啊，听我说！"

"那盒子里压根没有中奖的号码，对吧，查理。"

"天哪，弗兰西，人不得不谋生。做这个行当，谋生太不容易了——得一分一分地赚。"

"我一直觉得那些奖品是假的。你应该感到羞耻，用这种方式愚弄小孩子。"

"别这么说。他们在这里每花一分钱，我就让他们挑一分钱的糖果。那样做只是为了更有趣而已。"

"这会让他们不断地再来。"

"如果他们不来这里,他们就会去对面的吉姆培那里,明白吗?他们最好来这里,因为我是个已婚男人。"他彬彬有礼地说,"我不会把女孩带到我的密室里,明白吗?"

"哦,好吧。我想你说的话是有道理的。找找看,你有五毛钱的娃娃吗?"

他从柜台下拿出一个丑脸娃娃。"我只有一个六毛九分的娃娃,但我可以五毛钱卖给你。"

"如果你把它当奖品挂起来,让某个孩子把它赢走,我就付钱。"

"但是你看,弗兰西,一个孩子赢了,所有的孩子就都希望赢,明白吗?这是个坏榜样。"

"哦,看在上帝的分上,"她不是亵渎而是虔诚地说,"就让别人赢一次吧!"

"好吧,好吧!别激动。"

"我只是想让一个孩子即使不用做什么,也能得到他想要的。"

"我会把它挂起来,你走后,我也不会把号码从盒子里拿出来。满意了吗?"

"谢谢,查理。"

"我会告诉中奖的孩子,娃娃的名字叫弗兰西,好吗?"

"哦不,别这样!那娃娃的脸太丑了,可不能这么说。"

"你知道吗,弗兰西?"

"什么?"

"你已经是个大姑娘了,你现在多大了?"

"再过几个月我就十七岁了。"

"我记得你以前是个瘦弱的小女孩,腿细细的。我想有一天你会成为一个漂亮的女人——虽然算不上漂亮,但也不错。"

"谢谢。"她笑了。

"你的小妹妹？"他对劳瑞点点头。

"嗯，对。"

"你知道将来她也会拖着破烂，带着她换来的零钱来这里。前一天他们还是坐在婴儿车里的婴儿，后一天他们就会在这里挑东西。这附近的孩子长得真快。"

"她永远不会捡破烂，她也不会来这里。"

"没错，我听说你要搬走了。"

"是的，我们要搬走了。"

"祝你好运，弗兰西。"

她把闷闷不乐的劳瑞带到公园，把她从车里抱出来，让她在草地上跑来跑去。一个男孩过来卖脆饼，弗兰西花一分钱买了一个。她把它揉成碎末，撒在草地上。一群不知道从哪儿冒出来的麻雀争先恐后地抢着吃。劳瑞跌跌撞撞地试图抓住它们。鸟儿们百无聊赖，故意在劳瑞离它们不到几英寸远的地方抬起翅膀飞走了。每当一只鸟儿飞走，劳瑞都会开心地大笑起来。

弗兰西推着劳瑞的婴儿车，最后一次去看了她以前的学校。学校离她每天都去的公园只有几个街区的距离，但不知出于什么原因，弗兰西自从毕业那晚就再也没有回去看过。

她惊讶于学校现在看起来是如此小。她想，学校还是和以前一样大，只是她的眼睛已经习惯了看更大的东西。

"那是弗兰西上过的学校。"她告诉劳瑞。

"弗兰妮上学。"劳瑞跟着重复道。

"有一天爸爸和我一起唱了一首歌。"

"爸爸？"劳瑞不解地问。

"我忘了你从没见过爸爸。"

"劳瑞看见过。是个大人物。"她以为弗兰西指的是麦克肖恩。

"没错。"弗兰西同意道。

自从弗兰西最后一次来看望她的学校,两年时间里,她已经从一个孩子变成了一个女人。

她回家时路过了那栋她声称是家庭地址的房子。现在,她觉得这座房子又小又破旧,但她仍然喜欢它。

她经过了麦克加里蒂的酒吧。只是麦克加里蒂不再拥有它了。他早在夏天就搬走了。他对尼利说,他麦克加里蒂是个耳聪目明的人,因此能听到有关禁酒令的消息。他也为此做好了一切准备。他在长岛的亨普斯特德高速公路上买下了一大片地方,有计划地在酒窖里贮存酒类,以防万一。禁酒令一出,他就打算开一家所谓的俱乐部,他已经选好了名字,就叫梅·玛丽俱乐部。麦克加里蒂解释说,他的妻子将穿上晚礼服,做一名女主人,这正是她的拿手好戏。弗兰西确信,麦克加里蒂夫人一定会非常乐意做女主人。她希望麦克加里蒂先生有一天也会感到幸福。

午饭后,她绕到图书馆,最后一次来还书。图书管理员在她的卡片上盖了章,然后像往常一样头也不抬地把卡片塞回给她。

"您能推荐一本适合给女孩看的好书吗?"弗兰西问。

"多大?"

"她十一岁了。"

图书管理员从桌子下面拿出一本书。弗兰西看到了书名《如果我是国王》。

"我不想借了,"弗兰西说,"我也不是十一岁了。"

图书管理员第一次抬起头看着弗兰西。

"我从小就来这里,"弗兰西说,"直到现在你都没正眼看过我。"

"有这么多孩子。"图书管理员急了,"我不能一个一个地看。还有别的事吗?"

"我只想说说那个棕色的碗……它对我意味着什么……它里面总是放着花。"

图书管理员看着棕色的碗,碗里有一朵粉红色的野菊花。弗兰西觉得图书管理员好像也是第一次看到这个棕色的碗。

"哦,那个!看门人把花放进去的。或者是谁。还有别的事吗?"她不耐烦地问。

"我是来交我的卡片的。"弗兰西把那张盖着日期戳的、皱巴巴的卡片放到桌子上推过去。图书管理员捡起卡片,正准备撕成两半,弗兰西又从她手中夺了回来。

"我想我还是留着它吧。"她说。

她走出去,最后看了一眼这座破旧的小图书馆。她知道自己再也看不到它了。眼睛在看到新事物后会发生变化。如果在以后的岁月里,她再回来,她的眼光可能看一切都与众不同了。现在的样子就是她想要记住的样子。

不,她再也不会回到老社区了。

此外,在未来的岁月里,老社区将不复存在。战后,市政府打算拆掉这些唐人街和那所丑陋的学校(女校长曾在那里用鞭子抽打小男孩),并在原址上建造一个示范性住宅项目。在那里,阳光和空气都将被截留、测量和称重,并按居民人数分配。

凯蒂把扫帚和水桶放在墙角,最后传来的"砰"的一声,意味着她已经做完了。然后,她又拿起扫帚和桶,轻轻地放回原处。

当她穿戴整齐准备出门时——她要在最后一刻试穿她为结婚挑选的翠绿色的天鹅绒礼服——她有些担心,因为九月底的天气实在太暖和了。她觉得穿天鹅绒礼服可能会太热了。她很生气,因为那年的秋天来得太迟了。当弗兰西坚持说秋天已经来临的时候,她和弗兰西争辩了起来。

弗兰西知道，秋天已经来临。任凭风吹得多么温暖，任凭白天多么炎热，布鲁克林的秋天还是来了。弗兰西知道秋天来了，因为现在一到晚上，街灯一亮，卖热栗子的人就在街角摆起了小摊。在炭火上方的架子上，栗子在有盖的锅里烤着。那人手里拿着还没烤熟的栗子，在放进锅里之前，会用钝刀在栗子上划上十字。

是的，当卖热栗子的小贩出现的时候，秋天肯定已经来了——不管天气怎么样。

劳瑞被塞进婴儿床睡午觉后，弗兰西用一个木制的费尔斯·纳普萨肥皂盒最后装了一些东西。从壁炉架上，她取下了十字架和她与尼利在坚信礼时拍的照片。她把这些东西裹在她第一次领圣餐时的面纱里，放在盒子里。然后她把父亲的两条服务员围裙叠好放了进去。她用一件白色乔其纱上衣，把写有"约翰尼·诺兰"字样的剃须杯包好。这件上衣是凯蒂放在废品篮子里的，因为它的蕾丝边在洗涤时严重破损了。那个雨夜，弗兰西和李站在门口时穿的就是这件上衣。名叫玛丽的布娃娃和那个漂亮的小盒子也被收了起来，小盒子里曾经装着十枚镀金的硬币。她仅有的藏书也被放进了盒子里：《圣经》《莎士比亚全集》、一卷破旧的《草叶集》、三本剪贴簿——《诺兰古典诗集》《诺兰当代诗集》和《安妮·劳瑞之书》。

她走进卧室，把床垫翻过来，从床垫下拿出一本笔记本和一个方形马尼拉信封。她跪在盒子前，打开日记本，随手翻看了三年前9月24日的记录。

今晚洗澡时，我发现自己变成了女人。是时候了。

她一边笑着一边把日记装进盒子里。她看着信封上的字迹。

内容：

1个密封信封，将于1967年打开。

1份毕业证书。

4个故事。

四个故事。是加恩德小姐让她烧掉的。啊，好吧，弗兰西还记得她曾向上帝许诺，如果上帝不带走母亲，她就放弃写作。她信守了诺言。但她现在更了解上帝了。她确信，如果她重新开始写作，上帝根本不会在意。也许有一天她会再试一次。她把借书证放进了信封，并做了记号，然后把它放进盒子里。她的打包工作就这样完成了。除了衣服，她所有的财产都在那个盒子里。

尼利跑上楼来，吹着口哨："在黑暗小镇的舞会上。"他脱掉外套，冲进厨房。

"我赶时间，弗兰西。有没有干净的衬衫？"

"有一件洗过了，但还没熨。我帮你熨一下。"

她一边给衬衫洒水，一边把熨斗加热，并把熨衣板放在两把椅子上。尼利从衣柜里拿出擦鞋工具，开始将他那双已经擦得完美无瑕的皮鞋擦得更亮。

"去哪儿？"她问。

"啊，正好赶上演出。他们请来了范和申克特，天啊，申克特可会唱歌了！他就像这样坐在钢琴前。"尼利坐在厨房的桌子旁，做起了示范。"他侧身而坐，跷起二郎腿，望着观众。然后他把左肘靠在乐谱架上，一边唱一边用右手弹奏曲子。"尼利开始模仿他的偶像唱歌："当你离家很远很远。"

"是的，他很棒。唱得跟爸爸以前一样……有点像。"

爸爸！

弗兰西在尼利的衬衫上找到了工会的标签，先熨平了它。

（"那枚服务员工会的徽章……对我来说，就如同装饰品一般，就像你佩戴的玫瑰。"）

诺兰一家无论买什么东西都要贴上工会的标签。这是他们对约翰尼的怀念。

尼利从挂在水槽上方的玻璃杯里看了看自己。

"你觉得我需要刮胡子吗？"他问。

"五年之内都不需要。"

"啊，闭嘴！"

"不要对对方说'闭嘴'。"弗兰西模仿母亲说。

尼利微笑着继续擦洗他的脸、脖子、胳膊和手。他边洗边唱：

你梦幻般的眼睛里装着埃及，
你开罗式的风格……

弗兰西心满意足地熨烫着衣服。

尼利终于穿好了衣服。他穿着深蓝色的双排扣西装、领子柔软的白色衬衫和圆点领结，站在她面前。他身上散发着洗过澡后清新的味道，卷曲的金发闪闪发光。

"我看起来怎么样，小歌后？"

他潇洒地扣上了大衣的扣子，弗兰西看到他戴着父亲的签名戒指。

外祖母说的是真的：罗姆利家的女人有一种天赋，能看到她们心爱的亡灵。弗兰西看到了她的父亲。

"尼利，你还记得《茉莉·马龙》吗？"

他把手插进口袋，转过身去，唱起歌来。

在都柏林这座美丽的

城市，姑娘们是如此美丽

爸爸……爸爸！

尼利的嗓音同样清澈真切。他英俊得令人难以置信！尽管他还不到十六岁，但当他走在街上时，女人都会转过头来赞叹地看着他。他是如此英俊，以至于弗兰西觉得和他比起来，自己就是一个暗淡无光的人。

"尼利，你觉得我好看吗？"

"听着！你为什么不向圣特蕾莎祈祷呢？我想如果有奇迹，可能会让你如愿。"

"不，我是认真的。"

"你为什么不把头发剪掉，像其他女孩一样做个卷发，而不是缠在头上？"

"为了妈妈，我必须等到十八岁。你觉得我好看吗？"

"等你弄好了再问我。"

"请告诉我。"

他仔细看了看她，然后说："应该还不错。"然后弗兰西不得不就此住口。

他说过他赶时间，但现在他似乎不愿意走了。"弗兰西，麦克肖恩……我是说爸爸，今晚会在这里吃晚饭。我接着要去工作。明天是婚礼，明晚在新房子里举行宴会。星期一我得去上学。我去学校的时候，你就要坐上前往密歇根的'狼獾'号列车了。没机会单独跟你说再见了，所以我现在就跟你说再见。"

"我会回家过圣诞的，尼利。"

"但一切都不一样了。"

"我知道。"

他在等待。弗兰西伸出了右手。他把她的手推开,搂着她,亲吻她的脸颊。弗兰西紧紧抱住他,开始哭泣。他把她推开。

"天哪,女孩真讨厌。"他说,"总是这么肉麻。"但他的声音有些颤抖,好像他也要哭了。

他转身跑出了公寓。弗兰西走到走廊上,看着他跑下楼梯。他在楼梯脚下的黑暗中停顿了一下,转过身来回头看她。虽然很黑,但他站的地方却很明亮。

真像爸爸……真像爸爸,她想。但他的脸比爸爸的看起来更有力量。他向她挥了挥手。然后走了。

四点钟。

弗兰西决定先穿好衣服,然后准备晚饭,这样本过来叫她的时候,她就已经准备好了。他有票,他们要去看亨利·赫尔演的《归来者》。这是圣诞节前他们最后一次约会,因为本明天就要去上大学了。她喜欢本。她非常喜欢他。她希望她能爱上他。如果他不是那么自信就好了,如果他能被绊倒一次就好了,只要他需要她。好吧,她有五年的时间来考虑这个问题。

她穿着白色衬衣站在镜子前。当她弯着手臂洗头时,她想起了小时候坐在防火梯上,看着对面院子里的大姑娘们为约会做准备的情景。有人在看着她,就像她曾经看着别人一样吗?

她朝窗户望去。是的,隔着两座院子,她看到一个小女孩坐在防火梯上,膝上放着一本书,手边拿着一袋糖果。女孩正透过铁栅栏窥视着弗兰西。弗兰西也认识这个女孩。她是个十岁的苗条的小姑娘,名叫弗洛里·温迪。

弗兰西梳理好长发,编好辫子,把辫子绕在头上。她换上了新丝袜和白色高跟鞋。她把一件粉红色的亚麻连衣裙套在身上,在一块方形棉布上撒上紫罗兰色的香囊粉，然后把它塞进内衣里。

她好像听到弗拉伯家的马车进来的声音。她从窗户探出头去看。是的，马车进来了。只是那已经不是马车了，准备洗车的人也不是脸颊红润的弗兰克，而是个能免兵役的罗圈腿小伙。

她看了看对面的院子，发现弗洛里还在隔着防火梯的铁栅栏盯着她。

弗兰西挥挥手，叫了一声：

"你好，弗兰西。"

"我不叫弗兰西。"小女孩大声地回道。"我叫弗洛里，你知道的。"

"我知道。"弗兰西说。

她向院子里望去。以前那棵天堂树上的枝叶缠绕在她家防火梯周围，因为主妇们觉得这棵树挡住了晾衣绳，房东便派来两个人，把树砍了。

但树没有死……它没有死。

从树桩上长出了一棵新树，树干沿着地面生长，一直长到没有晾衣绳的地方。然后，它又开始向天空生长。

安妮，那棵被诺兰家的人浇水、修剪过的冷杉树，早已病死了。但是，院子里的这棵树，这棵被人们砍倒的树……这棵被人们围着生起篝火，试图烧掉树桩的树，却活了下来！

它还活着！没有什么能摧毁它。

她再次看了看在防火梯上看书的弗洛里·温迪。

"再见，弗兰西。"她低声说，然后关上了窗户。